DE LA SIBÉRIE À SAINT-KITTS

LE PARCOURS D'UNE ENSEIGNANTE

Ira Sumner Simmonds

REMERCIEMENTS

Je remercie sincèrement ma famille, mes amis, le fils et la nièce de Mme Katzen, Christian et Laurel Mendivé, Sophie Fillaudeau, Betty Bordron de la Médiathèque Municipale de Terrasson-Lavilledieu, Lucille Caulliez de l'Alliance Française de Saint-Kitts et Nevis et tous les nombreux anciens élèves de Mme Katzen qui m'ont soutenu et encouragé dans mes efforts pour écrire la biographie de cette enseignante remarquable.

Je suis particulièrement redevable à la famille Kadoorie et à Amelia Allsop et son équipe du *Hong Kong Heritage Project* qui m'ont donné accès à un trésor de lettres archivées.

Un merci spécial également à Victoria O'Flaherty aux Archives nationales de Saint-Kitts, à Neil Rosenstein qui a beaucoup écrit sur l'histoire de la famille Katzenellenbogen et à Kirill Chashchin au Russian Genealogy Project.

31 Grace Court Brooklyn, NY 11201
filsdinez@gmail.com

Conception de la couverture par Boryana Stambolieva

Informations de commande :
Disponible sur le service d'impression à la demande et en format livre électronique sur : Amazon.fr
Amazon.com

DE LA SIBÉRIE À SAINT-KITTS : Le parcours d'une enseignante par Ira Sumner Simmonds - 1ère édition.

E Book: 978-1-968165-09-3
Paperback: 978-1-968165-22-2
Hardcover: 978-1-966131-63-2

Contents

Dédié à ma sœur Rhona, la personne la plus gentille et généreuse que je connaisse.

Tu me dis et j'oublie, Tu m'enseignes et j'apprends, Tu m'impliques et je me souviens.

BENJAMIN FRANKLIN

.

CHAPTER 1

Avant-Propos

C'est un grand honneur d'avoir été convié par mon ami Ira Simmonds à rédiger l'avant-propos de cette œuvre excellente. Le livre décrit la vie d'une 'Grande Dame,' notre Mme Katzen, qui dominait nos vies d'élèves au lycée de Saint-Kitts, Nevis et Anguilla et à laquelle nous rendrons toujours hommage pour ses contributions incommensurables à nos vies respectives et collectives. Ce récit très personnel rendu par l'auteur, un ancien élève de Mme Katzen, au travers de recherches méticuleuses, nous éclaire sur tant de détails de l'histoire de la vie de Mme Katzen, dont nous connaissions si peu de choses en tant qu'élèves de ses cours de français et d'espagnol.

C'est vraiment une histoire pour tous les âges, qui nous révèle de manière détaillée et nous permet d'être témoins de sa jeunesse et de celle de sa famille, le traumatisme des guerres et de la vie en Sibérie, à Shangaï, en Chine, au Chili et à Saint-Kitts. Nous découvrons sa vie de famille, son père qui était médecin, sa mère qui était pianiste accomplie et qui nous nous accompagnait quand nous chantions des chansons en français et en espagnol, et sa 'tante' qui ravissait nos palets justes avant nos examens avec des collations savoureuses et ce gâteau aux raisins inoubliable, qui, d'après elle, amélioraient notre mémoire !

Nous découvrons que son nom de famille était KATZENELLEBOGEN, un virelangue qu'elle a raccourci en 'KATZEN'. Nous nous émerveillons devant les débuts de Madame, en apprenant son passage à la célèbre Sorbonne à Paris et ses liens avec le Chili. Nous pouvons maintenant connaître l'origine du nom de sa maison à New Pond Site – *Chalet La Serena*- et nous découvrons les noms des bienfaiteurs qui lui ont fourni l'aide financière avec laquelle elle veillait au bien-être de ses élèves dans le besoin. Et tout cela sans empiéter sur leur vie privée. Nous apprenons qu'elle parlait couramment l'anglais, le français, l'espagnol, le russe et un peu le chinois. Nous apprenons le nom de son fils et sa vie antérieure, lorsqu'elle fonda une école à La Serena, au Chili.

Ira Simmonds a eu la chance d'obtenir de nombreuses lettres échangées entre Madame et ses amis dans lesquelles elle raconte sa vie en toute honnêteté, marque de son essence même. Notre expérience d'immersion totale en français ou en espagnol a été utile à beaucoup d'entre nous plus tard dans notre vie et a donné à nombreux de nos camarades un net avantage au niveau supérieur.

Qui aurait soupçonné qu'elle possédait tant de compétences dans l'enseignement des principes des mathématiques pures et appliquées ? Depuis son recrutement pour enseigner à Saint-Kitts le 1er janvier 1961 jusqu'à son décès en 2002, beaucoup d'entre nous ont été bénis par son souci constant de notre bien-être. Certains d'entre nous se souviennent de nos voyages en dragueur de mines français et de notre séjour ultérieur de six semaines à Baimbridge, en Guadeloupe (notamment moi en 1968). Nous vénérerons à jamais le souvenir de Madame Katzen, l'expérience inoubliable d'apprendre le français et l'espagnol et, pour ma part, d'enseigner au lycée de Basseterre en 1969 où elle était directrice du département des langues étrangères.

Cette œuvre m'a ouvert les yeux. Ce récit m'a beaucoup plu car il a comblé de nombreux espaces vides et renforcé mon admiration constante pour ce Chevalier de l'Ordre des Palmes Académiques. La contribution de toute une vie inscrite de manière indélébile dans ma mémoire et vénérée à jamais. Nous sommes tous redevables à Ira d'avoir partagé ce travail épique avec nous.

Monsieur S.W. Tapley Seaton
GCMG, CVO, QC, JP
Gouverneur general
Saint-Kitts et Nevis

Bonjour classe

Premier voyage de Madame Katzen à l'étranger avec ses étudiants - Porto Rico 1963

5 septembre 1966. Mon premier jour en en classe de 2nde, un jour de promesse, une journée remplie d'excitation et d'anxiété face à l'avenir. Mal à l'aise, vêtu du pantalon court kaki du ly-cée, de la chemise blanche, de la cravate rayée bleue, jaune et rouge, des chaussures et des chaussettes marronnes, il me restait un an avant de me joindre à la fraternité des élèves portant des pantalons longs de première et de terminale.

Plus important encore, j'avais attendu avec impatience d'être en seconde car j'étais sur le point de goûter pour la première fois aux langues vivantes. Un air d'excitation nerveuse mêlé d'appréhension avait envahi la classe alors que nous attendions notre professeur de français. Dans quelques minutes nous serons face à face avec nul autre que la vénérable Mme Katzen. D'une certaine façon, au cours des cinq années écoulées depuis son arrivée à Saint-Kitts en 1961, elle avait réussi à se forger une solide réputation d'enseignante extraordinaire. Bien conscient de sa stature, de ses normes exigeantes, j'étais enthousiaste à l'idée d'apprendre une nouvelle langue et j'avais hâte de voir si j'allais réussir.

A l'approche de ses 50 ans, Mme Katzen n'était plus dans sa première jeunesse. En fait, elle était carrément vieille. Vieille, du moins d'après ce que disent les adolescents quand ils voient quelqu'un de plus de quarante ans. Incontestablement, elle était le membre le plus âgé de la faculté.

Elle était tout du moins sur le point de relever le défi de taille d'enseigner le français à notre nouveau groupe de garçons âgés de quatorze à seize ans. Il serait intéressant de voir si Madame pourrait nous apprendre à envelopper nos langues coloniales britanniques (admirablement accentuées par des inflexions afrocaribéennes) autour des idiosyncrasies consonantiques nasales et silencieuses de la langue française.

Avant son arrivée, l'étude des langues étrangères signifiait principalement mémoriser des mots de vocabulaire, conjuguer des verbes dans leur myriade de temps, traduire des passages de l'anglais au français et vice versa. Bien que les étudiants fussent en mesure de faire tout ce qui précède assez correctement, leur capacité à parler dans la langue était à peu de choses près inexistantes. Madame Katzen parlait couramment quatre langues et deux autres presque couramment. Dotée d'une philosophie d'enseignement unique, de techniques spéciales et d'un monde d'expérience dans l'enseignement des langues étrangères, Madame avait immédiatement révolutionné la façon dont l'espagnol et le français étaient enseignés à Saint-Kitts, notre petite île des Caraïbes qui à l'époque faisait partie des États associés de Saint-Kitts-Nevis et Anguilla.

Suivant la coutume de toutes les écoles de l'Empire britannique, nous nous sommes levés lorsqu'elle est entrée dans la classe. Accessoirisée d'une manière réservée, Madame ne portait pas de bijoux – à l'exception d'une montre. Et de gants blancs ! Nous n'avions jamais vu une enseignante porter des gants dans la salle de classe. Malgré la coutume peu pratique d'habiller les étudiants des colonies britanniques tropicales avec des cravates, le port de gants de toute sorte n'était pas vraiment de rigueur. Ils nous rendaient un peu perplexes et la faisaient paraître étrange, excentrique peut-être, comme une relique d'une autre époque. Quelques semaines plus tard, j'ai été un peu déçu d'apprendre que les gants servaient une fonction complètement ordinaire et pratique : protéger ses mains délicates des dangers de la poussière de craie. Ses yeux brun foncé, encadrés de pattes d'oie, nous fixaient de derrière ses lunettes œilde-chat. Avec ses lèvres peintes en rouge rubis (un contraste frappant avec sa peau d'albâtre) et une posture légèrement inclinée vers l'avant, tout conspirait pour lui donner une apparence plutôt matrone. L'uniforme n'était pas exigé des enseignants mais Mme Katzen était toujours habillée de manière uniforme. Elle portait une blouse blanche avec une jupe à carreaux verte et blanche, et cela pendant les plus de vingt ans qu'elle a passé à travailler comme enseignante, responsable du département des langues étrangères et interprète officielle de français et d'espagnol pour le gouvernement de Saint-Kitts-Nevis-Anguilla.

« *Good morning Mrs. Katzen,* » nous l'accueillîmes ardemment.

« Bonjour classe, asseyez-vous s'il vous plait. » elle répondit.

Quel beau son, pensai-je. C'était la première fois que j'entendais le français parlé. C'était même la première fois que quelqu'un me parlait dans une langue étrangère. Il était facile de deviner que son Bonjour Classe et Asseyez-vous s'il vous plaît étaient des formules de salutation. Cependant, ce qui est venu après, bien que beau et mélodique, était totalement incompréhensible alors que les mots dansaient sur ses lèvres. Malgré mon incapacité à la comprendre, j'ai tout de suite su que j'apprécierais sa classe. Mon intérêt fut immédiatement éveillé. Nous fûmes tous immédiatement captivés. Peut-être était-ce la nouveauté de se lancer dans un nouveau voyage d'apprentissage des langues. Peut-être était-ce la force de la personnalité et de l'esprit de Madame qui nous captiva. Je n'avais jamais réfléchi au langage (que ce soit le mien ou un autre) et au pouvoir général inhérent qu'il possédait. Après tout, ce n'est pas exactement le genre de pensée ésotérique dont les adolescents se préoccupent. Mais je sus à ce moment-là, après ces quelques phrases en français, que je voulais acquérir la capacité de lire, d'écrire, de parler et de penser dans d'autres langues que l'anglais, ma langue natale. À seulement quelques pas, sa présence dégageait une confiance suprême, une attitude qui semblait dire qu'il n'y aurait ni prisonnier ni instant perdu dans cette classe. Quoi qu'il en soit, dire que cette classe, que ce professeur avait laissé une impression indélébile sur moi, sur nous, serait un euphémisme grossier. Ce n'était pas qu'elle avait l'air différente de nous, ni qu'elle était étrangère. Ce n'était même pas dû à son âge, ou qu'elle était blanche. Elle était différente non pas tant dans ses attributs physiques, mais d'une manière qui était difficile à décrire pour moi pendant ces années d'adolescence.

Dix minutes après le début du cours, j'ai commencé à ressentir un sentiment de malaise. Quelque chose n'allait pas. Il ne fallut qu'un instant pour en identifier la source. Madame Katzen n'avait pas parlé un seul mot d'anglais depuis qu'elle était entrée dans la salle de classe !

Le son de son français était exquis. Peu importe que je n'aie pas su à quoi s'agit le son du français exquisement parlé, c'était tout simplement agréable à l'oreille. Elle devait être française, tant les sons émanant de ses lèvres étaient agréables et mélodieux. Aidé par les gestes universellement utilisés pour saluer quelqu'un, il était facile de la comprendre pendant les premières minutes de cours. Cependant, après les salutations dispensées, elle n'avait plus aucune raison logique de continuer à s'adresser à nous en français. Ce moment dans la classe ressemblait un peu à cet instant embarrassant vécu par ceux qui essaient d'acquérir une langue étrangère à l'âge adulte. Ce moment où ils accueillent bêtement quelqu'un avec un "Buon giorno" chaleureux parce qu'ils veulent (1) pratiquer une expression nouvellement apprise avec un locuteur natif (2) l'impressionner par leur facilité à parler la langue. Invariablement, ils sont rendus muets par un assaut rapide de mots italiens inconnus et, honteusement, sont forcés d'admettre qu'ils ne parlent pas couramment italien. Alors que les minutes défilaient, nous étions de plus en plus perdus et je me demandais à quel moment elle allait passer à l'anglais. Que disait-elle, cette étrange professeure avec un certain je ne sais quoi ? Je n'en avais aucune idée. Pour l'amour du ciel, notre langue natale est l'anglais, pas le français ! Peut-être qu'étant fraîchement arrivée, elle avait été induite en erreur par le fait que la *Grammar School* était située dans la ville française de Basseterre. Certes, elle devait penser qu'avec des villages nommés Cayon, Molineux, Baie de Dieppe, le français parlé par nos colonisateurs du XVIIIe siècle était dormant, caché profondément dans notre ADN, maintenant prêt à remonter à la surface de notre psyché par la stimulation constante de la parole. Mais elle vivait à Saint-Kitts depuis maintenant cinq ans ; assez longtemps pour avoir appris que la brève période de la colonisation française de l'île n'était pas assez longue pour avoir un effet durable et réel sur notre langue.

Soudain, réalisant que je ne pouvais plus la comprendre, le personnage de Madame perdait de son éclat. Plus elle continuait à nous parler en français, plus je la trouvais carrément bizarre. Regardant autour de la salle de classe, je cherchai sur les visages de mes camarades de classe l'assurance que mon malaise et le fait que je trouvais bizarre la vénérable Mme Katzen étaient partagés par le reste du groupe. Le langage corporel nuancé et les expressions faciales qui saluaient mes regards subreptices étaient tout à fait réconfortants. Leurs expressions faciales, dépourvues de mots ou de sons, faisaient écho à mes propres pensées. À savoir, 'Qu'est-ce qui ne va pas chez cette femme ? Est-elle au courant que c'est notre première leçon de français ? Quelqu'un a dû oublier de l'informer qu'ici, dans les Antilles britanniques, nous ne parlons que deux langues non romanes - l'anglais et cette autre langue populaire, connue localement sous le nom de mauvais anglais. C'était réconfortant de savoir que j'étais sur la même longueur d'onde que le reste de la classe, que nous ne savions absolument rien. Elle parlait encore français et ne semblait pas du tout disposée à parler anglais. Elle ne semblait pas non plus troublée par les regards incrédules que nous lui adressions.

Cependant, à ma grande surprise, tandis que le cours continuait, la peur soudaine de ne jamais pouvoir la comprendre s'évapora lentement et inexplicablement et je me retrouvai vite à écouter Mme Katzen avec de nouvelles oreilles.

Les quatre années suivantes (1967-71) passées à la *Grammar School* (nommé plus tard Lycée de Basseterre après sa fusion avec le Lycée réservé aux filles), l'étude du français et de l'espagnol avec Mme Katzen furent des années spéciales remplies d'une montagne de délices, comprenant non seulement les cours habituels de dictée, de traduction et de compréhension de texte, mais aussi de musique, de danse, de théâtre, de poésie et de voyage. Ces années ne semblaient pas particulièrement spéciales à l'époque. Comme je n'avais aucun point de comparaison, ma perspective d'adolescent me faisait croire que ces expériences d'apprentissage d'une langue étrangère étaient normales, que c'était ainsi que tous les élèves apprenaient une langue étrangère. Il devint vite évident que dans les cours de langues de Katzen, la mémorisation des expressions idiomatiques, l'apprentissage de la grammaire, la lecture, l'écriture, etc., étaient tout aussi importants que d'apprendre à parler la langue. Elle avait compris que l'un des objectifs ultimes de l'apprentissage d'une langue est de développer les compétences nécessaires pour communiquer verbalement et que, comme la culture réussie des légumes dans son jardin, l'acquisition d'une langue seconde à un niveau élevé de compétence est peu probable si elle n'est pas introduite dans un environnement approprié. Tout comme les légumes du jardin qui prospèrent dans des platesbandes bien arrosées et riches en terre, les apprenants en langues s'épanouissent également lorsqu'ils sont constamment exposés à un milieu acoustiquement riche en sons, inflexions et rythmes de la langue cible.

Mme Katzen, sachant qu'il s'agissait d'une composante essentielle de l'acquisition d'une langue seconde, consacra beaucoup d'efforts et de dépenses à faire en sorte que ses étudiants bénéficient d'un tel environnement. Elle était une institutrice exceptionnelle. Et comme tous les bons enseignants, elle avait un plan directeur. Son but était simplement de faire de ses élèves des locuteurs francophones et/ou espagnols. Et comme tous les enseignants qui sont sérieux au sujet de l'enseignement et de l'apprentissage, elle reconnut qu'il n'y avait tout simplement pas assez de temps pendant les cours quotidiens pour atteindre tous ses objectifs d'enseignement. Par conséquent, après l'école les lundis et vendredis, toutes les routes menaient à la maison de Madame Katzen, où elle présidait un club linguistique hebdomadaire. Les mots Chalet La Serena étaient écrits en grandes lettres sur le mur extérieur de sa maison. Située dans la zone de New Pond Site à Basseterre, elle était par ses deux étages différents des autres maisons du quartier. Son nom un peu prétentieux ajoutait un certain cachet à l'expérience du club Chez Madame Katzen. Ici, au *Círculo Franco-Español*, nous, les étudiants chanceux que Madame jugeait dignes, nous engageâmes dans une variété d'activités expressément conçues pour perfectionner nos compétences linguistiques en français et en espagnol. Les règles du club étaient simples. Nous pouvions discuter des nouvelles locales, régionales et internationales mais discuter de la politique locale n'était cependant pas permis. Et, surtout, pendant ces réunions, l'anglais était verboten au Chalet La Serena.

Mme Katzen vivait avec sa mère de quatre-vingt-trois ans, Alexandra, sa tante de quatre-vingts ans, Evgenie, et une ménagerie de chiens et de chats. Les animaux de cette maison étaient spéciaux. Contrairement aux chiens ordinaires de Saint-Kitts qui passent la plupart sinon toute leur vie dehors à garder la maison, les chiens du Chalet La Serena avaient la jouissance pleine de la maison et étaient, comme Madame et sa mère, plurilingues. L'un des chiens répondait au nom de Chienne Chienne et un autre au nom de Peleton.

Les réunions du club au Chalet étaient tout simplement charmantes, remplies de rires, de jeux, de musique, de poésie, de théâtre, de danse et de nourriture délicieuse. Nous chantions gaiement en français et en espagnol, accompagnés de la mère de Madame qui était pianiste de formation classique. Affichant toujours une énergie et un esprit qui démentaient ses années, Alexandra joua un rôle important et instrumental dans notre expérience d'apprentissage des langues étrangères. En tant que directrice musicale de facto du club, elle faisait les arrangements musicaux, nous encourageait, nous entraînait et nous faisait répéter. Nous apprenions et chantions des chansons folkloriques espagnoles, latinoaméricaines et françaises - comme *Chiu Chiu*, *La Cucaracha*, *La Bella Primavera*, *Melodías de América*, *Boleras Sevillanas*, *La Cabana*, *Sur le pont d'Avignon*, *Au Plaisir des Bois*, *Gentille Batelière*, *Chevaliers de la Table Ronde*, *La Chanson de Fortunio*, *La Marseillaise*, *Sous les Ponts de Paris*, pour n'en nommer que quelques-unes. Alexandra participait à tout ce qui avait rapport à la musique. Chaque fois que nous chantions - aux concerts scolaires, événements culturels, au Chalet La Serena - elle était toujours là pour jouer son rôle.

Evgenie joua également un rôle dans le plan directeur de Madame visant à faire de ses élèves des locuteurs francophones et espagnols. Son devoir aux sessions du club du vendredi était de préparer et de servir des sandwichs et d'autres délices culinaires. C'était une grande femme lugubre, et jamais elle ne parla ou communiqua avec nous pendant qu'elle s'acquittait de ses fonctions. Au cours de toutes les années où j'ai fréquenté le club, je me souviens de ne l'avoir entendue parler qu'une seule fois : un bref échange avec Madame dans une langue qui ne m'était pas familière. Paraissant incapable de sourire, Evgenie était perpétuellement imprégnée d'une aura de tristesse. Son visage gravé par les rides semblait symboliser la douleur persistante d'une tragédie inexprimée depuis de longues années. Mais parmi toutes les merveilleuses friandises servies lors de ces soirées, la chose dont on se souvient encore aujourd'hui et dont on parle avec tendresse était le délicieux gâteau maison.

Les recherches

Je quittai Saint-Kitts en août 1971, quelques mois après avoir passé mes examens de niveau A[1]. Un mois plus tard, je commençai des études de premier cycle au St. Francis College, à Brooklyn, dans l'État de New York, où j'obtins un diplôme de premier cycle en éducation et en français avec une mineure en espagnol. J'obtins ensuite un diplôme d'études supérieures en éducation et un autre en administration de l'éducation au Teachers College de l'Université Columbia, tout en travaillant comme placeur et placeur en chef à Avery Fisher Hall, puis comme gestionnaire à *Alice Tully Hall, Lincoln Center for the Performing Arts*.

Après six ans en tant que gestionnaire d'Alice Tully Hall, j'entrai au ministère de l'Éducation à New York en tant que professeur de français au lycée. Après 16 ans dans la salle de classe, huit ans comme directeur adjoint d'une école et un an comme directeur intérimaire, je quittai le département de l'Éducation de la ville de New York.

Alors que je disposais de plus de temps pour moi et que je n'étais plus préoccupé ou plutôt dévoré par le travail souvent exténuant physiquement et émotionnellement, bien que gratifiant et enrichissant, de l'éducation des élèves dans les écoles publiques de New York, je commençai à réfléchir à mes expériences professionnelles en tant qu'éducateur. Inutile de dire qu'il ne fallut pas beaucoup de temps de réflexion pour reconnaître l'inspiration qui m'amena dans la salle de classe. Pour tout dire, j'étais devenu professeur grâce à Madame Katzen. Même si je ne l'avais pas réalisé à l'époque, je me rends compte maintenant, en repensant à mes an nées dans la salle

---

[1] Examen de fin d'études utilisé par les établissements d'enseignement au Royaume-Uni

de classe, que j'essayais d'être le genre d'enseignant qu'elle avait été. En m'inspirant de Madame Katzen, j'essayais de l'imiter. J'essayais d'offrir à mes élèves le genre d'expériences d'apprentissage de la langue seconde que Madame m'avait donné. Si seulement je pouvais, à mon tour, aider mes étudiants à acquérir une langue étrangère, j'élargirais leurs horizons de manière incommensurable. Les voyages étaient devenus une partie importante de mon expérience avec les étudiants, les emmenant fréquemment au Québec et en France pour les exposer à des expériences d'immersion dans la langue et la culture francophones. Mon expérience avec Mme Katzen au milieu des années 1960 ne me semblait pas particulièrement remarquable à l'époque. Malgré la réputation de Madame, de mon point de vue juvénile et naïf, c'était ainsi que tous les étudiants apprenaient les langues étrangères. Tous les étudiants des Caraïbes britanniques apprenant le français devaient sûrement avoir un professeur qui faisait régulièrement en sorte que le gouvernement français envoie des navires de la marine sur leur île pour les transporter à Port-au-Prince, en Martinique, pour un été d'immersion. ! Ou qui réussissait à obtenir une bourse pour qu'un étudiant puisse passer six semaines d'été à suivre des cours de littérature et de civilisation françaises avec un professeur de l'Université de Bordeaux au Lycée Général et Technologique de Baimbridge en Guadeloupe. Et si vous étudiez l'espagnol, votre professeur aurait certainement collaboré avec le département d'État des États-Unis, comme le fit Mme Katzen, afin que vous et vos camarades de classe puissiez rester à la caserne de l'armée de Fort Buchanan à Porto Rico pour avoir une expérience authentique d'immersion en espagnol.

La tutelle de Madame Katzen m'a toujours rappelé les paroles du philosophe austro-britannique Ludwig Wittgenstein qui disait : Les limites de ma langue sont les limites de mon monde.

Plus je réfléchissais à mon parcours en tant qu'éducateur, plus j'attisais ma curiosité envers cette femme remarquable. Et plus je devenais curieux, plus je me rendais compte que pour une enseignante qui avait eu un tel impact sur moi et sur d'innombrables autres jeunes à Saint-Kitts, je savais très peu de choses sur elle. Si seulement elle avait été encore en vie pour me donner des réponses qui auraient satisfait ma curiosité, réponses qui m'auraient communiqué des informations précieuses sur les ingrédients utilisés pour créer cette enseignante remarquable. Madame Katzen est décédée en 2002, huit ans avant que mon esprit ne soit suffisamment libre pour laisser place à des curiosités fantaisistes telles que la vie mystérieuse et le travail d'un professeur spécial. Elle, sa mère et sa tante passèrent le reste de leur vie à Saint-Kitts et sont toutes trois enterrées dans le cimetière local. Dire qu'elle laissa un héritage durable serait un euphémisme. C'est un héritage si profond et d'une telle portée qu'il ne sera pas de sitôt surpassé.

Qui était-elle, et pourquoi une femme de cinquante ans instruite et sophistiquée venant de contrées éloignées avait choisi de mettre le cap sur des lieux inconnus, accompagnée de sa mère de soixante-dix-sept ans et sa tante de soixante-huit ans pour commencer une nouvelle vie dans un pays lointain, une terre différente de tout ce qu'elle avait connu ?

Ma curiosité se transforma rapidement en un fort désir d'apprendre tout ce que je pouvais sur cette femme remarquable. D'où venaient son esprit indomptable, cette passion dévorante pour l'enseignement et l'apprentissage ? Qui ou quoi lui donna l'endurance, la force émotionnelle et spirituelle, le pouvoir de transformer tant de vies ? Il est sûr qu'il y a une longue liste d'enseignants de Saint-Kitts qui influencèrent profondément la vie des élèves à travers les générations. Aucun, cependant, ne disposait du genre de ressources, financières ou autres, dont Madame Katzen disposait pour aider ses étudiants.

Qui était-elle vraiment ? Quelles forces avaient conspiré pour la guider à travers les mers jusqu'aux rivages de ce petit morceau de terre à peine visible sur une carte du monde, sur cette île volcanique gorgée de soleil et de canne à sucre ? Était-elle britannique ou française ? *Una mujer española* ou *eine deutsche Frau* ? Sa maîtrise des langues était telle qu'il était facile de la prendre pour une citoyenne de l'un des nombreux pays dont elle parlait la langue.

Inutile de dire que pendant mes dix-sept années en tant que professeur de français dans les écoles publiques de New York, je pensais souvent à Madame Katzen. Vingt-huit ans s'étaient écoulés depuis la dernière fois que je m'étais assis dans sa salle de classe, je me demandais si elle se souvenait de moi. Savait-elle où j'étais ou ce que je faisais ? J'avais quitté Saint-Kitts quelques mois après avoir obtenu mon diplôme d'études secondaires et je n'avais malheureusement jamais gardé le contact. Avait-t-elle su que je suivais ses traces, ou plutôt, essayais de suivre ses traces ? Son influence était telle qu'il serait impossible pour de simples mortels comme moi de suivre véritablement ses traces.

J'avais décidé qu'il serait peu probable qu'elle se souvienne de moi. Bien que je fusse un bon étudiant en langues et que je fusse généreusement récompensé par tous les avantages de l'apprentissage des langues qu'elle m'avait offert (voyage, études à l'étranger, etc.), j'avais été loin d'être son meilleur étudiant. Cependant, je m'étais promis qu'un jour avant sa mort, je retournerais à Saint-Kitts pour lui faire savoir à quel point elle avait influencé ma vie. Ainsi, durant l'été 1998, je fis ce voyage tant attendu à SaintKitts pour rendre visite à Mme. Katzen, désormais âgée de quatrevingt-sept ans. Il était temps de la remercier pour sa générosité d'esprit et pour son don des langues.

En descendant la rue Édouard, je pouvais voir le *Chalet La Serena* à quatre maisons à gauche. Une sensation de chaleur m'envahit en pensant aux merveilleux moments passés chez Madame Katzen. Pourquoi Madame avait-t-elle choisi de donner un nom à sa maison et pourquoi ce nom ? Bien qu'il s'agît d'une maison en brique à deux étages, contrairement aux autres maisons de plain-pied du quartier, elle évoquait difficilement les chalets alpins de Suisse. Madame serait probablement toujours une énigme. À bien des égards, elle était un anachronisme, une femme appartenant à un temps et un lieu antérieur. Même le nom de sa maison semblait enveloppé de mystère. Pourquoi l'avait-elle appelée *Chalet La Serena* ? Pourquoi la Maison de la Sérénité ? Avait-elle été une réfugiée fuyant la persécution et qui avait finalement trouvé la paix et la tranquillité sur cette petite île tropicale bucolique et tranquille ? Je ne pouvais pas me détacher de l'idée que le nom de sa maison était probablement un symbole de sa vie passée.

Je pouvais sentir mon cœur battre de plus en plus vite. Je ne l'avais pas vue depuis août 1971, quand j'avais quitté l'île pour l'université. Tout d'un coup la pensée qu'elle pourrait ne pas se souvenir de moi me remplit d'anxiété. Non pas que cela m'aurait totalement surpris ; après tout nous étions maintenant près de trois décennies loin de nos jours de dictées, d'explications de texte et de la poésie d'Alphonse de Lamartine. De plus, à l'âge de 87 ans, elle aurait pu perdre certaines de ses facultés. Je soupçonne cependant que la véritable source des nœuds dans mon estomac avait moins à voir avec son âge ou le temps écoulé depuis la dernière fois que je l'avais vue mais davantage avec la prise de conscience que tous les anciens élèves de Madame Katzen étaient obligés à jamais de communiquer avec elle dans une des langues qu'elle nous avait enseignées. Peu importait que le lieu de rencontre soit à l'église, au supermarché ou dans la rue. Peu importait si elle avait été votre enseignante il y a 10, 20 ou 30 ans. Il n'y avait aucun moyen de l'éviter. Tous les anciens élèves de Madame étaient obligés de lui parler en français ou en espagnol. En m'approchant de la maison, je pouvais voir deux gros chiens dans la cour derrière la clôture. Debout devant la grille métallique, nœuds dans l'estomac, je rassemblai mon courage pour affronter la formidable Madame Katzen. Est-ce que mon français ou mon espagnol serait à la hauteur ? La chose la plus facile à faire, bien sûr, serait de parler à Madame en anglais. Mais ce serait un sacrilège. De plus, aucun membre de cette confrérie spéciale des anciens élèves de Madame Katzen n'aurait eu l'audace de s'adresser à elle en anglais.

Les chiens, détectant la présence d'un étranger de l'autre côté de la clôture, commencèrent à aboyer bruyamment tandis qu'ils couraient entre la porte et le porche. Avertie par le son des chiens qui aboyaient, Mme Katzen vint à la porte. Elle avait l'air plus âgée que je ne m'y attendais. Désormais une version réduite d'ellemême, la courbure de sa colonne vertébrale était plus prononcée, la conduisant à adopter une posture abaissée, face au sol. « ¡*Cállense*! » dit-elle, ordonnant en espagnol aux chiens de se taire.

Elle descendit les trois marches et s'approcha de la porte. Sa démarche était stable et sûre, ce qui indiquait qu'elle était toujours autonome et mobile. Sa tante et sa mère étaient décédées il y a vingt ans et elle était maintenant seule au *Chalet La Serena* avec ses chiens et chats bien-aimés.

Je décidai de lui parler en français.

« Bonjour madame Katzen, » dis-je en avançant pour ouvrir la porte. « Je ne sais pas si vous vous souvenez de moi. Je m'appelle
Ira Simmonds, un de vos étudiants des années 60. »
Avec sa posture courbée vers l'avant, il lui fallut un effort certain pour tourner la tête et me regarder.

Sa réponse fut aussi immédiate que surprenante.

« Eh bien, monsieur, je me souviens de vous. Vous étiez tout à fait le danseur. »

Bien sûr, je me souviens de vous. Vous étiez tout à fait le danseur ! Quelle chose étrange à dire ! Moi, tout à fait le danseur ! Excusez-moi madame, je pense que vous vous trompez. Après tout, elle ne semblait pas vraiment se souvenir de moi. Moi, le danseur ? Je ne crois pas ! J'eus l'idée de lui dire qu'elle me prenait pour un autre étudiant, ou du moins j'aurais pu lui demander d'expliquer la référence *tout à fait le danseur*. Mais je changeai d'avis immédiatement. C'aurait été si impoli, si inapproprié de corriger Mme Katzen. Mais qu'est-ce que cela changeait qu'elle me prenne pour un autre étudiant ? C'était important pour mon ego légèrement meurtri. Oui, j'étais un peu déçu qu'elle ne se souvienne pas de moi pour l'élève de langue étrangère plus ou moins décent que j'étais. Je n'étais certainement pas parmi ses étudiants les plus brillants, mais j'étais assez bon pour être parmi ceux qui avaient été choisis pour participer à ses programmes d'immersion linguistique à l'étranger. Et pour cela, elle aurait pu se souvenir de moi.
Tandis que je la suivais dans la maison, j'essayais de faire de mon mieux pour cacher ma déception. Vraiment, comment avaitelle pu me prendre pour quelqu'un d'autre ? Me voici, un

ancien élève venu la remercier pour tout ce qu'elle m'avait apporté, prêt à lui faire savoir combien elle m'avait inspiré, seulement pour découvrir que je n'étais qu'un visage parmi les milliers d'autres à qui elle avait enseigné. Mais pourquoi étais-je si déçu ? Pourquoi étaitil si important qu'elle se souvienne de moi ? N'était-ce pas suffisant qu'elle m'ait donné les moyens de devenir un citoyen du monde ?

Elle m'offrit une place en rentrant dans le salon. C'était une pièce figée dans le temps. Rien n'avait changé depuis l'époque d'*El Círculo Franco-Espagnol* dans les années 1960. Les meubles étaient les mêmes et même leur emplacement dans la pièce n'avait pas changé. Le piano droit utilisé par sa mère pour accompagner nos chansons était encore là, immobile dans le même coin à côté de l'entrée de la cuisine.

Je l'informai de ma vie à l'étranger après le lycée, avec des détails sur mes études universitaires et mes expériences de travail durant lesquelles j'avais tenté de l'imiter en enseignant le français dans les écoles publiques de New York. Je ne pouvais pas l'affirmer avec certitude mais je sentis en quelque sorte qu'elle était heureuse d'apprendre que je m'étais bien défendu. Ses yeux s'illuminèrent tandis que je lui racontais mes voyages au Québec et à Paris avec des étudiants. Ces descriptions de mes séjours avec les étudiants semblaient avoir touché à quelque chose de profond dans sa psyché. Presque instantanément, Madame fût transformée. Le professionnalisme stoïque incarné en tout temps par cette grande dame disparut soudainement pendant un bref instant. Elle fut transportée à une époque et dans un lieu différent et, ce faisant, me permit de voir un côté d'elle dont je n'avais pas connaissance jusqu'alors. Alors qu'elle parlait poétiquement de ses années d'étudiante à Paris dans les années 1920, elle n'était plus tout à coup la formidable et indomptable Madame Katzen.

Sa vue empirait. Elle exprima la tristesse qu'elle éprouvait à la pensée qu'elle finirait par perdre la vue et ainsi perdre la capacité de faire ce qu'elle aimait le plus - lire. Pour la citer :

Une vie sans lecture est une vie de mort-vivant.

Elle parla des merveilleux moments passés à l'Opéra et au Théâtre du Palais Royal. Elle se transforma sous mes yeux en une vieille dame simple et ordinaire qui se souvenait des jours heureux de sa jeunesse. Elle n'était plus surhumaine, intimidante et plus grande que la vie, mais une femme chaleureuse et gentille remplie d'une humanité surprenante. Le sentiment de déception que j'avais ressenti quelques instants plus tôt d'avoir été pris pour quelqu'un d'autre s'était évaporé, remplacé avec le sentiment d'être honoré, le sentiment d'être la personne la plus chanceuse au monde. Quelle chance d'être assis en face de cette femme à la fois ordinaire et extraordinaire alors qu'elle dévoilait une petite partie d'elle-même, m'offrant un bref aperçu de sa jeunesse. Madame était une femme qui ne parlait presque jamais d'elle-même. Pourtant, voilà que je me trouvais assis face à la vénérable Mme Katzen qui me racontait des histoires de ce qui devait avoir été les meilleures années de sa vie.

« Tu étais un sacré danseur ! »

Quand j'ai quitté le *Chalet La Serena* ce jour-là en août 1998, je réalisai soudainement qu'elle avait su exactement qui j'étais quand elle m'avait vu. Environ sept ans après son arrivée à Saint-Kitts, Madame avait réussi à convaincre un ancien professeur de ballet de son ancienne école de *La Serena*, au Chili, de venir à Saint-Kitts afin de fonder une école de ballet. Il semblerait que ma performance en tant que l'un des soldats jouets dans Casse-Noisette avait laissé sur elle une impression plus indélébile que ma performance dans ses cours de français et d'espagnol !

J'étais heureux d'avoir trouvé le courage de rendre visite à Madame. Je me fis la promesse silencieuse de revenir rapidement lui rendre visite afin de mieux la connaître. Peut-être que lors de ma prochaine visite j'aurais un aperçu des ingrédients qui avaient servi à la création de cette enseignante remarquable. Une anomalie sur cette petite île, Madame avait suscité beaucoup de curiosité. Les curieux parmi nous qui s'interrogeaient sur les raisons et les circonstances de son arrivée en ce lieu improbable, étaient soit trop polis ou trop intimidés (ou les deux) pour poser des questions.

Je ne revins jamais rendre visite à Mme Katzen. En 2007, j'appris qu'elle était décédée cinq ans plus tôt. Chaque fois que je pense à la dernière fois que nous nous sommes rencontrés, je pense aux millions de questions que j'aurais dû lui poser. Si seulement le désir que je possède maintenant d'en savoir plus sur elle avait été éveillé alors qu'elle était encore en vie.

▥

Déterminé à en apprendre davantage sur Madame Katzen, en 2010 (huit ans après sa mort) je retournai à Saint-Kitts dans le but de voir ce qui pouvait m'aider à reconstituer l'histoire de sa vie, l'histoire de son voyage improbable vers cette minuscule île des Caraïbes orientales. Ayant passé les quarante-deux dernières années de sa vie sur cette île connue sous le nom de colonie mère des Antilles (respectivement, sa mère et sa tante avaient passé les dixsept et quinze dernières années de leur vie sur l'île) il devait y avoir au moins une poignée de gens de Saint-Kitts qui savaient quelque chose de sa vie avant d'arriver sur l'île. J'allais les chercher pour voir ce qu'ils savaient. Peut-être pouvaient-ils m'éclairer sur cette enseignante mystérieuse qui avait débarqué telle une tempête tropicale en 1961, changeant à jamais le paysage de l'enseignement des langues étrangères sur l'île.

Finalement, je trouvai un nombre appréciable de personnes prêtes à partager leurs réflexions sur cette femme remarquable. Parmi eux se trouvaient beaucoup de ses anciens élèves (que j'avais cherchés et localisés partout le monde) ainsi que quelques-uns de ses vieux amis et collègues. Si vous étiez d'un certain âge et que vous aviez un lien quelconque avec l'éducation, vous connaissiez Mme Katzen ou vous aviez entendu parler d'elle. En outre, dans une communauté si petite où personne ou très peu de gens lui ressemblaient, madame s'était distinguée.

Bien qu'un bon nombre de ses étudiants soient retournés à Saint-Kitts pour y vivre et y travailler après des études de premier cycle et des études supérieures à l'étranger, la plupart de ses anciens étudiants (moi y compris) ne sont pas revenus de façon permanente. Que ce soit à Saint-Kitts ou à l'étranger, ses étudiants peuvent être trouvés dans le monde entier - Canada, France, USA, Suisse, Guyane, Barbade, Jamaïque, Venezuela, Royaume-Uni, Îles Vierges américaines, Tortola, St. Martin - vivant et travaillant comme linguistes, enseignants, avocats, médecins, entrepreneurs, banquiers, ministres ordonnés ou politiciens, pour n'en nommer que quelques-uns.

Informé que l'ancien gouverneur de Saint-Kitts, Sir Probyn Innis (1975-1980), était l'ami proche et l'avocat de Madame (il était aussi son ancien collègue d'enseignement à la *Grammar School* au début des années 1960), je me mis à sa recherche. Quelle surprise lorsqu'il m'apprit que Madame Katzen avait un fils ! Qu'elle ait eu un fils n'était pas surprenant en soi. La surprise venait du fait qu'après toutes ces années, je ne savais pas qu'elle en avait un. Comment était-il possible que je ne le savais pas ? Était-ce un secret bien gardé ? Il semblerait que cela ait toujours été connu de tous, mais quant à moi des choses plus importantes (comme le football, le cricket et les filles) occupaient mon esprit d'adolescent.

Chili

Quand je découvris que Madame Katzen avait un fils bien vivant au Chili, je fus désormais totalement obsédé par le désir ardent d'apprendre tout ce que je pouvais sur elle. Je voulais savoir d'où elle venait et ce qui l'avait amenée à Saint-Kitts. Je voulais avoir un aperçu de sa personnalité - ce qui la faisait rire, ce qui la faisait pleurer, d'où venait cette patience, cette énergie, cette passion, cette endurance et ce dévouement qu'elle avait apporté à cette noble profession qu'est l'enseignement. D'où ou de qui lui venaient ses qualités - qualités possédées habituellement par seulement le plus rare des enseignants extraordinaires.

Grâce à Sir Probyn Innis, je pus rapidement prendre contact avec le fils de Madame Katzen. Il s'appelait Fyodor et vivait à Santiago, au Chili. Un bref échange de messages électroniques et à mon plus grand plaisir Fyodor fut tout à fait réceptif à l'idée que je lui rende visite au Chili afin d'en apprendre davantage sur sa mère. J'avais un million de questions et je ne pouvais pas attendre qu'il y réponde.

Avant de partir pour le Chili, je trouvai un article sur Madame Katzen publié à Saint-Kitts pendant les années 1980 dans un magazine local de l'Alliance Française dans lequel Madame était interviewée par Jack Lapsey, un de ses anciens étudiants, aujourd'hui avocat à Saint-Kitts. Selon l'article, Madame était née en Tchécoslovaquie. Inutile de dire que cette information ne servait qu'à rendre Madame plus mystérieuse qu'elle ne l'était déjà. Je m'attendais à découvrir lors de mes recherches qu'elle était chilienne, espagnole ou française. Peut-être même allemande, étant donné la saveur teutonique du nom Katzen. De tous les lieux de sa naissance imaginés, la Tchécoslovaquie n'en faisait certainement pas partie. Qu'est-ce qui pouvait faire qu'une femme tchèque d'âge moyen bien éduquée ainsi que sa mère et sa tante choisissent de passer le reste de leur vie sur la petite île des Caraïbes relativement inconnue de Saint-Kitts ? J'espérais que la réponse viendrait du fils de Mme Katzen, Fyodor, lorsque je lui rendrai visite au Chili.

Alors que je parlais aux nombreux amis, collègues et anciens étudiants de Madame, une image commença à émerger des divers aspects de sa vie avant Saint-Kitts. Cependant, plus j'entendais d'histoires, plus le tableau devenait flou, car chaque histoire successive semblait se contredire, ce qui rendait difficile de déterminer quelles histoires étaient authentiques et lesquelles ne l'étaient pas. Une histoire que j'eus peu de difficulté à vérifier est que Madame et sa mère avaient cofondé une école au Chili en 1946, quatorze ans avant son arrivée à Saint-Kitts. Une recherche rapide en ligne me conduisit à la page web du *Colegio Inglés Católico de La Serena*. L'école catholique anglaise de La Serena. Je fus immédiatement frappé par le nom de l'école. Ce fut le premier de nombreux moments de révélation ! La Serena, comme dans Chalet La Serena ? Bien sûr ! Il semblerait que Mme Katzen ait dédié sa maison de Saint-Kitts à la mémoire de la ville chilienne de La Serena, le lieu où elle avait fondé son école.

Fondée en 1544, La Serena est la deuxième plus ancienne ville du Chili après Santiago, la capitale. Située dans le nord du Chili, elle est la capitale de la région de Coquimbo et abrite l'archidiocèse catholique de La Serena. Je devais me faire un devoir de visiter l'école de La Serena lors de ma visite auprès de Fyodor.

Je pris l'avion pour le Chili le 20 juillet 2010. C'était au milieu de l'hiver chilien. Les sommets enneigés devenaient de plus en plus grands à mesure que nous descendions en direction de l'aéroport. La proximité de notre trajectoire et de ces belles montagnes causa quelques inquiétude mais nous atterrirent bientôt en toute sécurité à Santiago, une belle ville nichée aux confins magnifiques et escarpés de la cordillère des Andes. J'étais nerveux et excité à la perspective de rencontrer Fyodor. Était-il également impatient de me rencontrer, un parfait étranger arrivant de New York pour lui poser des questions sur le passé de sa mère ? Lors de notre rencontre, devais-je lire ma liste de questions préparées, ou devais-je laisser la conversation se dérouler naturellement ? Notre communication par courriel se faisait exclusivement en anglais, une langue qu'il parlait couramment, donc il n'y aurait pas besoin de communiquer avec lui dans mon espagnol approximatif. J'avais apporté un petit enregistreur numérique afin de ne rien manquer de notre conversation. Quant à savoir si j'aurais le courage de lui demander la permission de l'utiliser, c'était une autre affaire. Ce serait horrible si je demandais la permission et qu'il disait non. Devais-je enregistrer subrepticement notre conversation ? Non, ce n'était pas une bonne idée. Si j'étais honnête il serait peut-être plus enclin à s'ouvrir à moi.

A 9h55 ma femme et moi quittâmes notre chambre d'hôtel pour attendre au rez-de-chaussée Fyodor, qui avait dit qu'il viendrait nous chercher à l'hôtel à 10h. Je fus assez surpris de le voir déjà là à nous attendre dans le hall de l'hôtel. Il nous accueillit chaleureusement dans sa merveilleuse ville. Nous marchâmes vers sa voiture garée devant l'entrée de l'hôtel. Il semblait vraiment heureux de nous voir et nous invita à passer la journée chez lui et sa charmante épouse Maria.

« J'espère que vous avez apporté un magnétophone. Je suis certain que vous avez beaucoup de questions. »

Avec ces mots mon anxiété sur le sujet de l'enregistrement de notre conversation fut totalement dissipée. Mais pourquoi était-il si pressé de me faire enregistrer notre conversation ? Peut-être était-il conscient qu'il existait de nombreuses versions de l'histoire de sa mère et que s'il existait une version qui serait enregistrée pour la postérité, ce pourrait aussi bien être la sienne ?

Conduire dans les rues de Santiago, une ville assez moderne, n'était pas différent de la conduite dans certaines rues de New York, mais je dois avouer avoir ressenti une étrange sensation pendant que Fyodor manœuvrait sa voiture à travers la circulation. La veille j'étais en plein milieu des journées caniculaires de l'été de New York et un jour plus tard je me faisais conduire dans les rues glacées de l'hiver chilien. Les étendues enneigées des Andes étaient constamment à portée de vue et semblaient trompeusement proches, enveloppant Santiago dans une étreinte majestueuse, fraîche et confortable. J'aurais presque pu tendre la main et les toucher. En moins de dix minutes, Fyodor entra dans le garage de sa résidence.

« J'ai remarqué que vous finissez habituellement vos courriels avec *Fyodor Dvorak K.* Quelle est la signification de la lettre K ? » je demandai en sortant de sa voiture. J'étais curieux à propos de son nom depuis le début de notre correspondance par courriel. Ma meilleure supposition était qu'en signant *Fyodor Dvorak K,* il suivait une convention chilienne relative aux noms, différente de tout ce à quoi j'étais habitué, où Dvorak devait être le nom de jeune fille de sa mère et le K une abréviation de Katzen, le nom d'épouse de sa mère ?

« Oui, c'est ainsi que nous écrivons nos noms au Chili. Dvorak est le nom de mon père, et le K représente le nom de jeune fille de ma mère, Katzenellenbogen. »

« Oh, je vois. » Je répondis, luttant pour donner un sens à ce qu'il venait de dire. J'étais totalement confus - peut-être plus surpris que confus - d'apprendre soudainement que le vrai nom de famille de Madame Katzen n'était pas Katzen, mais Katzenellenbogen. Je voulais demander à Fyodor quand et pourquoi elle avait abandonné le 'ellenbogen' de son nom. Les réponses contribueraient grandement à m'éclairer sur cette femme remarquable. Ne voulant pas paraître trop curieux, je décidai de ne pas poser de telles questions. Peut-être que je poserais ces questions plus tard, une fois que nous aurons établit une relation plus étroite. Ce qui était plus déconcertant que surprenant, était qu'à Saint-Kitts, nous la connaissions tous comme Mme Katzen - le titre de Mme Katzen qui indiquait son mariage avec M. Katzen, ou plutôt M. Katzenellenbogen. Pourquoi avait-t-elle utilisé son nom de jeune fille et non celui du père de Fyodor, Dvorak ? Je n'eus pas le courage de poser la question, espérant que la réponse viendrait avec le temps. Il était inhabituel pour une femme mariée de son époque d'utiliser son nom de jeune fille au lieu de celui de son mari. De toute évidence, ce n'était pas une femme de son temps mais une femme qui était en avance sur son époque.

En entrant dans l'appartement de Fyodor, nous fûmes accueillis par sa femme Maria. Avec ses cheveux bruns, elle avait l'air d'être une descendante de la tribu Mapuche originaire du Chili.

Dans l'article écrit dans le magazine de l'Alliance française mentionné plus tôt, Madame avait indiqué qu'elle était née en Tchécoslovaquie ! J'étais enfin sur le point d'entendre son fils raconter l'histoire de sa vie. L'histoire de son voyage de la Tchécoslovaquie à Saint-Kitts devait être fascinante.

« Ma mère est née le 8 juillet 1911 à *Nikolaevsk-na-Amur*, en Sibérie orientale, en Russie. »

« Pardon ? Sibérie orientale, Russie ? » Je demandai. L'expression de mon visage dut trahir ma surprise. J'étais sur le point de demander pourquoi Madame disait qu'elle était née en Tchécoslovaquie alors qu'elle était née en Russie quand il continua.

« Son histoire peut être un peu déroutante mais elle finira par s'éclaircir. Ma mère est née à *Nikolaevsk-na-Amur* où son père, un médecin, et sa mère, un professeur de musique ont vécu et travaillé. Oui, ma mère a dit au monde qu'elle était tchèque. Au fil des ans, j'ai compris qu'elle avait une raison impérieuse de le faire. Nous avons émigré dans l'hémisphère occidental à une époque où être russe équivalait à être communiste. Mon père est d'origine tchèque. Ma mère a décidé qu'il était plus facile et plus prudent de survivre en Occident sans être constamment considéré comme un communiste méprisé. C'était une façon de se protéger et de protéger sa famille »

Fyodor et sa femme Maria étaient tout simplement merveilleux et n'auraient pas pu être de meilleurs hôtes. Après un délicieux déjeuner préparé par Maria, Fyodor et moi nous retirâmes dans son bureau pendant que ma femme et Maria bavardaient dans le salon. Lui et moi discutâmes de la politique de son pays d'adoption bienaimé, le Chili. Il me parla de sa carrière de quarante-quatre ans au sein d'une compagnie minière de fer, où il gravit les échelons pour devenir gestionnaire des importations avant de prendre sa retraite en 2002. Pendant que nous bavardions, il scanna de nombreuses photos de famille et me les envoya immédiatement par courriel. Nous parlâmes de sa mère, de sa grand-mère et de sa grande tante, l'unité centrale de sa famille qui l'emmena au Chili en 1939 alors qu'il n'était qu'un garçon de deux ans. Il dit peu de choses de son père, qu'il ne connaissait pas vraiment. On lui avait dit que son père était venu au Chili avec sa famille en 1939. Pour des raisons qui restaient obscures, son père était parti presque immédiatement pour une destination inconnue après l'arrivée de la famille au Chili. Il ne savait pas où il était allé ni si et quand il était mort. Il aurait pu retourner à Shanghaï, dit-il. Le mariage de ses parents fut de courte durée, et il n'était pas au courant des détails de la fin de leur mariage.

Bien que ma visite au Chili ait été assez fructueuse, réussie audelà de mes rêves les plus fous, je retournai à New York en me sentant quelque peu insatisfait. Je ne savais toujours pas vraiment qui était Mme Katzen. Les questions vraiment importantes qui m'avaient mené à entamer ces recherches étaient restées sans réponse. Fyodor, ravi de mes efforts pour enregistrer l'héritage de sa mère, était assez accommodant et généreux, partageant avec moi de nombreuses photos de sa famille. Mais malgré les photos de l'enfance de sa mère, du diplôme universitaire, de sa lune de miel, etc., il n'avait néanmoins pas été en mesure de me fournir un portrait de la véritable essence de sa mère. Ou peut-être qu'il n'était pas disposé à se confier totalement à un parfait inconnu. Ou peutêtre qu'il me disait vraiment tout ce qu'il savait.

À son arrivée au Chili, à l'âge de deux ans, il était trop jeune pour comprendre quoi que ce soit, encore moins les forces politiques destructrices mondiales qui furent déclenchées - forces qui causèrent le déplacement de sa famille et de millions d'autres familles dans le monde entier.

« Je ne sais pas. Ma mère ne m'a jamais parlé de cela, » était une réponse fréquente à beaucoup des questions que j'ai posées à Fyodor. Je ne devais donc pas m'attendre à apprendre des détails importants de ses années de formation. Les horreurs d'avant la Seconde Guerre mondiale de l'ancien monde doivent rester dans l'ancien monde, pour ne jamais hanter les âmes des jeunes et des non-initiés dont les pieds sont maintenant plantés fermement et en toute sécurité dans le Nouveau Monde. Sans surprise, cela semblait avoir été la devise de cette famille immigrée russe composée de cinq adultes (Mme. Katzen, sa mère Alexandra, sa tante Evgenie, sa sœur Raisa et son mari) et de deux nourrissons, Fyodor (le fils de Mme Katzen) et Anastasia (la fille de Raisa) alors qu'ils tentaient de recommencer leur vie dans un pays étranger.

Russie

Après avoir passé les mois qui suivirent à étudier la possibilité de voyager en Sibérie orientale pour voir ce que je pouvais apprendre sur les années de petite enfance de Madame Katzen, je décidai que *Nikolaevsk-na-Amur*, une petite ville de l'Extrême-Orient russe, serait un endroit trop inhospitalier pour mes recherches. D'ailleurs, ma connaissance du russe se limitait à deux mots, *da* et *nyet*. Je décidai de laisser *RusGenProject*, une société de recherche généalogique basée à Moscou, effectuer la recherche à ma place.

France

Je chérirai toujours ma merveilleuse visite de 1998 à Madame Katzen au Chalet La Serena. Intrigué par la brève mais mélancolique description de Madame de son séjour à

Paris pendant les Années Folles (Paris des années 1920), je décidai qu'il m'était nécessaire de me rendre en France pour en savoir plus sur ses années parisiennes. Après des mois de correspondance par courriel avec les Archives nationales françaises, je pus déterminer lequel de leurs cinq centres détenait des documents d'intérêt concernant les années que Madame avait passées à la Sorbonne. Armé des numéros de catalogue d'archives appropriés, des dates de rendez-vous et d'un badge d'identification, je me suis dirigé vers Paris. J'avais prévu de passer au moins un mois à fouiller afin de voir ce que je pourrais trouver. De chez les Mendivés, ma famille d'accueil à Lille, située à 200 kilomètres de Paris, mon trajet en TGV jusqu'à la gare du Nord à Paris prenait seulement une heure.

En m'approchant du bâtiment qui abritait l'une des sections des Archives nationales françaises, je remarquai que six policiers étaient postés au niveau de l'entrée. Un niveau de sécurité inhabituel, pensai-je. Avant que je puisse présenter mon badge d'identification et mes documents de rendez-vous, l'un des agents me dit que je ne pouvais pas entrer car le bâtiment était fermé. Comment les Archives pouvaient-elles être fermées ? Je pensais. Les Archives nationales ne me donneraient quand même pas un rendez-vous un jour de fermeture, n'est-ce pas ?

« Pourquoi est-ce fermé ? » demandai-je en précisant que j'avais rendez-vous pour examiner certains documents préréservés pour ma venue aujourd'hui. Je présentai ma pièce d'identité ainsi que mes documents d'identification et d'accès, expliquant que j'avais fait tout le chemin depuis New York pour effectuer cette recherche et que j'avais fixé ce rendez-vous depuis des mois. Il ne semblait pas impressionné par mes documents et ne daignait même pas les regarder.

« Le bâtiment est fermé parce qu'on est en grève ! » Ah oui, une bonne vieille grève française, j'aurais même ajouté. Il me suggéra de téléphoner aux Archives pour prendre un autre rendez-vous. Non, il n'avait absolument aucune idée de la durée de la grève. Je fus victime de la propension légendaire de la France à faire grève - une propension probablement enracinée dans son histoire insurrectionnelle de gauche remontant à la Révolution. Il était 9h00 et mon billet aller-retour pour Lille était pour 18h00. Juste au moment où je m'apitoyais sur mon sort, pensant que ce serait une journée perdue, il me vint soudain à l'esprit que j'étais à Paris, la Ville Lumière. Je décidai de passer le reste de la journée à visiter le Centre Pompidou.

Avec une certaine d'angoisse, je reportai mes recherches affectées par la grève au mercredi suivant. Pendant ce temps, je passai du temps à prendre des dispositions pour rencontrer Monsieur Denys Prunier, l'archiviste du lycée Lamartine, le lycée fréquenté par Madame Katzen en 1926. Elle y obtint son baccalauréat en 1928 avant de s'inscrire à l'Université Paris-Sorbonne. Le lycée Lamartine, situé au 21 rue du Faubourg-Poissonnière, a été nommé d'après et fondé par le poète, écrivain et politicien romantique du XIXe siècle, Alphonse de Lamartine. Une grande partie des perspectives philosophiques et des écrits de ce grand poète et membre de l'Académie française auraient un impact significatif sur la personnalité et le caractère de Madame Katzen. Tous les étudiants étaient obligés de s'engager dans des travaux d'intérêt général, s'occupant souvent de nombreux résidents pauvres et sans abri de Paris. Le lendemain, je montai à bord du TGV et retournai à Paris. De la Gare du Nord, je pris le métro Ligne 5 avec arrêt à la Gare de l'Est, puis je changeai pour la Ligne 7. Un arrêt plus tard, je descendis à Poissonnière, à quatre pâtés de maisons du Lycée Lamartine où je devais rencontrer Denys Prunier. Me tenant devant l'entrée de l'école et regardant le bâtiment, je devinai que la structure avait au moins quelques centaines d'années. Plus tard, je découvris que le ministère français de l'Éducation avait acquis le bâtiment en 1891. Le lycée Lamartine avait été fondé à cet endroit en 1893 en tant que lycée pour filles. Ce bâtiment emblématique, dans lequel le lambris de l'une de ses salles a été classé patrimoine national, fut autrefois la propriété de Pierre Beauchamps, connu pour le rôle influent qu'il joua dans le développement de la danse baroque française. Certains de ses autres titres incluent directeur de l'Académie Royale de Danse (1671), chorégraphe principal de la Troupe du Roi de Molière (1664-1673) et maître de ballet à l'Académie Royale de Musique.

Vétéran de quarante ans du système scolaire français, Monsieur Prunier, arborant une barbe blanche touffue, m'attendait à l'entrée. Il me fit visiter le bâtiment, soulignant les constructions datant d'après le départ de Madame Katzen en 1929. Nous nous dirigeâmes ensuite vers le sous-sol à la recherche du dossier académique de Madame. Cette tentative n'ayant pas abouti, il émit l'hypothèse que, comme d'autres documents de cette époque, il pourrait être archivé hors site afin de faire de la place. Sa contribution la plus précieuse à ma visite a cependant été son récit de l'histoire et de la mission de l'école, qui préparait les adolescentes de l'ère victorienne aux défis du 20e siècle.

Mercredi matin. Je montai une fois de plus à bord du TGV à la gare de Lille-Flandres et je retournai à Paris pour mon rendez-vous aux Archives nationales françaises. Alors que j'approchais du bâtiment.......

Oh non ! Surprise ! Surprise ! C'était, selon les mots de l'immortel Yogi Berra, *encore une fois du déjà-vu !* » Là, à l'entrée, se tenaient mes amis les agents de police. Encore une fois, on m'empêcha d'entrer. Entre le moment où je planifiai ce dernier rendez-vous et aujourd'hui (une question de quelques jours) les employés des archives avaient mis fin à leur grève mais, ayant d'autres griefs à régler, en avaient entamé une nouvelle. Écrasé par le poids de deux déceptions successives, je cherchai le réconfort d'un banc voisin et tentai de réfléchir à ma situation. À ce rythmelà, combien de temps faudrait-il pour que la grève prenne fin ? Si je m'étais souvenu que la grève était une affaire presque quotidienne, j'aurais prévu de passer plus d'un mois en France. N'importe quel jour en France, vous pouvez vous réveiller en apprenant que des agriculteurs bloquent la circulation en jetant sur l'autoroute leurs pêches juteuses récemment récoltées pour protester contre la nouvelle proposition d'impôts; des manifestants à cheval saisissant la Place de la Bastille contre une nouvelle augmentation de la TVA; des clubs de football en grève au sujet des taxes proposées sur leurs franchises; des parents et des enseignants protestant contre la proposition du président de changer la tradition séculaire de ne pas avoir école le mercredi. On doit enseigner le mercredi ? Quel scandale ! Peut-être aurais-je dû me laisser porter et me dire que ce n'était qu'une autre journée de recherche perdue dans cette folle culture de grève. Je pouvais toujours prendre un autre rendezvous. Mais qui dit que la Société Nationale des Chemins de Fer Française (SCNF) et le Métro ne seraient pas en grève à ce moment-là ?

Quarante minutes plus tard j'étais toujours assis sur le même banc, essayant de combattre ce sentiment accablant d'impuissance. Pour me remonter le moral, je pensai aux nombreuses choses que je pouvais faire pour passer le temps. Je pouvais me balader à Montmartre et regarder le travail des artistes de rue, ou je pouvais visiter la grande collection d'impressionnistes au Musée d'Orsay. Je pouvais aussi m'asseoir sur la terrasse d'un café en sirotant une bière et en regardant le monde passer tout en essayant d'imaginer que j'étais Madame Katzen appréciant la vue et les sons du Paris des années 1920.

Deux heures plus tard, toujours assis devant l'entrée des Archives, je vis un employé présenter une pièce d'identité et être autorisé à entrer. Je décidai d'essayer de raconter mes malheurs au prochain employé qui se présenterait. Peut-être que l'un d'eux éprouverait de la sympathie et me laisserait entrer. Voyons voir, que devais-je dire ? Je suis venu de New York en mission de recherche ; mon temps est limité ; mon budget aussi ; mon chien me manque terriblement pourrait être un bon argument étant donné la manière dont les Français s'attachent à leurs chiens. La troisième employée qui daigna écouter mon discours était une matrone aux cheveux blancs. Mon histoire larmoyante dut provoquer un peu de sympathie. Elle me dit qu'elle trouverait quelqu'un pour m'aider si un nombre important de briseurs de grève franchissait la ligne de piquetage.

Reprenant espoir et regonflé par la possibilité d'accéder à des documents qui m'éclaireraient davantage sur Madame Katzen, je priais que la sainte patronne des briseurs de grève me sourit. Et moquez-vous de moi mais elle le fit ! Le nombre de travailleurs atteint, ma dame aux cheveux blancs sortit du bâtiment à 12h15 et vint me chercher dans la cour. Après m'être inscrit et avoir signé le règlement des Archives, on me présenta l'assistant responsable de la récupération les documents catalogués déjà mis de côté pour mon usage.

Après avoir déposé ma veste, mon appareil photo et mon sac à dos dans un casier, je fus conduit au troisième étage de la zone principale des recherches publiques dans une grande pièce bien éclairée avec plusieurs rangées de longues tables. On me remit un sac en plastique transparent et une paire de gants blancs. Je déposai dans le sac en plastique les deux seuls articles autorisés dans cette salle de recherche : un cahier et de quoi écrire. Assis à une longue table en attendant la livraison de mes documents réservés, je pouvais sentir mon rythme cardiaque s'accélérer. Cette succursale parisienne des Archives Nationales était l'un des cinq sites abritant un total collectif de plus de 405 km de documents. Le personnel de sécurité patrouillait dans la pièce - ostensiblement pour s'assurer que la sécurité ou l'intégrité de cette énorme collection de documents n'était pas compromise. Les documents originaux conservés par les Archives datent de l'an 625 jusqu'à aujourd'hui. Raison suffisante, je suppose, pour mettre un individu à l'épreuve avant d'en autoriser l'accès. Les grèves qui menaçaient de contrecarrer ma mission de recherche, les nombreux niveaux de sécurité à franchir, mon désir obsessionnel de capturer l'essence d'une professeure très spéciale, tout avait réussi à engendrer une sorte d'excitation aventureuse. Je n'avais aucune attente sur ce que j'allais trouver et en vérité je ne m'en souciais guère. J'étais totalement pris dans le frisson de la chasse. De plus, quel que soit ce que j'allais découvrir, cela serait certainement plus que ce que je savais déjà.

Le préposé arriva et déposa un carton contenant des documents sur la table. Tandis que j'enfilais mes gants blancs, le vacarme de mon cœur battant semblait résonner dans la salle de lecture caverneuse. Comme hypnotisé, je regardai la boîte pendant un moment. Quels secrets étaient contenus à l'intérieur ? Était-elle remplie de détails mystérieux et précis sur la vie remarquable de Madame ? Un résultat peu probable, une idée fantastique, une élucubration qui m'avait tout simplement coupé le souffle.

La boîte contenait 8,5 x 11 fiches - documents d'inscription de chaque étudiant étranger entrant dans le système scolaire public français. Quelque part dans cette boîte j'espérais trouver des informations qui me feraient en savoir davantage sur le parcours de Madame. En commençant par le début de la section K, je commençai à chercher Katzen ou Katzenellenbogen, mon rythme cardiaque s'accélérant au passage de chaque fiche. Alors que j'avançais dans l'attente enthousiaste de trouver son nom, ma recherche fut stoppée net. J'étais arrivé à l'endroit où le nom de madame aurait dû se trouver mais ne l'était pas. Soudain conscient de ma respiration laborieuse, je pris une profonde respiration pour me calmer. Dans ma hâte j'avais dû accidentellement sauter son nom ? Redémarrant ma recherche, je vérifiai méticuleusement chaque document K pour m'assurer que le nom de Zenaida Katzen ou Zenaida Katzenellenbogen ne m'avait pas échappé. Certain qu'une recherche plus minutieuse et délibérée porterait ses fruits avec le deuxième passage dans les K, mon rythme cardiaque s'accéléra à nouveau. Encore une fois, mes espoirs furent anéantis. Zenaida était introuvable. Il devait y avoir une explication pour l'absence de ce document. Il y avait des mois de cela, en préparation de ce voyage de recherche, les Archives nationales françaises m'avaient donné l'assurance de l'existence d'une preuve documentaire de l'inscription de Madame dans le système scolaire public français - preuve complète avec la catégorie du document, le numéro et l'emplacement du document.

Devais-je rendre la boîte et expliquer qu'on m'avait donné la mauvaise boîte ? J'examinai son étiquette extérieure. Les codes de documents, les numéros de catégorie et de lieu correspondaient aux renseignements que j'avais reçus des Archives nationales les mois précédents. Peut-être que les documents de Zenaida Katzen(ellenbogen) avaient été égarés par inadvertance ailleurs dans le contenu A à Z de cette boîte. Je n'avais pas le choix. Je devais examiner à nouveau chaque document. Venir de si loin et partir les mains vides serait une folie.

L'idée de devoir examiner chaque document contenu dans cette boîte gâchait quelque peu l'excitation de la chasse. Néanmoins, il fallait le faire, une tâche rendue plus ardue par la prise de conscience croissante que ma recherche pourrait être vaine. Au moment où j'arrivai à la lettre C, l'ennui de feuilleter ces documents, page par page, dans l'espoir de trouver un certain K perdu me fit perdre ma concentration. Pour éviter la fatigue causée par ce mouvement répétitif, je me mis à trier les documents sur mes genoux au lieu de les trier sur la table. Moins d'une minute plus tard, la sécurité me tapa sur l'épaule et me gronda d'avoir utilisé mes genoux comme table. Tous les documents, dit-elle, devaient être utilisés à la vue du personnel. Même si je comprenais la nécessité de ce genre de vigilance, j'étais néanmoins gêné par l'insinuation que mon comportement de trier les documents sur mes genoux ressemblait étrangement à celui d'un voleur de documents qui attendait subrepticement le bon moment pour glisser des artefacts dans ses vêtements. Un peu secoué par une telle accusation implicite, la pensée que je pourrais être sur le point de trouver Zenaida Katzen enleva bientôt le goût terrible de ma bouche. Sans hésiter, je continuai.

Attendez une seconde ! Que cela pouvait-il bien être ? Une poignée de documents K cachés parmi les Gs ! Sans doute le travail d'un chercheur inconsidéré. Quatre pages plus tard, c'était là ! - le dossier d'inscription de Zenaida Katzenellenbogen !

Hélas, il n'était pas rempli des détails de sa vie que je rêvais de trouver. Ce n'était pas l'aubaine que j'avais espérée, mais j'étais quand même heureux d'avoir l'occasion de jeter un coup d'œil sur son passé. Après avoir embarqué dans une machine à remonter le temps, je retournai en 1926 dans le Gai Paris pour regarder son formulaire d'inscription à l'école. Jauni par le passage du temps, écrit dans sa cursive exquise et audacieuse qui rappelait une époque où l'on était fier de la calligraphie, il m'informa de l'année où Madame était arrivée dans la Ville Lumière. Il me dit qu'elle avait été logée au 36 rue Botzaris (un couvent juste en face du *Parc des Buttes Chaumont* dans le 19ème arrondissement) et que chez elle en Chine, ses parents vivaient au *5 rue Chapsal* dans la section française de la ville portuaire de Shanghaï.

J'avais encore quelques heures avant mon train de 18 h pour Lille alors je décidai de visiter le couvent où Madame habitait à la rue Botzaris. La ligne 7 me conduisit à l'arrêt Buttes Chaumont. En sortant du métro je me retrouvai sur la rue Botzaris. En marchant vers l'ouest, je cherchai le numéro 36. De l'autre côté de la rue se trouvait le parc magnifiquement entretenu des Buttes Chaumont. Un bâtiment ordinaire en brique de trois étages, le numéro 36 ne ressemblait pas vraiment à ce que j'imaginais d'un couvent français des années 1920. En m'approchant, je remarquai deux drapeaux suspendus aux fenêtres du deuxième étage, le drapeau français et un drapeau que je ne pus identifier. La grille de la propriété était fermée. Je la poussai, mais elle ne céda pas. En regardant à travers une fissure, je ne pouvais détecter aucune activité à l'intérieur. De mon point de vue, le bâtiment semblait inoccupé. Mon visage était encore près de la grille, mon esprit vagabondait, évoquant des images de la vie de Zenaida dans le couvent, me demandant à quel point cela avait dû être étrange, intéressant pour une jeune femme du monde avec une vie non prescrite par les vœux de pauvreté, de chasteté et de révérence d'une religieuse, de vivre dans un couvent. A quoi ressemblait la vie quotidienne de Zenaida derrière ces murs ? Rêvait-elle de devenir nonne pendant son enfance ? Est-ce que vivre ici était un essai afin de voir si elle pouvait vivre la vie d'une religieuse ? Tant de questions, si peu de réponses. Sans prévenir, une main se posa sur mon épaule et me sortit de ma rêverie. Je fis un bond en arrière et me retrouvai face à face avec deux gardes de sécurité armés qui semblaient être apparus de nulle part.

« Qu'est-ce que vous faites ici ? » demanda le plus grand des deux.

« Je cherche l'entrée du bâtiment. » Je répondis.

Il m'expliqua que je ne pouvais pas y entrer. J'expliquai que j'aurais aimé parler à quelqu'un à l'intérieur qui pouvait être en mesure de me donner un historique de l'édifice, que j'étais en train d'effectuer des recherches pour une biographie que j'écrivais sur mon ancien professeur de français qui avait vécu à cette adresse pendant ses années d'études secondaires et collégiales dans les années 1920.

« Elle ne vit plus ici. »

Il s'amusait à mes dépens, mais en le regardant de plus près, je vis un visage totalement dépourvu (peut-être même incapable) d'humour. Je compris soudainement qu'il n'essayait pas d'être drôle, qu'il était en fait totalement incapable de sarcasme et qu'il voulait vraiment que je comprenne que Madame ne vivait plus vraiment ici. J'ignorai la voix dans ma tête qui disait, *Ira cela ne va pas bien finir, retourne-toi et allez-vous d'ici.* Son partenaire, quant à lui, ne contribua en rien à cet échange. Il restait là, sans expression, les yeux rivés sur moi. Je fus quelque peu troublé, mais malgré quelques secondes de silence pénibles pendant que mon regard passait de l'un à l'autre, je décidai d'aller de l'avant avec ma tentative d'entrer dans le bâtiment. Je demandai à nouveau s'il y avait quelqu'un à l'intérieur qui pouvait m'informer sur l'histoire du bâtiment. Son regard me disait que j'avais déjà épuisé sa patience. Il en avait assez de mes questions.

« Vous voyez ce drapeau en haut ? »

Il désigna du doigt l'un des deux drapeaux suspendus à l'étage supérieur. Je les avais vus tous les deux quand je m'étais approché du bâtiment, mais je n'avais reconnu que le tricolore. Avant de pouvoir répondre, il répondit à sa propre question.

« C'est le drapeau tunisien. »

Je restai figé pendant que mon cœur sautait deux battements. Il s'avérait que j'essayais d'accéder à une propriété qui appartenait dorénavant à la Tunisie. Oui, ce pays d'Afrique du Nord qui aurait initié les événements du soi-disant Printemps arabe. Le 4 janvier 2011, un marchand de fruits tunisien, Mohamed Bouazizi, s'était suicidé en s'enflammant pour protester contre la confiscation de ses produits par un inspecteur. Dix jours plus tard, le président tunisien Zine El Abidine Ben Ali fut renversé par un coup d'État. Des images télévisées récentes de manifestations et d'émeutes du Printemps arabe en Tunisie défilaient devant mes yeux. Effrayé par ma situation, mon cerveau m'ordonna de battre en retraite immédiatement. Mes pieds, cependant, refusèrent d'obéir. Espérant que les gardes ne pouvaient pas entendre mon cœur s'emballer et ne voulant montrer aucune crainte, je me tins là à les regarder tous les deux pour ce qui semblait une éternité. Comme les choses peuvent changer rapidement ! Il y avait seulement un instant, j'étais un chercheur zélé, à la recherche de nourriture pour la biographie de l'inimitable Madame Katzen. Le moment suivant j'étais un personnage suspect qui essayait d'entrer dans un bâtiment gardé appartenant au gouvernement tunisien alors qu'une révolution se déroulait en Tunisie.

Pensant peut-être que mon manque de réaction à son « C'est le drapeau tunisien » signifiait que je ne comprenais pas la gravité de la situation, que la pleine implication de ses paroles était perdue sur moi, le garde désigna alors le trottoir du doigt.

« Voyez-vous ces bouteilles cassées ? Il y avait une émeute ici ! »

En entendant que les bouteilles cassées dans la gouttière étaient le résultat d'une émeute qui s'était produite il y a trois jours, il m'apparut soudain que je pouvais être en danger, que j'étais persona non-grata. Je tournai les talons et m'éloignai du bâtiment - en prenant soin de ne pas regarder en arrière juste au cas où il me regardait encore. Un pâté de maisons plus loin, je m'assis sur un banc sur le trottoir en face de la rue à côté des Buttes Chaumont. De ce point de vue je pouvais toujours voir le bâtiment mais le garde avait disparu. J'attendis trente minutes avant d'utiliser mon appareil photo pour prendre quelques photos du bâtiment. Je restai assis sur le banc, essayant de décider mon prochain mouvement. Bien que déçu de m'être vu interdire l'entrée du 36 rue Botzaris, j'étais néanmoins excité et amusé de voir ma quête de Madame imprégnée d'un brin d'intrigue internationale. Je devais absolument en apprendre davantage sur « l'émeute » qui avait eu lieu ici il y a quelques jours.

Toujours assis sur le banc, je remarquai un caniche marchant dans ma direction, son propriétaire, un vieil homme aux cheveux blancs tenait sa laisse. Distrait par les nombreuses odeurs canines qui constituent la partie la plus agréable de la promenade quotidienne d'un chien, il approchait lentement. Son propriétaire, tout content d'être emmené en promenade l'après-midi par Fifi, avait l'allure d'un habitant de longue date du quartier. Une conversation avec lui pouvait m'informer sur le numéro 36. Quelques minutes plus tard, Fifi l'amena au banc où j'étais assis, non pas pour nous présenter, mais pour renifler et décoder les messages que d'autres chiens lui avaient laissé sur les pieds du banc. Je demandai à l'homme ce qu'il pouvait me dire sur le bâtiment avant qu'il ne devienne la propriété du gouvernement tunisien. Il me répondit ceci:

« C'était une fois une maison religieuse. »

À mon retour à Lille, je me connectai sur internet et découvris que des milliers d'immigrants tunisiens illégaux venaient d'arriver en France. Une soixantaine d'entre eux avaient repris le 36 rue Botzaris, qui avait été le quartier général de Ben Ali, le président tunisien récemment destitué. Dans le sous-sol de ce bâtiment des documents sensibles contenant des informations sur les ennemis de Ben Ali qui étaient sous surveillance en France avaient été trouvés. Par la suite, la police française avait saisi le bâtiment et expulsé de force les squatters. Et ce seulement une semaine avant que je tente d'entrer dans le bâtiment.

Chine

Il y avait encore beaucoup de recherches à faire si je voulais vraiment comprendre toute l'histoire du voyage de 11 861 kilomètres de Madame Katzen depuis la Sibérie Orientale en Russie où elle était née, jusqu'à Saint-Kitts où elle avait passé les quarante dernières années de sa vie. Si je voulais raconter avec précision son histoire, je devais apprendre à mieux la connaître. Serais-je capable de la connaître et de comprendre l'histoire de sa vie et de travailler suffisamment bien pour être en mesure de saisir avec précision l'essence de cette grande dame ? Si seulement je pouvais trouver certains de ses amis et collègues qui la connaissaient bien ! Trouver des lettres de correspondance, si elles existaient, serait encore mieux, elles contribueraient grandement à me donner un aperçu approfondi du parcours de vie de cette femme extraordinaire.

Il y avait peut-être des anciens élèves avec qui elle était devenue proche. En utilisant les réseaux sociaux et mon réseau d'anciens camarades de classe de la *Grammar School*, devenu plus tard le Lycée de Basseterre, je cherchai à trouver autant d'anciens élèves de Mme Katzen que possible, ainsi que des parents, des collègues, des amis et des connaissances. Je pus localiser et contacter plus de trente étudiants du Chili à qui elle avait enseigné de 1946 à 1960 ainsi que plus de cent cinquante de ses anciens étudiants de Saint-Kitts entre 1961 et 1977. Les réflexions collectives partagées par les nombreux anciens élèves contactés témoignent de la capacité d'une enseignante exceptionnelle à influencer profondément la vie de ses élèves. L'admiration, l'amour et le respect exprimés sont tout simplement impressionnants.

Une grande percée dans ma quête pour comprendre l'essence de Madame Katzen vint d'un ancien élève, Danny. S'il y a un étudiant qui incarne ce que signifie être un ancien élève de Madame Katzen, c'est bien Danny. Mme Katzen, ayant appris que la mère de Danny était une mère célibataire qui luttait pour élever plusieurs enfants, avait approché Danny pour lui demander de lui soumettre une liste des factures mensuelles de sa mère. La mère de Danny s'y était conformée. Madame Katzen devint une source importante de soutien financier pour la famille de Danny. Preuve corroborant, à mon sens, que Madame était, entre autres, une philanthrope aisée.

Cependant, ma supposition selon laquelle elle était une femme riche fut de courte durée. Plus tard, Danny me dit la vérité, m'informant que le vrai bienfaiteur de sa famille n'était pas Madame Katzen. L'aide financière que Madame avait obtenue pour sa mère provenait d'un homme nommé Horace Kadoorie. Je me mis immédiatement en route pour en savoir plus sur Horace. Était-ce un ami de Madame Katzen ou un membre de sa famille ? Il était facile d'imaginer qu'il devait y avoir d'autres jeunes étudiants de Saint-Kitts qui bénéficièrent de ses largesses et si c'était bien le cas, il serait intéressant de connaître l'ampleur de ses efforts philanthropiques à Saint-Kitts. Horace pouvait-il être la clé permettant d'obtenir au moins quelques informations sur le voyage épique de Madame

Katzen d'un bout à l'autre du monde ? Il devint vite évident qu'elle était le canal par lequel Sir Horace acheminait les ressources pour aider de nombreux étudiants. À ce titre, la correspondance entre les deux, si elle existait, serait d'une valeur inestimable.

Une recherche rapide en ligne avec le nom d'Horace et je sus immédiatement que j'étais sur la bonne voie. Lawrence Kadoorie (1899-1993) et Horace Kadoorie (1902-1995) étaient des frères célèbres, industriels, hôteliers et philanthropes. Leur père, Eleazar Silas Kadoorie, aussi connu sous le nom de Sir Elly Kadoorie (1867-1944) était un Juif irakien, patriarche de l'une des familles les plus riches de Bagdad. Les entreprises familiales Kadoorie se trouvent principalement en Chine, en Inde, en Asie du Sud-Est et en Australie avec des intérêts dans les services publics d'électricité (China Light and Power Co., Ltd. - plus tard connu sous le nom de CLP Group), les plantations de caoutchouc, les banques, l'immobilier et les hôtels de luxe - y compris la chaîne de renommée mondiale Peninsula Hotels. Le magazine Forbes a classé la famille Kadoorie au 21e rang des familles les plus riches d'Asie avec une valeur nette de 9,9 milliards de dollars.

Après que les Romains eurent détruit le second Temple de Jérusalem il y a deux mille ans, les Juifs furent dispersés aux quatre coins du monde. Certains allèrent au nord et d'autres à l'ouest, en Espagne, au Maroc et en Macédoine. D'autres allèrent vers l'est et formèrent une grande communauté en Mésopotamie (Irak moderne), et au Koweït. La communauté juive de Bagdad prospéra et, plus récemment, envoya ses fils en Amérique, en Europe, en Chine et en Inde. Les Kadoories, les Sassoons, les Sophers, les Somechs et les Gubbays faisaient partie des principales familles de Bagdad. Le père d'Horace arriva à Hong Kong en passant par Bombay (aujourd'hui Mumbai), en mai 1880, où il se joignit à la firme juive séfarade de David Sassoon & Sons comme commis. Elly fut ensuite transférée en Chine pour travailler dans les ports de traités de Shanghaï, Tientsin et Ningpo. Au bout de quelques années, il avait accumulé suffisamment d'argent pour s'en sortir tout seul. Il créa par la suite des entreprises à Hong Kong et à Shanghaï.

Ce serait merveilleux si je pouvais en apprendre plus sur le lien de Madame Katzen avec cette puissante et riche famille irakienne/britannique/hongkongaise. Encore mieux serait de mettre la main sur des lettres qui me donneraient un aperçu des pensées de Madame Katzen, ses peurs, ses rêveries, ses motivations, si de telles lettres existaient. Les frères Kadoorie, Lawrence et Horace, moururent dans les années 1990. Je devais donc écrire à la ou aux personnes actuellement en charge de leurs entreprises familiales.

Une recherche sur Google m'apprit que Sir Michael David Kadoorie GBS, dirigeant d'entreprise, philanthrope, fils de Sir Lawrence Kadoorie, neveu d'Horace Kadoorie CBE, était l'héritier vivant de la fortune familiale Kadoorie et était considéré comme la 6ème personne la plus riche de Hong Kong. Pilier de la société hongkongaise, il s'était vu décerner le Gold Bauhinia Star (GBS) pour ses services publics et bénévoles rendus à la communauté.

En décembre 2010, j'envoyai une lettre à chaque adresse de courriel d'entreprise affiliée avec CLP Holdings Ltd., une entreprise dont le conseil d'administration était présidé par Sir Michael. Je ne me faisais pas d'illusions sur le fait que Sir Michael obtiendrait mes missives électroniques. Il m'est venu à l'esprit que, très probablement, mes courriels à Sir Michael étaient destinés à terminer leur voyage sans être lus, relégués à la corbeille ou dans le dossier spam d'un ordinateur de Hong Kong. Après tout, c'était un homme très important et très occupé à diriger une entreprise de plusieurs milliards de dollars

- sans parler du fait qu'il utilisait sa richesse et son influence pour aider les plus démunis. La famille Kadoorie avait depuis longtemps la réputation de donner une part substantielle de sa fortune à des causes caritatives. Bien sûr, il y avait toujours la possibilité qu'un courriel passe à travers le parefeu et se rende jusqu'au bureau de Sir Michael. Comme dirait ma mère : « Qui ne risque rien n'a rien »

Imaginez ma surprise quand, en février 2010, je reçus un courriel de Susan Turner, secrétaire de l'honorable Sir Michael Kadoorie, indiquant qu'elle avait lu mon courriel. Sir Michael, disait-elle, faisait des affaires à l'étranger et ne devait pas retourner à Hong Kong avant la première semaine de mars. Elle serait heureuse de porter mon courriel à son attention dès son retour.

Quelques semaines plus tard, Sir Michael répondit qu'il était au courant des efforts philanthropiques de son oncle pour soutenir l'implication de Mme Katzen dans l'éducation à Saint-Kitts !!

Communiquer avec Sir Michael, héritier de la fortune de la famille Kadoorie, était une expérience grisante. Son oncle, Sir Horace, avait construit une école pour les réfugiés juifs à Shanghaï avant le début de la deuxième guerre sino-japonaise et Madame Katzen, selon le neveu d'Horace, Michael, avait enseigné dans cette école ! Ça avait dû être son tout premier emploi d'enseignante après avoir obtenu son diplôme à la Sorbonne en 1932. J'allais devoir creuser un peu. Quoi qu'il en soit, ayant eu l'impression que Sir Michael était en mesure de donner plus de détails sur la relation de son oncle avec Mme Katzen, je fus plus qu'un peu déçu qu'il ne semble pas en savoir davantage. Tout bien considéré, cependant, ça pouvait être la percée dont j'avais besoin. J'écrivis rapidement à Susan Turner pour voir si elle pouvait me fournir d'autres pistes.

Mme Turner donna suite à ma demande d'information concernant l'existence possible de documents archivés qui pourraient m'informer sur les contributions philanthropiques de sir Horace à l'éducation des jeunes de Saint-Kitts pendant les années 1960, en me renvoyant à l'ex-chercheuse parlementaire britannique Amelia Allsop au Hong Kong Heritage Project (HKHP). Le HKHP fut créé par Sir Michael Kadoorie pour acquérir, rassembler et mettre à la disposition du public, des documents, des photographies, des films et des témoignages relatifs à l'histoire de la famille Kadoorie, ses entreprises et son travail caritatif à Hong Kong et ailleurs. Quelques courriels plus tard, j'appris que le HKHP me donnerait accès à une collection de lettres échangées entre Sir Horace Kadoorie et Mme Katzen !

Des lettres échangées entre Sir Horace et Mme Katzen ! J'étais fou d'excitation. L'opportunité d'étudier ces lettres, la possibilité d'obtenir la perspective de Mme Katzen, exprimée dans ses propres mots, était tout à fait excitante. Avec un peu de chance, le contenu de ces échanges sera tout aussi éclairant.

Quelques semaines plus tard, je me rendais à Hong Kong pour rendre visite à Amelia Allsop au Hong Kong Heritage Project. Amelia et son personnel avaient fouillé leurs archives et trouvé des centaines de lettres de correspondance entre Sir Horace Kadoorie et Mme Katzen. Je lui suis éternellement reconnaissant, ainsi qu'à son personnel, de m'avoir remis des copies de ces lettres triées chronologiquement. Ce trésor d'informations m'éclaira en effet beaucoup sur la vie et le travail de Madame Katzen. L'accès à cette précieuse collection de lettres fut incontestablement l'événement marquant de mes recherches. Pour la première fois, je pouvais l'entendre penser. Ses paroles écrites donnèrent voix à l'ensemble de ses luttes, ses succès, ses peurs et ses préoccupations qu'elle avait partagés avec Sir Horace Kadoorie. Pour la première fois dans mon voyage de découverte, dans ma recherche pour mieux comprendre l'essence de cette enseignante extraordinaire, le voile de mystère qui l'enveloppait commença à s'évaporer, dévoilant des aspects intéressants de son caractère jusque-là insaisissable. J'étais maintenant bien informé et l'histoire entière de son voyage fascinant à travers le monde commença à se dérouler sous mes yeux.

CHAPTER 2

Nikolaïevsk-sur-l'Amour

Elle ouvrit les yeux et se retrouva dans une chambre blanche allongée sur un lit étrange. Rien autour d'elle ne lui semblait familier. Une brume emplit sa tête, provoquant un état d'incertitude semi-conscient. Elle ne pouvait pas dire si elle était endormie ou éveillée et elle avait du mal à se rappeler où elle était et comment elle y était arrivée. Épuisée par sa lutte pour retourner dans le monde conscient, elle s'endormit bientôt une fois de plus. Combien de temps avait-t-elle été endormie elle ne pouvait en être certaine, mais quand elle ouvrit ses yeux le brouillard dans son cerveau s'était quelque peu dissipé. Maintenant suffisamment consciente pour savoir avec un certain degré de certitude qu'elle ne se reposait plus dans les bras de Morphée, elle essaya de se concentrer sur les objets autour d'elle à la recherche d'indices sur sa localisation, une tâche rendue difficile par sa vue défaillante. En s'appuyant sur le coude, elle tendit la main vers la table de chevet pour prendre ses lunettes. Un éclair de douleur vive dans sa hanche droite la renversa. Se tordant d'agonie, elle ferma les yeux dans l'espoir que la douleur disparaisse. Quand elle ouvrit les yeux une demi-heure plus tard, la douleur avait presque disparu.

Elle s'appelait Zenaida Katzenellenbogen. Sa famille et ses amis l'appelaient Zina. Allongée dans un lit d'hôpital à Santiago du Chili, elle commençait à craindre de perdre la mémoire, mais tout d'un coup elle réalisa qu'elle souffrait des effets de l'anesthésie et des autres médicaments postopératoires. Il est très déconcertant, sinon désorientant, de perdre le sens du lieu et du temps dans l'univers.

Mme Katzen (à droite) et sa sœur

À l'âge de 90 ans, elle avait vécu une vie relativement longue et saine. Jusqu'à présent son plus grand problème de santé était sa vision défaillante, un énorme inconvénient pour une lectrice avide et vorace. Être lentement privée de sa vue et de sa capacité de lire étaient selon ses mots un sort pire que la mort. Malgré tout, son esprit était aussi clair qu'un étang de montagne - assez lucide pour raconter l'histoire de son voyage épique de la Sibérie à la Chine, la France, le Chili et Saint-Kitts.

Tout commença à *Nikolaïevsk-sur-l'Amour*, une petite ville de Sibérie orientale, en Russie, une région extrêmement belle et reculée de l'Extrême-Orient russe. Le genre d'endroit qui évoque invariablement des images d'hivers brutalement froids, d'exils politiques, de camps de travail et de colonies de lépreux.

Située sur la rive gauche de la vaste et puissante rivière Amour, Nikolaïevsk est entourée de collines qui offrent un certain abri contre les vents rigoureux de l'hiver, mais ces mêmes collines bloquent également les vents chauds dominants du printemps et de l'été, ce qui tend à rendre les hivers déjà longs encore plus longs. Même la forêt primitive qui entoure la ville ne protège pas Nikolaïevsk du vent froid qui arrive constamment de l'ouest et du nordouest. Et, comme si cela ne suffit pas, les vents venant de l'est et du nord-est apportent presque toujours de l'humidité, de la pluie et de la neige. Énormément de neige. Les tempêtes de neige et les blizzards sont fréquents, laissant tomber en moyenne soixante-dix centimètres de neige à chaque fois. Les étés en revanche sont très courts et relativement frais avec une température de 23 degrés Celsius en moyenne. C'est là que Zina passa les huit premières années de sa vie. Cela pouvait sembler un endroit vraiment difficile à vivre, mais ses souvenirs d'enfance de *Nikolaïevsk-sur-l'Amour* sont ceux d'une petite fille vivant dans un monde magnifique de neige et de glace, un pays des merveilles hivernal rempli des joies des anges de neige, du patinage sur glace et des promenades en traîneau. Il était impossible pour Zina de penser à son enfance de patinage sur glace et de promenades en traîneau sans penser à son père, l'homme le plus cher, le plus doux et le plus chaleureux qu'elle ait jamais connu. Elle adorait tout simplement son père.

Grandir dans le sein de sa bonté, abritée par son amour, lui donna les moyens d'explorer, de prospérer, de survivre et de supporter. Elle souriait au souvenir de son tout premier animal de compagnie ; un chaton frissonnant qu'elle trouva en train de jouer dans la neige. Elle le ramassa et le glissa dans sa veste.

Elle ne pouvait pas le ramener à la maison parce que sa mère avait des règles très strictes sur la présence des animaux dans la maison. Risquant la colère de sa mère Alexandra, elle la ramena toutefois chez elle. Elle trouva une petite boîte et après y avoir mis une vieille serviette, elle la cacha dans le grenier. Sachant que son père était lui-même amoureux des chats, elle lui raconta l'histoire de son sauvetage. Sans surprise, il accepta de garder son secret, promettant de la protéger de la colère de sa mère si le locataire félin était découvert.

En homme humble et sans prétention, le père de Zina, Mikhail Nicolavich Katzenellenbogen aurait été trop embarrassé à l'idée de parler de sa bonté, de la profondeur de sa compassion ou de son amour de l'humanité. Contrairement à son père, Zina n'avait pas de tels scrupules et n'hésitait pas à chanter ses louanges au monde entier.

Fils de Chaim Leib, marchand juif lituanien de Vilnius, en Lituanie, Mikhail naquit le 8 juillet 1867. À sa naissance, il reçut le nom de Moishe Chaim Leib (Moishe, fils de Chaim Leib). Le grand-père paternel de Moishe, Zvi Hirsch Simcha, était un érudit rabbinique assidu qui eut l'occasion d'étudier sous l'égide des deux rabbins les plus éminents de Vilnius à l'époque.

Rabbin Abraham Abale Posweiler, Chef de la cour rabbinique et rabbin Saul Joseph Katzenellenbogen, grand rabbin de Vilna. Un descendant de la célèbre famille rabbinique de Katzenellenbogen qui comprenait des gens comme Karl Marx et Helena Rubenstein, les racines du rabbin Saul Katzenellenbogen remontent à plus de 500 ans, au rabbin Meir de Padoue (1482-1565).

En 1804, le tsar Alexandre Ier décréta que tous les juifs devaient adopter un nom de famille. Le rabbin Saul Katzenellenbogen aimait tellement son élève préféré, le grand-père de Moishe, Zvi Hirsch Simcha (dans la nomenclature juive - Zvi Hirsch, fils de Simcha), qu'il lui accorda la bénédiction du nom de famille Katzenallenbogen. Il fut désormais connu sous le nom de Rabbi Zvi Hirsch Katzenellenbogen.

Le père de Mme Katzen

Le père de Zina, baptisé Moishe Chaim Leib Katzenellenbogen, était un jeune homme qui comprit que s'il voulait réussir dans ce monde, il devait changer de nom. Au moment où il entra à l'école de médecine son nom fut officiellement changé en Mikhail Nicolaevich Katzenellenbogen.

Mikhail arriva comme jeune médecin en Sibérie orientale, le coin le plus reculé de Russie, en 1901. En jeune homme brillant et sensible pour son âge, il développa un sens aigu de sa place dans l'univers. Il savait, en quelque sorte, qu'il était destiné à consacrer sa vie au service d'autrui. Selon la coutume, il accomplit son service militaire obligatoire en se joignant à l'Armée impériale en 1888. Ses fonctions militaires accomplies, il retourna à Vilnius et commença à courtiser une noble dame orthodoxe russe, Yana Mikhailovna Pavlovski. Peu après, Mikhaïl se convertit à la religion orthodoxe russe et, en 1891, ils se marièrent. Le 1er février 1892, leur premier enfant Elena était née. Son amour pour les sciences naturelles en général et pour la médecine en particulier le conduisit bientôt à l'Université impériale de Kazan dans la poursuite d'un diplôme de médecine. En 1897, Yana donna naissance à leur deuxième enfant, Vera. Un an plus tard, le 28 novembre 1898, il reçut son diplôme de médecine. Pendant ses années d'étudiant en médecine à l'Université impériale de Kazan, il fut envoyé en mission d'un an à *Nikolaïevsk-sur-l'Amour* par l'Académie médicale impériale pour le progrès scientifique. Sa tâche était de documenter ce qu'était la vie dans cette région la plus reculée de Russie et d'évaluer l'état des services de santé dans la région. L'expérience de cette année consacrée à la documentation des modes de vie dans la région le changea pour toujours. Il y avait tellement de lacunes dans cette région de l'Extrême-Orient russe, surtout en termes de services de santé, qu'il sut immédiatement que ce serait le travail de sa vie. Il fit pression avec ferveur pour obtenir un poste dans la région et fut ravi lorsque, le 13 janvier 1900, par ordre n° 17 du gouverneur militaire de l'oblast de Primorskaya, il fut nommé médecin de village du district du Sud-Ussuriisky. Treize mois plus tard, le 16 février 1901, par ordre n° 55 du même gouverneur militaire de l'oblast de Primorsky, il fut transféré à Nikolaïevsk et reçut le titre de médecin de campagne.

⫴

Mikhail pensait qu'il serait difficile de convaincre Yana, née d'une noble famille lituanienne de la capitale Vilnius, de déménager en Sibérie. Il aurait été difficile de convaincre qui que ce soit de déménager en Sibérie, surtout une femme noble d'une ville cosmopolite. Vilnius était une ville riche en histoire culturelle, en arts et en architecture. En effet, elle était considérée comme la capitale européenne de la culture. Ville historique importante et centre d'influence juive, elle fut surnommée par Napoléon *Jérusalem du Nord* lors de son invasion désastreuse de la Russie en 1812.

Aucune personne sensée ne proposerait d'aller en Sibérie, peu importe la noblesse de la cause. Qui voudrait vivre dans un endroit réputé ne contenir que des prisonniers exilés, des étendues froides de forêts sans pistes, des criminels, des tigres mangeurs d'hommes, des cosaques, des colonies de lépreux et des toundras gelées ? Le père de Zina, Mikhail. Voilà qui ! Bien sûr, ayant passé un an dans la région en tant qu'étudiant en médecine, il savait que, comme pour la plupart des choses, la réputation de la Sibérie était bien pire que sa réalité. Il s'est avéré qu'il ne fut pas trop difficile de convaincre sa femme Yana de partir vers l'Est. Elle aimait profondément Mikhail et croyait en sa vision d'apporter la médecine moderne à l'Extrême-Orient russe. De plus, il était impensable qu'elle et ses deux petites filles vivent séparées de Mikhail. Aussi, même si sa santé était quelque peu fragile, il y avait quelque chose d'attrayant et d'aventurier à quitter les boudoirs étouffants de

Vilnius pour être aux côtés de son mari dans les vastes contrés de la frontière orientale. En plus d'élever les enfants, elle fournirait à Mikhail le soutien moral dont il avait besoin. Elle savait combien il avait hâte de faire tout ce qui était en son pouvoir pour améliorer, entre autres, les conditions atroces des colonies de lépreux de la région. Peut-être qu'un jour il pourrait même trouver un remède pour cette maladie invalidante et mutilante.

Le voyage à *Nikolaïevsk-sur-l'Amour* depuis Vilnius était long, ardu et froid. Yana pensait qu'avec deux enfants en bas âge, le meilleur moment pour voyager serait l'été, mais Mikhail devait assumer ses responsabilités de médecin de la ville de Nikolaïevsk en février 1901. Ainsi, en janvier 1901, Mikhaïl, son épouse et ses deux filles firent le voyage depuis Vilnius jusqu'à Nikolaïevsk en calèche, en bateau à vapeur et en Transsibérien, du moins sur les parties du chemin de fer qui étaient complètes - une distance de près de 10 000 kilomètres. Lorsqu'ils arrivèrent à destination, plus d'un mois plus tard, Yana tomba malade et sa santé commença rapidement à se détériorer. Au fil du temps, sa santé s'améliora et elle commença à mettre ses compétences d'enseignante au service du territoire oriental. En 1915, elle enseignait dans une école primaire du village d'Abrazheevka, Ivanovskaya Volost. Cela dut être une période très difficile pour Mikhail – jongler entre la famille et le travail, mais c'était un jeune médecin dont la popularité était à la hausse et dont la priorité était de fournir un travail acharné pour améliorer les conditions de santé de la région.

En 1905, quelques années seulement après l'arrivée de Mikhaïl Nikolaïevitch Katzenellenbogen et de sa famille à *Nikolaïevsk-surl'Amour*, il était devenu un homme très important et influent dans l'Extrême-Orient russe. En 1913, il était sans doute l'un des hommes les plus puissants de la région, comme en témoigne la liste des titres et des postes qu'il occupait :

Douma de la ville de Nikolaïevsk-na-Amur - *Député*

Hôpital municipal - *Directeur*

Prison de Vladivostok (section de Nikolaïevsk) - *Membre du Comité*

Commission sanitaire municipale - *Membre*

Comité caritatif de Nikolaïevsk - *Secrétaire*

Comité Leprosarium - *Membre*

Nikolaïevsk Volunteer Firefighting Society - *Membre*

Assemblée publique de Nikolaïevsk - *Chef*

Comité caritatif de la Prison - *Administrateur*

Société pour assurer le développement du divertissement populaire et de l'éducation populaire - *Membre du Conseil*

Nikolaïevsk était une ville du district de Primorskaya oblast, situé à 35 kilomètres en amont de l'embouchure de la rivière Amour. Fondée en 1852 comme poste commercial de la Compagnie russoaméricaine, elle devint un poste militaire en 1856. Avant l'arrivée des colons, la population de Nikolaïevsk se composait principalement de Giljaks indigènes. Après l'arrivée des Japonais, des Coréens et des Chinois, la population des Giljak diminua de façon spectaculaire - principalement à cause de la variole, de la rougeole, de la syphilis, de la famine et de l'alcoolisme. Dans cette ville, l'hiver était une période de forte consommation d'alcool, un endroit d'ivresse horrifiante. En raison des longs hivers rigoureux, la plupart des gens qui travaillaient avaient tendance à le faire en été. Les hivers étaient si rudes que beaucoup de gens recherchait la chaleur réconfortante d'une bouteille de vodka.

Dans les années 1870, on découvrit que le port de Vladivostok, à la différence de *Nikolaïevsk-sur-l'Amour*, pouvait rester sans glace toute l'année et il devint ainsi rapidement le principal port de Sibérie et la base de la flotte militaire sibérienne. En 1890, Nikolaïevsk était au plus fort de son déclin. Cependant, à la fin des années 1890, la prospérité de la ville commença à augmenter avec la découverte d'or et l'établissement de pêcheries de saumon. Sur son chemin vers l'île de Sakhaline en 1890, Anton Tchekhov fit un arrêt à Nikolaïevsk et rencontra des difficultés à trouver un endroit pour passer la nuit. Il écrivit :

> *Aujourd'hui près de la moitié des maisons délabrées ont été abandonnées par leurs propriétaires, et leurs sombres fenêtres sans cadre vous regardent comme les orbites d'un crâne. Les habitants mènent une existence bâclée, ivre, vivant généralement au jour le jour sur tout ce que Dieu a fourni [...] ils gagnent leur vie en vendant du poisson à Sakhaline, en volant de l'or, en exploitant les indigènes et en vendant des bois de cerf que les Chinois utilisent pour fabriquer un stimulant.*

En 1895, la population de la ville avait atteint 4 417 habitants (3 398 hommes et 1 019 femmes) dont la plupart étaient des troupes militaires, des exilés et des Kazakhs. Il y avait un total de 328 maisons privées, 2 églises, un hôtel, un bâtiment d'assemblée publique, un hôpital, une école d'église et un lycée professionnel.

En 1905, la population de Nikolaïevsk était estimée à environ 8000 habitants. Les migrations étaient fréquentes entre Nikolaïevsk et le district voisin d'Udsk, où il y avait une industrie minière florissante. La population totale dans un rayon de 426 kilomètres de Nikolaïevsk était estimée à environ 30 000. Il n'y avait pas de chemin de fer ou de route principale qui reliait Nikolaïevsk avec Khabarovsk, la grande ville la plus proche. Le seul moyen de rejoindre d'autres endroits était par la mer et par la rivière Amour qui ne pouvait être utilisée que pendant l'été, et pendant l'hiver lorsqu'elle était gelée. Dans les rares cas où l'hiver était relativement doux, la rivière Amour était navigable pendant six semaines au printemps et à l'automne.

Le commerce de la pêche avait toujours été une part importante de l'activité du port de Nikolaïevsk. Zina se souvenait bien de l'effervescence générée à *Nikolaïevsk-sur-l'Amour* pendant la saison de pêche, lorsque le port était rempli de bateaux de pêche japonais et chinois, ainsi que de bateaux de pêche de presque toutes les nations. Si elle fermait les yeux, elle pouvait encore entendre les cris rauques des sternes et des mouettes pendant qu'elles suivaient les bateaux de pêche jusqu'au port en attente de la distribution des poissons rejetés. Pendant relativement longtemps ce fut un port de pêche stratégique et productif. Il était si important pour le saumon et la pêche en haute mer qu'il est difficile de croire qu'à la fin du XXe siècle la plupart du poisson consommé dans cette ville était importé.

Mikhail était toujours très fier des nombreux services, médicaux et autres, qu'il fournissait aux centaines de pêcheurs qui fréquentaient le port. En effet, en 1911 l'empereur japonais, l'empereur Meiji, lui conféra *l'Ordre du Trésor sacré*, 3e classe. Cette lettre qui accompagnait la médaille en dit long sur le bon service du médecin à la ville.

Ville de Nikolaïevsk-sur-l'Amour, médecin municipal

Ordre du Trésor sacré, troisième classe

Attribué à Mikhail Nikolaevich Katzenellenbogen

La personne ci-dessus a servi comme médecin pour la ville à partir de l'année 1901. Il est responsable des inspections médicales pour les navires du port. Chaque année, de juin à septembre, le nombre de navires étrangers et nationaux entrant dans le port atteint plus d'une centaine. Plus de la moitié d'entre eux sont des navires de notre pays (Japon), transportant des milliers de pêcheurs. Pendant la saison de pêche, la situation devient particulièrement urgente parce que le port devient congestionné. Cela devient toujours une course contre la montre (pour s'occuper de tous les vaisseaux). Le médecin apprécie la situation et ne perd jamais de temps en effectuant les inspections médicales. Sa prompte gestion de ces affaires et ses efforts constants pour éviter tout problème sont sans aucun doute le résultat de sa bonne volonté, qui a laissé une profonde impression sur les sujets de ce pays. En outre, l'hôpital de la ville n'est pas bien adapté pour un large éventail de patients. Cependant, tous les efforts sont faits pour accepter le plus grand nombre possible de patients, et cet hébergement est une dette énorme que nous devons au médecin. En outre, dans cette ville, le médecin est un homme d'influence éminent et très instruit, un membre du conseil municipal, un juge honoraire au tribunal de l'ordre public il occupe deux ou trois autres fonctions publiques, et est une autorité auprès de la presse. Et à cause de cela, si au sein du conseil municipal ou des tribunaux il y a des problèmes concernant notre peuple, il préconise toujours une discussion juste, parle sérieusement et s'efforce ouvertement et implicitement de protéger notre peuple. Ces gestes et d'autres gestes attentionnés, pour nous, les résidents, ne sont pas une mince affaire. C'est une personne largement estimée pour ces actes méritoires.

Pour ne pas être surpassé par l'empereur japonais, le 6 décembre 1911, le tsar russe, Nicolas II, a décerné au Dr. Katzenellenbogen la médaille de *l'Ordre de Saint-Stanislas, 2e classe.*

Le rapport de 1913 ci-dessous, présenté par le Dr Katzenellenbogen à *l'Académie médicale militaire pour l'amélioration scientifique* sur l'état de santé de la région, donne une assez bonne idée du genre de défis que devait relever le jeune médecin de la ville.

Nutrition

La nourriture consommée à Nikolaïevsk a un contenu nutritionnel très faible avec très peu, voire aucun, de légumes frais disponibles. Pendant l'hiver, qui dure une majeure partie de l'année, l'alimentation pour la plupart des habitants de Nikolaïevsk se compose de viande congelée et marinée et de poisson.

Les produits laitiers sont pratiquement inexistants. Les conditions hygiéniques et sanitaires de Nikolaïevsk sont mauvaises.

Les différentes races et groupes multiethniques qui ont émigré de différentes régions de la Russie, les immigrants de l'île de Sakhaline, les prisonniers évadés, les gens envoyés en exil et vivant dans la peur, les malades mentaux de l'hôpital de district, représentent une population comptant plus que sa juste part de personnes célibataires, sans abri, ivres, dégénérées et atteintes de maladie mentale.

Maladies dominantes - Besoins sanitaires

Alcoolisme

L'alcoolisme est la maladie numéro un à Nikolaïevsk. La tuberculose, les maladies rénales chroniques et les maladies psychologiques chroniques et aiguës sont également répandues. Il n'y a pas de statistiques précises sur le nombre d'alcooliques, mais il est probablement beaucoup plus élevé que ce qui est suspecté. La mauvaise nutrition associée au climat très froid rend la consommation d'alcool mortelle, l'alcool agissant comme une sorte de poison. À Nikolaïevsk il a détruit la vie de nombreux travailleurs immigrés, des adolescents et des pêcheurs qui travaillent dans les eaux froides de la saison d'automne. Il y a beaucoup de cas de maladies rénales chroniques et aggravées.

Tuberculose

Dans ma pratique à Nikolaïevsk de 1901-1905, j'ai trouvé un type de tuberculose qui semble affecter la plupart des exilés de l'île de Sakhalin. Elle peut durer jusqu'à six mois. Les statistiques sur le nombre de personnes décédées de la tuberculose jusqu'à maintenant sont inconnues parce que l'hôpital ne conserve pas de tels dossiers.

Éclampsie

Dans 20 % des cas de maternité, les femmes souffrent de cette complication potentiellement mortelle de la grossesse.

Maladie mentale

La plupart des maladies mentales chroniques sont probablement provoquées par l'alcoolisme endémique, en particulier pendant l'hiver quand il y a beaucoup de vagabonds au chômage. L'hôpital n'est pas équipé pour traiter ces cas.

Syphilis

Cette maladie semble toucher de nombreuses personnes de l'île Sakhalin où elle se manifeste sous ses formes chroniques, paralytiques et tabétiques. Généralement, elles ne reçoivent aucun traitement médical car l'hôpital est également mal équipé pour le faire.

Maladie parodontale

Répandue dans la prison de la ville, l'hôpital, les refuges, les villages environnants et dans les endroits éloignés.

Lèpre

Bien que seulement quatre cas aient été enregistrés à Nikolaïevsk, cette maladie est très contagieuse et s'est propagée dans toute la vallée de l'Amour à Khabarovsk, Vjatšeslav, Troitskoe, Orlova, Tambouku, Srednjaja, Boznesenskoe, Marienskoe, Foyorodskoe, Bolshoi-Mikailovskoe, Niza, Focinskaya, Buhta.

La plupart des personnes atteintes de la maladie ne sont pas enregistrées. Les gens paniquent lorsqu'ils pensent avoir la maladie parce qu'ils ne veulent pas être mis en quarantaine et isolés. Les gens, comme les prisonniers, sont souvent mal diagnostiqués par les policiers et demeurent en quarantaine pendant des années. La situation de la lèpre à Nikolaïevsk est insatisfaisante. Il y a un grand besoin de plus de personnel médical. La situation est hors de contrôle.

Maladies infectieuses

(a)   Il y a une épidémie de rougeole, de scarlatine, de coqueluche, surtout chez les visiteurs étrangers.

(b)   À l'occasion, des gens meurent de la variole, surtout des visiteurs étrangers. Mais aussi la population autochtone. En 19021903, il y a eu une grande épidémie. En 1910, une épidémie de choléra a coûté la vie à plus de 200 personnes.

(c)   Épidémie de choléra en 1903 et 1910. Un comité exécutif a été formé pour faire face à cette situation. Les fonctionnaires de la ville étaient réticents à dépenser l'argent nécessaire. Ils ont refusé d'écouter les conseils des médecins et ont fait très peu pour arrêter le début de la peste.

(d)   La fièvre typhoïde est également répandue.

⫿⫿⫿

La mère de Zina, Alexandra Petrovna Leontovic naquit à Valki en Ukraine le 1er novembre 1884 d'une longue lignée de prêtres orthodoxes russes dont l'arbre généalogique était profondément enraciné en Sibérie. Dès les années 1760, son arrière-arrièrearrière-grand-père (Andrei Leontovic), arrière-arrière-grand-père (Petr Leontovic) et son grand-père (Evgraf Leontovic) servirent comme prêtres à l'église Blagoveschenskaya de l'Annonciation. Son père (Petr Leontovic) décida de rompre avec la tradition en abandonnant le ministère et en devenant vétérinaire. On disait de lui qu'il était « un homme aux vues très progressistes ». Il se serait suicidé en 1919. On ne sait pas si sa disparition est liée à sa rupture avec la tradition des prêtres orthodoxes de la famille ou à la révolution du 17 octobre.

Sa grand-mère maternelle, Zinaida Pokidailova, et son arrièregrand-mère maternelle venaient aussi d'une famille de prêtres. Son grand-père maternel est né à Kiev dans une famille d'artisans. Diacre d'église et merveilleux chanteur, il était un membre régulier de la chorale de l'église. Plus tard, il fréquenta le séminaire et devint prêtre. Il a été dit que le compositeur ukrainien de renommée internationale, chef de chœur et professeur, Mykola Dmytrovych Leontovich était également un parent de la famille. Et si ce christianisme orthodoxe russe ne suffit pas à une seule famille, il a également été dit que le célèbre archevêque Meletij Leontovic (1784‑1840) était également un parent.

Le premier mari d'Alexandra, Valentin Nikolay Davidov, était un médecin militaire ukrainien. Né le 2 février 1872 dans une famille noble de Kharkov, il obtint son diplôme de médecine à l'École de médecine de l'Université de Kharkov.

Après avoir passé une brève période en 1897 en tant que membre du corps enseignant de sa faculté de médecine, il devint médecin universitaire à *Sumy*, une ville sur la rivière *Psel* en Ukraine. À partir de 1905, il servit comme médecin militaire en Sibérie.

Zina ne comprit jamais tout à fait comment sa mère et Valentin s'étaient rencontrés mais il n'est pas difficile d'imaginer les innombrables occasions de rencontres qu'il a dû y avoir entre le beau jeune médecin militaire et la belle jeune femme, tous deux nés dans des familles éminentes de la société de Kharkov. Quand Alexandra était jeune elle avait la réputation d'être aussi téméraire et impétueuse qu'elle était belle et charmante. En effet, tout au long de sa vie, elle fut une force avec laquelle il fallait compter. Petite fille, elle s'était montrée très prometteuse en tant que pianiste, jouant souvent de l'orgue d'église pendant les offices du dimanche. Elle rêvait d'une vie de célébrité en tant que pianiste classique se produisant dans des salles de concert du monde entier avec des artistes comme Sergei Rachmaninov et Josef Hofmann.

Cependant, la réalité de la vie dans la famille Leontovic, une famille imprégnée des traditions religieuses du christianisme orthodoxe russe, à être l'épouse d'un curé que de vivre la vie d'une

La tante et la mère (à droite) de Mme Katzen

pianiste de renommée mondiale. Mais Alexandra, qui se considérait comme une femme moderne, avait d'autres idées. Adolescente en 1900, elle rejoignit les rangs des nombreuses femmes qui trouvèrent des moyens non traditionnels de se définir à l'aube du nouveau siècle. Dotée d'un esprit aventurier et enhardie par le soutien de son père, elle épousa à l'âge de 18 ans, après une brève cour, le beau médecin militaire Valentin Davidov, âgé de 31 ans en 1903. Valentin était certainement beau, mais ce qui l'attirait le plus était sa promesse d'aventure en tant que médecin militaire dans l'Est sauvage de la Russie. Si vous n'étiez pas exilé ou un paria de toute sorte, l'Extrême-Orient russe au début des années 1900 était un endroit pour les aventuriers et les entrepreneurs, un endroit où les fortunes attendaient d'être faites dans l'extraction de matières premières ou dans la récolte des nombreux bancs de saumon du fleuve Amour.

Ils partirent donc chercher leur fortune en Sibérie. Alexandra apporta une culture indispensable à la région, se faisant un nom en tant que pianiste, professeure de musique à l'école locale et impresario. Ses présentations et participations aux concerts, ses soirées musicales deviendraient les points forts culturels de *Nikolaïevsk-surl'Amour*. Souvent, ces activités étaient des levées de fonds pour l'Association des pompiers volontaires et d'autres institutions locales. En 1909, elle donna naissance à leur seul enfant, qu'ils nommèrent Raisa. Alexandra était certaine qu'avec l'éducation, l'intelligence et le sens des affaires de Valentin, elle serait promise à des hautes destinées. En 1909, le Dr Davidov avait amassé une modeste fortune dans l'industrie de la pêche au saumon et en tant que pharmacien.

En 1910, il se noya dans la rivière Amour dans des circonstances douteuses, laissant Alexandra une veuve riche et une mère avec des entreprises à gérer.

Nikolaïevsk était une petite ville portuaire où tout le monde se connaissait, ou du moins tous les gens importants (médecins, avocats, banquiers, fonctionnaires municipaux, propriétaires d'entreprise) se connaissaient. Parce qu'ils évoluaient dans les mêmes cercles, siégeant souvent aux mêmes conseils ou comités, le Dr Katzenellenbogen connaissait le Dr Davidov et son épouse Alexandra, qui comptaient parmi les propriétaires d'entreprise les plus prospères et les plus puissants de la région. Ces deux médecins finirent par devenir des partenaires commerciaux, établissant la seule pharmacie à Nikolaïevsk.

Il semblerait que, en 1910, le mariage du Dr Katzenellenbogen et de son épouse Yana ait été dissous. Yana déménagea dans une ville voisine où elle enseigna à l'école primaire et éleva leurs deux filles, Elena et Lyudmila. Mikhail, bien que très occupé par ses responsabilités en tant qu'administrateur d'hôpital, médecin, juge, etcetera, trouvait toujours du temps pour ses filles qui l'aimaient autant qu'il les aimait. Peu de temps après, Alexandra Davidov et le Dr. Mikhail Katzenellenbogen se marièrent. Le fruit de cette union, Zenaida Katzenellenbogen, naquit le 8 juillet 1911 à *Nikolaïevsk-sur-l'Amour*.

La vie de la petite Zina ne pouvait être que privilégiée. Elle et sa sœur, plus âgée de deux ans, ne manquaient de rien. Comme elle s'en souvenait, ces premières années de sa vie passées dans leur maison de Nikolaïevsk avec sa mère Alexandra, son père Mikhail, sa sœur Raisa et sa tante Evgueni furent tout simplement merveilleuses. Comme sa mère était pianiste de formation classique, la maison était toujours remplie de musique. La prunelle des yeux de son père, elle rêvait de suivre un jour ses traces, de devenir médecin et d'essayer de guérir les nombreux maux qui assaillaient le monde. En tant qu'enfant, une de ses activités favorites était de créer une salle de classe fictive pour ses poupées et de leur enseigner tout ce qu'elles avaient besoin de savoir sur la vie. Sa tante n'était pas vraiment une tante, mais tout le monde la considérait comme telle. Zina ne se souvenait pas d'une époque où Evgenie n'avait pas fait partie de la famille. Elle apprit à l'âge adulte que tante Evgenie était devenue un membre permanent de la famille après que le Dr Katzenellenbogen lui ait sauvé la vie. C'était une infirmière qui travaillait avec le Dr. Katzenellenbogen, et qui pour des raisons inconnues, avait bu une concoction toxique. Le bon docteur l'avait trouvée juste à temps. On ignore ce qui a précipité sa tentative de suicide.

Zina aimait l'odeur de l'air marin salé et se réjouissait de la vue des nombreux navires océaniques qui fréquentaient le port. Elle aurait toujours de bons souvenirs de ces premières années à Nikolaïevsk, une époque où sa vie était remplie d'école, de cours de musique, de jeux dans la neige et de contes de fées. Plus tard dans sa vie, elle sera surprise et blessée d'entendre sa belle Nikolaïevsk décrite comme un enfer, que c'était un endroit si loin derrière Dieu qu'il était inconcevable que quelqu'un veuille y aller pour une visite, et encore moins pour y vivre. En tant que petite fille, elle ne le vit jamais comme un endroit trop froid. Elle ne vit jamais les dessous sordides et laids de sa ville, peut-être en partie parce qu'elle avait des parents puissants et riches qui avaient les moyens de la protéger de tels désagréments. Dans la mesure où elle vit, entendit ou comprit l'existence de l'alcoolisme endémique, de la lèpre et des maladies contagieuses omniprésentes dans la région, sa perspective fut sans aucun doute influencée par son adoration pour son père qu'elle considérait être l'homme le plus bienveillant du monde. Après tout, c'était un homme qui guérissait les maladies, un homme qui soignait les maux humains.

La révolution russe changea tout.

Le 15 mars 1917, trois ans après le début de la Grande Guerre et un mois après le début de la Révolution de février, le tsar Nicolas II fut contraint d'abdiquer. Les bolcheviks, qui parvinrent à galvaniser les mutins et les ouvriers mécontents, forcèrent le gouvernement provisoire dirigé par Kérensky à abandonner le pouvoir.

Bref, l'heure était grave. En 1918, les récits des atrocités perpétrées par les bolcheviks avaient atteint l'Extrême-Orient russe. En 1916, le Dr Katzenellenbogen, un homme très intelligent et pragmatique, avait consulté sa boule de cristale et comprit que les troubles dans une Europe déchirée par la guerre et la probabilité presque certaine d'une révolution dans son pays bien-aimé signifiaient que la seule option pour la survie de sa famille était de fuir la mère Russie. Être pris au piège à Nikolaïevsk par les partisans bolcheviks serait une condamnation à mort.

Ishida Toramatsu, consul japonais de Nikolaïevsk-sur-l'Amour et ami personnel du bon docteur, serait le billet de sortie de la famille. Toramatsu avait personnellement été témoin de la gentillesse du Dr. Katzenellenbogen envers les pêcheurs japonais et soumis à l'empereur Meiji une description de ses bonnes actions. Sur la recommandation du consul, Mikhail avait reçu l'Ordre du Trésor sacré cinq ans plus tôt. Au début de 1919, le Dr. Katzenellenbogen présenta sa démission comme directeur de l'hôpital de la ville après que Toramatsu eut délivré des visas japonais pour lui et toute sa famille. Le document du visa expliquait que le Dr. Katzenellenbogen, un médecin et scientifique très important, un véritable ami du peuple japonais, un homme qui fut honoré par l'empereur Meiji, se lançait dans un voyage de recherche scientifique au Japon (avec sa famille) et qu'on devait lui accorder tous les privilèges et aménagements appropriés à sa position et à sa haute estime. Emportant uniquement les bijoux de famille et les liquidités auxquelles ils pouvaient accéder, la famille arriva au Japon avant la fin de l'année 1919. Quelques semaines plus tard, ils étaient à bord d'un navire à destination de l'un des rares endroits au monde où les réfugiés russes s'étaient installés- la ville portuaire chinoise de Shanghaï.

En février 1920, 4000 soldats bolcheviques assiégèrent la garnison japonaise de Nikolaïevsk qui abritait, entre autres, 450 civils japonais et était défendue par 300 soldats japonais du 2e régiment d'infanterie sous le commandement du major Ishikawa Masao et 350 soldats russes antibolcheviques. À cette époque, la population de Nikolaïevsk était tombée à environ 1 100 habitants. Anticipant le pire, la plupart des burzhis avaient fui, craignant la colère des bolcheviks qui avançaient dans leur direction.

A deux reprises, les Rouges envoyèrent des émissaires négocier une reddition et les deux fois, les émissaires furent tués par les Japonais. Le major Masao accepta de se rendre après la troisième demande des bolcheviks. Mais ce n'était qu'une ruse. Le sens de l'honneur japonais leur interdit de se rendre à l'ennemi. Le code d'honneur d'un soldat japonais dicte de se battre et de mourir honorablement ou de commettre harakiri plutôt que de tomber entre les mains de l'ennemi. Au lieu de se rendre, le major Masao décida d'organiser une attaque surprise. Beaucoup moins nombreux que l'armée rouge, le résultat était prévisible. Masao fut tué avec tous ses soldats sauf 110. Le consul Ishida Toramatsu, qui avait organisé le passage au Japon pour la famille Katzenellenbogen deux ans plus tôt, préféra se suicider avec sa femme et ses deux enfants plutôt que de faire face à la colère des bolcheviks. Le chef de l'armée rouge, furieux de l'attaque du major Ishikawa Masao, massacra les 110 soldats capturés ainsi qu'un certain nombre de Russes et jeta leurs corps dans les eaux glacées de la rivière Amour. Puis il ordonna à ses soldats de brûler la ville de *Nikolaïevsk-sur-l'Amour*.

CHAPTER 3

Shanghaï

La première guerre de l'opium (1839-1842), également connue sous le nom de guerre anglo-chinoise, est un conflit entre la Grande-Bretagne et la Chine. Elle commença lorsque le gouvernement chinois, désireux d'arrêter la propagation de l'opium parmi son peuple, confisqua deux millions et demi de livres d'opium des navires britanniques. Typique des grandes puissances impériales du 19ème siècle, la Grande-Bretagne, mécontente des efforts chinois pour endiguer le flux du commerce de l'opium, fit jouer ses muscles militaires pour régler ses comptes. Du point de vue de l'Empire britannique (c'est-à-dire « j'ai le plus gros bâton donc je peux faire ce que je veux »), la Chine n'avait ni le droit ni la force de protéger son peuple des maux de l'opium.

Le traité de Nankin qui suivit accorda une indemnité à la Grande-Bretagne, et l'ouverture de cinq ports visés par le traité - Canton, Ningpo, Fuchow, Amoy et Shanghaï.

Les Britanniques, déçus que le Traité de Nankin ne satisfasse pas les objectifs commerciaux attendus, provoquèrent une fois de plus un conflit avec la Chine (la deuxième guerre de l'opium) comme moyen d'obtenir un accès encore plus grand au commerce. Pendant ce temps, les Américains et les Français, remarquant les merveilleux avantages de l'extraterritorialité et du statut de nation la plus favorisée dont jouissaient les Britanniques en Chine, décidèrent qu'eux aussi voulaient une part de l'action. Les traités de Wanghia et de Whampoa (1844) conférèrent respectivement aux Américains et aux Français des concessions semblables à celles obtenues par les Britanniques. À la fin du XIXe siècle, toutes les grandes puissances mondiales avaient des droits extraterritoriaux

dans un ou plusieurs ports visés par le Traité. Ces droits étaient la pierre angulaire du privilège étranger en Chine, donnant aux étrangers l'exemption de la plupart des impôts chinois et permettant aux troupes étrangères d'être stationnées en Chine. En outre, ils permirent aux étrangers de rester soumis aux lois de leur propre pays plutôt qu'à celles de la Chine.

Shanghaï, le plus prospère des ports du Traité, serait divisé en trois zones : La colonie internationale contrôlée par les États-Unis et la Grande-Bretagne, la concession française et la vieille ville de Shanghaï.

Dans la première moitié du 20ème siècle, Shanghaï était considérée comme la plus grande ville d'Asie. Remplie de paradoxes et de contrastes, c'était une ville qui, bien que la plupart des résidents fussent chinois, n'était pas dirigée par la Chine. Mais malgré le fait qu'elle était dirigée par des étrangers, ce n'était pas une colonie. Un abri pour ceux qui cherchaient refuge contre la guerre, les pogroms et la pauvreté, elle fut désignée comme "La Prostituée de l'Est" et "Le Paris de l'Est". La ville la plus industrialisée de Chine, elle était connue pour son trafic national et international d'opium, pour ses jeux d'argent et de prostitution, pour ses escrocs et ses aventuriers. C'était aussi un centre d'activité intellectuelle et un lieu de rendezvous pour les penseurs révolutionnaires. C'était une ville dans laquelle l'arrogance de la supériorité raciale et culturelle des étrangers contre les Chinois était de rigueur, une ville à propos de laquelle un évangéliste chrétien dans les années 1920 dit, "Si Dieu laisse Shanghaï perdurer, Il doit des excuses à Sodome et Gomorrhe".

En 1919, lorsque la famille Katzenellenbogen embarqua à bord d'un navire pour le Japon, Zina était vraiment trop jeune pour comprendre pleinement la nature des forces destructrices qui avaient forcé la Russie à s'engager dans la Grande Guerre et une guerre civile. Bien qu'elle ait pu entendre des conversations sur les événements de cette période troublée, il s'agissait de conversations d'adultes et cela ne signifiait pas grand-chose pour elle. Mais elle comprenait intuitivement que le danger imminent précipitait la mille dans la nécessité de quitter la Russie pour être en sécurité. Elle était réconfortée de savoir que son père, un homme vers lequel tout le monde se tournait en cas de besoin, garderait toujours la famille en sécurité. Et bien qu'elle ait été malheureuse de quitter son bien-aimé Nikolaïevsk, sa tristesse fut quelque peu atténuée par son excitation envers l'aventure océanique prévue.

La traversée du détroit des Tatars jusqu'à la mer du Japon au sud lui laisserait une impression indélébile. Elle tomba immédiatement amoureuse de la mer, des navires, du bruit de l'étrave qui labourait les vagues, du bruit de l'eau contre la coque, du doux balancement du bateau. Il y avait quelque chose de magique, d'apaisant, de rassurant au sujet de cette première promenade en bateau. Bien qu'elle ne le sût pas à cette époque, pour Zina, les navires et l'océan viendraient à symboliser la paix et la tranquillité, une évasion de la tyrannie et des choses désagréables de la vie.

Zina apprécia le bref séjour au Japon mais aurait souhaité qu'il soit plus long. Grâce à la médaille de l'Ordre du Trésor Sacré conféré à son père et qui lui avait été décernée par l'empereur Meiji, lui et sa famille obtinrent un logement digne de celui d'un Japonais honoraire. Zina pensait que le Japon était l'endroit parfait pour commencer leur nouvelle vie, mais la décision de suivre le chemin des milliers de Russes blancs fuyant à Shanghaï après la révolution du 17 octobre était déjà prise. Beaucoup de l'élite russe européenne fuirent en Europe tandis que des milliers de personnes originaires de l'Extrême-Orient russe fuirent par Vladivostok en Chine et se s'installèrent à Tianjin, en Mandchourie, à Harbin et à Shanghaï. Pour survivre à Shanghaï, beaucoup de ces émigrés, quel que soit leur statut social antérieur en Russie, furent contraints de prendre des emplois considérés comme inadaptés pour les Européens, des emplois qui étaient habituellement occupés par les Chinois, tels que les emplois de porteurs, de travailleurs de la construction, de professeurs, de nounous, de bonnes, de danseuses et de prostituées.

Arrivés à Shanghaï, la priorité numéro un des Katzenellenbogens fut l'éducation de Zina et de sa sœur. Ils s'installèrent dans le quartier français après avoir trouvé un appartement au *5 rue Chapsal*. Zina et Raisa étaient déjà bilingues, ayant appris le français comme langue seconde en Russie, où le français était la langue de la Cour impériale russe et de la haute société en général. La Révolution russe avait tout changé pour la famille Katzenellenbogen. Né juif, Mikhaïl avait des prétentions à la noblesse russe. Il avait travaillé dur, servi dans l'armée impériale russe, devint médecin, se convertit à la foi orthodoxe russe, servit comme chef adjoint de la douma locale à *Nikolaïevsk-sur-l'Amour*, fut décoré par le tsar Nicolas Ier et honoré par l'empereur japonais. Mais en tant que réfugiés dans un pays étranger, la richesse, le statut social élevé et le prestige dont jouissaient ce fier Russe et sa famille n'existaient plus. Pour faire de leurs filles des citoyennes du monde, Mikhail et Alexandra décidèrent d'inscrire leurs filles dans une école britannique. Peu de temps après, le Dr Katzenellenbogen recevait des patients dans son cabinet privé au 21 Nankin Road tandis qu'Alexandra donnait des cours particuliers de piano à la maison. Evgenie, qui faisait maintenant partie intégrante de la famille, ne travailla plus jamais à l'extérieur de la maison, devenant une nounou pour Zina et Raisa et s'occupant des tâches domestiques.

Âgées de huit et dix ans respectivement lorsqu'elles arrivèrent à Shanghaï, Zina et Raisa s'adaptèrent rapidement à l'anglais, langue d'enseignement de leur nouvelle école. Jane, fille d'un couple chinois, était la meilleure amie et camarade de classe de Zina. Elles étaient inséparables, se rendant à l'école à vélo tous les jours, s'asseyaient l'une à côté de l'autre en classe et faisaient souvent leurs devoirs ensemble. Au cours de ces années d'école primaire et en grandissant dans une Shanghaï cosmopolite, Zina découvrit qu'elle avait une affinité surnaturelle pour les langues. L'anglais, le français et l'espagnol faisaient partie du programme d'études. Elle parlait couramment ces langues lorsqu'elle passa son diplôme d'études secondaires. À la maison, le russe était la langue utilisée et elle apprit le chinois fonctionnel de son amie et camarade de classe Jane. Une excellente étudiante, à l'âge de quinze ans Zina passa et réussit ses examens Cambridge Senior, recevant les honneurs en français, espagnol et mathématiques.

Suivant les traces de leur père Mikhail qui obtint son diplôme de médecine à la Faculté de Médecine de l'Université de Paris, Zina et Raisa partirent bientôt poursuivre leurs études dans la Ville Lumière. Raisa, très prometteuse en tant que violoniste, fut acceptée à la prestigieuse École Normale de Musique de Paris. Sur la base de sa performance aux examens supérieurs de Cambridge, Zina fut acceptée à la Sorbonne. Comme elle n'avait que quinze ans et que le français n'était pas sa langue natale, elle alla d'abord au lycée Lamartine pour mieux maîtriser la langue. Elle obtint son baccalauréat en 1929.

ШШ

CHAPTER 4

La vie parisienne

Le lycée Lamartine, situé au 121 rue du Faubourg-Poissonnière dans le 9ème arrondissement, porte le nom du poète et homme d'État français du XIXe siècle, Alphonse de Lamartine. En 1891, le ministère national de l'Éducation acheta le bâtiment et, en 1893, le transforma en école secondaire pour filles. En tant qu'école, c'était un bon choix pour Zina. Elle prodiguait à ses étudiantes un environnement permettant aux jeunes femmes d'être des penseuses libres et indépendantes, les habilitant à être des pionnières, les encourageant à se fixer des objectifs qui transcendaient ceux jusqu'ici considérés comme « appropriés » pour les femmes. Un aspect tout aussi important du programme Lamartine était qu'il inculquait des valeurs altruistes à ses étudiants. Il était important que les diplômées de Lamartine deviennent des femmes socialement responsables. À cette fin, les élèves passaient une partie de l'année scolaire à participer à des projets communautaires de bénévolat conçus pour aider les personnes dans le besoin. Un baccalauréat en sciences fut décerné pour la première fois au Lycée Lamartine en 1914. Jeanne Lévy, l'une de ses premières lauréates et modèle pour Zina, incarnait l'essence même d'une ancienne élève de Lamartine. Lévy devint par la suite la première femme professeure à l'École de médecine de l'Université de Paris.

Les six années (1926-1932) que Zina passa à Paris en tant qu'étudiante furent des années remarquables. Elle arriva dans la ville lumière moins de dix ans après la Première Guerre mondiale et à la fin de la Belle Époque. Adolescente précoce, elle était mature et avait confiance en elle pour son âge.

Après cinq longues années de détresse et d'austérité, les années d'après-guerre inaugurèrent une période d'effervescence à Paris et les Parisiens étaient désormais prêts à se lâcher et à faire la fête. Les années 1920 (au moins jusqu'au krach boursier de 1929 qui plongea le monde dans la Grande Dépression) en vinrent à être connues comme les années folles. Jennifer Milligan décrivit cette période en France comme « un âge d'or utopique d'opportunités, où tout semblait possible, et où la célébrité et la fortune étaient là pour être saisies. » C'était une décennie où La Rive Gauche, Montparnasse et Montmartre étaient considérés par beaucoup comme les centres artistiques, culturels et intellectuels de l'univers. C'était un temps où les cabarets, salons, clubs de jazz de ces quartiers parisiens étaient fréquentés par des gens comme Ernest Hemingway, Henry Miller, F. Scott Fitzgerald, Marc Chagall, Joséphine Baker, Joan Miró, Jean Arp, Jean Cocteau, Jean Paul Sartre, Gertrude Stein, Sidney Bechet, Aaron Copeland, Erik Satie, Django Reinhardt, Ezra Pound, Isadora Duncan et Pablo Picasso.

La religion avait toujours été une partie importante de la vie de Zina, grâce à sa mère orthodoxe russe qui s'était assurée de son endoctrinement dans les principes de la foi chrétienne. La mère de Zina, qui n'avait pas de famille à Paris s'était arrangée pour que ses filles soient logées dans un couvent afin qu'elles puissent bénéficier de la structure, de la supervision et de la direction spirituelle de la Mère Supérieure et de sa communauté de religieuses. Zina, 15 ans, et Raisa, 17 ans, passèrent leurs premières années d'études dans cette maison religieuse dans le 19ème arrondissement située au 36 rue Botzaris, en face du Parc des Buttes Chaumont.

Zina était bien consciente du fait qu'elle était arrivée dans le *Gai Paris* à un moment où la ville bourdonnait de la joie de vivre des Années Folles. Étudiante assidue et consciencieuse, elle n'était pas encline (et beaucoup trop jeune) à fréquenter les célèbres cafés et salons fréquentés par les musiciens, artistes et intellectuels de l'époque. Pendant ses années d'études secondaires, Zina passa une grande partie de son temps libre à visiter les bouquinistes de la Rive Gauche. Elle aimait lire les livres anciens de ces libraires d'occasion. Ils devinrent partie intégrante de sa vie à Paris. Elle était une lectrice vorace et n'ayant pas beaucoup d'argent pour acheter des livres, elle s'était liée d'amitié avec beaucoup de ces propriétaires de librairies le long des rives de la Seine. Ils lui permettaient d'emprunter des livres mais le plus souvent elle s'asseyait sur les quais et lisait les œuvres des géants de la littérature française du XVIIe siècle – Molière, Racine, Descartes et Corneille et les pièces de théâtre, poèmes et prose de ses auteurs français romantiques préférés du 19ème siècle – François-René Chateaubriand, Alphonse de Lamartine, Théophile Gautier et Alfred de Vigny pendant que les bateaux mouches remplis de touristes naviguaient sur la Seine.

Après avoir obtenu son bac au lycée Lamartine et commencé ses études à la Sorbonne, elle et sa sœur déménagèrent dans un deux pièces dans le 2ème arrondissement. Maintenant assez âgées pour être seules et ne plus avoir à vivre sous l'égide restrictive d'une Mère Supérieure, elles passèrent une grande partie de leur temps libre à assister aux productions théâtrales et aux ballets à La Comédie Française et à l'Opéra-comique. Une autre de leurs activités préférées était d'assister aux vernissages tenus dans les nombreuses galeries d'art de Paris.

Pendant les vacances scolaires, Zina aida à payer ses frais de vie et d'études à Paris en travaillant comme fille au pair et tutrice pour les enfants de familles aisées à Honfleur, en Bretagne et sur la Côte d'Azur.

Zina obtint son diplôme de la Sorbonne en 1932, recevant des certificats d'enseignement en sciences, mathématiques et langues modernes. Son rêve d'enfance était de suivre les traces de son idole Marie Curie, qui obtint en 1903 un Ph. D. à la Sorbonne, l'université où elle devint plus tard la première femme professeure.

Malheureusement, son rêve d'obtenir un diplôme plus avancé à la Sorbonne dut être abandonné. Grâce à ses parents, elle avait eu l'opportunité d'étudier à Paris, mais il était maintenant temps de rentrer chez elle et de veiller au bien-être de sa famille. Son père était décédé en 1921, cinq ans avant son départ pour Paris, et elle était impatiente de retourner à Shanghaï pour utiliser son nouveau pouvoir d'achat afin de faciliter la vie de sa mère et de sa tante.

Leur arrivée en Chine en 1919, fut une période d'adaptation difficile pour la famille, qui essaya de trouver des moyens de survivre dans un endroit où tout était nettement différent de la vie qu'ils ont laissée derrière eux en Sibérie. L'adaptation à cette nouvelle vie fut particulièrement difficile pour le père de Zina. Mikhaïl est passé du statut d'un des citoyens les plus puissants et les plus importants de Nikolaïevsk à celui d'un des dizaines de milliers d'immigrants sans patrie cherchant refuge à Shanghaï. Âgé de 54 ans lorsqu'il avait fui la Russie avec sa famille, il était relativement jeune et déterminé à tirer le meilleur parti de sa nouvelle vie en Chine. En 1920, il avait mis sur pied un cabinet de médecine générale au 12 chemin Nankin, où ses patients étaient principalement des résidents de la colonie internationale et des Chinois pauvres. Mails il était en mauvaise santé et il succomba à une maladie inconnue avant son cinquante-cinquième anniversaire.

Mme Katzen 1937

CHAPTER 5

De retour à Shanghaï

En 1931 les Japonais occupèrent la Mandchourie. Six mois plus tard, la Mandchourie fut établie comme l'État-marionnette japonais de Mandchoukouo. En plus de cet État fantoche, le Japon avait aussi des concessions extraterritoriales à Shanghaï. Cherchant à accroître davantage son influence dans la région, l'armée japonaise aurait provoqué un incident en janvier 1932 dans le but de justifier une action militaire supplémentaire en Chine. Dans cet incident des moines bouddhistes japonais furent battus par des civils chinois près d'une usine à Shanghaï. L'un d'eux mourut et deux autres furent grièvement blessés. Au cours des cinq années qui suivirent, il y eut des escarmouches intermittentes entre les troupes japonaises et chinoises à Shanghaï et dans les environs, préludes de la deuxième guerre sino-japonaise de 1937.

Inquiète des événements de Shanghaï, Zina avait hâte de retourner chez sa mère et sa tante. Cependant, à son retour de Paris, les hostilités s'étaient calmées et la vie à Shanghaï était presque revenue à la normale. Ses proches étaient en sécurité, mais ce conflit sino-japonais présageait ce qui allait survenir. Pour la première fois depuis qu'ils étaient arrivés à Shanghaï pour fuir les bolcheviks, il semblait qu'il n'était plus qu'une question de temps avant qu'ils aient à plier de nouveau bagage et à chercher refuge ailleurs. En attendant, il fallait vaquer à ses occupations. C'était une période difficile. Les ressources financières des Katzenellenbogens en Sibérie étaient assez importantes. Le départ soudain de Nikolaïevsk les avait contraints à laisser derrière eux une grande partie de la fortune familiale. Les bijoux de famille soigneusement dissimulés

qu'ils avaient emportés avec eux contribuèrent grandement à la réalisation de la priorité numéro un de la famille : fournir une éducation à Zina et Raisa. Mikhaïl était décédé tout en travaillant comme médecin généraliste prenant soin des réfugiés apatrides. Forcée par la révolution d'Octobre de laisser derrière elle la vaste fortune héritée des affaires de son premier mari décédé, Alexandra commença à donner des cours particuliers de piano dans sa maison de Shanghaï afin de compléter les revenus familiaux.

Ses études terminées, Zina désirait commencer sa carrière comme enseignante. Elle aurait aimé rester à Paris pour poursuivre un doctorat en mathématiques ou en physique et, comme son idole Marie Curie, devenir professeure à la Sorbonne mais la situation sino-japonaise ténue à Shanghaï et son sens du devoir familial la força à rentrer chez elle.

Depuis son enfance, Zina avait un appétit vorace pour l'apprentissage. Intensément curieuse des lieux, des choses et des gens, elle était soutenue et encouragée par son père adoré qui prenait toujours le temps de répondre à ses innombrables questions. Le dévouement de son père à une vie au service de l'humanité la toucha profondément, et sa patience et ses encouragements sans bornes lui donnaient l'impression que le monde lui appartenait. En grandissant elle voulait être comme lui. Elle rêvait de devenir mathématicienne, chimiste ou physicienne et pensait à quel point il serait merveilleux de poursuivre les travaux de Marie Curie, deux fois lauréate du prix Nobel. Mais, du moins pour l'instant, ces rêves ambitieux durent être mis en suspens car sa mère et sa tante avaient besoin d'elle.

A cette époque, aucun visa ni passeport n'étaient requis pour entrer à Shanghaï, un lieu qui fut l'un des rares refuges pour les Juifs fuyant l'Holocauste en Europe. Le nombre exact n'est pas connu mais il fut dit qu'avant et pendant la Seconde Guerre mondiale beaucoup des Juifs sépharades Baghdadis de Shanghaï (comme les Sassoons, Ezras, Abrahams, Hardoons, Kadoories) aidèrent à sauver plus de Juifs de l'Holocauste nazi que tous les pays du Commonwealth réunis. Un Comité européen des réfugiés fut créé par ces riches Baghdadis dans le but de fournir de la nourriture, des services éducatifs et sociaux aux réfugiés juifs. Après avoir terminé ses études à la Sorbonne en 1932, Zina put obtenir un poste d'enseignante à *l'école juive de Shanghaï*, (EJS) une école établie pour éduquer les enfants des réfugiés juifs qui affluaient à Shanghaï. Sous la direction de sa directrice, l'EJS adopta le programme d'études de l'Université de Cambridge dans le but de préparer les étudiants à poursuivre leur éducation dans les hautes universités britanniques. Avant le retour de Zina à Shanghaï, sa mère apprit que l'EJS avait un poste vacant en mathématiques. Ce fut là-bas que, le premier septembre 1933, Mlle Zenaida Katzenellenbogen, 21 ans, commença sa carrière d'enseignante. Son premier devoir - Maîtresse de la Sixième Année et professeure de mathématiques, une matière pour laquelle elle avait reçu une distinction de niveau A lorsqu'elle était étudiante à Shanghaï sept ans plus tôt.

À vingt et un ans, et seulement trois ans de plus que les élèves à qui elle enseignait, elle était le plus jeune membre de la faculté. Un succès immédiat auprès de ses étudiants, elle fit immédiatement preuve d'un équilibre, d'une sophistication, d'un instinct et d'un savoir-faire qui démentirent son âge. Peut-être que l'excellente qualité la plus importante qu'elle ait démontrée, même à ce stade très précoce de sa carrière, était la facilité avec lequel elle communiquait avec ses étudiants, qui étaient en général des réfugiés juifs dont les familles fuyaient les troubles politiques et/ou les pogroms en Allemagne, Pologne, Tchécoslovaquie, Ukraine et Russie - des étudiants dont les jeunes vies avaient déjà été touchées par les horreurs inimaginables qui avaient lieu en Europe dans les années qui précédèrent la Seconde Guerre mondiale. Elle sembla comprendre dès le départ, peut-être par cette qualité intuitive inhérente des grands enseignants, que le travail d'un pédagogue ne consistait pas seulement à enseigner aux élèves comment lire, écrire, additionner, soustraire, multiplier, diviser et penser par eux-mêmes. Comme les grands maîtres du monde entier, elle allait au-delà de l'appel du devoir. Elle comprit que pour être un enseignant efficace, non seulement il fallait avoir les connaissances et les compétences nécessaires, mais surtout, que la qualité de l'enseignement avait beaucoup à voir avec l'attitude du maître envers ses élèves. Elle comprit que les bons enseignants font de grands sacrifices, travaillant sans relâche pour créer un environnement d'apprentissage stimulant et enrichissant pour leurs élèves.

Elle n'enseigna pas simplement les principes des mathématiques pures et appliquées. Selon Isaac Shot, l'un de ses premiers élèves à l'EJS mentionné ci-dessus, « Elle s'est intéressée à la vie personnelle de ses élèves sans empiéter sur notre vie privée et a aidé chaque fois qu'elle le pouvait. » En 1983, cinquante ans après qu'Isaac se soit assis dans sa toute première classe, il décrivit l'impact que Mlle Katzen eut sur sa vie et celle de sa famille.

À cette période de ma vie, mon père, ma petite sœur et moi étions encore traumatisés par la mort prématurée de ma mère - nous étions dans une situation financière très difficile. Grâce à la **protekzia** *de Mlle Katzen, sa mère Mme Alexandra Katzen, professeure de piano bien connue à Shanghaï, m'offrit un travail qui consistait à copier des partitions pour ses étudiants. Elle me*

> *paya 50 cents par feuille. À cette époque, on pouvait se procurer une assiette de bœuf stroganoff avec du riz dans un restaurant chinois sur la Route Vallon pour 20 cents. Après avoir obtenu mon diplôme, Mlle Katzen m'envoya des élèves pour que je puisse les aider avec leurs études. Elle joua également un rôle déterminant en m'envoyant à Tsingtao pour améliorer ma santé pendant les vacances d'été de ma dernière année scolaire.*

L'école juive de Shanghaï était un endroit idéal pour une jeune femme qui souhaitait débuter sa carrière d'enseignante. Elle rejoignit la faculté en 1933 et devint rapidement un membre à part entière d'une communauté d'éducateurs qui construisaient les fondations d'une école spéciale. Située dans une ville qui n'était pas ordinaire, pendant une époque qui ne pouvait qu'être décrite comme extraordinaire, l'EJS n'était pas une école comme les autres. Le monde était pris dans les affres de la Grande Dépression et des foules d'Européens en quête de refuge affluaient à Shanghaï, un présage de la Seconde Guerre mondiale.

Marble Hall était le nom donné à la maison de la famille Kadoorie à Shanghaï. Une grande structure palatiale de deux étages situés au 64 Yan'an Xi Lu, dont les escaliers intérieurs, les rambardes et les balustrades étaient en marbre. Au premier étage se trouvait une salle de bal et un salon que le père d'Horace, Elly Kadoorie, utilisait fréquemment pour divertir les invités.

Sir Horace Kadoorie comprit le rôle important qu'une école pouvait jouer pour apporter un sentiment de normalité dans la vie des enfants déplacés et de leurs familles. Au fil du temps, lui et son frère Sir Lawrence Kadoorie consacreraient une part importante de la richesse de la famille Kadoorie à des activités philanthropiques - aidant les agriculteurs chinois à améliorer leurs techniques d'élevage de porcs, créant des opportunités pour les femmes au Laos, fournissant de l'eau potable au Népal, donnant des cours de couture aux femmes au Cambodge, accordant des prêts aux petites entreprises au Bangladesh, créant un Collège agricole en Palestine, se faisant pionniers dans l'éducation des filles en Irak, pour n'en citer que quelques-uns.

L'EJS était bien plus qu'un simple lieu de préparation des étudiants aux écoles en Angleterre. C'était une lueur d'espoir pour les enfants réfugiés qui avaient déjà trop connu les désagréments de ce monde à une époque où il allait à vau-l'eau.

Très impliqué dans l'école, Horace invitait fréquemment les enseignants et le personnel de l'EJS à son domicile de *Marble Hall* pour célébrer les réalisations et les jalons des élèves. Au cours de ces séances, Horace ne put s'empêcher de remarquer la nouvelle jeune enseignante Mlle Zenaida Katzen. Elle était toujours pleine d'énergie et d'idées sur la façon d'engager et de mettre au défi ses élèves. Il ne fallut pas longtemps avant qu'Horace rencontre la mère de Mlle Katzen, Alexandra, qui allait finalement s'impliquer dans la vie musicale de l'EJS, conduisant fréquemment le chœur des étudiants au piano et organisant des intermèdes musicaux entre étudiants, de nombreuses occasions de ce type se déroulant dans la salle de bal de *Marble Hall.*

En juin 1934, à la fin de sa première année d'enseignement, Zenaida décida que, compte tenu de la détérioration continue des relations sino-japonaises et des rumeurs persistantes sur la possibilité d'une guerre européenne, elle profiterait des vacances d'été pour explorer les possibilités d'un éventuel déménagement de sa famille aux Amériques. Voyageant à bord du paquebot japonais, *l'Asama Maru*, elle débarqua à San Francisco le 25 juillet 1934 où elle avait pris des dispositions pour passer quelques semaines avec le Dr. Anton Borokov et sa famille. Les Borokovs, comme les Katzenellenbogens, avaient fui la Russie pour Shanghaï à cause de la révolution d'Octobre 1917. Ils quittèrent Shanghaï pour la Californie en 1930. En tant qu'émigrés russes et collègues médecins vivant à Shanghaï, les Drs. Katzenellenbogen et Borokov avaient beaucoup en commun. Les deux familles évoluaient dans les mêmes cercles sociaux et leurs enfants Borokov, Oleg et Tatiana étaient amis et camarades de classe de Zina et de sa sœur.

Le voyage de Zina en Californie à San Francisco avait un autre but impérieux. Depuis son retour de ses études à Paris, elle avait subi un flot constant de suggestions peu subtiles de sa mère sur la nécessité pour elle de se marier. Après tout, elle avait passé son 23e anniversaire et approchait rapidement du statut de vieille fille. Contrairement à Alexandra, Zina ne ressentait pas tout à fait le même sentiment d'urgence à trouver un mari. Il y avait tant à accomplir et tant de choses à voir dans le monde. Mais ce serait formidable de voir l'Amérique et Alexandra serait apaisée, espérait-elle, du fait qu'elle était proactive dans sa recherche d'un partenaire. Elle et Oleg Borokov avaient tous deux quinze ans lorsqu'elle quitta Shanghaï pour Paris. Elle se croyait amoureuse de lui depuis l'école primaire et elle était maintenant sur le point de savoir si ce béguin d'enfance avait enduré l'épreuve du temps. Ils avaient essayé de maintenir une correspondance alors qu'elle était à Paris, mais après que lui et sa famille quittèrent Shanghaï pour San Francisco en 1930, deux ans avant son retour à Shanghaï, il y eut peu de communication entre eux.

Le fait de voyager à San Francisco pendant l'été 1934 indiquait que trouver un mari pour Zina était en effet une question de grande urgence. La plupart des gens n'avaient pas les moyens, encore moins le désir, de voyager pendant une époque où le monde était en pleine Grande Dépression. Et dans laquelle il y avait aussi des signes d'une guerre imminente en Europe. Il sembla pendant un certain temps qu'elle devrait annuler son voyage en raison d'une grève des dockers qui ferma effectivement les quais sur 2 000 miles de la côte Pacifique américaine, y compris les principaux ports de Seattle, Tacoma, Portland, San Pedro, San Diego et San Francisco. Cette grève, qui paralysa San Francisco pendant des jours, fut marquée en partie par les émeutes du « Jeudi sanglant » le 5 juillet 1934, provoquant deux morts et soixante-sept blessés. Heureusement pour Zina, la grève se termina huit jours avant que son navire n'accoste à San Francisco.

Le voyage Transpacifique fut une joie totale. Le bonheur pour Zina était de voyager en bateau cargo. Elle n'avait pas aimé voyager à bord des paquebots de luxe. Elle avait choisi *l'Asama Maru*, à l'époque le premier paquebot japonais propulsé par des moteurs diesel. Il était important qu'elle arrive à San Francisco et retourne à Shanghaï à temps pour la rentrée scolaire. Considéré à l'époque comme le paquebot le plus rapide pour traverser le Pacifique, *l'Asama Maru* naviguait régulièrement entre Yokohama, Honolulu et San Francisco, avec des escales occasionnelles à Kobe, Shanghaï, Hong Kong et Los Angeles. Cependant, avec des intérieurs inspirés de certains des grands palais, hôtels et manoirs de la royauté européenne, les plaisirs de la navigation à bord de *l'Asama Maru* n'étaient pas perdus pour Zina. Ses espaces passagers étaient de la plus haute qualité avec des bois polis, des salles à manger raffinées, des vitraux, des cabines confortables, des salons, une bibliothèque, un salon de coiffure et une piscine sur le pont. Dans ses dernières années, elle découvrirait que les cargos étaient son mode de transport préféré parce que, selon ses propres termes, « ils ont généralement des bibliothèques bien garnies et les quelques passagers présents sont généralement beaucoup plus intéressants. » Ils lui donnaient l'occasion de passer du temps sur la passerelle et de prendre des repas avec le capitaine et l'équipage. Zina était la plus heureuse lorsqu'elle voyageait en mer.

L'une des leçons les plus importantes que Zina a apprises en grandissant dans un foyer avec des parents aisés qui avaient un bon réseau était l'importance d'avoir des amis dotés d'un réseau influent. Il était très important de connaître les bonnes personnes, mais il suffisait souvent d'avoir l'air d'avoir un réseau influent. A bord de *l'Asama Maru*, elle emporta avec elle à San Francisco *l'Ordre du Trésor Sacré*, la médaille qui fut décernée à son père par l'empereur japonais en 1906 - une chose très importante à avoir en voyageant à bord d'un navire japonais, si vous arriviez à en obtenir une. En peu de temps, chaque fois qu'elle exhibait la médaille de son père, elle était traitée comme une royauté par le capitaine et l'équipage japonais du navire qui s'inclinaient avec déférence, touchant le pont avec leur front. L'honneur accordé à son père par l'empereur japonais lui revenait également.

Alors que la grève des quais se poursuivait et que Zina se rapprochait de sa destination, on se demandait si le paquebot serait autorisé à accoster. Heureusement, la grève se termina huit jours avant que *l'Asama Maru* n'entre dans le port de San Francisco.

Les Borokovs furent de merveilleux hôtes, donnant à Zina un aperçu de leur belle ville sur la baie. Malgré les temps difficiles de la Dépression, Zina vit toutes sortes de créations et de transformations intéressantes et merveilleuses qui se produisaient à San Francisco. Du sommet de la nouvelle tour *Coit*, elle put voir la construction en cours des ponts de la *Baie* et du *Golden Gate*. Elle pouvait aussi voir l'île d'Alcatraz, où, quelques jours plus tôt, le 11 août 1934, le gouvernement des États-Unis avait ouvert une prison à sécurité maximale pour ses prisonniers les plus dangereux. Plus tard en août, avant que Zina ne rentre à Shanghaï, tout San Francisco était en effervescence avec la nouvelle de l'arrivée d'Al Capone à Alcatraz. Zina constata que, à bien des égards, San Francisco n'était pas différente de Shanghaï. Des villes à la fois belles et dures, il est possible d'y trouver tout et n'importe quoi - opéra, ballet, prostitution, fumeries d'opium, champs de courses, criminels, un éventail intéressant de styles architecturaux, des riches et des démunis. Comme c'était le cas à Shanghaï, presque partout où elle allait dans la ville elle voyait les longues files de gens qui attendaient les aides offertes par le gouvernement, caractéristiques de la Dépression. À cette époque, 1,25 million de Californiens (un cinquième de la population de l'État) bénéficiaient d'une aide publique.

À la fin du voyage, Zina réalisa qu'une union avec Oleg n'était plus d'actualité. Tant de choses avaient changé au cours des huit années qui séparaient leur dernière rencontre. Ils avaient le même âge, mais elle était maintenant une femme sophistiquée du monde alors qu'il ne semblait pas avoir beaucoup mûri. Harcelée par sa mère pour commencer à chercher un mari, elle réalisa pour la première fois la nature difficile d'une telle tâche. Son père lui servant de modèle, trouver un homme comme lui serait une tâche difficile.

Le point culminant de son voyage de retour pour Shanghaï fut une escale de deux jours à Honolulu. Son exploration de cette ville animée avec une population multiethnique et une baignade sur la belle plage de Waikiki lui donna un goût fugace de la vie sous les tropiques.

Elle était heureuse d'être de retour à Shanghaï et impatiente de commencer sa deuxième année d'enseignement. Sa première année à l'EJS fut assez difficile mais néanmoins agréable. Les vacances d'été lui permirent, entre autres, de réfléchir à sa première année dans la salle de classe. L'enseignement était beaucoup plus difficile qu'elle ne le pensait. Sa première année lui apprit qu'il était facile d'être enseignant, mais très difficile d'être un bon enseignant parce qu'un bon enseignement efficace impliquait beaucoup de préparation - et être préparée signifiait travailler de nombreuses heures en dehors des heures d'école. Elle espérait que pour cette deuxième année elle trouverait le bon équilibre entre la planification des leçons, la correction des devoirs, la participation aux activités parascolaires de l'école et le temps pour prendre soin d'elle-même. Et puis il y avait la pression énorme que sa mère lui mettait pour trouver un mari. Mais à ce moment-là sa priorité était ses élèves. Les familles de la plupart de ses étudiants étaient démunies, ayant récemment fui leur pays d'origine après avoir tout laissé derrière eux, essayant de commencer une nouvelle vie à Shanghaï tout en luttant pour gagner leur vie. Chacun de ses élèves avait une histoire captivante et Zina ne pouvait pas se débarrasser du sentiment qu'elle avait une obligation non seulement d'enseigner les mathématiques, mais si possible, de faire tout ce qui était en son pouvoir pour aider à faire une différence dans leur vie de misère. Chaque fois qu'elle le pouvait, elle demandait l'aide de familles établies de Shanghaï, y compris la sienne, pour aider à atténuer les difficultés éprouvées par ses étudiants réfugiés et leurs familles. Pendant cette période folle de dépression mondiale, alors que les réfugiés européens qui avaient fui à Shanghaï luttaient pour trouver de la nourriture, Alexandra était de plus en plus préoccupée par l'avenir incertain de ses filles. Elle ne trouvait pas que Zina, qui se consacrait complètement à l'enseignement, passait assez de temps à chercher un mari. Du point de vue d'Alexandra, ses filles avaient besoin de maris pour s'occuper d'elles dans ce monde dur et impitoyable.

Pas aussi aisée qu'avant de fuir la Russie, Alexandra s'était fait un nom en tant que professeure de piano réputée au cours des quinze années qui suivirent son arrivée à Shanghaï. Les cours de piano étaient obligatoires pour les enfants de ressortissants étrangers (anglais, allemands, français, russes et américains) vivant à Shanghaï. Grâce à ce bassin d'étudiants, Alexandra put gagner décemment sa vie. Pavel Dvorak, 10 ans, né à Suifenhe, en Chine, de parents russes d'origine tchèque, était l'un des étudiants d'Alexandra lorsque Zina revint de la Sorbonne. La mère de Pavel était morte quelques années plus tôt, laissant la tâche d'élever ses deux petits garçons à son mari, Lev Dvorak. Agent des douanes de Shanghaï, Lev était l'un des nombreux parents dans la colonie internationale qui envoyaient leurs enfants à Alexandra pour des leçons de piano.

Zina était naturelle dans la salle de classe. Elle comprenait intuitivement ses élèves et cherchait constamment des façons de répondre à leurs besoins. Elle s'estimait chanceuse d'enseigner dans une école créée par Sir Horace Kadoorie. Il avait fondé l'Association des jeunes juifs de Shanghaï et s'était rendu accessible à la directrice et aux professeurs de l'école. Il avait aussi construit une institution dont la mission était de répondre aux divers besoins des étudiants. Il était clair pour Horace que le plus jeune des professeurs, Mlle Zenaida Katzenellenbogen, était spéciale. Impressionné par sa passion, son zèle, son dévouement envers les élèves, il la soutenait dans ses nombreux projets enrichissants pour les étudiants.

Pendant ce temps, à la maison Zina n'arrêtait pas de parler de son travail et de la compassion et de la générosité d'Horace envers ses élèves privés de leurs droits. Il y avait très peu de choses qui échappaient à Alexandra, qui s'était vite rendu compte qu'il était impossible d'avoir une conversation avec Zina à propos de son travail sans entendre des termes élogieux et impressionnants sur les bonnes actions d'Horace en faveur de l'EJS et de la communauté de Shanghaï en général.

Inutile de dire qu'Alexandra était heureuse de voir que, dans l'enseignement, Zina avait trouvé sa vocation. Mais trouver le travail de sa vie n'était pas suffisant. En ces temps incertains, Zina avait besoin de trouver un mari. Si seulement Alexandra pouvait faire en sorte que Zina passe moins de temps à s'inquiéter du bienêtre de ses étudiants et plus de temps à trouver un homme. Pour aggraver les choses, la fascination évidente de Zina pour Horace Kadoorie la préoccupait de plus en plus. Il fut un temps où elle en vint à croire que Zina était éprise de ce riche philanthrope. Cette prise de conscience était pour Alexandra assez déconcertante. En effet, le deuxième défunt mari d'Alexandra, le bon docteur Katzenellenbogen, était né juif et s'était plus tard converti à la religion orthodoxe russe. Devait-elle encourager sa fille à épouser également un Juif, même riche ? Horace était-il aussi amoureux de Zina ? De cela Alexandra ne pouvait pas en être certaine, mais cela importait peu car il semblait hautement improbable que cette riche famille juive issue de la haute société séfarade ouvre ses bras à la fille d'un réfugié russe apatride. Elle devait être plus proactive pour trouver un mari à Zina car, laissée à elle-même, Zina en semblait incapable. Incapable n'était peut-être pas le bon mot. Après tout, Zina avait grandi pour devenir une femme incroyablement belle, gentille, compatissante, capable d'attirer n'importe quel type de prétendant. Mais si Zina était vraiment amoureuse d'Horace, il allait falloir qu'elle tourne la page parce que, selon Alexandra, son amour ne serait jamais réciproque. En tout cas, d'après ce qu'elle lisait dans les journaux mondains, Horace ne semblait pas être du genre à se marier. Et même s'il l'était, il était peu probable que sa puissante famille lui permette de renier la tradition et de se marier en dessous de son statut social et en dehors de sa religion. En outre, Horace était totalement consumé par un dévouement surnaturel à sa vie de philanthrope. Il n'y avait rien de plus important pour lui que son travail philanthropique.

Lev Dvorak, veuf élevant deux jeunes garçons, second commandant à la douane de Shanghaï, était un homme aisé et doté d'une grande expérience et influence. De quinze ans plus âgés que Zina, il pouvait néanmoins être un bon parti. Pour Alexandra, le temps était compté. Par tous les moyens, pour le bien de sa famille, voire pour leur survie, elle devait faire des choix difficiles, dont le moindre n'était pas de trouver un mari à Zina. Il fut décidé que Lev était un bon candidat. Arranger un mariage était nécessaire, même si tous les signes indiquaient que le cœur de Zina pouvait se trouver ailleurs. Leurs vies en tant que citoyens apatrides vivant à Shanghaï étaient chargées d'incertitudes. Le krach de Wall Street venait de se produire, enveloppant le monde dans une crise économique qui durerait une décennie. Les sentiments antijaponais dirigés contre la présence japonaise en Chine devenaient de plus en plus omniprésents provoquant une augmentation des incidents violents entre ces deux nations. À peine vingt ans après la Grande Guerre, des tentatives d'intimidation en Europe annonçaient encore une fois le début d'un autre conflit mondial. Les Occidentaux vivant à Shanghaï, en particulier les nombreux réfugiés apatrides qui trouvèrent refuge dans ce port ouvert, étaient remplis d'anxiété face à la réelle possibilité qu'une guerre mondiale les piège comme des rats dans un labyrinthe. Nul besoin de signaux de fumée pour reconnaître l'imminence de leur perte, Alexandra savait qu'il était temps de commencer à planifier une stratégie de sortie. Elle ne savait pas ce que l'avenir lui réservait, quel port d'escale serait sa prochaine destination, mais en tant que descendante de générations de prêtres orthodoxes russes, elle était imprégnée d'une grande foi démodée selon laquelle, quelque part dans ce vaste monde, il y avait un refuge pour elle et sa famille. Plus elle y pensait, plus elle voyait dans le veuf Lev Dvorak, père de son élève de piano Pavel, le potentiel pour leur billet de sortie de Shanghaï.

Femme de foi, mais aussi une femme pratique qui souscrivait ardemment à la philosophie « *la fortune favorise les audacieux* », Alexandra était clairement une femme qui n'attendait jamais que les choses arrivent. C'était une fonceuse, une personne qui faisait bouger les choses. C'était vrai à l'âge tendre de 18 ans quand elle épousa Valentin Davidov et le persuada d'accepter un poste de médecin militaire en Sibérie orientale. Une femme en charge alors, comme elle le serait plus tard quand elle épousa son deuxième mari, le père de Zina Mikhail Katzenellenbogen, peu après la noyade mystérieuse de son premier mari dans la rivière Amour. Ce n'était pas une coïncidence si, au fil du temps, son approche intransigeante et sans concession de la vie lui valut le surnom de *général en jupe*.

Cela prit un peu de temps, mais Alexandra réussit à convaincre Lev qu'en tant que veuf avec des enfants relativement jeunes, il y avait des avantages pratiques à épouser sa fille. Bien que Zina rêvât de devenir femme dans un monde où elle serait séduite par un jeune et bel admirateur, elle se rendit vite compte que le Shanghaï de 1934 était bien loin du monde de ses rêves de conte de fées. À un autre moment, dans un autre lieu, dans un monde plus paisible, le choix du mari d'Alexandra pour sa fille aurait été beaucoup plus difficile à lui faire accepter. Jeune, belle, intelligente, Zina était aussi pragmatique, saisissant immédiatement la nature symbiotique de la tentative de mise en relation de sa mère. Elle était prête à aider Lev à élever ses garçons. Avec les rumeurs d'un conflit mondial dans l'air - les escarmouches sino-japonaises sans cesse croissantes, l'arrivée d'un nombre croissant de réfugiés apatrides, les jours de gloire de Shanghaï étaient comptés. En tant qu'agent des douanes, Lev, elle l'espérait, pourrait être utile pour aider la famille à trouver un moyen de se sortir du danger quand le moment viendra.

Zina et Lev se marièrent en 1935. En 1937, leur fils Fyodor naquit. Peu de temps après, conformément à un ordre de transfert par les douanes maritimes chinoises, Lev emmena sa famille à Canton (maintenant Guangzhou), un port important établi au milieu du XVIIIe siècle comme moyen pour la Chine de contrôler le commerce avec l'Occident. Port majeur du sud, c'était le principal débouché des épices chinoises, du thé, de la rhubarbe, de la soie et des articles artisanaux désirés par les commerçants occidentaux.

Lev releva les défis de sa vie avec une nouvelle femme et un petit garçon en tant qu'agent des douanes à Canton. Cependant, sa mère, sa sœur et sa tante qui étaient encore à Shanghaï manquaient à Zina. Pendant une courte période, elle trouva un poste d'enseignante à Canton mais avec un nouveau-né et une belle-mère difficile elle se sentie vite dépassée et commença à faire pression pour un retour à Shanghaï. Elle avait besoin d'être proche des personnes les plus importantes de sa vie. Après avoir fui les bolcheviks, les Katzenellenbogens avaient enduré de nombreuses épreuves, dont la plus difficile fut la perte de Mikhaïl. Après la mort de son père et le mariage de sa sœur, Zina assuma naturellement la responsabilité de la sécurité et du bien-être de sa mère et de sa tante.

Lev, qui avait également une famille élargie de sœurs et de tantes à Shanghaï, et comprenant que Zina avait besoin d'être plus proche de sa famille, demanda et obtint un transfert à la douane maritime chinoise de Shanghaï. Zina était impatiente de retourner dans la classe où elle avait commencé sa carrière d'enseignante. La culture de l'école juive de Shanghaï - le rire, le bruit, l'énergie, la camaraderie, les joies, les déceptions, les défis de l'enseignement et de l'apprentissage uniques de la vie dans cette école- lui avait terriblement manqué. Elle se lassa bientôt de sa vie de femme au foyer prenant soin des besoins de trois garçons et de son mari. Elle avait besoin de revenir pour faire ce qu'elle aimait le plus : l'enseignement. Elle était jeune et n'avait pas beaucoup enseigné avant son mariage quand la naissance de son fils la retira de la salle de classe. Les récompenses psychiques qu'elle avait reçues au cours de son bref mandat en tant que professeure l'emportaient de loin sur tout ce qu'elle avait connu jusqu'alors. Elle avait hâte d'être de retour dans son élément.

À son retour à Shanghaï, la directrice de l'école juive de Shanghaï l'accueillit à bras ouverts. L'impact que la jeune Zina avait eu sur ses élèves et la culture de l'école avant son départ pour Canton était énorme. Pendant les deux années suivantes, Zina s'épanouit à l'EJS pendant qu'elle perfectionnait ses compétences pédagogiques. Avec l'aide d'une *amah* chinoise pour prendre soin de son fils Fyodor, elle mit tout ce qu'elle avait dans son enseignement, passant des heures à aider les élèves et en s'impliquant dans tous les aspects de la vie scolaire. Elle pensait qu'elle devrait peut-être passer plus de temps à la maison à prendre soin de Fyodor, mais elle se convainquit rapidement que Fyodor allait bien.

Mme Katzen et son fils (à droite), sa sœur et nièce (à gauche

Pendant ce temps, la situation à Shanghaï provoquée par le conflit sino-japonais et le discours constant d'une conflagration mondiale continuait à devenir de plus en plus intenable. Alexandra savait que s'ils ne partaient pas bientôt, la famille pourrait se retrouver piégée à Shanghaï. Des centaines de milliers de soldats chinois se déplaçaient du Sud et de l'Ouest alors même que des navires japonais remplis de soldats pouvaient être vus à l'embouchure de la rivière *Yangtsé*.

Il était temps de partir.

Principalement grâce à la richesse et à l'influence d'Horace Kadoorie, la famille put obtenir des visas de voyage pour dix membres de la famille. En août 1938, Alexandra Katzenellenbogen, Evgenie Azarov (la tante de Madame Katzen), une infirmière de l'hôpital qui avait travaillé avec Mikhail en Sibérie et dont la vie fut sauvée par le bon docteur après avoir prétendument tenté de se suicider par le poison et qui par la suite devint un membre permanent de la famille, Raisa (la première fille d'Alexandra), Konstantin (le mari de Raisa) et leur fille Anastasia, montèrent à bord du paquebot japonais *Heiyo Maru*, amarré dans le Bund, et naviguèrent vers Kobe, au Japon. Après avoir passé quelques jours à Kobe pour embarquer d'autres passagers, le *Heiyo Maru* se mit en route sur son itinéraire Transpacifique vers les Amériques. Après avoir déposé des passagers à San Pedro, en Californie, il se dirigea vers le sud à Valparaiso, au Chili, la destination finale pour Alexandra et sa famille.

Mme Katzen, son fils et amah chinoise

Le 23 octobre 1939, un an et deux mois plus tard, le reste de la famille - Lev et Zenaida Dvorak (ce fut la seule fois que Madame utilisa officiellement son nom de femme mariée), leur fils de deux ans Fyodor, et les deux fils de Lev issus de son mariage précédent (Pavel, 17 ans, et Leonid, 10 ans) montèrent à bord du paquebot japonais *Hikawa Maru.*

Le *Hikawa Maru* s'éloigna lentement du quai, passant devant un assortiment de sampans et de navires de guerre japonais. Zina, soucieuse d'avoir un dernier aperçu du Bund et de son cher Shanghaï, se dirigea rapidement vers l'arrière du navire. Pour la deuxième fois en vingt ans, elle fuyait un domicile qu'elle aimait tant. Lorsque la famille fuit la Sibérie, elle avait pensé que Shanghaï serait son domicile pour le reste de sa vie. À l'âge de 8 ans, elle perdit *Nikolaievsk-sur-l'Amour* et à 28 ans elle était en train de perdre Shanghaï. Qu'arriverait-il aux étudiants auxquels elle s'était attachée ? Il y avait Issac, un jeune homme consciencieux de treize ans qui travaillait pour aider son père à joindre les deux bouts après la mort prématurée de sa mère. Il y avait Jane, sa camarade de classe d'enfance et sa meilleure amie. La reverrait-elle un jour ? Reverrait-elle encore Horace Kadoorie, l'amour secret de sa vie ? S'il savait seulement combien elle l'aimait. L'homme le plus gentil, le plus sage et le plus généreux qu'elle ait jamais connu. Quand il découvrit qu'elle était mariée, il lui téléphona à Canton pour la féliciter. Elle aussi l'avait félicité pour son mariage. « Je ne suis pas marié », avait-t-il répondu. Le mariage Kadoorie dont elle avait entendu parler était celui de Lawrence, le frère d'Horace. Plus tard, il lui envoya des orchidées de son jardin, soigneusement disposées dans un vase en osier chinois le plus exquis. Le souvenir du bouquet parfumé fit flancher ses genoux. Saisissant la rambarde, elle ferma les yeux et prit une profonde inspiration.

La Hikawa Maru

Elle ouvrit les yeux, balayant lentement du regard les bâtiments emblématiques du renouveau grec et néo-classique qui embrassaient l'arc en croissant du *Bund*. Reviendrait-elle un jour ? Si elle le faisait, ce beau « musée d'architecture internationale », les hôtels chics, les banques, les clubs exclusifs, seraient-ils encore debout ? Les ravages de la guerre réduiraient-ils ce beau front de mer à un tas de gravats ? Bien que non visibles, elle pouvait entendre le lointain les drones des avions de guerre et le grondement sourd des bombes qui explosaient. Elle pouvait voir les foules animées (pousse-pousse, piétons chinois et occidentaux, voitures, vélos) sur Nanjing Road alors que le *Hikawa Maru* sortait du port. Détournant rapidement ses yeux de cette masse d'humanité sans visage qui vaquait à ses occupations, ignorant tout sentiment de désastre imminent, elle choisit plutôt de fixer son regard sur la tour au sommet de la douane de Shanghaï qui s'éloignait de plus en plus. Les yeux fixés sur l'horloge de la tour, elle se demandait combien de temps s'écoulerait avant que l'horloge, la tour, le bâtiment, les pousse-pousse et les sampans disparaissent à jamais.

À bord du Heiyo Maru –
La sœur de Mme Katzen avec sa fille sur ses genoux et son mari à gauche

Déroutée, hypnotisée par le surréalisme de tout cela, elle se demandait si elle quittait Shanghaï ou si Shanghaï la quittait. Elle relâcha sa prise sur la rambarde et se retourna vers Lev et les garçons. Son visage était strié de larmes. Mais il y avait peu de temps pour être nostalgique. Tout un Nouveau Monde au-delà du vaste Pacifique l'attendait. Elle devait essuyer ses larmes et s'endurcir pour les défis de la vie dans un nouveau pays sur un nouveau continent. Elle ajusta sa démarche pour s'adapter au léger roulis du navire et se souvint à quel point elle aimait l'océan. Et les navires. Et naviguer sur les océans à bord de navires. Elle se tamponna les yeux. Alors qu'elle récitait tranquillement *Sea Fever*, son poème préféré de John Masefield, elle pouvait entendre les mouettes crier son nom. Elle ne savait pas quelles fortunes ou quels maux les Amériques lui réservaient, mais, comme toujours, il était réconfortant de savoir que les pouvoirs mystiques de l'océan lui fourniraient la force dont elle avait besoin.

CHAPTER 6

Chilli

Port d'escale, Vancouver, Colombie-Britannique. Lev débarqua en emmenant Pavel et Leonid avec lui et les déposa chez ses parents qui avaient accepté d'élever les garçons, au moins jusqu'à la fin de la guerre. Le *Hikawa Maru* se dirigea alors vers Valparaiso, Chili, où Zina et Fyodor débarquèrent et se dirigèrent en train vers le sud en direction de Port Montt, une ville fondée en 1853 après que le gouvernement du président chilien Manuel Montt (1851 à 1861) parraina l'immigration d'allemands pour s'installer dans la région. C'est là qu'ils retrouvèrent le reste de la famille.

La priorité numéro un pour Zina était de trouver un poste d'enseignant. Les possibilités étaient faibles ou indésirables à Port Montt, de sorte que quelques mois plus tard, les Katzenellenbogens déménagèrent 105 kilomètres au nord de la ville d'Orsono dans le nord de la région de Los Lagos au confluent des rivières Rahue et Damas. Centre principal de l'agriculture et de l'élevage dans la région, le patrimoine culturel d'Orsono était façonné par des influences allemandes, espagnoles et des Huilliches.

Mathématicienne et linguiste (parlant couramment l'anglais, le français, l'espagnol, le russe et un peu le chinois), Zina était une femme dotée de compétences. Mais les chances de trouver un bon travail d'enseignement dans cet avant-poste chilien, c'est-à-dire un emploi qui lui permettrait de maximiser l'utilisation de ses compétences, étaient minces. Personne ne sait pourquoi les Katzenellenbogen ont choisi de s'installer dans une région aussi reculée du Chili, mais après avoir fui la révolution du 17 octobre en Russie et, vingt ans plus tard, fui les champs de bataille de la guerre sinojaponaise et le début d'une guerre européenne, il n'est pas surprenant qu'ils souhaitassent passer le reste de leurs jours dans un cadre bucolique et tranquille, loin de la cohue. Alexandra, Zina et Evgenie étaient maintenant seules. La sœur de Zina, Raisa, qui accompagna Zina en France en 1926 pour poursuivre des études de musique au Conservatoire de Cortot, son mari musicien Konstantin et leur fille Anastasia déménagèrent vers Concepción au sud. Mikhail était mort peu de temps après l'arrivée de la famille à Shangaï. On ne sait pas pourquoi Lev ne rejoignit pas la famille au Chili après avoir déposé ses fils au Canada. En fait, il semble qu'il ait simplement disparu. Aucun membre de la famille n'a jamais pu rendre compte de ses allées et venues. Sa femme Zina, sa bellemère Alexandra et son fils Fyodor ne le revirent jamais.

Zina a manqué l'enseignement. Elle avait hâte de retourner dans une salle de classe. Elle devait aussi faire sa part pour aider la famille à survivre. Les ressources qu'ils possédaient lorsqu'ils quittèrent la Chine s'épuisaient rapidement. Sa mère, comme elle l'avait fait à Shanghaï, donnait des leçons de piano privées à domicile, mais comme ils ne vivaient pas dans une région métropolitaine du Chili, il n'y avait pas assez d'étudiants de piano pour payer les factures. Selon un membre de la famille, Zina trouva finalement un poste d'enseignant à *El Colegio Andrew Carnegie* à Santiago, mais elle réalisa rapidement que l'école ne lui convenait pas. Elle fit part de son insatisfaction à Alexandra, l'avertissant qu'en toute probabilité, elle chercherait un poste d'enseignant ailleurs. Alexandra essaya de comprendre ce qui n'allait pas à l'école mais Zina ne l'expliqua pas. Les élèves étaient comme partout ailleurs. Ils se comportaient bien et étaient impatients d'apprendre. À l'exception de quelques fanfarons ses collègues étaient généralement très collégiaux. Pourtant, l'esprit de l'école la mettait mal à l'aise. Alexandra connaissait bien sa fille et était familière avec les positions exigeantes de Zina vis-à-vis de ce que signifie être enseignant et de ce que signifie « *faire* » l'école. Elle se demandait si sa fille trouverait un jour un poste d'enseignant dans une école qui respecte ses normes.

« Si vous êtes si insatisfaite de l'endroit où vous êtes, pourquoi ne pas ouvrir votre propre école ? » dit Alexandra la prochaine fois que Zina se plaignit de son école. Les yeux de Zina s'illuminèrent. C'était une idée brillante. Elle se demandait pourquoi elle n'y avait pas pensé auparavant. C'était tout à fait logique pour elle d'ouvrir sa propre école. Alexandra s'était très bien débrouillée, gérant avec succès les affaires sibériennes de son défunt premier mari Valentin Davidov après sa noyade dans la Rivière Amour. Avec le sens des affaires d'Alexandra et ses propres compétences en tant qu'éducatrice, Zina vit immédiatement les possibilités qui s'offraient à elle. Alexandra était formée comme pianiste classique et Zina imagina une école où chaque enfant serait exposé à la musique, la danse, l'art, en plus de tout ce qu'une école a l'habitude d'offrir. Avec sa mère, elles pourraient créer et développer une excellente institution d'apprentissage. Les graines plantées, Alexandra et Zina devinrent obsédées par l'idée de fonder une école et passèrent les cinq années suivantes à planifier et à chercher un emplacement.

En 1941, les Japonais bombardèrent Pearl Harbor. L'Allemagne, ayant déjà conquis une grande partie de l'Europe continentale, déchaina les chiens de la guerre, ouvrant son Second Front en envahissant la Russie. Ayant des liens étroits avec l'Allemagne, le Chili choisit d'abord de rester neutre, mais en 1943 il rompit ses relations avec les puissances de l'Axe et déclara finalement la guerre au Japon en 1945, juste avant la fin de la guerre. La rareté du transport maritime et les demandes de l'industrie de guerre américaine causèrent des pénuries de biens de consommation au Chili et dans la plupart des pays d'Amérique latine. Zina et Alexandra durent attendre la fin de la guerre pour créer leur école de rêve.

Il ne semble pas y avoir de trace de la présence de Zina au Chili de 1942 à 1945. Selon une amie de la famille, elle travailla avec les Alliés à cette époque en utilisant ses compétences de mathématicienne, linguiste et cryptanalyste.

En 1946, après avoir prétendument obtenu un prêt d'un riche homme d'affaires chilien, Zina ouvrit une école à La Serena. Située dans le nord du Chili, La Serena est la capitale de la région de Coquimbo et est la deuxième plus ancienne ville du Chili après la capitale, Santiago. Elle nomma son école *El Colegio Inglés Catòlico de La Serena*. Sa philosophie était d'enseigner l'anglais comme langue seconde et de renforcer les principes de la foi catholique.

Maintenant qu'elle était en sécurité dans le Nouveau Monde, Zina fit son possible pour se débarrasser de tous les effets visibles de sa vie antérieure dans l'Extrême-Orient russe. Elle modifia un peu son personnage, pas assez pour perdre totalement son identité, mais assez pour éviter les inévitables questions pointues concernant son ethnie, sa nationalité et sa religion. Elle se convertit au catholicisme et continua à utiliser le nom Katzen, la forme raccourcie de Katzenellenbogen. La Russie ne serait plus son pays natal. Pour ceux qui s'en souciaient, elle était née en Tchécoslovaquie. C'aurait été un joug lourd que d'être constamment regardée avec suspicion. Mieux valait que les peuples des Amériques ne sachent pas qu'elle était russe. *L'école Anglo-catholique* deviendrait sa vie, sa raison d'être. À 35 ans, elle était relativement jeune, mais elle avait déjà vécu plusieurs vies. Elle avait éprouvé beaucoup de douleur, de chagrin, de joie, elle avait vu la laideur, l'horreur et la beauté de la vie. Elle avait été témoin de la destruction et de la misère causées par la révolution et la guerre. Et à travers tout cela, elle tirait sa force de sa foi et de ses 'vieilles dames', le petit nom attachant qu'elle donnait à sa tante et sa mère auprès desquelles elle apprit les principes de la survie.

L'école catholique anglaise de *La Serena*

Heureuse d'être en vie, d'avoir survécu aux horreurs de la révolution russe du 17 octobre, d'avoir échappé aux atrocités de la guerre sino-japonaise, reconnaissante d'avoir atterri dans un coin paisible du Nouveau Monde, elle se promit de ne jamais regarder en arrière. *El Colegio* représentait un nouveau souffle de vie, un nouveau départ, une occasion de faire une différence et de laisser une marque positive dans ce monde de fou. Elle enseignerait à ses élèves comment lire, écrire, additionner, soustraire, multiplier, penser par eux-mêmes et être généreux d'esprit. Ils s'épanouiraient avec une philosophie qui encourage l'esprit de corps, la camaraderie, le travail acharné, la fierté, le devoir et l'honneur. Ils apprendraient à être forts, à avancer et à conquérir leurs peurs face à l'adversité. Avec l'aide de sa mère, elle composa une chanson qui incarnait la philosophie de son école.

Épaule contre épaule
nous marchons tous
fiers de notre école
et de son nom ;
Heureux et unis dans le devoir,
l'apprentissage et l'honneur, notre but.
Pas à pas,
faire face bravement
et avancer ;
Le succès viendra du travail acharné.
Quand l'école sera terminée pour toujours
Et que nous nous serons tous dispersés,
avec de bonnes pensées
Nous nous souviendrons toujours
des anciens jours de notre travail
et de nos jeux.

Amie d'enfance de Mme Katzen

Commençant avec 17 élèves, l'école catholique anglaise grandit et s'épanouit sous la direction de Zina. Alexandra pourvoyait tout ce qui était musical et Hilda Soto, une ballerine à la retraite du Ballet National du Chili qui s'était liée d'amitié avec Zina, supervisa le département de danse. Dès sa création, chaque année scolaire se terminait par une célébration avec de la musique, de la danse et du théâtre musical. Le sport faisait également partie intégrante du programme et chaque élève devait apprendre l'anglais.

La Serena était un endroit parfait pour une école privée catholique anglaise. En peu de temps, elle devint un énorme succès. Chaque année la liste des élèves qui tentait d'y accéder s'allongeait.

Zina fit beaucoup d'efforts pour garder l'école petite afin qu'elle et ses professeurs puissent répondre correctement aux besoins de chaque étudiant. Mais grâce à son prestige, au fait qu'elle était la seule école de la région où l'anglais était enseigné comme langue seconde, à l'accent mis sur la discipline et à un programme d'études difficile, sa réputation d'excellence ne cessa de croître. Les parents et l'ensemble de la communauté exercèrent bientôt des pressions pour que l'école se développe beaucoup plus rapidement et plus largement que Zina ne l'avait initialement planifié. Elle résista pendant un certain temps, mais finit par capituler. Elle finirait par devenir une victime de son propre succès. En 1960, 14 ans après avoir ouvert ses portes, le nombre d'inscriptions à l'école catholique anglaise de La Serena avait atteint 400 élèves.

Établir son école était un rêve devenu réalité. Elle s'épanouit dans les défis de la gestion d'une école. Mais encore plus significatif étaient les défis d'être enseignante. En réalité, elle était devenue plus qu'une simple professeure. Ce fut là, dans le nord du Chili, qu'elle créa ce joyau d'une école où elle perfectionna vraiment l'art d'enseigner et devint une excellente enseignante. Comme le dit un jour un sage, n'importe qui peut être un enseignant, mais il est difficile d'être un grand enseignant. L'exigence de base pour être enseignant est de se présenter en classe tous les jours. Cependant, comme tous grands maîtres à travers le monde pour qui l'enseignement est une vocation, elle fit des sacrifices incroyables, allant généralement bien au-delà de l'appel du devoir.

Prendre soin des détails administratifs était nécessaire et important, mais pour elle les défis joyeux d'être une éducatrice se trouvaient dans la salle de classe. Pousser, câliner, encourager, réprimander, nourrir. Voir des lumières s'allumer lui donna les récompenses psychiques, la subsistance dont elle avait besoin pour maintenir le nombre insensé d'heures qu'elle passait à l'école et à la maison à planifier des leçons et à corriger le travail des élèves.

Laissant sa mère, son fils et sa tante dans le sud du Chili, elle était venue dans cette ville isolée de La Serena, dans le nord du pays, à la recherche d'une occasion de faire sa marque en tant qu'éducatrice. La première année fut très solitaire pour elle. Le reste de la famille ne s'étant pas joint à elle jusqu'à ce qu'elle eût exploré la région et décide que La Serena était le bon endroit pour établir son école. Bien qu'elle aimât la région et tolérait le climat, elle trouvait la ville terne et ne sentait pas qu'elle avait beaucoup en commun avec les Chiliens. Elle n'avait pas d'amis à qui parler et semblait avoir fait peu d'efforts pour les cultiver. En vérité, elle travaillait trop dur et négligeait de prendre du temps pour ellemême. Elle était toujours très occupée et peu encline à s'apitoyer sur elle-même. De temps à autre, elle s'arrêtait pour réfléchir à quel point la vie intellectuelle qu'elle aimait quand elle était à Paris et à Shanghaï lui manquait. Elle avait un ami dans la région - le consul britannique, Victor Goudy, qu'elle consultait sur des questions d'importance. Chaque fois qu'il y avait un tremblement de terre, un événement commun au Chili, elle se demandait si elle et Alexandra avaient fait le bon choix de pays pour se réfugier. Cependant, avec Alexandra à ses côtés et avec l'aide d'un bon personnel, ils travaillèrent dur pour créer un bon environnement d'apprentissage à l'école catholique anglaise - le genre d'environnement où les parents de La Serena étaient heureux d'envoyer leurs enfants. Elle était si populaire dans la région que la municipalité de La Serena nomma à titre posthume une place en son honneur.

Puis, presque sans avertissement, ou peut-être parce qu'elle était trop occupée à « faire l'école » pour le voir venir, les choses commencèrent à se détériorer. Tout commença lorsqu'elle entendit des rumeurs selon lesquelles il y avait un mouvement populaire en cours pour prendre possession de l'école.

Les élèves de son école prospéraient sous sa direction et ses conseils, et en six ans, l'école avait acquis une réputation d'excellence. Son intention était de garder l'école petite mais après avoir cédé à la pression écrasante de la communauté pour augmenter les effectifs, elle s'était soudainement retrouvée dans une situation où d'autres pensaient que l'école était maintenant trop grande. Non pas qu'elle était en désaccord avec eux. La gestion des finances et autres aspects de gestion de l'école étaient déjà plus que ce qu'elle pouvait gérer et, bien qu'elle prétendît le contraire, elle était secrètement soulagée qu'une telle solution puisse se profiler à l'horizon. En 1956, la municipalité locale proposa que l'école soit transformée en une Société de partenariat anonyme et recommanda que l'archevêque honoraire Alfredo Cifuentes soit nommé président. En 1958, douze ans après l'ouverture de l'école, le ministère des Finances, par le biais du surintendant des corporations approuva la proposition.

Le père de Zina, le Dr. Mikhail Katzenellenbogen, était un homme très influent dans Nikolaïevsk-sur-l'Amour et la mère de Zina, avant que la famille ait fui la Russie, était une femme d'affaires prospère qui était tout aussi influente dans son propre droit. Avec la création et le succès d'El *Colegio Inglés Católico*, Zina était à son tour devenue une femme d'importance dans la région.

La perte de la pleine propriété de l'institution qui l'avait fait connaître dans la région porta néanmoins un coup à sa fierté et à son psychisme. Intelligente, éducatrice avisée, visionnaire, grande planificatrice et organisatrice, la patronne, celle qui prenait toutes les décisions, elle aimait être en contrôle total de son entreprise. Bien qu'elle ait compris que le changement devait être fait, cela n'atténua pas son sentiment de trahison. La communauté de La Serena l'encouragea à rester en tant que maîtresse en chef et à continuer à opérer sa magie dans la salle de classe, mais le processus de répartition des tâches était quelque peu désordonné et lui laisserait un mauvais goût permanent dans la bouche.

Elle travailla à l'école pendant quatre années supplémentaires avant de décider de chercher un autre poste ailleurs. Ce furent les années les plus difficiles de sa vie professionnelle. Avoir perdu le pouvoir et le prestige de la pleine propriété d'une école renommée et avoir à faire face régulièrement à des gens qui 'conspiraient' contre elle était plus qu'un peu éprouvant. Elle pensa sérieusement à démissionner immédiatement, mais après avoir donné jour à l'école catholique anglaise, il était assez difficile pour elle de tourner le dos à son 'bébé', même face au 'divorce' imminent. Elle avala sa fierté parce que rester lui donnait l'occasion d'aider avec la transition, en s'assurant du mieux qu'elle pouvait que la philosophie de l'école resterait intacte. De plus, en tant que seul pilier subvenant aux besoins de la famille, ses petites vieilles femmes dépendaient d'elle.

Mais la perte de son école lui pesait beaucoup. Peu à peu, elle devint aigrie, cynique, paranoïaque même. Se sentant seule et déçue, elle fut souvent submergée par des accès de nostalgie. Le cercle d'amis qu'elle avait en Chine lui manquait. Sa Reine d'Orient, surnom donné à Shanghaï dans les années 1920 et 1930, lui manquait particulièrement. Sept ans après la fin de la guerre, elle pensa à nouveau au sort de son amie d'enfance Jane et à l'amour secret de sa vie, Horace. La famille Kadoorie connut sa part de tragédie pendant la guerre, perdant une grande partie de sa fortune. Le père d'Horace, Sir Elly Kadoorie, fut emprisonné dans le Camp d'internement civil de Chapei à Shangaï pendant l'occupation japonaise de l'est de la Chine après qu'une grande partie de ses biens furent confisqués, y compris l'hôtel Peninsula. Les Japonais l'utilisaient comme quartier général. À Shanghaï, les armées communistes chinoises triomphantes saisirent également Marble House, la maison de la famille au *Chemin Bubbling Well*, prétendument pour en faire un centre d'endoctrinement pour les enfants. Elle fut ravie d'apprendre qu'Horace et son frère Lawrence étaient en vie et en sécurité à Hong Kong. D'une façon ou d'une autre elle devait obtenir l'adresse d'Horace et lui écrire. Elle se souvenait avec émotion qu'il était d'une grande écoute. Elle avait besoin de lui. Il aurait certainement les mots justes pour la faire se sentir mieux, pour la sauver de ses profondeurs de désespoir – enfin si la guerre ne l'avait pas changé. De plus, il pouvait l'aider à retrouver son amie d'enfance et camarade de classe Jane, si elle était encore en vie.

Horace, qui fut témoin du travail de cette jeune fille de 23 ans lorsqu'elle avait été embauchée pour enseigner à l'école juive de Shanghaï, ne savait pas comment elle et sa famille s'étaient débrouillés après leur fuite de Shanghaï en 1939.

Depuis son arrivée au Chili elle avait tenté plusieurs fois de le retrouver mais avec le monde en émoi aucune des nombreuses lettres qu'elle avait écrites ne lui étaient parvenu. En 1951, douze ans après la dernière fois qu'il l'avait vue, il fut très surpris et heureux de recevoir une carte postale de Zina.

Sa lettre de réponse marqua le début d'une longue correspondance qui vit de nombreuses missives traverser les océans alors que le magnat, l'homme d'affaires philanthrope de Hong Kong et son admiratrice secrète, l'institutrice au Chili, rattrapaient leur retard sur leurs vies respectives après la guerre.

« Je viens d'apprendre de Mme Vera Levy que vous vivez à Hong Kong », écrivit Zina. « Je vous écris cette courte note immédiatement et j'espère qu'elle vous parviendra. Si c'est le cas, pouvezvous y répondre ? S'il vous plaît, dites-moi simplement comment vous allez. Je vous ai écrit de nombreuses fois, mais je n'ai jamais reçu de réponse et je serais très heureuse de savoir que vous allez bien. Je n'écris plus car je ne sais pas si vous recevrez cette note ou si vous y répondrez. J'espère que vous allez bien. D'ici là. »

En moins de deux semaines elle avait reçu la réponse d'Horace.

« Merci pour votre carte du 24 octobre, que j'ai été très heureux de recevoir. Il y a bien longtemps que je ne vous ai pas parlé, et je me suis souvent demandé où vous en étiez et comment vous vous en tirez. Vous avez mentionné que vous m'avez écrit plusieurs fois, mais que vous n'avez jamais reçu de réponse. Je regrette de dire que vos lettres ont dû s'égarer car si je les avais reçues j'y aurais naturellement répondu rapidement.

Oui, je suis maintenant à Hong Kong. Les conditions à Shangaï sont abominables, et je suis parti juste avant l'arrivée des communistes. Vous serez intéressée de savoir que les deux écoles, la Seymour Road et A.J.J. (Association de la Jeunesse Juive de Shangaï) sont maintenant fermées en raison principalement du fait que la plupart des enfants sont partis. Il reste environ 1700 Juifs dans toute la Chine, et la plupart d'entre eux devraient bientôt partir. C'est l'un des emplois bénévoles auxquels mon frère et moi nous attaquons à Hong Kong. Nous représentons ici le Comité paritaire juif américain de distribution.

Comment allez-vous ? Je pense que c'est un pari sûr d'avancer que vous enseignez encore car c'est le travail de votre vie. Je n'oublierai jamais la dette de gratitude que nous vous devons tous pour l'aide que vous nous avez donné en aidant nos pauvres enfants à Shangaï.

À quoi ressemble le Chili ? C'est l'un des rares pays que je n'ai jamais visité. Je reviens tout juste d'un séjour de deux mois en Australie, un pays merveilleux qui offre de grandes possibilités pour tous ceux qui sont prêts à travailler dur.

Les conditions à Hong Kong ne sont pas trop mauvaises malgré l'embargo américain, qui a malheureusement causé beaucoup de chômage. Cependant, ils se rendent maintenant compte que Hong Kong est la vitrine de la démocratie et s'ils veulent garder les gens heureux, il est nécessaire de leur donner un emploi. En fait, très peu de produits fabriqués ici vont en Chine, la plupart d'entre eux sont envoyés en Europe, en Inde et même en Amérique. J'espère que vous allez bien. Avec tous mes vœux. »

Cela faisait 12 longues années qu'elle n'avait pas vu Horace, depuis qu'elle, sa famille et des milliers d'autres réfugiés avaient fui Shanghaï. Extatique qu'elle ait enfin repris contact avec son idole, son amour secret, la personne qui comptait le plus pour elle dans le monde (à l'exception de sa mère, son fils et sa tante), elle répondit à Horace pour lui donner des nouvelles d'elle et de sa famille moins de deux semaines après avoir reçu sa lettre.

« Je ne peux pas vous dire à quel point j'ai été heureuse de recevoir une lettre de votre part et de savoir que vous êtes en sécurité. Cela vous ressemble tellement de continuer à travailler pour le bien-être d'autrui, ça ne me surprend pas d'apprendre que vous aidez encore d'autres personnes à quitter la Chine et à trouver de meilleurs foyers ailleurs. Nous vous sommes également redevables pour la même raison.

Nous vivons maintenant à *La Serena*, où, comme vous l'avez deviné, j'enseigne, dans une petite école. C'est ma propre école ; je l'ai ouverte il y a six ans sans aucun soutien, financier ou moral, de qui que ce soit - juste par moi-même avec seulement dix-sept élèves. Au début, c'était un véritable combat. Personne ne me connaissait ici. *La Serena* est une ville somnolente à l'ancienne où tout le monde semble connaître les noms de jeune fille de l'arrièregrand-mère de tout le monde et leurs lien ancestral à Christophe Colomb, donc c'était un défi pour moi d'avoir ne serait-ce que dixsept élèves, voyant que personne ne savait d'où je venais. Cependant, j'ai réussi à me maintenir à flot et à la fin de l'année, j'avais quarante-quatre élèves et j'ai pu faire venir ma mère et ma tante à *La Serena* pour venir vivre avec moi. Jusque-là, vivre seule était terrible. Maintenant, nous allons bien, j'ai cinq classes et plus d'élèves qu'il m'est possible de prendre. Donc Dieu merci, nous pouvons nous détendre un peu et vivre tranquillement.

Vous dites que vous n'avez jamais visité le Chili. Eh bien, j'espère que vous viendrez ici un jour. Le pays dans certaines parties est beau - montagnes enneigées comme en Suisse, forêts, rivières avec des truites et de beaux lacs. Il pourrait devenir un pays puissant car il y a de grandes possibilités dans l'agriculture, l'exploitation minière et le pétrole, mais il ne le fera jamais à cause des gens. Je pense qu'il serait impossible de trouver une autre nation aussi paresseuse, sale, et manquant d'honneur ou de principes que celle-ci. Personne ne semble avoir la moindre idée du sens du devoir ou même de la décence. Vous ne pouvez pas imaginer les batailles que je dois mener avec mes enfants à l'école pour leur enseigner simplement l'honnêteté et une certaine idée de leurs devoirs. Pourtant, j'aime être ici et bien sûr j'adore mon travail. Je suis heureuse seulement quand je peux enseigner, quand je peux donner à ces petits enfants un intérêt pour l'étude et, dans de nombreux cas, l'affection qu'ils manquent à la maison. J'aime les enfants. Après tout, ce sont les seuls êtres humains qui méritent d'être aimés.

Je vous ai tellement écrit sur moi-même, alors maintenant, pouvez-vous me dire quelque chose sur vous-même ? Que faites-vous maintenant ? Quel est votre travail, comment est la vie à Hong Kong et en particulier comment vous sentez-vous ? C'est un tel soulagement de savoir que rien ne vous est arrivé pendant la guerre et que vous êtes relativement en sécurité à Hong Kong. Est-ce que la ville a beaucoup changé ? Mes derniers souvenirs de Hong Kong sont des belles balades sur l'île. Vous souvenez-vous encore des beaux bougainvilliers qui poussaient là ? La vue de ces fleurs que nous avons ici me fait toujours penser à Hong Kong. S'il vous plaît, écrivez quand vous aurez le temps. Vous ne pouvez pas savoir quel plaisir votre lettre m'a donné. »

Horace semblait vraiment heureux de reprendre contact avec Zina. En tant que philanthrope bien connu qui a tant fait pour de nombreux réfugiés apatrides cherchant refuge à Shangaï dans les années 1920 et 1930, il dut s'interroger sur le sort de Zina, une enseignante vedette à l'école juive de Shangaï après l'arrivée des communistes et le départ par milliers des

Européens vivant à Shanghaï. Bien qu'il fût heureux d'apprendre enfin qu'elle et sa famille étaient en vie et en bonne santé, étant donné son cœur gentil et généreux et son optimisme naturellement joyeux, il dut être quelque peu attristé cependant, après avoir lu sa lettre qui était marquée par un peu de sarcasme et d'auto-apitoiement. Nous ne connaîtrons jamais la réaction instinctive immédiate d'Horace au pessimisme, à la colère, à la douleur exprimée dans sa lettre, mais il dut être surpris d'entendre Zina se décrire comme une misanthrope. Elle n'était sûrement plus l'intelligente et gentille jeune femme qui avait enseigné à Shanghaï et travaillé avec lui pour aider les enfants pauvres. Compte tenu de sa générosité d'esprit et de son abondance de compassion, il comprit sûrement que même si elle était encore relativement jeune (elle avait maintenant 40 ans), elle avait déjà vécu plus d'une vie de difficultés, ayant survécu à une révolution en Russie et à une guerre en Chine. Il répondit en ignorant tous les aspects négatifs de sa lettre et en ne commentant que les aspects positifs.

« Je vous remercie de votre longue et très intéressante lettre. Je vous félicite d'avoir pu, sans aide financière ou morale, démarrer votre propre école. Je peux très bien imaginer les difficultés que vous avez dû avoir dans un nouveau pays, ne connaissant personne et avec peu d'argent. Des difficultés sont données à surmonter et en les conquérant on construit son propre caractère. Vous effectuez certainement un travail merveilleux pour aider les élèves qui, d'après les descriptions de votre lettre, semblent avoir plus besoin d'aide que la plupart des enfants d'autres pays.

Je suis si heureux que votre mère et votre tante soient avec vous car vous deviez vous sentir seule. Cela ne me surprend pas du tout que vous aimiez votre travail et que vous soyez heureuse, car le vrai bonheur ne vient que de donner plus que ce que l'on prend à la vie. Je peux imaginer à quel point les enfants sont heureux dans votre école.

Vous avez posé une question au sujet de Hong Kong et de moimême. Eh bien, Hong Kong a certainement pris de l'expansion. Elle compte maintenant 2 750 000 habitants. C'est un refuge sûr pour les réfugiés, riches ou pauvres, qui fuient la Chine communiste et est en même temps la vitrine de la démocratie. De nombreux industriels qui ont réussi à s'échapper y ont construit des usines et s'en sortent remarquablement bien. La main-d'œuvre est aussi raisonnablement satisfaite, car les conditions ici sont bien meilleures que ce à quoi elle était habituée en Chine. La plupart des usines, et il y en a plus d'une soixantaine différente, fournissent des biens à toutes les parties du monde, mais très peu va en Chine proprement dite.

Malheureusement, c'est très difficile pour beaucoup de gens très pauvres. On a construit des maisons d'appoint partout sur le flanc de la montagne, mais comme ces maisons sont construites en bois et collées les unes aux autres, nous avons de graves incendies. Mercredi dernier, 15 000 personnes se sont retrouvées sans abri et sans le sou, et hier soir, 50 autres. J'ai suggéré l'ouverture de plus de terrains pour que ces sans-abris puissent devenir de petits agriculteurs, mais pour l'instant, c'est impossible.

Vous mentionnez le beau bougainvillée que vous avez vue lors de votre visite à Hong Kong. Lors de mon récent voyage en Australie, j'ai rapporté une quarantaine de fleurs, arbustes et plantes, qui seront plantées le long des routes et des collines.

Nous nous sommes particulièrement intéressés à aider les agriculteurs qui vivent des moments très difficiles. L'Association d'aide à l'agriculture Kadoorie existe depuis 10 mois. Notre principal objectif est d'aider les très pauvres. Il y a maintenant de nombreux villages dans lesquels chaque famille a reçu gratuitement des poulets ou des porcs via cette Association. On leur accorde également des prêts sans intérêt et on les encourage de toutes les façons possibles. Je suis convaincu qu'ils pourront, avec notre aide, gagner leur vie d'ici deux ans et demi. Cette lettre devient trop longue, alors je vais m'arrêter. »

Neuf ans s'écoulèrent avec peu ou pas de communication entre Horace et Zina. Au moment où la communication entre les deux reprit sérieusement en 1960, les choses avaient progressivement empiré pour Zina à *La Serena*. La situation était si mauvaise qu'elle était prête à jeter l'éponge.

« J'étais si heureuse de recevoir votre lettre, c'était un grand plaisir d'avoir une réponse si rapidement. Bien sûr, vous avez tout à fait raison de dire qu'il y a peu de métiers aussi constructifs que l'enseignement. Je suis tout à fait d'accord avec vous - si vous travaillez dans un environnement agréable. Cependant, au Chili en général, et à La Serena en particulier, ce n'est pas le cas. Comme je l'ai mentionné dans ma dernière lettre, j'ai dû engager cinq nouveaux enseignants. J'en ai rencontré deux fois plus et aucun d'entre eux n'a manifesté d'intérêt pour l'édification de la jeunesse à la fois moralement et mentalement. La seule et unique question qu'ils ont tous posée était 'combien payez-vous ?' Chacun essaie de donner le moins qu'il peut et de recevoir autant d'argent que possible. Ils se moquent éperdument des enfants, et ils ne prennent pas la peine de transmettre la connaissance - en supposant qu'ils la possèdent, ce qui est parfois très douteux. L'un d'eux a placé Hong Kong au Japon, un autre, un professeur de français, était tout à fait incapable de poursuivre une conversation avec moi dans cette langue, tandis qu'un troisième, un professeur de mathématiques, a juste frissonné quand il m'a entendu dire que des devoirs devaient être donnés régulièrement et corrigés personnellement par l'enseignant, et pas pendant les heures de cours. Il n'avait pas donné un seul problème à résoudre comme devoir durant les cinq dernières années passées dans l'école de l'État, estimant que c'est une pratique inutile. Quant à la discipline, ça ne les dérange pas d'être une heure en retard, ou de ne pas se présenter du tout sans préavis. Pouvezvous imaginer le bon temps que j'ai avec un personnel de 27 enseignants dont seulement 2 sont plus ou moins fiables ?

Quant aux étudiants, je n'ai jamais rencontré de tels spécimens. Parfois, j'ai l'impression de travailler dans un établissement pour les déficients mentaux ou pour les jeunes délinquants. Une telle paresse, stupidité, malhonnêteté et manque d'intérêt contre lesquels je dois lutter toute la journée ! Pourtant, ces mêmes enfants sont pleins d'initiative. Ils essaient d'échapper aux études et font toujours des farces. L'école ouvre la semaine prochaine. Tout est prêt, les salles de classe magnifiquement nettoyées, les bureaux peints et vernis, des photos sur les murs, les nouveaux livres et jouets sur les étagères. Une semaine plus tard, elle sera en désordre, sale, tous les jouets brisés ou volés, des photos et des livres déchirés et souillés et des mots obscènes gravés dans la peinture. Avant d'essayer de transmettre la connaissance à ces enfants vous devez leur inculquer un certain sens de la décence car ils n'ont absolument aucune idée de l'honneur, du devoir, de la propreté morale ou du respect pour quiconque ou quoi que ce soit. Les parents sont encore pires, on ne peut s'attendre à aucune aide de leur part. J'ai cette école depuis près de quinze ans. C'est vrai que j'obtiens des résultats, mais à quel prix ! Ma journée commence à 6 h 15 et je me couche à minuit. Les enfants viennent à l'école à 8 heures du matin. Les plus âgés rentrent chez eux à 8 heures du soir car je les garde tous ici pour superviser leurs devoirs et pour compenser les omissions des enseignants. Je prends 15 minutes pour le déjeuner et 15 pour le thé. Le reste de mon temps est consacré à l'enseignement, à la supervision du travail et des jeux, et aux discussions avec les enfants. Après le dîner je fais mes corrections, 200 cahiers par jour. Les samedis je dois m'entretenir avec les parents et préparer mes leçons pour la semaine et cela prend presque tout le dimanche aussi. Mon seul luxe est une promenade que je fais le dimanche après-midi. Cent pourcent des étudiants réussissent aux examens du gouvernement, mais c'est du travail d'esclave. Peut-être pouvez-vous comprendre à quel point je suis parfois fatiguée et découragée. Je me sens comme si je me battais toute seule contre d'énormes vagues, en utilisant toute ma force et mon énergie et en sachant d'avance que je ne ferai pratiquement aucun progrès. Quand j'enseignais en France, à Shanghaï et à Canton, les choses étaient différentes. J'aimais mon travail, mais maintenant il me remplit souvent d'amertume. Vous ne vous demandez pas si je souhaite du changement ?

Je sais que l'enseignement est une seconde nature pour moi, c'est dans mon sang, mais je crains de ne plus pouvoir continuer à pratiquer dans ce pays.

Je suis désolée d'avoir écrit peut-être trop radicalement et certainement trop sur le sujet, mais ce n'est qu'une réponse à votre déclaration au sujet d'un changement d'occupation qui m'attriste. Ce n'est pas l'enseignement que je veux abandonner, c'est juste que je ne peux pas continuer à enseigner au Chili parce que cela me rend terriblement malheureuse. J'irais n'importe où dans le monde et j'enseignerais avec plaisir, dans une école normale, avec des enfants normaux qui ne me considéreraient pas comme une ennemie. Je ne ressens pas de remords de conscience quand je pense à quitter l'école que j'ai créée car mon travail y est terminé. L'école a atteint le succès et jouit d'une réputation splendide. Une personne compétente peut la diriger facilement. Eh bien, assez sur le sujet.

S'il vous plaît écrivez-moi à nouveau bientôt. J'aime toujours vos lettres et je les attends avec impatience. Je n'ai pas d'amis ici, et vos petites enveloppes bleues me remontent le moral et me rappellent les jours heureux passés dans la lointaine Chine. »

Impatiente de recevoir une réponse et impatiente de lui faire part de ses derniers projets, elle envoya une autre lettre à Hong Kong.

« La dernière lettre que je vous ai envoyée est partie il y a plus d'un mois, et je crois qu'elle a été envoyée ailleurs dans le monde, ou que l'homme au bureau de poste a simplement piqué les timbres et jeté la lettre dans la poubelle, ce qui arrive très souvent en Amérique du Sud. D'autre part, elle pourrait vous avoir atteint et vous avoir tellement ennuyé par l'effusion de mes malheurs qu'elle s'est retrouvée dans la corbeille à papier. Cependant, je vous écris encore une fois. Si vous n'avez pas envie de répondre, ne répondez pas, je comprendrai.

L'école a commencé il y a un mois et j'ai les mains pleines avec tous les problèmes que 27 enseignants paresseux et incompétents et 260 enfants indisciplinés et gâtés peuvent me donner. En outre, je suis toujours responsable de toutes mes classes, corrections, supervision, administration et de toutes sortes de choses. J'ai été tout à fait submergée par cette marée de travail et commence à en ressentir déjà les effets. J'ai le pressentiment que si je ne m'échappe pas bientôt, ça m'écrasera, comme un mastodonte.

C'était peut-être une coïncidence ou de la télépathie, ou un vœu pieux, mais la semaine dernière, j'ai reçu le Supplément éducatif du Times du consulat, et j'y ai vu plusieurs publicités offrant du travail aux enseignants à l'étranger. Il était trop tard pour postuler, car le journal avait trois mois, mais il y avait beaucoup d'adresses utiles, alors j'ai écrit à certaines d'entre elles, au ministère des Colonies à Londres, au directeur de l'association des enseignants du Commonwealth et à un bureau de placement aux États-Unis, un bureau qui annonce des postes d'enseignement dans n'importe quelle partie du monde, sauf au Chili. J'espère qu'il y aura une réponse intéressante car si je pouvais trouver un poste n'importe où, je quitterais le Chili en décembre après avoir terminé la présente année scolaire parce que le *Colegio Inglés* est en parfait état de marche, et je ne ferais de mal à personne en partant. Pourriez-vous me prodiguer des conseils sur la façon de postuler un emploi ? Je suis si fatiguée du Chili en général et de *La Serena* en particulier, que j'accepterais une position même sur la lune si c'était disponible.

Il y a autre chose dont je voudrais vous parler. J'aimerais entrer en contact avec une vieille amie à moi, une Chinoise du nom de Jane Ying. Nous étions camarades de classe et après mon installation au Chili, nous avons gardé une correspondance régulière. Puis, quand les ennuis à Shanghaï ont commencé, elle a quitté son emploi à la *Henningsen Produce Co.*, a épousé un Chinois appelé Zeng, et a cherché refuge dans l'intérieur de la Chine. Elle a promis de me dire où elle se trouvait, mais elle ne l'a pas fait. Zeng étant un nom si commun, je pense qu'il serait plutôt difficile de la retracer. Y a-t-il une société à laquelle je pourrais faire une demande ? »

Horace, toujours gentleman, essaya avec tact de lui montrer la valeur de rester au Chili et de se frayer un chemin à travers ses difficultés.

« Je peux très bien comprendre vos sentiments, qui sont tout à fait naturels. Un perfectionniste confronté aux problèmes que vous avez mentionnés se sent naturellement déçu, mais ces mêmes problèmes, une fois surmontés, construisent nos caractères et nous permettent de lutter avec une force renouvelée pour l'amélioration du monde en général. »

Horace a toujours su que Mme Katzen n'abandonnerait jamais l'enseignement - mais pour lui rappeler que son travail était inestimable, il a inclus dans sa lettre l'histoire suivante écrite par un professeur du Texas.

La veille, j'avais assisté à une réunion de parents d'élèves incroyablement longue. Trois heures, pour être exact. Aujourd'hui rien ne s'était bien passé. Mes 30 élèves de première année semblaient se tortiller toute la journée. Les cours de lecture s'enlisaient désespérément ; en fait, ils régressaient. À midi, le directeur m'a appelée. J'avais oublié de rendre un rapport important - non seulement je l'avais oublié, mais je l'avais apparemment perdu. Les deux périodes de récréation étaient chaudes, venteuses et graveleuses avec la poussière du Pahandle. Pour empirer les choses, à la fin de la journée j'ai déchiré mes bas.

Mais il y avait plus à venir. Lorsque la dernière sonnerie retentit, Mme Jones fit irruption dans la salle, pleurant parce que sa Mary n'était plus dans le groupe de lecture principal. Cette année, Mary avait eu les oreillons, la rougeole et la varicelle, et comme sa mère la gardait à la maison chaque fois qu'elle reniflait, elle avait déjà manqué 37 jours. J'ai essayé d'apaiser Mme Jones et en même temps de garder quelques lambeaux de bonne humeur.

À quatre heures, je désirais rentrer à la maison et me détendre dans un bain. Mais aujourd'hui était notre dernière réunion de l'année. Une éducatrice éminente de l'extérieur de la ville devait être notre conférencière. Elle a parlé Jusqu'à 17 heures de la nouvelle ère qui s'annonçait dans le domaine de l'éducation et de la façon dont nous devons toujours être professionnels et s'y préparer. Plus elle parlait, moins je me sentais professionnelle. Elle semblait connaître tous mes péchés secrets en tant qu'enseignante.

À la fin de la réunion je me suis précipitée à l'épicerie où le coût du pain, du lait et de la charcuterie n'a pas fait grandchose pour me remonter le moral. Je me suis précipitée chez moi auprès de deux fils adolescents, d'une fille de huit ans et dans une maison qui avait l'air un peu trop "habitée." Jetant le pain et la bolognaise sur la table pour que les enfants puissent manger, je me pris une pomme et me suis glissée dans la voiture familiale alors que mon mari se dirigeait vers Amarillo, à environ 50 miles de là.

Ce soir, c'était notre soirée de rentrée. Nous assistions à une classe hebdomadaire à Amarillo, travaillant à obtenir les diplômes de maîtrise dont la commission scolaire a maintenant besoin.

Trop fatiguée pour parler, je me suis effondrée dans la voiture et j'ai examiné mentalement ma journée. C'était encore pire avec le recul. C'est alors que l'idée m'a frappé : j'arrêterai d'enseigner !

Il y a plus que ça dans la vie, je pensais, et je veux le trouver. Je vais écrire un livre… Je vais faire pousser un jardin. Je vais faire quelque chose. Mais je n'enseignerai plus.

Dans la classe d'Amarillo, je me suis effondrée dans mon siège et je n'ai même pas essayé d'écouter le professeur. À quoi bon ? Je ne reviendrais pas. Le professeur continua indéfiniment. Finalement, la pause de 15 minutes arriva. Puis la gentille femme de Spearman qui était assise à côté de moi s'est penchée et a dit, "J'ai vu l'une de vos admirateurs l'autre jour."

Ça m'a fait dresser l'oreille. La fatigue mise de côté. (Un admirateur longtemps oublié qui portait encore le flambeau ?) -- Oh ! Murmurai-je poliment, et, je l'espère, pas avec trop d'enthousiasme.

J'ai écouté avec enthousiasme pendant qu'elle continuait : « J'étais à la gare routière la semaine dernière à attendre mon fils, quand j'ai remarqué une femme mexicaine et sa fille. La mère ne parlait pas anglais, mais j'ai parlé à la petite fille. Elle m'a dit qu'elles se rendaient au Colorado pour rejoindre son père. Elle a dit qu'elle était en CE2 et m'a dit le nom de son professeur. Puis elle a sorti de sa poche un petit portefeuille usé d'où elle a sorti une photo. « C'est le professeur que j'aime vraiment », dit-elle. J'ai été étonnée de reconnaître votre image, fanée, déchirée et presque usée.

Quand j'ai dit que je vous connaissais elle l'a dit à sa mère et elles ont rayonné de joie et ont agi comme si elles voulaient m'embrasser, a-t-elle ajouté.

J'ai essayé de me souvenir des noms des étudiants LatinoAméricains dans la classe de l'année dernière. Julia ? Son nom était-il Julia ? Demandai-je. "Non ? Pouvait-elle être Adelina ?"

"Oui, Adelina était son nom," dit-elle.

Mon cœur s'est enflé en pensant à Adelina. Ses parents venaient du Vieux-Mexique. Ni l'un ni l'autre ne parlait anglais, mais il y avait une aura de bonheur parmi eux, et ils étaient si fiers de leur enfant unique. Ils venaient de quitter les champs de coton près de Lubbock quand ils ont amené Adelina dans ma classe à la fin du mois de novembre. Portant une robe propre et amidonnée qui était trop grande pour elle, Adelina entra avec la tête inclinée et un regard effrayé sur son visage. Elle était si petite, si propre et si aimable que les élèves l'acceptèrent immédiatement, et le regard effrayé laissa place à une expression joyeuse et rayonnante qui ne la quitta jamais. Son sourire joyeux a conquis tout le monde dans la classe.

C'était une fille brillante, et elle lisait couramment en première année de primaire quand ses parents l'ont retirée de notre école trois mois plus tard. Je me suis souvent demandé ce qui lui était arrivé.

J'ai remercié la femme amicale et j'ai essayé de lui dire à quel point son histoire était une source d'inspiration pour moi. Mes mots étaient inadéquats - il est plus facile d'écrire que de parler. Elle le lira peut-être un jour, et elle comprendra ce que j'essayais de lui dire. Sur le chemin du retour, je me suis assise silencieusement, et en réfléchissant j'ai pris une autre décision : je n'arrêterai pas d'enseigner !

Encore une fois ma foi était renouvelée, et je me sentais inspirée. Je ferai quelque chose pour mes groupes de lecture. J'essaierai une approche différente avec Mme. Jones, et je trouverai ce rapport avant d'aller me coucher. Il se peut que je ne sois pas professionnelle dans mon enseignement, mais je serai heureuse de faire du mieux que je peux chaque jour. Non, je n'arrêterai pas d'enseigner à l'école. Aucun livre que je pourrais écrire, aucune fleur que je pourrais faire pousser ne pourrait m'envoyer de l'amour et de l'inspiration par une journée morose.

> Quand je serai très vieille et que je n'enseignerai plus aux très jeunes, la pensée du petit visage d'Adelina qui a innocemment montré ma photo à un inconnu dans une gare routière ne cessera jamais de me réchauffer le cœur. Arrêter d'enseigner ? Pourquoi, que pourrais-je faire d'autre ?

« Je constate qu'après avoir lu le Supplément d'Éducation du Times, vous avez écrit diverses lettres pour vous renseigner sur les postes d'enseignement dans d'autres parties du monde. Je n'ai aucun doute qu'ils seraient heureux d'avoir un professeur aussi expérimenté que vous, mais vous devez vous rappeler que vous ne pourrez pas être nommée directrice de l'école et pourriez donc être soumise à divers désagréments en raison de choses qui ne sont pas gérées à votre goût.

Cela revient vraiment à être le patron et à avoir les maux de tête qui vont avec ce privilège, ou à prendre une position mineure et, bien que n'ayant pas autant de responsabilités, être souvent frustré en regardant les autres effectuer le travail d'une manière qui ne répond pas toujours à notre approbation.

Enfin, j'ai réussi à retrouver votre amie Jane Ying. Elle est ravie de savoir où vous êtes, et je ne doute pas qu'elle vous écrira bientôt. Vous aviez tort de dire qu'elle avait épousé un Chinois appelé Zeng. Son nom de famille était Zeng et elle a épousé un M. Ying qui, je regrette de le dire, est décédé dans les cinq ans qui ont suivi leur mariage. Je crois comprendre que Mme Ying a deux fils, dont un en Amérique, et qu'elle doit travailler très dur pour subvenir aux besoins de sa famille et d'elle-même. Sa santé s'est beaucoup améliorée, et elle a un bon emploi auprès de *l'American International Underwriters*. Son adresse est 27A Nathan Road, Kowloon, Hong Kong. »

« Vous êtes une personne merveilleuse ! Merci encore et encore d'avoir trouvé ma Jane. C'est la seule amie que je n'ai jamais eue, et je ne sais pas comment vous remercier d'avoir retrouvé sa trace. Quel travail vous avez dû avoir, avec moi vous donnant des mauvais noms ! Vous cherchiez probablement dans toute la Chine et vous l'avez découverte à votre porte. J'ai reçu votre lettre hier, et la sienne est arrivée ce matin. Je ne peux pas vous dire à quel point j'étais ravie de la recevoir. Je pense que vous êtes le seul homme j'ai rencontré qui possède une faculté aussi rare et belle d'apporter du bonheur aux autres.

J'ai reçu plusieurs réponses aux lettres que j'ai écrites au *Colonial Office Overseas Appointments Bureau* et à d'autres institutions. Toutes très courtoises, mais toutes allaient dans le même sens, et elles m'ont laissée très découragée. Il semble que personne ne veut de moi - la raison principale étant que je ne suis pas britannique, ni diplômée d'une université du Royaume-Uni. Je suis très déçue, car j'ai placé tous mes espoirs dans l'obtention d'une réponse favorable de n'importe quelle partie du monde et dans le fait de quitter mon détestable habitat actuel. Vous vous trompez en pensant que j'aimerais avoir un poste de directrice. Au contraire, je n'ai même pas pensé un seul instant à obtenir un poste de directrice. Loin de là, c'est la dernière position que j'aimerais obtenir. Je voudrais juste être un simple professeur, donner tout mon temps aux enfants seulement, leur enseigner, leur donner l'affection et la compréhension dont ils ont besoin si souvent, et en aucun cas administrer une école et porter cette charge terrible qui se trouve comme un poids mort sur mes épaules et me laisse à peine de temps pour le travail que j'aime.

Eh bien, il reste encore deux réponses, l'une de l'Australie, l'autre des îles sous le vent. Peut-être que j'aurai plus de chance làbas. En attendant, si vous entendiez parler d'un poste vacant pour un professeur quelque part, souvenez-vous de moi, et si vous vous souvenez de moi, vous pouvez être sûr que je remplirai les attentes les plus exigeantes, car je suis pleine d'énergie et avec toute l'expérience accumulée ici, je peux faire face à n'importe quel problème éducatif avec succès. Je vous remercie encore une fois de votre gentillesse, surtout en répondant à mes lettres, car je peux imaginer à quel point vous devez être terriblement occupé. »

Zina avait également écrit des lettres à Jane et Horace pour leur demander leur évaluation de ses chances d'obtenir un poste d'enseignant à Hong Kong. Comme ce serait merveilleux si elle pouvait trouver un poste là-bas, juste à côté de Jane, son amie d'enfance retrouvée par Horace, l'amour secret de sa vie. Fidèle à lui-même, Horace lui envoya rapidement les informations dont elle avait besoin pour prendre une décision quant à sa relocalisation éventuelle à Hong Kong.

« Comme vous le dites à juste titre, il est difficile pour une personne de donner un conseil de la nature que vous demandez, mais je vais essayer de vous donner ici un aperçu des conditions générales afin de vous aider à vous faire votre propre opinion.

Passeport - J'estime que les autorités de l'immigration vous permettraient probablement de résider dans la colonie à condition a) que vous ayez un passeport valide qui, au besoin, vous permettrait de retourner dans le pays qu'il représente, et b) vous avez suffisamment de fonds pour un voyage de retour et vous ne deviendrez pas un fardeau pour la communauté, ce qui bien sûr ne serait pas le cas.

Voyage – Cook Travel m'informe que le voyage en classe touristique de Santiago [Chili], via Vancouver à Hong Kong, coûterait 1 013 $US. Cependant, par bateau à vapeur, cela dépendrait du cargo disponible. Il y a un voyage régulier une fois par mois de Valparaiso à Los Angeles pour US$565, puis le voyage de Los Angeles à Hong Kong pourrait coûter entre US$425 et US$550. Il vaut peut-être la peine d'examiner les possibilités de :

(1) voir si vous pouvez obtenir un vol nolisé à destination de Hong Kong, ou au moins pour une partie du trajet jusqu'ici.

(2) arriver à bord d'un cargo. Ceux-ci ont généralement des cabines pour environ 12 passagers et si vous êtes à l'aise en mer et pas trop pressée, le voyage serait plus confortable et reposant et, bien sûr, aurait l'avantage de vous permettre d'apporter plus de bagages que par avion.

Hong Kong est un endroit beaucoup plus beau que Shanghaï, avec un port magnifique, des collines, des plages, etc. Cependant, il est surpeuplé et il y a une pénurie continue d'eau, ce qui signifie que l'on ne peut avoir de l'eau du robinet à certaines heures de la journée.

Les meilleurs mois sont d'octobre à janvier lorsque le temps est parfait. De février à avril, il fait très humide. Il fait chaud de mai à septembre - pas aussi chaud qu'à Shanghaï, mais l'humidité varie de 85% à 100%.

Hébergement - Les appartements sont difficiles à obtenir, mais on peut les trouver. Ils coûtent approximativement comme suit : -

(a) Appartement d'une chambre avec salle de bain et cuisine - 450 HK$ par mois (environ 80 US$)

(b) Appartement de 2 pièces avec salle de bain et cuisine - 550 HK$ par mois (environ 90 US$)

(c) Appartement de 3 pièces avec salle de bain et cuisine - 750 HK$ par mois (environ 120 US$)

Il faut ajouter 17,5 % pour les taxes à payer au gouvernement.

L'impôt sur le revenu est de 12,5 %, mais il devrait augmenter sous peu.

Situation politique - En ce moment tout semble paisible et calme. À mon avis, il en sera probablement ainsi tant que nous serons utiles à la Chine, mais vous devez garder à l'esprit que si les Chinois veulent prendre Hong Kong, rien ne les en empêche et il faut donc être prêt à partir d'un moment à l'autre. À cet égard, j'ai l'impression que les îles sous le vent (même si j'en sais peu sur elles) seraient un endroit plus sûr où vivre.

Je crains qu'il ne soit pas juste de dire que je peux influencer le ministère de l'Éducation. Cependant, sur réception de votre lettre, je me suis rapidement renseigné auprès du directeur de l'éducation, l'honorable D.J.S. Crozier, C.M.G. Sa réponse, ci-jointe, se passe d'explication.

Malheureusement, je ne peux pas vous dire à quoi ressemblent les salaires, car ils dépendent entièrement du poste offert. J'ai donné à M. Crozier mon opinion sur vos capacités et, inutile de le dire, cela signifiait une recommandation très élevée. Je ne conseillerais pas de poste dans une école, sauf dans une institution gouvernementale ou dans quelques-unes des principales écoles subventionnées.

J'espère que ce qui précède vous aidera à prendre une décision. Vous avez eu l'expérience de l'arrivée des communistes à Shanghaï et c'est pourquoi j'ai insisté sur la situation politique. En dehors de toutes les informations données ci-dessus, je vous recommande personnellement de réfléchir très attentivement avant de décider de quitter le Chili où vous avez construit un nom pour vousmême. Où que vous alliez, vous devrez repartir de zéro à nouveau et bien que votre expérience d'enseignement soit d'une grande valeur, ce n'est pas tout à fait la même chose. J'espère sincèrement que mes observations seront utiles et ne vous embrouilleront pas davantage. »

« C'est vraiment très gentil de votre part de prendre tant de peine à me donner autant de votre temps précieux pour répondre de façon aussi claire. Je sais combien vous êtes terriblement occupé, et je l'apprécie grandement - ma dette envers vous semble croître avec le temps. Cependant, j'ai maintenant une idée beaucoup plus claire de Hong Kong, le voyant à travers vos yeux et pas seulement à travers les lunettes roses de ma chère Jane.

Je vous remercie de l'information au sujet du voyage. C'est presque la même que celle que l'on m'a donnée ici. Si je devais entreprendre ce voyage à Hong Kong, je ne le ferais que par la mer, et par un bateau cargo de douze passagers. J'ai tellement voyagé sur ce type de navire que je m'y sens à l'aise et je ne rêve pas de voyager autrement. Cependant, il y a toujours tant d'autres choses à régler avant de rêver de voyager.

Pour commencer par la fin de votre lettre, je sais que votre conseil de réfléchir à deux fois avant de quitter le Chili est très sensé, mais si vous saviez à quel point je suis exaspérée par mon travail ici, je suis sûre que vous comprendrez mon désir de partir. Certes, je me suis fait un nom, et je suis respectée et estimée par tout le monde - mais le revers de la médaille ? La quinzaine d'heures de travail épuisant quotidien, l'enseignement, les corrections, le fonctionnement de toute l'école, la tension nerveuse continuelle, toutes les déceptions et les désillusions, l'amertume et la responsabilité ? Je suis au bout du rouleau, et je dois m'échapper - pour le meilleur ou pour le pire. J'ai l'impression que vous pensez que le poste de directrice me manquerait et que je me sentirais, si ce n'est dégradée, mais déçue d'effectuer le travail d'un simple professeur. Comme on dit au Chili - après avoir été la tête du lion, je deviendrai la queue de la souris !

Ce qui est bien sûr très grave, c'est le fait que même si Hong Kong est maintenant un endroit sûr, il n'y a, comme vous le dites, aucune garantie que cela continuera de l'être. Et si un malheur devait arriver, personne ne sait comment les gens comme moi s'en sortiraient dans ce cas. Le cas de Jane est bien sûr différent - elle est chinoise et parle la langue - un fait qui l'aiderait à s'échapper, ce qui ne serait pas le cas pour moi. La situation politique est le premier inconvénient, sinon le seul. Le second pourrait être financier, car selon votre lettre et selon les normes chiliennes, les appartements semblent très chers et le reste des dépenses sont probablement à la même échelle. Bien sûr, comme nous ne connaissons pas le montant du salaire d'un enseignant à Hong Kong, il est difficile de déterminer s'il est possible pour un enseignant de gagner sa vie là-bas ou non, et cela m'amène à vos informations sur le Département de l'éducation. C'est très aimable à vous d'avoir consulté l'honorable D. Crozier et très attentionné de votre part de joindre sa réponse - et encore une fois, merci pour le témoignage que vous avez donné de moi. J'espère vraiment que je serai en mesure d'en être à la hauteur. Je lui ai écrit, donnant tous les détails de mes études, de ma formation et de mes qualifications, et je lui ai demandé de me faire savoir s'il y a une possibilité d'emploi.

Si je devais seulement écouter la raison et la logique, bien sûr qu'il serait plus raisonnable pour moi d'accepter la position dans les îles sous le vent[2] et d'oublier Hong Kong. Politiquement, l'endroit est plus sûr, étant plus proche du Chili. Il est beaucoup plus facile d'y déménager et de revenir à

---

[2] Quelques mois plus tôt, Mme Katzen avait répondu à une annonce du gouvernement de Saint-Kitts concernant un poste d'enseignant de langues étrangères

la fin du contrat si je ne m'y plais pas. Je pourrais même assurer ma retraite en laissant quelques biens ici et en ne vendant pas mes actions de la compagnie scolaire. Mais je ne sais rien des îles sous le vent. Il semble que le directeur soit très désireux de me faire venir pour prendre mes fonctions là-bas, il est même prêt à attendre jusqu'à ce que je règle toutes mes affaires ici en décembre [1960]. Cette patience semble étrange. Bien sûr, le contrat provient du gouvernement, ça devrait être une position sérieuse, mais pour ce que j'en sais, je pourrais finir sur une petite île boueuse avec une cabane en feuilles de palmier pour école et juste quelques petits enfants noirs pour élèves.

Quoi qu'il en soit, comme je dois donner une réponse finale dans environ 3 semaines, j'attendrai une réponse de l'honorable D. Crozier avant de signer le contrat et puis je croiserai les doigts en espérant le meilleur. Je sais que ce sera un grand choc pour Jane si je ne vais pas à Hong Kong mais après avoir pesé le pour et le contre dans votre lettre, je pense qu'il est plus sage pour moi d'aller à Saint-Kitts. Peut-être que Jane viendra me rendre visite, et nous passerons notre retraite dans ce paradis tropical. D'un autre côté, s'il s'avère que c'est le contraire, alors je pourrais encore tenter ma chance à Hong Kong.

Encore une fois, merci pour tout ce que vous avez fait. J'aurais été très heureuse d'aller à Hong Kong et de vous voir- je pourrais encore le faire - mais si Dieu le veut autrement, eh bien, je suppose que l'on doit se résigner. Mais s'il vous plaît, si vous avez un moment de libre, voulez-vous bien m'écrire quelques lignes de temps en temps au nom de notre amitié ? Avec mes meilleurs vœux pour votre santé et votre bonheur.

»

Entre-temps, l'honorable Douglas Crozier (chef du Département de l'éducation à Hong Kong) répondit à la lettre d'Horace, écrite au nom de Mme Katzen.

« Je crains que la lettre de Mlle Katzen (retournée ci-jointe) ne donne trop peu d'informations sur ses qualifications et son expérience pour me permettre d'indiquer avec certitude comment elle serait employée à Hong Kong. Elle possède évidemment certaines qualifications professionnelles, mais cela dépendra en grande partie de son diplôme universitaire ou non, et de ses matières d'enseignement. Un enseignant agréé (non diplômé) ayant une expérience appropriée pourrait très bien obtenir un poste dans une école subventionnée ou dans une école primaire gérée par le gouvernement pour les enfants anglophones sans le droit à pension, mais elle pourrait ne pas réussir à obtenir ce qu'on appelait autrefois les conditions de service des expatriés, c'est-à-dire des congés payés, des soins médicaux, etc.

Pour une nomination au poste d'enseignant le plus élevé dans les écoles secondaires du gouvernement, un bon diplôme honorifique ou un certificat d'études et trois ans d'expérience d'enseignement approuvés sont les exigences minimales. Dans des matières telles que la musique, l'art et les sciences domestiques, des qualifications équivalentes sont acceptées.

Si Mlle Katzen a besoin de plus de détails sur les nominations dans les écoles du gouvernement, je lui suggère d'écrire au ministère de l'Éducation ou au ministère des Colonies. Les postes dans les écoles subventionnées relèvent des écoles elles-mêmes, et des demandes de renseignements peuvent leur être adressées. Si vous voulez que je vous fasse parvenir une liste de ces écoles, je le ferai volontiers. »

Le 22 mai 1960, le Chili a été frappé par le tremblement de terre le plus puissant jamais enregistré. En réponse à la nouvelle de ce tremblement de terre dévastateur et du tsunami qui a suivi, Horace écrivit :

« Nous avons lu dans les journaux les terribles tremblements de terre et les raz-de-marée au Chili, et naturellement mes pensées se hâtent vers vous. J'espère que vous et votre mère allez bien et que votre école n'a pas été endommagée. Je peux imaginer à quel point vous devez être occupée à essayer d'aider ceux qui ont souffert dans les catastrophes.

Il y a deux semaines, nous avons eu une inondation dans les Nouveaux Territoires - une averse qui a apporté près de 16" de pluie en quelques heures. Cela a causé des pertes en vies humaines et des dégâts. Des comités de secours aux victimes des inondations ont été formés pour aider les villageois et, je suis heureux de le dire, les choses reviennent progressivement à la normale. »

« Merci de votre aimable lettre et de votre sympathie pendant cette tragédie, cette tristesse et cette tourmente. Il est très réconfortant et apaisant de savoir que quelqu'un s'inquiétait pour nous et nous a adressées une gentille pensée. Ici, Dieu merci, nous allons bien, mais la catastrophe dans le sud est tout à fait horrible. Des villages entiers sur la côte ont été balayés par les raz-de-marée et des villes entières ont été détruites par les tremblements de terre. Les maisons se sont effondrées, ensevelissant les habitants sous leurs propres murs car le premier tremblement de terre s'est produit à l'aube alors que tout le monde dormait encore. Le sort des survivants était terrible - tous les moyens de communication ont été coupés, il n'y avait pas de lumière, pas de gaz. Pas d'eau car tous les tuyaux et les canalisations avaient éclaté. Il n'y avait pas d'abri sûr, car les secousses violentes continuèrent pendant des jours et les gens n'osaient pas entrer dans les quelques maisons qui étaient encore debout. Beaucoup passèrent leurs nuits dans la rue et furent absolument trempés par les pluies car c'est la saison des pluies maintenant dans le sud du Chili. Leur souffrance a dû être terrible et toujours accompagnée de peur. Je ne sais pas si vous avez déjà vécu des tremblements de terre. Il n'y a rien que je crains plus, vous vous sentez si désespéré et impuissant, car il n'y a rien que vous puissiez faire, et vous ne savez jamais comment le tremblement de terre va finir, s'il va se terminer progressivement ou produire un cataclysme.

Aucune aide ne pouvait être envoyée immédiatement vers le sud, car il n'y avait aucun moyen de transporter des biens. Des ponts ont été détruits, des voies ferrées ont été perturbées et des aérodromes ont été endommagés. Les seules nouvelles que l'on pouvait avoir étaient par radio et c'était épouvantable. En outre, toute la journée, ils ont lu des listes interminables de morts et de blessés et des appels frénétiques pour avoir des nouvelles de parents et d'amis de toutes les autres régions du Chili. Pourtant, il est merveilleux de voir comment le monde entier a réagi. Même mes élèves voulaient m'aider, et nous avons fait 90 paquets de vêtements chauds, de chaussures, de lait en poudre et d'autres aliments et les avons envoyés à Concepción avec les premières jeeps qui ont réussi à passer - une goutte dans l'océan, mais c'est néanmoins quelque chose. Nous avons aussi recueilli une somme assez importante et nous l'avons envoyée. Maintenant, les choses vont beaucoup mieux. Les secousses continuent, mais pas de façon aussi intense et les maisons sont en réparation. Cependant, les gens qui ont vécu cette expérience horrible sont encore étourdis, nerveux et malades.

Pour changer de sujet, j'ai reçu une lettre du ministère de l'Éducation de l'Australie, en Nouvelle-Galles du Sud, pour être exacte, et même si elle ne contenait pas d'offre de poste, elle contenait une promesse de garder ma demande et de la considérer pour un poste vacant à l'avenir. Alors, je croise les doigts et j'espère qu'il y en aura un. Je n'ai pas encore reçu de réponse des îles sous le vent. Je suppose que la lettre n'est pas arrivée à sa destination parce que les gens de notre bureau de poste ne connaissaient pas l'emplacement de ces îles. Je me suis beaucoup disputée avec eux à ce sujet. J'espère que vous allez bien et que vous ne travaillez pas trop fort. Merci encore de votre gentillesse. »

Deux mois plus tard Zina écrivit :

« Ça fait longtemps que je n'ai pas eu de vos nouvelles. J'espère que ce n'est pas dû à une mauvaise santé mais simplement au manque de temps et à la pression causée par le travail et les affaires, et pourtant je vous prive encore de vos précieuses minutes en vous envoyant une autre de mes longues et peut-être pas très bienvenues lettres. Cependant, je suis très égoïste et comme la question est très importante pour moi, j'empiète sur votre temps libre pour vous consulter et abuser à nouveau de votre gentillesse. Sans le savoir, vous avez déclenché tout cela, car tout a commencé par votre recherche de mon amie Jane. Comme je vous l'ai dit, nous sommes des amies très proches depuis l'école primaire, et maintenant qu'elle est réapparue, nous sommes toutes les deux ravies et rêvons de nous retrouver. Je me sens terriblement seule au Chili, un pays où, comme je vous l'ai déjà dit, je ne suis pas heureuse du tout, et que j'ai pensé à quitter à de nombreuses reprises. Jane essaie de me convaincre de déménager avec tous mes biens et mes effets personnels en Chine, ou plutôt à Hong Kong, en m'assurant que j'obtiendrai un poste dans n'importe quelle école là-bas et en faisant des projets alléchants pour un avenir commun. En ce qui concerne la situation politique, elle dit qu'elle pense que les choses vont continuer à rester telles quelles pendant un certain temps et qu'il ne faut pas s'en inquiéter, ajoutant qu'ici au Chili, nous sommes plus exposés aux dangers des raz-de-marée et des tremblements de terre. Eh bien, elle était si persuasive que j'ai décidé de faire un voyage à Hong Kong cet été, (cet hiver pour vous), afin de voir par moi-même. J'avais prévu, avant l'apparition de Jane, d'aller en Angleterre cet été, et d'ici la fin de l'année, j'aurais économisé suffisamment pour faire l'aller-retour. Ayant retrouvé Jane, j'ai immédiatement décidé de faire le voyage aller-retour à Hong Kong à la place - mais on m'a informée que le coût d'un tel voyage est plus que le double du tarif pour l'Angleterre. Jane m'a immédiatement proposé la solution suivante : puisque je voulais émigrer de toute façon, pourquoi ne pas le faire tout de suite et donc acheter juste un aller simple pour Hong Kong et ne jamais retourner au Chili. Sa dernière lettre, que j'ai reçue hier, est très éloquente. Elle est certaine que je pourrai trouver du travail et suggère de vous demander de l'aide, en disant qu'un mot de vous au département de l'éducation à Hong Kong serait suffisant pour obtenir un poste dans n'importe quelle école et un autre aux autorités de l'immigration serait suffisant pour obtenir un visa de résident. Bien sûr, c'est tout à fait vrai, mais je ne pense pas avoir le droit de le demander après tout ce que vous avez déjà fait pour aider ma famille à quitter Shangaï pendant la guerre et après toute votre gentillesse passée envers moi. Bien sûr, ce serait merveilleux de vous revoir et d'être près de vous.

Pour compliquer les choses, je viens de recevoir une offre de Saint-Kitts, dans les îles Sous-le-Vent, d'un contrat de trois ans au sein du ministère de l'Éducation du territoire, à condition que j'assume mes fonctions le plus tôt possible. Donc, je suis confrontée à ce problème - où dois-je aller ? J'adorerais retourner à Hong Kong, vivre près de Jane, la seule amie que je n'ai jamais eue et peut-être vous être utile - mais je ne sais pas du tout si Jane n'est pas trop optimiste, et si je trouverai du travail. D'autre part, j'ai un contrat de trois ans à Saint-Kitts, du moins s'ils peuvent attendre jusqu'en décembre quand je pourrai quitter l'école, mais je ne sais absolument rien des îles sous le vent. Bien sûr, si j'avais reçu l'offre l'année dernière, avant que la pensée d'aller à Hong Kong n'entre dans ma tête, je serais partie immédiatement, mais maintenant je ne sais pas ce qui est mieux. Ce dont je suis sûre, c'est que je veux quitter le Chili pour de bon - ne plus vivre dans la peur constante des tremblements de terre, parmi des gens pour qui la tricherie et le vol sont une seconde nature, et où peu importe ce que j'essaie de faire, je n'arrive à rien. Et comme il est presque impossible de sortir ces enfants de leur misère intellectuelle et morale, je me sens juste fatiguée, frustrée et déçue.

J'aimerais connaître votre opinion. Vous êtes sage en politique, vous avez une vision beaucoup plus claire de la situation mondiale, vous connaissez Hong Kong comme personne d'autre et vous en avez probablement entendu plus sur les îles sous le vent que moi. Que feriez-vous à ma place ? Écrivez-moi.

Nous sommes très occupés à l'école. Août est le mois où nous travaillons le plus, après cela nous commençons les révisions avec le fantôme des examens qui se profile à l'horizon. Je ne sais pas où sont passés tous les enfants intelligents, ceux que nous avons ici sont désespérants.

Heureusement, nous n'avons plus eu de tremblements de terre et la situation dans la zone inondée de Valdivia est également bien sous contrôle. Malheureusement, dans le Nord, où nous sommes, il n'y a pas eu de pluie du tout cet hiver, ce qui signifie qu'il n'y a pas d'herbe et que ce sera une période très difficile pour les pauvres bovins. Il fait assez froid aussi, bien que malgré les matins glacés les roses fleurissent partout.

Eh bien, M. Kadoorie, je termine cette lettre et j'espère, avec ferveur, recevoir bientôt une réponse de votre part. S'il vous plaît donnez-moi votre opinion, mais ne pensez pas que si jamais je devais suivre vos suggestions et ne pas être heureuse des conséquences, je vous tiendrais responsable de cela ou que je jetterais le blâme à votre porte. Je vous demande simplement votre point de vue, je sais que dans de telles affaires, on ne peut pas prodiguer de conseils, mais j'ai beaucoup de respect pour votre intelligence, et je suis sûre que vous trouverez une solution à laquelle je n'ai pas pensé. Veuillez m'excuser de prendre autant de votre temps. »

Le 4 août, le même jour où Zina envoya la lettre ci-dessus à Horace, elle envoya également une lettre au responsable du personnel par intérim du ministère de l'Éducation à Saint-Kitts, le remerciant pour sa lettre du 20 juillet et l'informant qu'elle était tout à fait prête à accepter un poste d'enseignante au ministère de l'Éducation du territoire de Saint-Kitts-Nevis-Anguilla. Elle reconnut son appréciation à l'avance et lui demanda de lui envoyer des renseignements concernant (1) les matières qu'elle serait tenue d'enseigner (2) si le logement serait fourni ou si elle devrait trouver son propre logement à louer (3) le budget approprié pour vivre sur le territoire et quel pourcentage de son salaire serait déduit en impôts.

« Je vous serais reconnaissante de me fournir ces informations et toute autre information que vous pourriez me donner. Comme je n'ai jamais visité les îles sous le vent, je n'ai absolument aucune idée des conditions de vie là-bas.

En ce qui concerne la date à laquelle je pourrais commencer mes fonctions, je souhaite le faire le plus tôt possible, mais je voudrais signaler que, comme je l'ai déjà mentionné dans ma demande, je serai libre à la fin du mois de décembre. Comme je suis la directrice du *Colegio Inglés de La Serena*, je ne peux pas partir avant la fin de l'année scolaire, qui est un peu après Noël. J'espère que cette date vous conviendra.

Veuillez me dire si le certificat médical doit être délivré par un spécialiste ou si un médecin généraliste peut le faire. De plus, veuillez m'informer du moment où il doit être envoyé et s'il doit être accompagné d'autres documents, comme des recommandations, des références, des copies de diplômes, etc. En espérant recevoir une réponse rapide de votre part afin que je puisse m'organiser en conséquence. »

Ayant pris la décision d'accepter le poste d'enseignante à SaintKitts, Mme Katzen s'impatientait de plus en plus, entre autres, du temps qu'il fallait au ministère de l'Éducation de Saint-Kitts pour répondre à ses lettres. Elle fit appel à un ami influent, A.V. Goudie (OBE) - le consul britannique dans la ville voisine de Coquimbo, pour communiquer avec le gouvernement de Saint-Kitts en son nom.

« Cher Monsieur », écrivit M. Goudie, « Mme Z. Katzen m'a montré votre lettre datée du 20 juillet 1960, dans laquelle vous l'informez que, sous réserve qu'elle soit jugée médicalement apte, il est proposé de la sélectionner pour un emploi d'enseignante de classe 1 au département de l'éducation.

Mme Katzen m'a demandé de lui faire la faveur de vous écrire parce qu'elle sait que les lettres se perdent parfois. À titre d'exemple, je peux dire qu'une lettre datée du 24 mai et adressée à Mme Katzen par le ministère de l'Éducation est arrivée une quinzaine de jours après la réception de votre lettre datée du 20 juillet.

Mme Katzen sera heureuse d'accepter la nomination que vous lui proposez, mais elle aimerait savoir s'il lui sera possible d'assumer ce poste à la fin de cette année, lorsque l'année scolaire chilienne sera terminée.

Je dois dire que j'ai vivement encouragé Mme Katzen à accepter le poste, même si cela doit l'obliger à quitter son école actuelle avant la fin de l'année scolaire. Elle estime cependant que sa loyauté envers son école l'oblige à s'informer s'il serait possible pour votre ministère de l'Éducation de lui permettre de retarder son arrivée à Saint-Kitts jusqu'à la fin de cette année. Si cela ne convient pas au ministère de l'Éducation, elle prendra les dispositions nécessaires pour partir le plus tôt possible.

Entre-temps, auriez-vous l'obligeance de m'envoyer les formulaires nécessaires dans le cadre de l'examen médical et tout autre formulaire qui pourrait être requis.

Je présume que vous accorderez à Mme Katzen et à sa mère l'autorisation nécessaire pour entrer sur votre territoire à titre de résidents permanents. Cela sera requis pour obtenir les visas nécessaires.

En conclusion, j'ai le grand plaisir de dire que je connais Mme Katzen depuis son arrivée dans ce pays et, en tant que Consul britannique pour la Province, j'ai souvent eu l'occasion d'observer le magnifique travail qu'elle a accompli dans l'école anglaise de la ville voisine La Serena. Non seulement elle est une enseignante de premier ordre, mais elle est aussi une organisatrice exceptionnellement brillante et elle occupe une position presque inégalée dans les cercles scolaires, tout en étant grandement appréciée et admirée dans les activités sociales. »

L'agent du personnel intérimaire du ministère de l'Éducation de Saint-Kitts écrivit :

« Madame, à la suite de ma lettre du 26 août 1960, on m'a demandé de vous informer que votre obligation à votre poste actuel a été reconnue et que l'on vous propose désormais la nomination à compter du 1er janvier 1961.

1.   Vous serez rattachée à la *Saint-Kitts Grammar School* et il est prévu que vous soyez amenée à enseigner le français jusqu'au niveau du *Higher School Certificate (G.C.E. - A. level)*. Il est également proposé que vous introduisiez l'espagnol à l'école et vos services seront très utiles à cet égard.

2.   L'école compte 200 garçons dans la cinquième année d'études et 20 filles et 20 garçons dans les classes des certificats supérieurs.

3.   Le gouvernement ne fournit pas de logements et les enseignants sont censés prendre leurs propres dispositions, bien qu'une aide à la recherche d'un logement adapté soit bien entendu fournie au début. Pour une personne, un logement convenable peut être trouvé dans une maison privée pour environ $120 par mois, plus ou moins, selon les commodités fournies. Si vous êtes accompagnée de votre mère, alors un bungalow peut être loué pour environ 70 $ ou moins et le coût de la nourriture serait d'environ 100 $. Lors de leur première nomination, les employés extérieurs à la Colonie ont droit à une avance pour l'achat de mobilier ne dépassant pas 299 $ payable dans un délai de 3 ans.

4.   Vous trouverez ci-joint l'annexe de l'impôt sur le revenu. Le salaire d'un enseignant est évalué en fonction de son revenu de l'année précédente de sorte que vous serez payée par acompte en 1962 sur ce que vous avez gagné en 1961.

5.   Les formulaires prescrits pour l'examen médical sont joints et doivent être remplis par un médecin qualifié et retournés à notre bureau par le médecin lui-même.

6. Je confirme que vous serez autorisée à entrer dans la colonie en tant que résident permanent, mais qu'un dépôt de 48 $ devra être payé pour votre mère. Ce montant sera remboursé lorsqu'elle sera prête à quitter le territoire ou à la fin des deux ans, selon la première de ces éventualités.

7. Entre-temps, nous vous saurions gré de nous faire parvenir l'original de votre certificat de naissance, de votre certificat d'examen ou de vos diplômes ainsi que de votre certificat de service. »

Mme Katzen écrivit :

« Monsieur, je vous remercie de votre lettre du 30 septembre, accompagnée du formulaire pour l'examen médical. Je me suis immédiatement conformée à vos instructions et j'ai été examinée ce matin par le docteur Alonso Moreno qui vous transmettra probablement les résultats dans ce même courrier.

Je joins des photos de trois de mes diplômes et deux certificats du département de l'éducation pour certifier que j'ai servi à La Serena en tant que directrice et professeure de mathématiques et de langues modernes pendant les 15 dernières années. *L'École, Colegio Inglés*, a été reconnue par le gouvernement chilien et a le même statut que les écoles chiliennes. Je dois attirer votre attention sur le fait que dans tous les documents officiels, mon nom de famille complet Katzenellenbogen apparaît, alors que j'en utilise seulement la moitié, Katzen, pour toutes les autres fins.

En ce qui concerne mon certificat de naissance, je crains de ne pas pouvoir vous le fournir. Le seul que j'avais fut perdu lorsque j'ai quitté la Chine, et il est tout à fait impossible d'obtenir une copie puisque je suis née à Nikolaïevsk, un petit village en Tchécoslovaquie qui a été complètement détruit durant la dernière guerre mondiale. Cependant, j'ai mon passeport et ma carte d'identité et, si nécessaire, je pourrai vous les faire parvenir.

Je vous remercie beaucoup pour l'information concernant l'autorisation d'entrée sur le territoire accordée à ma mère et à ma tante. C'est une très bonne nouvelle car nous n'aurons pas besoin de rompre notre vie de famille et nous pourrons continuer à vivre ensemble comme nous l'avons fait ces seize dernières années. J'arriverai seule et une fois qu'un logement approprié aura été trouvé, je prendrai toutes les dispositions nécessaires pour leur venue.

Je vous suis également reconnaissante de l'annexe de l'impôt sur le revenu, mais comme vous ne mentionnez pas le salaire que je recevrai, je crains de ne pas pouvoir calculer l'impôt. Je vous serais donc très reconnaissante de m'envoyer cette information lorsque vous m'écrirez de nouveau.

J'espère que vous trouverez tous les certificats et documents satisfaisants, car je suis très impatiente de savoir le plus tôt possible si j'ai été définitivement acceptée car je dois donner mon préavis ici, régler toutes mes affaires scolaires et personnelles et réserver le voyage, tout cela prend du temps et je crains qu'il ne reste plus beaucoup de temps pour tout faire correctement. Par conséquent, j'apprécierais grandement une réponse dans les meilleurs délais. »

Victor Goudie, le Consul britannique, répondit également.

« Monsieur, j'ai bien reçu votre lettre du 26 août 1960 au sujet de la nomination de Mme Z. Katzen comme professeure de classe 1 sur votre territoire. Mme Katzen a été officiellement informée qu'elle a été nommée enseignante et que cette nomination entrera en vigueur le 1er janvier 1961.

Je vous informe que Mme Katzen propose de faire le voyage en vapeur de Valparaiso à Panama, et de là en avion jusqu'à SaintKitts. Son paquebot, le "Potosi" de la compagnie de navigation à vapeur du Pacifique doit arriver à Panama le 1 janvier environ, mais comme il peut y avoir un retard de quelques jours, je comprends qu'il n'y aura aucune objection de votre part et de la part des autorités scolaires si elle arrive quelques jours après la date indiquée.

Je vous serais reconnaissant de bien vouloir m'envoyer une communication officielle du Bureau de l'immigration indiquant que Mme Katzen a été dûment autorisée à débarquer à Saint-Kitts pour y établir sa résidence permanente.

Selon une lettre que Mme Katzen a reçue de M. A.T. Ribeiro, directeur de la *Saint-Kitts Grammar School*, le Bureau de l'immigration demande que j'envoie une déclaration indiquant que Mme Katzen ainsi que sa mère et sa tante, qui souhaitent se rendre à Saint-Kitts après avoir pris les dispositions nécessaires pour le logement, ont été déchargées de tous risques de sécurité.

Au nom de ces trois dames, je peux vous donner l'assurance absolue que nos services de sécurité leur donnent leur feu vert et je voudrais donc recevoir l'autorisation nécessaire pour accorder un visa à sa mère et à sa tante lorsqu'elles en feront la demande.

Dans sa lettre mentionnée ci-dessus, M. Ribeiro affirme que les ressortissants non britanniques sont tenus de faire un dépôt de 100 livres chacun pour s'assurer qu'ils ne seront pas une responsabilité du gouvernement.

Puis-je demander que cette disposition soit levée pour les trois dames ? Dans le cas de Mme Katzen, elle occupera bien sûr un poste rémunéré et dans le cas de la mère et de la tante, je peux vous assurer que le petit revenu permanent de la mère est plus que suffisant pour les entretenir sans le moindre risque pour le gouvernement de Saint-Kitts.

Je suis prêt à vous donner ma garantie écrite au nom des trois dames, cette garantie étant à titre personnel et privé car je ne suis pas autorisé à donner une garantie consulaire officielle. Outre ma capacité consulaire, je suis l'un des principaux marchands maritimes de ce port où je réside depuis près de 50 ans. Je suis depuis 22 ans président de la Chambre de commerce locale et doyen du Corps consulaire. J'ai été décoré par le gouvernement chilien de l'Ordre du Mérite et j'ai l'honneur d'être un Officier de l'Empire britannique (OBE).

Je vous saurais gré de bien vouloir me répondre par retour de courrier aérien afin que je puisse communiquer la décision de vos autorités sur les points évoqués.

Comme il reste peu de temps avant que Mme Katzen ne commence son voyage en bateau à vapeur vers Panama, j'espère avoir le plaisir de recevoir votre réponse dans les 15 à 29 jours. »

Les dés furent jetés. *La Serena* et *le Chili* étaient de l'histoire ancienne. Mme Katzen n'aurait plus à traiter avec ces horribles enfants et leurs parents. N'importe quel autre endroit dans le monde serait meilleur. Elle s'était contentée d'une « petite île boueuse avec des petits garçons noirs pour étudiants ».

Bien qu'elle en eût assez des étudiants paresseux, difficiles, amoraux et grossiers, 60 ans plus tard les sentiments exprimés par un nombre incalculable d'anciens étudiants chiliens donnent à penser que ses descriptions étaient probablement le bavardage hyperbolique d'une femme désabusée qui était devenue aigrie par les circonstances qui lui avait fait perdre le contrôle de l'École catholique anglaise de La Serena. Ils ne pouvaient être plus fiers et reconnaissants d'avoir eu l'occasion de fréquenter l'école qu'elle avait créée et qui est devenue l'un des établissements d'enseignement les plus remarquables de la région.

Un ancien élève écrivit :

Pour moi, et pour nous tous qui avons eu l'honneur d'être ses élèves, Mme Katzen était une deuxième mère, nous donnant à tous sa sagesse, son immense amour et affection, en veillant à ce que chacun de nous se sente spécial.

Je peux vous dire qu'elle a eu un impact immense sur ma vie. J'ai appris d'elle à être courageux, à ne pas craindre la vie, à donner le maximum d'efforts, à aller de l'avant face à l'adversité. Elle était un excellent exemple de vie pour nous tous. J'ai appris à être responsable parce qu'elle nous a appris à être responsable et je n'ai jamais voulu la décevoir. Pendant que j'étais dans ses cours, j'étais toujours son meilleur ou son deuxième meilleur élève.

La vérité, c'est que je ne peux pas la comparer à d'autres professeurs parce que Mlle Katzen était bien plus que ça. Elle était une mère qui contrôlait, enseignait, éduquait avec amour, avec fermeté, discipline, avec une humanité et une noblesse incomparable.

Je pourrais raconter de nombreuses histoires qui reflètent qui elle était. Comme la façon dont elle nous a encouragés à donner le meilleur de nous-même ; en nous donnant des médailles qui nous ont fait briller fièrement ; en mettant en scène des fêtes de fin d'année avec une créativité et un dévouement incroyable ; en récitant des prières ensemble avant le début des cours ; en nous offrant un déjeuner spécial après notre première communion. Et après avoir obtenu notre diplôme du *Colegio*, nous y retournions tous les 8 décembre de chaque année pour assister à une réunion pour laquelle elle préparait un gâteau de ses propres mains.

À l'époque où j'étais dans son école, l'école n'allait jusqu'en CM2, après quoi nous devions fréquenter une autre école. Mlle Katzen nous accompagnait à nos examens d'admission et s'inquiétait personnellement de l'endroit où on allait nous placer.

Le premier jour de classe dans ma nouvelle école, le professeur d'anglais m'a donné une note de 1 (la plus haute note possible). Après l'école, je suis retourné au *Colegio* et je l'ai dit à Mlle Katzen. Elle m'a dit de ne pas m'inquiéter, m'a tenu par la main et m'a ramenée à mon école pour parler avec la Directrice et mon professeur d'anglais. À partir de ce moment-là, jusqu'à ce que j'obtienne mon diplôme d'études secondaires, j'ai travaillé pour d'autres classes en aidant les élèves qui avaient besoin d'aide.

Un jour, quand j'avais sept ans, je me rendais à l'école lorsqu'un berger allemand (un chien géant pour moi à l'époque) m'a attrapé la jambe et m'a jeté à terre. Heureusement, il n'a pas pu me mordre, mais il a laissé des marques de dents sur ma jambe. Mlle Katzen m'a donné du chocolat. J'étais aux anges assis à côté de Mlle Katzen toute la journée pendant qu'elle enseignait ses cours.

Je peux seulement dire que j'ai eu la chance de connaître une femme aussi exceptionnelle. Elle a profondément marqué ma vie, une vie qui a eu son lot de problèmes. Chaque fois que je pense à elle, sa mémoire me fait avancer une fois de plus. Quand elle était malade au Chili, mes parents sont allés la voir, mais je ne pouvais pas parce que mon unique enfant était décédé peu de temps avant et je savais que même avec toute la force que j'avais montrée jusque-là, je m'effondrerais tout bonnement quand j'arriverais à son chevet. Je ne pouvais pas la soumettre à mon immense chagrin parce que je savais qu'elle se l'approprierait.

Mon amie, Mlle Katzen, est, a été, sera toujours une femme unique et merveilleuse, le genre que l'on rencontre une fois dans une vie. Mon amour, mes souvenirs, ma gratitude pour elle sera toujours avec moi jusqu'au jour où je mourrai.

Et un autre :

> J'ai actuellement cinquante-sept ans. Je suis entrée à el *Colegio* à l'âge de quatre ans et j'y ai passé les cinq années suivantes. Dans ma vie personnelle et professionnelle, Mme Katzen m'a non seulement fait me sentir capable, mais elle m'a aussi fait me sentir aimée et courageuse. Je ne sais pas comment, mais elle a réussi à me laisser une impression indélébile sur le fait de produire un travail bien fait et de toujours faire le maximum d'efforts. Elle m'a appris que je devais être fière de mes réalisations.

> Même aujourd'hui quand je suis confrontée à une tâche (je me suis mariée très jeune et n'ai pas de profession), je le fais avec une énorme responsabilité. Mme Katzen a combiné l'amour avec la fermeté et n'a pas toléré la paresse. En tant qu'enseignante, elle a influencé tous les aspects de ma vie - des mathématiques au ballet. Elle a même participé à la fabrication des costumes pour le festival annuel de fin d'année.

> Elle a rencontré ma fille Bernadita la dernière fois qu'elle est venue au Chili et elle était très affectueuse. Elle m'a dit que Bernadita avait de grandes mains, et qu'elle peut devenir une grande pianiste. Elle a insisté pour que je l'inscrive à des cours de piano.

> La vérité est que je l'aimais beaucoup. Quand je suis allé au *Colegio*, c'était ma responsabilité de transporter son tablier à son bureau. Sachant que j'étais un peu écervelée, elle me demandait souvent ce que je devais faire et ce que je voulais faire, m'apprenant ainsi à établir des priorités. Ensemble, nous dressions une liste des choses les plus importantes et essentielles et une liste de choses moins importantes qui peuvent être reportées. J'effectue encore cet exercice aujourd'hui.

> Je reconnais à quel point je suis chanceuse qu'elle ait touché ma vie et je réalise aussi combien je l'aime.

Au fil des ans, Alexandra avait vu Zina devenir, comme elle, une femme forte et fière qui savait se battre. Cependant, alors qu’elle regardait la bataille se dérouler à propos de la propriété d’*El Colegio Ingles de La Serena*, sur la distribution des actions, elle pouvait sentir que c’était une bataille que sa fille perdrait. Elle n’était pas tellement préoccupée par l’effet de la perte sur Zina qui était aussi résiliente que jamais. Plus troublant était le discours continu de Zina sur son départ de La Serena, pas pour une autre ville au Chili - mais pour l’Australie, Hong Kong, l’Afrique du Sud, ou les Antilles. L’idée de déménager à nouveau à leur âge avancé (elle et Evgenie avaient maintenant respectivement 74 et 72) était intimidante.

Et maintenant, il fut décidé que leur prochaine maison serait Saint-Kitts, une petite île dans les Caraïbes orientales. Elle essaierait de ne pas s’inquiéter parce que Zina était une fois de plus son ancien moi, remplie de l'envie de voyager et du désir de conquérir de nouveaux mondes. Où qu’elle les conduise, elles la suivront.

Bien qu’elle ait atteint un point de désenchantement total dans l’ombre des Andes, Zina n’avait pas rompu tous ses liens avec le Chili. Elle laissait sa mère et sa tante derrière elle jusqu’à ce qu’elle puisse trouver une résidence convenable à Saint-Kitts. Elle ne pouvait pas imaginer une vie sans ses petites vieilles dames et espérait que ce ne serait pas trop long avant qu’elles puissent la rejoindre. C’était un énorme pari de signer un contrat pour vivre et travailler dans un endroit qu'elle n'avait jamais vu. Et si elle ne s’y plaisait pas ? Et si les gens de Saint-Kitts n'étaient pas accueillants ? Serait-elle capable de vivre et de travailler dans un endroit où les gens ont une apparence et une voix très différentes des siennes ? Un endroit où elle ne passerait pas inaperçue ? Et que se passeraitil si cela ne fonctionnait pas ? Est-ce qu’elle devrait emporter ses petites vieilles dames et commencer à voyager vers d’autres îles jusqu'à ce qu'elle trouve le bon endroit ? Mais c'était un discours défaitiste. Pour elle-même et pour Alexandra et Evgenie qui, elle l'espérait, la rejoindraient bientôt, elle devait se forcer à n'avoir que des pensées positives.

Et puis il y avait son fils Fyodor. Malgré ses efforts, elle ne pouvait se défaire du terrible sentiment qu'elle l'avait déçu, qu'elle ne gagnerait pas le prix de mère de l'année. Est-ce que les énormes sacrifices qu'elle avait fait pour se créer un nom, construire une école, éduquer les enfants de La Serena, avaient été faits aux dépens de son fils ? Elle voulait tellement qu'il devienne médecin comme son père, comme le médecin que son père voulait qu'elle soit. Les choses auraient-elles changé si elle avait passé plus de temps avec lui et moins de temps à s'occuper des enfants d'autrui ? Si seulement il l'avait écoutée, était resté à l'école et ne s'était pas marié à 21 ans. Si seulement elle avait trouvé la force de ravaler sa fierté, de réprimer sa colère, d'assister au mariage et de lui conférer ses bénédictions, peut-être ne quitterait-elle pas le Chili ave un si lourd fardeau de culpabilité.

Peut-être que je suis trop dure avec moi-même, pensa-t-elle. Elle lui avait donné un bon enseignement. Peut-être trop bon. À un très jeune âge elle lui avait appris à être indépendant et fort, à se tenir sur ses deux pieds. Pendant les vacances scolaires, pendant que d'autres jeunes de son âge s'amusaient, il était occupé à travailler pour telle ou telle société minière. Et maintenant, il était devenu un jeune homme intelligent, travailleur, indépendant, plein de volonté, avec un brillant avenir, bien que ce ne soit pas l'avenir qu'elle imaginait pour lui. Elle l'aimait beaucoup et aurait souhaité qu'ils se séparent dans des conditions plus amicales. Peut-être qu'en déménageant à Saint-Kitts, la distance accrue rendra plus facile de combler l'abîme croissant entre eux.

Elle était heureuse d'avoir pris des vacances bien méritées plus tôt dans l'année pour visiter la plupart des autres pays d'Amérique latine car il était peu probable qu'elle retourne un jour en Amérique du Sud, sauf peut-être pour s'occuper d'affaires inachevées au Chili.

Elle devait maintenant se tourner vers Saint-Kitts. Et quel meilleur endroit pour le faire qu'à bord d'un navire à vapeur de la Johnson Line ? L'élévation et la houle de l'océan avaient toujours eu la capacité de la revigorer, de lui éclaircir l'esprit, de lui remonter le moral. Elle devait se livrer aux pouvoirs mystiques de l'océan pour être purgée du pessimisme sombre et du cynisme amer qui avaient marqué ses dernières années au Chili. Elle avait initialement prévu de voyager à bord du Potosi, mais son arrivée à Valparaiso avait été retardée. Elle voyageait donc plus tard que prévu à bord du Kenuta. Préoccupée par son arrivée tardive à Saint-Kitts (son contrat de trois ans commençait le 1er janvier 1961), elle envoya un télégramme, juste avant l'embarquement, à Anthony Ribeiro, directeur de *la Saint-Kitts-Nevis-Anguilla Grammar School* :

Date : 13 décembre 1960
Départ du Chili aujourd'hui. Navire à vapeur *Kenuta* jusqu'à Curaçao. Poursuite avec l'avion K.L.M. Arrivée à Saint-Kitts vers le 5 janvier. Joyeux Noël. Katzen.

CHAPTER 7

Saint-Kitts

Lycée de Saint-Kitts Nevis Anguilla

Saint-Kitts a représenté une renaissance, une opportunité pour Zina de laisser à nouveau briller son étoile, une opportunité de prendre la route avec son puissant programme d'enseignement, une opportunité de prouver qu'en sa cinquantième année comme enseignante, elle avait encore le pouvoir magique de transformer la vie des enfants d'une manière très profonde.

Quelques jours en mer et déjà elle sentait un nouvel état d'esprit, une nouvelle énergie parcourir son corps. Elle avait été informée que, contrairement aux élèves de *El Colegio Inglés*, ses élèves à la *Grammar School* seraient principalement des garçons âgés de 14 à 20 ans. Elle n'avait jamais enseigné aux enfants noirs auparavant et pendant un moment elle s'était demandé quelle différence ce changement drastique aurait sur elle et son enseignement. Mais elle rejeta rapidement de telles pensées, signe qu'elle était à nouveau imprégnée de cet esprit indomptable qui lui permettait de gravir des sommets. Son charme était revenu. Après tout, elle avait enseigné aux enfants juifs et aux autres réfugiés apatrides à Shanghaï, aux enfants à Canton et aux Latinos au Chili. Il n'y avait aucune raison que l'enseignement aux garçons et aux filles des Antilles soit différent, sauf bien sûr si elle arrivait à Saint-Kitts avec des idées préconçues sur la capacité intellectuelle relative des enfants de différentes ethnies et cultures. Elle refusa de se laisser aller à de telles pensées, car cela ne ferait qu'accomplir la prophétie de cette façon de penser.

Les Caraïbes des années 60 et 70 ont connu des difficultés économiques et sociales. C'est aussi une époque marquée par un mouvement de démocratisation de l'enseignement secondaire à Saint-Kitts, Nevis et Anguilla. Le système d'éducation créé il y a plus de deux cents ans, a été établi par la classe dirigeante des propriétaires des plantations de canne à sucre presque exclusivement pour l'éducation de leurs enfants pour qui l'enseignement secondaire était un droit de naissance. Le concept d'enseignement secondaire universel n'est entré en vigueur qu'en 1966, lorsque le gouvernement de Saint-Kitts-Nevis-Anguilla adopta la Loi sur l'éducation, qui était essentiellement une déclaration de guerre contre l'examen *Onze Plus*[3], autrement connu sous le nom d'examen d'entrée commun. Son but, en partie, était d'abolir ce qu'on appelait le « dispositif de sélection pour décider qui ira et qui n'ira pas » à l'école secondaire de Saint-Kitts-Nevis-Anguilla. En bref, elle visait à fournir un enseignement secondaire gratuit à tous les enfants en âge de fréquenter l'école secondaire. En 1970, le

---

[3] Un produit du système éducatif britannique administré à certains élèves âgés de 11 à 12 ans en dernière année d'enseignement primaire.

pourcentage d'étudiants inscrits dans l'enseignement secondaire était passé à 19,5 %.

En 1966, cinq ans après l'arrivée de Mme Katzen à la *Saint-Kitts-Nevis-Anguilla Grammar School*, sur les 15 801 enfants inscrits dans toutes les écoles, seulement 1 120 enfants (9,6 %) étaient inscrits dans des écoles secondaires.[4]

Elle tomba immédiatement amoureuse de Saint-Kitts, une belle île volcanique tropicale en forme de guitare avec son volcan dormant, ses montagnes verdoyantes et ses champs de canne à sucre. Heureuse de laisser ses problèmes chiliens derrière elle, elle était impatiente d'entrer en classe pour y opérer sa magie. Elle consacrerait tout son temps à révolutionner l'enseignement des langues étrangères. En peu de temps, elle avait créé un club français et espagnol.

Après l'école les lundis et vendredis, toutes les routes menaient à la maison de Madame Katzen pour *El Círculo Franco Español*. En moins de deux ans, elle avait lancé des projets pour la création d'une branche de l'Alliance française sur l'île.

À l'exception de sa mère et de sa tante, Horace devint sans doute la personne la plus importante dans la vie de Mme Katzen. Pour le restant de ses jours (Saint-Kitts serait le dernier arrêt de son parcours), il joua un rôle important dans sa vie personnelle et professionnelle en fournissant les ressources dont elle avait besoin pour offrir à ses étudiants l'expérience incroyable d'apprentissage des langues étrangères - des ressources qu'elle utilisait aussi pour nourrir, habiller, payer les frais de scolarité et les frais d'examen de Cambridge pour les plus nécessiteux d'entre eux. Elle envoyait régulièrement à Horace des rapports d'avancement de tous les

---

[4] Halliday, Joseph J., OBE, 2000. La lutte pour la pertinence du programme : l'expérience de Saint-Kitts-et-Nevis

étudiants qu'elle avait choisi pour bénéficier de sa philanthropie. Il n'y avait pratiquement rien qui affectait sa vie à Saint-Kitts dont il n'était pas au courant. Malgré un emploi du temps d'enseignement chargé et les soins qu'elle prodiguait à sa mère et sa tante âgées, elle trouvait toujours le temps d'écrire à Horace. Au cours des quarante années qui suivirent, elle lui fit des commentaires sur la vie sur l'île. Elle l'informa de son travail, la météo, l'usine de sucre - combien de tonnes de sucre elle produisait chaque année et son importance pour l'économie locale, ses chiens et chats, ses étudiants, les ouragans, la pauvreté, l'école et la politique de l'île, la sécheresse, sa voiture, la santé de sa mère et de sa tante, son jardin et les relations raciales.

Comme ce fut le cas dans son école au Chili, Madame investit beaucoup de temps et d'énergie dans la progression de ses élèves pour qui elle était plus qu'une simple enseignante de langues étrangères. Elle joua un rôle majeur en les aidant à trouver des emplois, en les conseillant dans le processus de candidature universitaire et, dans de nombreux cas, grâce à la bienveillance d'Horace, en fournissant une aide financière à leurs familles.

1963

« Je pense que je suis l'enseignante la plus heureuse du monde aujourd'hui. Notre *Cambridge School Certificate* et les résultats G.C.E. sont arrivés ce matin et chacun de mes élèves de français a réussi - et pas seulement de justesse, trois étudiants ont reçu des bonnes notes avec mention très bien. Je suis très fière de vous informer que Morris Archibald était parmi les distinctions. Si vous vous souvenez, je vous ai écrit que nous avions décidé qu'il ferait mieux de se mettre au français, car s'il avait la chance d'obtenir une bourse l'année prochaine à l'université, il devrait avoir un certificat GCE en langue moderne. Ainsi, en janvier 1962 nous avons commencé le français 'à partir de zéro'. Après un an de travail, bien sûr très dur, il a passé l'examen en décembre 1962, au même niveau que les étudiants qui avaient cinq ans d'apprentissage de la langue derrière eux ! Et comme vous le voyez, il a obtenu une distinction. Je considère cela comme un grand exploit. J'espère sincèrement qu'il obtiendra son certificat d'études supérieures à la fin de cette année. Emanuel Moses a aussi obtenu son certificat scolaire complet. Nos filleuls ont fait de bonnes performances ! Je suis certaine que vous vous sentirez satisfaits que l'aide que vous leur donnez a porté ses fruits. »

La tradition d'emmener ses étudiants à l'étranger pour enrichir leur expérience d'apprentissage des langues étrangères a commencé en 1962, l'année suivant l'arrivée de Mme Katzen à Saint-Kitts.

« Je vous envoie ces photos prises lors du voyage en Martinique avec mon groupe de français, dans divers aspects de l'élégance vestimentaire. Je crains que celle avec les étudiants en maillot de bain fasse un peu penser à Tarzan et les singes, le petit garçon blond dans le centre étant Tarzan. Mais vraiment, leur apparence ne signifie rien, je les trouve tous aussi bons et peut-être même meilleurs que les garçons blancs du même âge. Celle avec les étudiants en uniforme a été prise quand nous allions rendre visite au préfet pour le remercier officiellement pour sa gentillesse. Je me demande si vous allez reconnaître vos protégés.

Je joins aussi *The Sixthformer*, qui est une sorte de document publié par nos étudiants de sixième année. Les élèves l'ont composé et imprimé eux-mêmes, en utilisant une vieille presse que quelqu'un a donnée à l'école. Cela explique le mauvais papier, l'encre et autres défauts, mais mon but en vous envoyant le papier est de vous montrer un article écrit par Morris Archibald, celui intitulé Mon premier test de mathématiques et signé mathématicien. Et, bien qu'il n'ait aucune valeur littéraire parce que je trouve le style trop orné et artificiel, il vous donne encore une idée de la connaissance du garçon de la langue, car bien que l'anglais soit censé être leur langue maternelle, ça ne semble parfois certainement pas le cas quand ils parlent. Cela semble paradoxal, mais les candidats de l'École Supérieure ont tous réussi l'examen de français, tandis que trois d'entre eux ont échoué en anglais ! Ces étudiants n'ont donc pas pu obtenir leurs certificats.

Martinique 1962

Martinique 1962

J'espère que votre période de sécheresse est terminée et que vos agriculteurs se détendent. Nous avons eu un temps sec également et malheureusement un terrible incendie qui a consumé 53 acres de canne à sucre. Cela représente une grande perte et aura bien sûr des répercussions sur le plan économique pour les travailleurs.

Je viens de recevoir mon exemplaire du *Reader's Digest* pour le mois de juin et j'ai été ravie de lire l'article sur votre merveilleux travail. Je suis si heureuse que finalement le monde entier saura, réalisera, admirera et appréciera ce que vous avez fait. Il y a des gens riches dans le monde qui donnent des sommes d'argent à des œuvres de charité, mais aucun ne donne autant que vous, et personne ne s'intéresse vraiment aux gens eux-mêmes, et là est votre vraie générosité, le mot gentil, le sourire, l'encouragement, la gaieté, le temps et l'attention personnelle que vous avez toujours donnés à ceux que vous aidez. Tout cela est beaucoup plus précieux que l'argent lui-même. Mes pensées étaient avec vous toute la journée - non pas que j'ai besoin de cet article pour penser à vous, car je pense à vous tout le temps, mais aujourd'hui j'ai en quelque sorte senti votre présence à mes côtés et cela a rendu mon travail plus facile. Surtout parce que cet après-midi, votre lettre du 11 juin m'est arrivée et me fait me sentir mieux concernant le chèque que vous avez envoyé pour le voyage des garçons qui étudient l'espagnol.

Je vous joins un billet pour notre fiesta, espérons que vous penserez à nous ce jour-là et nous souhaiterez bonne chance. Nous avons annoncé l'émission à la radio (l'année dernière, l'école a obtenu sa propre station de radio, bien qu'elle ne soit diffusée que quelques heures par jour), et il est censé y avoir quelque chose dans le journal local demain. C'est pourquoi je ne vous enverrai ma lettre qu'après le communiqué de presse, afin que je puisse également le joindre à cette lettre. Les garçons sont sur le sentier de la guerre cet après-midi en essayant de vendre des billets. C'est notre premier jour après les examens, nous devons donc commencer notre préparation pour le spectacle tout de suite, avant que les résultats des examens ne sortent et ne découragent les élèves. Le chant et la danse sont pratiqués avec beaucoup d'enthousiasme, j'espère seulement que nous aurons du succès dans notre entreprise, toute cette activité et le travail m'aideront à oublier d'autres choses désagréables. Alors, que ferons-nous si notre voiture tombe en panne en allant faire les courses ?

La situation de l'eau à Hong Kong semble devenir horrible. Sur l'île néerlandaise de Curaçao, il semble que l'on puisse obtenir de l'eau douce à partir de l'eau de mer. Ne pourrait-on pas le faire aussi à Hong Kong ? Il s'est soudainement arrêté de pleuvoir à nouveau, alors toutes les plantes tombent, sèchent et ont l'air pitoyables. »

Quand Horace apprit que Madame prendrait un court congé pour retourner au Chili pour un traitement médical, il lui envoya rapidement un chèque.

« Que puis-je dire ? Votre merveilleuse et chaleureuse lettre vient d'arriver, et je suis si profondément touchée que je n'arrive tout simplement pas à trouver les mots pour y répondre. Quelle bonté sans limite, quel tact et quelle délicatesse infinis sont les vôtres et à quel point je me sens honorée que vous m'appeliez votre amie ! Vous ne pouvez pas imaginer quelle consolation, quel encouragement il y a à savoir que bien qu'à l'autre bout du monde, il y a quelqu'un qui pense à notre bien-être. Comment pourrais-je prendre à la légère cette lettre en connaissant le noble esprit dans lequel vous l'avez écrite ? Cette lettre doit être conservée, lue encore et encore dans tous les moments difficiles, parce que la connaissance qu'il y a une personne aussi exceptionnelle que vous dans le monde me donne la foi et me soutient dans les moments difficiles.

Avec votre perspicacité et votre intuition, vous avez réalisé à la fois les causes de tous mes soucis - ma Mère et ma Tante. Je n'aime pas parler longuement et prendre autant de votre temps, mais je voudrais vous écrire franchement pour que vous sachiez comment les choses se passent.

Comme vous le supposez, je suis loin d'être riche, bien que mon salaire soit bien meilleur que ce que je pourrais gagner au Chili. Malheureusement, mon poste ne donne pas droit à une pension, mais tant que je peux travailler, nous pouvons nous en sortir. J'ai même réussi à économiser pour acheter une petite parcelle de terre. Mon voyage au Chili est payé selon les termes du contrat, donc je n'aurai pas à payer les frais du voyage. En outre, selon les termes du contrat, je continue à recevoir mon salaire pendant mon congé. Le Directeur m'a promis de m'aider à obtenir une avance de trois mois de salaire et je laisserai tout cela ici pour mes petites vieilles dames... cela devrait être suffisant pour elles et pour Charles Archibald qui va vivre avec elles pendant mon absence. Les dépenses pour mes opérations sont bien sûr inconnues, mais j'espère les payer avec le loyer de la maison que j'ai au Chili. J'ai demandé que cet argent soit déposé à la banque depuis que j'ai été informée que je dois me faire opérer. Si cette somme s'avérait insuffisante, car le loyer est presque symbolique, alors je vendrai la maison. Je voulais le faire depuis un certain temps. Malheureusement le peso chilien a chuté si effroyablement que je ne recevrais même pas un cinquième de sa valeur si je changeais les recettes en devises étrangères maintenant, parce que le séjour hospitalier et les opérations doivent être payés en pesos chiliens. Je pense que tout ce que je reçois devrait suffire. Donc, vous voyez, je considère que financièrement les choses ne vont pas trop mal. D'ailleurs, je pense toujours que si Dieu vous donne le don de la vie, Il vous donnera aussi la possibilité de la gagner. Et cela m'amène au cœur du problème. Bien que, selon mon médecin au Chili, j'ai une vitalité exceptionnelle et neuf vies comme les chats, ainsi que leur pouvoir de récupération rapide, - une opération représente tout de même un risque, et on ne peut jamais être sûr de son issue. S'il vous plaît, ne pensez pas que j'ai pris la décision de ne pas me rétablir, j'ai confiance en ma capacité à le faire, mais il n'y a aucun mal à planifier à l'avance. Mon fils s'en sort bien, donc je n'ai pas à m'inquiéter pour lui ; les Archibalds et Maurice, grâce à vous, auront fini l'école et devraient pouvoir se débrouiller tout seuls. J'espère toujours que le premier obtiendra une bourse, et quant à Maurice, je pense que le directeur l'aidera ; il ne reste donc que mes deux petites vieilles dames. Elles sont en pleine possession de leurs facultés et beaucoup plus énergiques que beaucoup de jeunes, même si l'une a 78 ans et l'autre 76 ans. Mais elles sont si vieilles et fragiles que je frémis à l'idée de ce qui arriverait si elles étaient laissées seules. Elles retourneraient bien sûr au Chili, vendant tout ici et surtout la petite parcelle de terre, ce qui serait suffisant pour payer leur voyage et leur laisser un peu d'argent de poche, et mon fils et ma demi-sœur[5] s'occuperaient d'elles pendant les quelques années qu'elles auraient à vivre. C'est de soins et d'affection qu'elles ont besoin, et je ne sais pas si elles en auraient assez.

Maintenant, s'il vous plaît, ne me trouvez pas morbide ; J'ai écrit tout cela pour que vous ayez une image complète des circonstances et que vous puissiez voir que j'ai la situation financière bien en main. Je le pense sincèrement, mais je n'oublierai jamais votre gentillesse et votre prévenance.

---

[5] Raisa, la demi-sœur de Mme Katzen.

J'aimerais avoir le don d'écrire pour pouvoir m'exprimer et vous remercier correctement, mais plus je le ressens, plus je suis incohérente, alors veuillez m'excuser. Je peux seulement dire que vous êtes toujours dans mes pensées et si les souhaits pouvaient se réaliser vous auriez tout le bonheur concevable sur la terre. Je prie et je le souhaite pour vous de tout mon cœur. J'espère seulement que je reviendrai ici et qu'un jour nous aurons la joie de vous voir venir en visite, ne serait-ce que pour un jour ou deux, entre deux vols, en route pour l'Angleterre ou sur le retour. Vous ne pouvez pas imaginer le bonheur que cela donnera à tout le monde ici.

Cette lettre est beaucoup trop longue et pourtant il y a tant de choses que je voudrais vous dire sur notre Fiesta et le grand succès que nous avons eu. Je vous écrirai à ce sujet dans quelques jours car nous allons répéter la performance. Il n'y avait pas assez de place pour accueillir tout le monde. Quand tout sera fini, je vous donnerai tous les détails ainsi que le rapport financier. »

« La semaine dernière je voulais vous écrire tous les jours, et chaque fois quelque chose m'empêchait de le faire. Il y a tellement de choses dont je veux vous parler.

Tout d'abord, notre concert. Je joins un programme de *la Gran Fiesta y Velada*, afin que vous puissiez avoir une idée de ce que j'essaie de décrire. Le tout a été un immense succès, tous les acteurs étaient en pleine forme, le temps était très clément, (le lendemain il y avait une telle averse que personne ne pouvait mettre un pied dehors), les garçons ont travaillé très dur pour vendre les billets et faire de la publicité pour le spectacle, de sorte que, vingt minutes avant que le spectacle commence le hall était si bondé que nous avons dû refuser du monde. Malheureusement, ceux qui sont venus plus tôt étaient tous des jeunes, qui n'ont payé que 50 centimes, mais nous avons réussi à récolter la somme sans précédent de 360 $, ce qui pour un spectacle scolaire était un record.

Les chansons françaises étaient appréciées de tous. J'ai enseigné aux garçons et aux filles les chants et les danses, comme *la SambaTarantelle*, dont je me souvenais de mes lointaines années d'étudiante et qui a particulièrement plu au public. Les chansons en anglais, étant des chansons populaires que tous les jeunes chantent dans le monde entier ont été reçues avec beaucoup d'enthousiasme, et les trois petites filles que ma mère a préparées pour les numéros de piano ont également été bien applaudies. Les chansons espagnoles ont été interprétées avec brio, accompagnées de guitares et de castagnettes et la danse chilienne a dû être répétée deux fois. Nous avons eu quelques incidents très drôles pendant les préparations. Nous avons fait les costumes chez moi mais les principaux articles pour les garçons étaient des éperons. Malheureusement, à Saint-Kitts, il n'y a pas de chevaux, et encore moins d'éperons ; mais notre professeur de métallurgie est venu à notre aide et en a fabriqué qui semblaient tout à fait authentiques. Le seul hic était de les garder attachés. Il y avait très peu de temps et il décida de les attacher aux talons des chaussures. Il n'enseigne que le matin et le spectacle était le soir et les garçons n'ont qu'une seule paire de chaussures. Par conséquent, c'était soit marcher toute la journée au tintement des éperons, soit marcher pieds nus, et ni l'un ni l'autre n'est autorisé à l'école. Cependant, en cherchant bien, nous avons découvert de vieilles chaussures de tennis et avons réussi à faire discrètement entrer les garçons dans les salles de classe après le rassemblement, lorsque tout risque que leurs chaussures soient remarquées était écarté. Tout cela a ajouté au plaisir des préparatifs. Le soir de la répétition, juste au moment où l'un des garçons montait sur scène, quelqu'un a eu la maladresse de marcher sur les éperons bénis et les a presque arrachés. Il n'y avait pas le temps de les réparer car les filles étaient déjà sur scène et la musique avait commencé. Nous avons tous croisé les doigts pendant que le pauvre garçon dansait avec les éperons suspendus sinon par un fil, au moins par une simple punaise. Cependant, les éperons ne sont pas tombés de ses souliers et il n'a pas trébuché donc la danse s'est terminée dans l'enthousiasme et non pas par la fin ignoble que je craignais.

Notre prochain évènement était *la Tombola*, puis la pièce *La Veillée*, qui, comme vous le voyez, a été écrite et produite par les membres du Club français. C'était bien sûr en anglais pour que le public puisse la comprendre, et je peux honnêtement dire que c'était l'une des choses les plus drôles que je n'ai jamais vu. Des dialogues brillants et le jeu était superbe. Vous pensez probablement que je suis trop enthousiaste de mes garçons et de mes filles, mais j'aimerais vraiment que vous sachiez qu'ils ont produit quelque chose de valable. Quoi qu'il en soit, le succès était tel que nous avons décidé de tout répéter à moitié prix à Sandy Point, qui se trouve de l'autre côté de l'île où vivent les Archibalds. C'est un district très pauvre où se trouvent la plupart des coupeurs de canne à sucre, des gens qui n'ont jamais la possibilité de voir du théâtre en direct. Morris a fait des affiches et Moses les a affichées sur les murs et les arbres. Nous avons loué la salle de l'église et le piano pour la grande somme de 5$, ensuite l'église a réduit le prix. Donc nous avons payé seulement 3.50$. Nous avons supplié l'un des magasins ici de nous laisser avoir un camion pour transporter tout l'équipement et les artistes pour se rendre sur le lieu du spectacle situé à 14 milles dans la campagne. Nous avons dû apporter les rideaux de l'école puisque l'église n'en avait pas et ma pauvre mère s'est presque évanouie quand elle a vu le piano. Il a dû être apporté ici par Lord Horatio Nelson[6]. Je n'ai jamais vu un tel modèle. Ça ressemblait à une énorme garde-robe. Le pianiste a dû s'asseoir sur une caisse puisque le clavier était à plus d'un mètre du sol. De plus, huit notes ne fonctionnaient pas, deux émettaient le même son et les autres étaient désaccordées.

Cependant, ce fut un grand succès, même si au milieu du spectacle les rideaux sont tombés sur la bande. Quoi qu'il en soit, après avoir payé le loyer de la salle, les 6 $ pour l'essence du camion et un pourboire au conducteur, nous avons réussi à faire un bénéfice de 138 $, ce qui a porté notre total à 498 $. J'ai ajouté 2 $ de plus, donc nous avons déposé 500 $ à la banque pour le voyage. Puis, la dame la plus riche de l'île, qui est en ce moment en Angleterre et qui a entendu parler de nos efforts, a demandé à sa secrétaire de nous faire un don de 200 $, alors nous aurons besoin de seulement 200 $ de la somme que vous nous avez si généreusement envoyée pour compléter le total de 900 $ dont nous avions besoin. Il y a un cargo assez important qui coûte 15 $ sur le pont, et pour revenir en avion, ça coûte 35,50 $. Donc le coût pour les 18 garçons a été couvert, j'en suis si heureuse car je pense que vous nous avez donné trop d'argent pour des vacances et que peut-être l'argent aurait dû être dépensé pour quelque chose de plus utile. Et puis, il y a deux jours, tous nos plans ont mal tourné. Nous avons appris que le cargo n'allait pas à San Juan via Saint-Kitts, qu'après avoir fait escale ici, le navire devait se diriger vers le sud, et qu'il ne pouvait pas nous emmener de toute façon parce qu'il n'y avait pas de place. J'ai un peu perdu mon sang-froid. J'ai parlé à l'agent en lui disant ses quatre vérités ! Vraiment, je pense que c'est mal de nous dire d'abord une chose et ensuite, sans aucune raison de revenir sur sa

---

[6] Le vice-admiral qui a épousé Fanny Nisbett, fille d'un propriétaire de plantation de Nevis en 1787.

parole. Nous allons donc devoir faire l'aller-retour en avion. Deux garçons ne pourront pas y aller parce que leurs parents veulent qu'ils aillent ailleurs, et je me suis rendu à la compagnie aérienne pour leur demander une remise. Si nous utilisons davantage de l'argent que vous avez eu la gentillesse de nous envoyer, nous pourrons voyager dans les deux sens en avion au prix actuel, mais il n'y a aucun mal à essayer d'obtenir un tarif moins cher. Nos passages sont réservés pour le 6 août. Pensez donc à nous ce jour où moi et mes seize *Espagnols* partirons en voyage. Tant de garçons vont avoir des vacances grâce à vous.

Nous avons eu une expérience assez troublante concernant Noel. Si vous vous souvenez, je vous ai écrit qu'il vivait avec son arrière-grand-mère qui n'était pas tout à fait normale. Eh bien, je crains qu'elle ait complètement perdu la raison car elle l'a soudainement accusé de voler ses affaires et d'avoir menacé de la tuer et après elle l'a simplement jeté dehors. Comme vous le savez, il n'avait jamais rien à manger là-bas, car votre allocation va pour sa nourriture qu'un voisin prépare pour lui, mais au moins il avait un endroit où dormir. Il était littéralement à la rue, sans rien. Je ne pouvais pas l'emmener, alors j'ai essayé de trouver un endroit où il pouvait rester. Je pensais que nous serions en mesure de trouver un débarras dans le bâtiment de l'école. Cependant, le directeur nous a aidés et a permis à Noel d'utiliser une sorte de hangar à outils dans sa propre cour, donc au moins le garçon a un toit audessus de la tête. Il s'est beaucoup amélioré cette année, il est beaucoup plus stable et responsable et accomplit de nombreuses petites tâches qui ont contribué à façonner son caractère. Même s'il n'est pas un érudit brillant, je peux vous assurer que, grâce à votre intérêt, il est devenu un membre utile de notre petite communauté scolaire. »

« Je reviens tout juste de Saint-Martin et j'ai trouvé votre aimable lettre du 22 juillet qui m'attendait. Elle m'a plongée dans la plus grande confusion imaginable. La lettre est la bonté même, mais j'étais atterrée et consternée à la vue du chèque qui était joint. Honnêtement et sincèrement, je crois que j'aurai assez d'argent pour m'en sortir. Peut-être ne me suis-je pas exprimée assez clairement dans ma lettre et avec votre générosité habituelle, vous avez immédiatement envoyé ce chèque. Mais, cher M. Kadoorie, sincèrement, si tout va bien, je suis sûre que je m'en sortirai. Mon premier réflexe a été de vous renvoyer le chèque, mais j'ai senti que je pourrais vous offenser, ce qui est la dernière chose au monde que je voudrais faire, car vous êtes si bon et généreux que je ne voudrais pas vous causer un moment de déplaisir, et pourtant je ne veux pas profiter de votre noble nature et accepter cet argent. Je me suis sentie extrêmement mal, mais j'ai enfin mis au point un plan qui, je l'espère, rencontrera votre approbation, et s'il vous plaît, ne soyez pas fâché et laissez-moi l'exécuter.

J'ai déposé votre traite à la Banque Royale du Canada pour une période de neuf mois, c'est-à-dire jusqu'au 1er mai 1964, quand je prévois de revenir à Saint-Kitts du Chili après toutes mes opérations et tous mes traitements. Si les choses tournent mal et que je ne revenais pas, alors mes petites vieilles pourraient obtenir cette somme. Le directeur de la banque a arrangé le dépôt de telle façon que cela soit possible. Le fait de savoir que leurs besoins seraient pris en charge m'a enlevé un poids considérable, car je me rends compte que si quelque chose m'arrivait, elles seraient vraiment impuissantes. Maintenant, espérons que rien de tragique ne se produira et qu'en mai, je retournerai en pleine forme à Saint-Kitts. Cela me permettra de prendre mes fonctions à l'école, de continuer à travailler et de m'occuper de ma mère et de ma tante. Par conséquent, à mon retour en mai, s'il vous plaît, me permettrezvous de vous renvoyer le dépôt ? Cela me rendrait très heureuse, et j'espère que vous me comprenez et que vous me permettrez de le faire. J'accepte votre chèque comme une sorte de prêt, une fiducie, à utiliser uniquement en cas de besoin ou d'urgence ce qui, je l'espère, ne se produira pas pendant cette période de stress. Cela me permettra de partir pour l'opération l'esprit tranquille, sachant que si le pire devait arriver, alors mes pauvres petites vieilles, qui n'ont personne sur qui compter et que j'aime tant, n'auraient pas à s'inquiéter. Vous ne pouvez pas imaginer à quel point je suis heureuse d'avoir pensé à ce plan. J'espère que vous ne serez pas offensé.

Et puis-je vous dire combien j'apprécie votre amitié, votre merveilleux tact et votre profonde compréhension ? Vous ne savez pas combien votre prévenance compte pour moi, combien j'apprécie que bien que vous soyez si loin, il y a quelqu'un vers qui je peux me tourner en cas de besoin, quelqu'un qui me comprend. Que Dieu vous bénisse. »

« Dans une heure, mon club d'espagnol et moi-même serons à San Juan, Porto Rico, où j'espère que nous pourrons faire bon usage de la langue. Les garçons sont très excités. C'est la première fois qu'ils prendront l'avion et seulement trois d'entre eux ont quitté l'île de Saint-Kitts pour aller en ferry ou en voilier vers les îles voisines, c'est donc toute une aventure pour eux. Au dernier moment deux des garçons ont dit qu'ils ne pouvaient pas venir puisqu'ils ne pouvaient pas réunir les 11 $ US nécessaires pour payer l'armée américaine pour la nourriture. J'ai ce montant de l'argent que vous leur avez envoyé à cette fin. Avec 16 jeunes, il y a toujours une possibilité de mal de dents, coupures mineures et ecchymoses, etc. Ils vous sont très reconnaissants de leur offrir ces merveilleuses vacances.

Je joins un programme de notre *Nuit de la distribution des prix* car je suis très fière de vos 'filleuls', qui, comme vous pourrez le voir, ont tous obtenu des prix. Je suis particulièrement heureuse pour Maurice Pinney, qui, comme vous le remarquerez, a reçu un prix supplémentaire pour l'intérêt exceptionnel porté à l'école. Il est venu lui-même sur l'estrade pour le recevoir, ce qui aurait été impensable il y a un an. Ce garçon a beaucoup changé, un autre être sur qui vous avez eu une grande influence.

Nous avons eu une grande frayeur avec l'ouragan *Arlene*, qui se dirigeait directement vers notre île et Porto Rico. Je pense que les garçons étaient plus inquiets de manquer le voyage, ou de le reporter, que de subir des dommages dus à la tempête. Mais il s'est évanoui, donc nous sommes en sécurité. Je vous remercie encore une fois de la gentillesse avec laquelle vous avez rendu possible ce voyage, et je vous souhaite bonne santé et bonheur. »

« Nous venons de rentrer de *Porto Rico* et j'ai reçu votre aimable lettre du 29 juillet. Nous avons passé un moment agréable à San Juan et tous les garçons ont énormément apprécié leurs vacances. Ce fut une grande expérience pour tous, non seulement académiquement, car ils ont appris beaucoup de nouveaux mots et expressions espagnols, mais aussi pour leur connaissance générale et leur perspective. C'était la première fois, pour la plupart d'entre eux, qu'ils quittaient leur petite île et ils ne savaient pas qu'il y avait autant à voir et à apprendre à l'extérieur. Ils n'avaient jamais vu autant de circulation, autant de voitures neuves, de magasins, d'écoles, autant de coutumes différentes et n'avaient aucune idée qu'ailleurs les gens avaient d'autres façons de vivre. Tout était nouveau pour eux, l'avion, l'aérogare de San Juan, qui est une petite ville à lui seul, les ascenseurs - l'un d'entre eux a d'ailleurs été laissé seul dans un ascenseur et a continué à monter et à descendre jusqu'à ce que nous parvenions à le sortir de là. Nous avons visité des belles plages, des usines, des musées et des écoles professionnelles. Ce qui les a frappés, c'est que tous les enfants de toutes les écoles pouvaient avoir un déjeuner gratuit, non pas à titre de charité, mais dans le cadre des activités scolaires. Moi aussi, je trouve cela admirable et j'aimerais que nous ayons quelque chose comme ça ici[7].

On nous a très bien accueillis. Quand nous sommes arrivés avec deux heures de retard, nous avons été accueillis par le commandant de *Fort Buchanan*, un homme à l'allure très militaire avec tant de rubans sur son uniforme que mes garçons étaient muets d'admiration. Un délégué de *l'Organisation des Caraïbes*, et deux membres du Département d'État qui nous ont accueillis, ont donné à chaque enfant un dossier avec toutes sortes d'informations sur Porto Rico, une carte de l'île et un cadeau : un chapeau de paille portoricain typique. Le département d'État avait tout un programme préparé pour nous et nous a emmenés tout autour de la ville et de ses environs en voitures et en bus. Ils ont même organisé cinq conférences, pique-niques, visites d'écoles et de l'Université de telle manière que nos dix jours furent bien remplis. C'était très gentil de leur part et les garçons ont certainement apprécié. L'une des écoles a organisé une fête pour eux, avec des chansons et des danses, et je crains que certaines des señoritas aient été désolées de les voir partir. Les progrès réalisés dans la langue pendant les discussions avec les señoritas étaient incroyables. Je ne suis pas sûre que le vocabulaire appris soit d'une grande utilité à l'examen de Cambridge, mais il est sûr qu'un haut degré de fluidité a été atteint.

Comme vous le savez, nous étions logés à Fort Buchanan. La discipline militaire y était très bénéfique pour les garçons. Bien sûr, les horaires étaient un peu surprenantes - petit

---

[7] Chaque jour tous les élèves rentraient à la maison pour le déjeuner.

déjeuner à 5h15 le matin, le dîner à dix-sept heures et extinction des feux à 22 heures. Le déjeuner était à midi, mais nous l'avons manqué très souvent à cause des distances que nous avons parcourues pour visiter les écoles qui étaient à plus d'une heure de route de la ville au fort. San Juan est vraiment composé de trois villes différentes, qui s'étendent sur une zone presque aussi grande que l'ensemble de Saint-Kitts.

Tous les enfants ont beaucoup appris pendant ce voyage et ont été très courtois. On m'a même félicitée pour leur conduite, et ils sont tous devenus plus matures et ont tous pris du poids. L'armée américaine se nourrit mieux que la flotte française ! C'est un repas beaucoup plus équilibré, avec une bonne proportion de légumes frais et un approvisionnement illimité en lait. Les garçons n'en croyaient pas leurs yeux quand ils ont vu leur premier petit déjeuner. Ils ont probablement pensé qu'ils rêvaient encore car il était si tôt le matin.

Globalement, je trouve que *Porto Rico*, ou du moins la partie que j'ai vue, est un endroit très progressiste qui ne manque pas de travail puisqu'il y a un millier d'usines. L'enseignement primaire et secondaire est gratuit. Il y a l'agriculture, l'élevage du poulet, le commerce, et bien sûr beaucoup de touristes avec tous les commerces qu'ils apportent. Outre ces avantages et conforts matériels, ils ont quelque chose pour l'esprit et l'âme : musées, galeries d'art, bibliothèques, l'Université, un conservatoire de musique, théâtres et cinémas. Cependant, le rythme de la vie est trop américain avec tout ce remue-ménage. Une visite est agréable, mais je ne pense pas que je voudrais y vivre en permanence.

C'est avec grand plaisir que je joins le rapport de Charles. J'en suis fière ! Morris est assez bon, mais je crains que celui de Noel ne soit encore décevant. Je n'ai pas réussi à le voir depuis mon retour il y a deux jours, mais je veux avoir une longue discussion avec lui et voir ce qu'il fera lorsqu'il quittera l'école en décembre. La rupture avec son arrière-grand-mère est une bénédiction, au moins il vit avec des gens sains, ses quartiers sont tout à fait adéquats, le toit ne fuit pas, et il utilise votre allocation pour les vêtements et la nourriture, dont une partie provient du proviseur en échange de petits services comme conduire la voiture et faire toutes sortes de corvées et de courses. C'est une sorte de compromis tacite. Le directeur de l'école est un homme très gentil, mais il a une grande famille et ne peut pas prendre en charge un autre garçon.

D'ailleurs, je considère que Maurice devrait trouver un emploi le plus vite possible après son dernier examen en décembre pour ne pas s'habituer se laisser aller et à mener une existence précaire au jour le jour. Avec votre gentillesse caractéristique, vous êtes prêt à continuer à aider les garçons et vous voulez que j'établisse une sorte de budget. C'est beaucoup trop généreux de votre part. Attendons un peu et voyons ce qui peut être fait. Quant à Charles, je suis presque sûre qu'il sera gardé comme élève-professeur pendant un certain temps, donc il ne présente pas encore un problème très urgent, et peut-être qu'il pourrait s'en sortir sans aide supplémentaire. Moses et Morris continueront comme étudiants jusqu'en juillet, puis il y a la période d'attente jusqu'à ce que les résultats arrivent de l'université de Cambridge. C'est une période très difficile, mais c'est encore loin, donc encore une fois Maurice est le seul problème. Je vais avoir une bonne discussion avec lui et voir ce qui peut être fait.

Encore une fois, merci pour tout ce que vous avez fait, non seulement pour vos filleuls mais aussi pour les seize *Espagnols*. En ce qui me concerne, je ne peux qu'exprimer ma gratitude dans la prière pour votre santé et votre bonheur. »

« Il me semble que cela fait longtemps que je n'ai pas eu de nouvelles de vous, et cela m'inquiète un peu. J'espère que je ne vous ai pas offensé involontairement et que vous n'avez pas écrit parce que vous êtes très occupé ou peut-être en vacances, car je serais vraiment malheureuse si d'une manière ou d'une autre, je m'étais exprimée d'une manière qui vous aurait peut-être déplu. J'espère aussi que votre santé est bonne et que votre silence n'est pas dû à la maladie, le Seigneur l'interdit.

Mes plans pour partir en congé sont presque terminés, je vais prendre l'avion pour Caracas et ensuite je prendrai un bateau à *La Guayra*, le M/S Panama, un petit cargo de 12 passagers appartenant à la Johnson Line. Il est prévu qu'il parte fin décembre ou le 1er janvier 1964. J'ai écrit à mon chirurgien au Chili, mais jusqu'à présent je n'ai reçu aucune réponse, donc je devrai écrire à nouveau car mon congé a été réduit à trois mois au lieu de cinq. Je veux voyager par mer afin de me reposer et de me soigner avant et après les opérations. Le voyage prendra deux mois sur les trois et mon emploi du temps médical devra être minutieusement élaboré.
D'une certaine façon je suis heureuse de ne m'absenter que trois mois car je déteste être loin de mes vieilles dames pour trop longtemps. Je déteste les laisser, elles sont si vielles et fragiles.

Les garçons vous saluent. Morris vous remercie de lui avoir écrit mais il n'a pas encore reçu votre lettre. Il a hâte de la recevoir. »

« Nous avons des nouvelles au sujet des chances de Maurice Pinney de faire partie de l'organisation S.P.C.K[8]. Le prêtre anglican, le père Walker, a écrit à l'organisation pour lui demander si le garçon avait une chance et il semble qu'il en ait une. Le 27 ou le 29 novembre, un représentant de l'organisation se rendra à Saint-Kitts et il a accepté de s'entretenir avec Maurice. Nous croisons maintenant les doigts

---

[8] Société pour la promotion du savoir chrétien - fondée par le prêtre anglican Thomas Bray en 1698.

et espérons qu'il fera bonne impression. Tout son avenir en dépend. Dès que l'entrevue sera terminée, je vous écrirai pour vous en parler. Il passe ses examens assez calmement. Le pauvre Charles perd la tête à chaque tournant. Morris a plus de sang-froid, et Maurice a étonnamment acquis beaucoup de confiance en lui.

Enfin, notre saison des pluies a commencé sérieusement. C'est un grand soulagement, mais même ainsi les planteurs semblent penser que la culture du sucre a beaucoup souffert avec la longue période de sécheresse. L'usine et le syndicat ont déjà commencé à parler des salaires. J'espère qu'ils arriveront bientôt à une entente car la récolte de la canne à sucre commence la deuxième semaine de janvier. L'année dernière les pourparlers ont duré si longtemps sans parvenir à un accord que mars était déjà là quand ils ont finalement commencé à récolter la canne à sucre, et cela a créé beaucoup de misère financière parmi les travailleurs.

Je suis sûre que vous devez être très heureux d'accueillir votre frère à la maison après son voyage autour du monde. Quand allezvous faire de même et nous rendre visite à Saint-Kitts ? »

« Cette lettre aurait dû être écrite il y a des jours, mais j'étais plongée dans un tel tourbillon, ou plutôt dans un maelström de travail dont je n'ai émergé qu'aujourd'hui, étourdie et tremblante. Les examens de fin d'année sont terminés, et le semestre, les rapports, les réunions du personnel et les séminaires sont des choses du passé. Maintenant, je dois attaquer la légion de choses que je dois faire avant de partir en congé, et ma tête est littéralement ébranlée par la perspective. Ma première étape est de vous donner un compte rendu des fonds des garçons. Puis-je compter sur votre patience et vous présenter les mesures que je souhaiterais prendre, et si vous n'êtes pas d'accord, veuillez me le faire savoir le plus tôt possible car je pars probablement le 27, et je ne voudrais pas faire quelque chose que vous n'approuvez pas.

Maurice Pinney a passé son entretien. Il semble qu'il ait fait bonne impression, mais nous ne saurons que la semaine prochaine quel sera le résultat, car ce monsieur doit maintenant faire un rapport sur lui au comité à Londres. Nous serons informés de leur décision la semaine prochaine. Alors je croise les doigts. S'il est accepté, il devra payer son voyage pour aller là-bas, mais après son arrivée en Angleterre, on s'occupera de lui, et nous n'aurons plus à nous inquiéter. Comme vous vous en souvenez peut-être, j'ai vos 800 $ sur un dépôt fixe qui doit être retiré le 21 décembre, ainsi qu'une somme supplémentaire de 500 $ sur leur compte d'épargne. J'avais l'intention de laisser les 800 $ comme fonds pour les quatre garçons lorsqu'ils quitteraient l'école, en réservant 200 $ pour la part de chacun, et de garder les 500 $ pour les dépenses de Morris et Moses jusqu'en juillet, ce qui prendrait 300 $ de la somme, laissant ainsi 200 $ que j'aimerais utiliser pour équiper Charles et acheter des vêtements pour les autres aussi. Charles sera accepté dans le personnel de l'école en tant que remplaçant temporaire - cela signifie qu'il sera maintenu tant que l'on aura besoin de lui, recevant un salaire calculé sur une base quotidienne de 85 $ par mois, ce qui signifie qu'il aura ses 85 $ par mois pendant le semestre mais pas pendant les vacances.

S'il réussit son certificat d'études supérieures son salaire augmentera. Cela peut se produire en mars 1964 lorsque les résultats de Cambridge arriveront. Comme il doit commencer à enseigner le 3 janvier, mais qu'il ne recevra son salaire qu'à la fin du mois, j'ai pensé lui trouver des vêtements puisqu'il ne sera pas autorisé à enseigner en portant son uniforme scolaire. Maurice, s'il était accepté, aurait à la fois les 200 $ pour son voyage, (sur les 800 $) et des vêtements sur les 500 $. Les deux autres, Morris et Moses, obtiendraient tous les vêtements et livres nécessaires, et je garderais leur part des 800 $ - 400 $ chacun - jusqu'à ce qu'ils obtiennent leur diplôme. La part de Charles serait conservée pour lui comme point de départ pour ses études. Il va essayer d'obtenir n'importe quel type de bourse, et si jamais il a la chance d'en obtenir une, ces fonds seront d'une grande aide. La seule chose qui m'inquiète, c'est comment garder cet argent. Jusqu'ici, il a été placé en mon nom mais maintenant que je pars pour trois mois, pendant lesquels je dois subir toutes ces opérations, je ne sais pas si le statu quo va changer. Après tout, il y a toujours la possibilité que je ne survive pas à l'opération.

D'autre part, comme je vais laisser une lettre d'instructions sur ce qui doit être fait si je ne reviens pas, je suppose que je pourrais laisser les instructions pour les garçons aussi. Veuillez m'écrire quelques lignes pour exprimer votre point de vue. Je partirai probablement le 27. Je sais que j'aurais dû écrire avant, mais je pourrais peut-être encore recevoir votre réponse. Si vous pensez qu'il est trop tard, peut-être pourriez-vous m'écrire au Chili, *Colegio Inglés, Casilla 205, La Serena*, mais s'il vous plaît utilisez le courrier recommandé car le courrier s'égare très facilement là-bas, ou écrivez-moi soit à *La Guiara* (Venezuela), *Curaçao* (Antilles néerlandaises) *Cristobal* (République du Panama) *Guayaquil* (Équateur) ou *Lima* (Pérou) en écrivant sur l'enveloppe : *Passager sur MS Panama, A/S Johnson Line*. Veuillez excuser cette lettre incohérente. Je vais écrire à nouveau dans quelques jours, mais je veux envoyer cette lettre à la première heure demain matin car je pourrais encore obtenir votre réponse avant de partir. Avec tous mes vœux. »

« Merci de votre lettre du 9 décembre que je viens de recevoir. Vous avez certainement eu une période extrêmement occupée et éprouvante, et c'est vraiment bien de votre part d'avoir réfléchi à l'affectation des fonds pour les besoins futurs des garçons alors que vous étiez tellement débordée.

Je suis tout à fait d'accord avec votre suggestion quant à la meilleure façon d'utiliser l'argent et je partage votre espoir que les garçons continueront de bien réussir dans leurs études et dans leur future carrière. Ils vous doivent beaucoup pour tout ce que vous avez fait pour eux.

Oui, il serait bon que vous laissiez une lettre d'instructions concernant le retrait des fonds, au besoin, de la manière que vous avez indiquée. Mais je suis sûr que vous ferez face aux opérations avec courage et force, Et je suis convaincu que tout ira bien et que vous serez rétablie en pleine santé et en pleine forme pour continuer le travail vraiment noble que vous faites pour aider tant d'élèves.

C'est une lettre urgente et j'ai hâte de vous la faire parvenir avant que vous ne quittiez Saint-Kitts. Comme vous l'avez suggéré, j'en envoie également une copie au *Colegio Inglés de La Serena* au Chili. Mes meilleurs vœux vous accompagnent. »

Pour s'assurer que Mme Katzen n'était pas trop stressée au sujet de ses opérations à venir, et qu'elle n'était pas remplie de doutes au sujet des résultats, Horace lui envoya une autre lettre lui assurant que tout ira bien. Étant donné le nombre de fois où elle avait mentionné la possibilité qu'elle ne survive pas aux procédures médicales, il comprit que quelques mots de réconfort contribueraient beaucoup à combler toute faille possible dans son esprit par ailleurs indomptable face à ses opérations en attente.

1964

Le 1er janvier 1964, Mme Katzen s'envola de Saint-Kitts pour Caracas, au Venezuela, où elle prévoyait d'embarquer sur un navire à destination du Chili. Cela faisait presque trois ans qu'elle avait quitté le Chili pour Saint-Kitts à la recherche d'une nouvelle vie pour elle-même, sa mère et sa tante. Au cours des trois années qui suivirent son arrivée à la *Grammar School*, son impact ne peut être décrit que comme épique. Son énergie débordante, le nombre incroyable d'heures qu'elle a consacrées à ses élèves, à son art et à la vie de l'école dissimulèrent le fait qu'à six mois de son cinquantième anniversaire à son arrivée, elle était le membre le plus âgé du corps enseignant. Ces trois premières années furent difficiles, surtout à cause d'une maladie non révélée qui sapa constamment son énergie, et le souci constant de la santé de ses vieilles dames. Elle avait besoin de recharger ses batteries. Impatiente d'en finir avec les interventions chirurgicales, elle avait hâte de se reposer autant que possible pendant ses trois mois de congé à venir.

« Je suis maintenant à Caracas et j'attends mon navire qui doit arriver à La Guaira demain et partir pour le Chili le lendemain. C'était affreux de laisser mes pauvres petites vieilles dames et j'espère que rien ne leur arrivera pendant mon absence. Le chagrin de les quitter a été effacé par tous les autres sentiments, mais encore une fois, laissez-moi vous dire combien je vous suis reconnaissante. Au moins je sais que si quelque chose devait m'arriver elles pourraient retourner au Chili en toute sécurité.

À propos des garçons. Il n'y avait toujours pas de nouvelles sur les perspectives de Maurice, mais le prêtre anglican, le père Walker, est tout à fait confiant que tout sera réglé et qu'il partira pour l'Angleterre en février. Je lui ai donc donné, sur votre fonds pour les garçons, 400 $, (sa part des 800 $ que j'avais en dépôt fixe). Cette somme est à la garde du père Walker et servira à financer son voyage, et je lui ai également donné une somme supplémentaire de 50 $ pour des vêtements. J'ai demandé à Maurice de nous faire part de ses progrès dès qu'il apprend quelque chose de précis. J'ai acheté des vêtements pour les trois autres garçons et j'ai payé les frais de scolarité de Morris pour le prochain trimestre et ses repas pour la même période. Il reste maintenant une somme de 200 $ à la banque pour chaque garçon et quelques dollars pour les urgences.

J'espère que vous approuvez tout cela.

Je suis venue à Caracas par Trinidad, faisant ce détour supplémentaire pour avoir une entrevue avec l'ambassadeur de France à Port of Spain. Depuis un an et demi j'essaie de le convaincre qu'il devrait donner une bourse à un bon élève français. L'année dernière il m'a promis qu'il enverrait un de mes garçons en France pour un an, à condition que nous puissions payer son billet allé simple. Comme vous pouvez le deviner, je pensais à Charles. Avec vos 200 $ et l'argent qu'il serait en mesure d'économiser en enseignant jusqu'en septembre 1964, plus ce que je pourrais lui donner, nous aurions le montant nécessaire. En France ses frais de scolarité seraient gratuits, on lui donnerait des livres, sa pension, son logement et son retour à Saint-Kitts seraient payés par le gouvernement français. L'ambassadeur était très poli et aimable. Il m'a invitée à un dîner et à un déjeuner, ce qui m'a immédiatement mis sur mes gardes, et à juste titre. Il dit maintenant qu'il ne peut pas envoyer le garçon en France cette année parce que les deux bourses destinées aux élèves des Antilles ont déjà été accordées.

Cependant, il a promis que si Charles réussissait l'examen d'entrée à l'Université de la Barbade[9], il pourrait alors lui offrir une bourse. Je dois dire que je ne crois pas beaucoup à ses promesses, mais j'ai écrit à Saint-Kitts pour donner à Charles des instructions détaillées sur l'examen et demander au directeur de l'école de lui permettre de le passer. Comme Charles me remplacera dans l'équipe ce semestre, il aura besoin de la permission du directeur de l'école pour prendre les jours de congé nécessaires. Ce serait bien sûr merveilleux s'il réussissait, alors je croise les doigts et j'espère que tout ira bien pendant mon absence. Encore une fois, c'est grâce à vous qu'il peut avoir cette chance. Si vous ne lui aviez pas donné ces deux années supplémentaires à l'école, lui permettant de se préparer et de passer son certificat d'études supérieures, il n'aurait jamais eu cette occasion. Je n'ai aucun doute qu'il réussira l'examen, ce qui m'inquiète, c'est que, comme je ne suis pas à Saint-Kitts, il ne saura pas comment procéder. Personne de SaintKitts n'a jamais essayé d'entrer dans la succursale de la Barbade de l'Université des Antilles, et comme il n'y a pas de précédent il faudra beaucoup d'arrangements, de correspondance, d'informations, etc., et je ne sais pas comment il va gérer tout cela parce qu'il est très timide et ne s'affirme jamais.

Je serai très heureuse de quitter Caracas. Cela me rappelle trop New York, beaucoup de circulation, de bruit et d'agitation politique et tout le monde est pressé. On insiste beaucoup sur l'argent. Par exemple, ce n'est pas ce qui se fait à l'Université qui est important. Ce que vous entendez encore et encore, c'est que ce bâtiment vaut 16 millions de dollars et que l'autoroute de La Guaira à Caracas coûte mille dollars par mètre. L'architecture est fantastique, frappante,

---

[9] Campus Cavehill de l'Université des Antilles

cauchemardesque, avec des gratte-ciels des formes les plus étranges et partout une étrange combinaison de couleurs. Ça ne leur fait rien d'avoir du bleu, du vert, du jaune, du rose et du violet sur le même mur, en patchs, en zigzags et en cercles. Ça me donne l'impression de me promener dans le décor d'un producteur de film fou. Bien sûr ça vaut le coup d'être vu, mais je serai heureuse d'échapper à tout ça et de m'installer sur le vaisseau. J'ai fermement décidé de ne pas penser aux hôpitaux et aux opérations. J'espère obtenir un repos complet au cours de ces quelques semaines, donc j'attends le *M/S Panama* avec grand plaisir.

Vous m'écrirez à *La Serena* ? Je serai si heureuse de vous lire, cela me donnera du courage. Aujourd'hui est le premier jour de la nouvelle année. J'ai beaucoup pensé à vous aujourd'hui et je profite de l'occasion pour vous adresser mes vœux les plus sincères pour votre santé et votre bonheur. Encore une fois, je vous remercie pour tout ce que vous avez fait pour moi, pour ma famille et pour ces enfants que vous ne connaissez pas et que vous n'avez jamais vus, mais à qui vous avez donné de telles opportunités et beaucoup de bonheur. Que le Seigneur vous protège, vous bénisse et facilite votre cheminement, en vous donnant la paix intérieure qui est la plus grande bénédiction ».

« Merci beaucoup pour vos aimables lettres. Vous ne pouvez pas imaginer à quel point j'étais heureuse de les recevoir. Votre amitié est quelque chose que j'apprécie plus que tout le reste et avoir vos lettres avec moi va m'aider à faire face à cette épreuve. Je suis à l'hôpital maintenant, toute prête pour l'opération, qui doit être effectuée demain matin, mais jusqu'à présent, je n'ai aucune crainte. J'espère que c'est un bon signe. C'est mardi demain et les Chiliens disent que l'on ne devrait pas se marier ou partir en voyage un mardi. Bien sûr l'ablation d'un organe n'est ni l'un ni l'autre, alors j'espère que tout ira bien.

Le voyage s'est bien passé, à part la dernière semaine, quand j'ai soudainement eu des douleurs si terribles que j'ai pensé que j'étais sur le point de rendre l'âme - quatre jours d'agonie pendant lesquels j'ai craint que le capitaine me débarque quelque part. Cependant, le médecin semble avoir raison, je dois avoir neuf vies, comme un chat, car je suis à nouveau pleine d'énergie, mais il m'a fallu un certain temps pour récupérer. Cela explique pourquoi je n'ai pas écrit plus tôt, je ne voulais pas paraître malheureuse, ou alors j'aurais probablement écrit.

Ayant été absente pendant trois ans, je vois maintenant le Chili comme un étranger, et je n'aime pas cet endroit du tout. Je ne peux pas imaginer comment j'ai pu le tolérer si longtemps - toute la saleté (physique et morale), la tricherie, le mensonge mesquin et la corruption. Pour vous donner une idée de l'état des choses, j'ai failli me faire arracher mon sac à main, les taxis ont essayé de me faire payer trop cher, et tous les commerçants ont voulu m'arnaquer. Quant à l'école, j'ai été accueillie très froidement et j'ai eu l'impression de pénétrer un camp ennemi. Plus que jamais je veux rompre tous les liens avec le *Colegio Inglés*, vendre la grande maison et retourner à Saint-Kitts le plus vite possible. Je me sens tellement plus chez moi là-bas, c'est une sensation d'appartenance à l'île. Tous les garçons, le personnel et les gens en général sont très gentils avec moi là-bas. Je garderai ma petite maison pour mes vieux jours si je dois retourner au Chili.

Les infirmières sont venues me dire d'aller me coucher. Je suppose que je vais devoir essayer, même si je n'en ai pas envie. Je voulais vous écrire cette lettre parce que personne ne sait ce qui arrivera demain, mais cette lettre sera envoyée parce que je veux que vous sachiez que mes pensées et mes prières ont été avec vous toute la journée, et parce que c'est grâce à vous que j'ai été soulagée de ma peur pour le bien-être de mes proches. Puis-je saisir l'occasion pour vous dire que vous êtes l'homme le plus noble et le plus généreux que j'ai jamais rencontré et que vos pensées, votre travail pour l'humanité et votre bonté envers tous m'ont donné la force et le désir d'aider les autres, et que votre amitié est le plus grand trésor que j'ai jamais eu. »

Horace, préoccupé par l'épreuve médicale de Madame Katzen, envoya une fois de plus des mots de réconfort.

« Je n'ai pas besoin de dire que vous avez été ces derniers temps dans mes pensées et mes prières ; il faut avoir la foi absolue et la confiance que tout ira bien. Vos propos généreux à mon égard sont caractéristiques de vous-même. Vous ne pensez qu'aux autres, mais qu'en est-il de vos propres réalisations ? Où que vous soyez, vous avez soulagé la souffrance et apporté le bonheur, la connaissance et l'espoir d'une vie meilleure aux enfants pauvres. Y a-t-il quelque chose de plus digne ?

Je n'oublierai jamais votre travail à Shanghaï. C'est en grande partie grâce à vos efforts volontaires inlassables, dont une grande partie a été faite tard dans la nuit, que tant d'enfants en ont bénéficié. Eux et moi vous devons une gratitude sans bornes. J'espère que vous vous sentez maintenant mieux. S'il vous plaît, dépêchezvous et guérissez, car vos nombreux étudiants ont vraiment besoin de vous. »

« Il semble que mon numéro n'ait pas été appelé après tout et je reviens lentement à la vie. Je suis encore groggy et faible et je ressens beaucoup de douleur, mais les médecins sont très heureux de mes perspectives. Il y avait trois chirurgiens et l'opération a duré plus de deux heures avec des transfusions sanguines continues. Nous attendons maintenant les rapports pathologiques, mais les médecins pensent qu'ils seront en mesure de me donner un bon bilan de santé. Comme c'est la coutume au Chili, l'opération était prévue pour le matin, et après que j'ai eu toutes les injections préliminaires et que je m'endormais tranquillement, pour une raison quelconque, ils ont décidé de la reporter. Alors on m'a reconduite et opérée dans la soirée. Cependant, ce n'était pas la fin de mes ennuis car le lendemain de l'opération il y avait une grève générale dans le pays et toutes les infirmières sont simplement sorties et ont laissé les patients à eux-mêmes. C'est ce que je veux dire quand je dis que les valeurs morales du pays sont très faibles. Heureusement, certaines personnes se sont portées volontaires pour aider, et l'armée a pris la relève, ce qui était tout aussi bien, car au moins les soldats ont nettoyé l'endroit. On en avait vraiment besoin, personne ne semblait remarquer à quel point l'endroit était sale. Les soldats ont nettoyé le sol et les petites cuisines, baigné et nourri les bébés et préparé les repas pour les patients. L'hôpital était très calme parce qu'aucun visiteur n'était autorisé, donc nous avons tous eu un bon repos. Aujourd'hui les choses reviennent à la normale, et comme les médecins m'ont donnée la permission de me mouvoir dans le lit, j'ai écrit une courte note à ma mère et maintenant je vous écris cette lettre.

Vous ne pouvez pas imaginer quelle consolation vos lettres ont été pour moi pendant cette période, je les relis constamment et je pense que c'est entièrement grâce à votre gentillesse que je n'étais pas du tout nerveuse, sachant que mes pauvres petites vieilles ne seraient pas coincées et dans le besoin. J'espère quitter l'hôpital bientôt, et après avoir réglé quelques affaires je serai ravie de monter à bord du *M/S Suecia*, un autre navire de la Johnson Line, le ou vers le 10 mars et de naviguer en direction de Saint-Kitts. C'est un endroit pauvre mais propre et honnête. Et je serai si heureuse de vous rembourser les fonds fiduciaires dès mon retour. Vous ne savez pas à quel point cela a compté pour moi de savoir que vous y étiez là tout ce temps en cas de besoin. Que le Seigneur vous bénisse et vous garde toujours pour une si grande bonté. »

« Nous quittons les eaux chiliennes aujourd'hui et notre prochain arrêt est Callao, au Pérou. Je ne peux pas vous dire à quel point j'étais heureuse de quitter le Chili, la vieille expression secouer la poussière de ses pieds est très appropriée. J'ai même été tenté de jeter mes chaussures par-dessus bord quand nous avons tiré l'ancre à Valparaiso, Je ne pense pas avoir été aussi malheureuse que pendant ces dernières semaines passées à La Serena avant mon départ. Je suppose que l'état de ma santé a beaucoup à voir avec cela, car en plus de perdre un nombre énorme de livres 14 livres, pour être précise, j'ai reçu tellement d'injections et d'autres médicaments pour combattre l'infection que c'est un miracle que je sois encore en vie. Je crains que mon énergie ne soit pas encore revenue, mais depuis que je suis à bord, je me sens mieux, pas si apathique et indifférente aux choses. J'aime les bateaux, et bien que la *Suecia* soit plutôt nerveuse car nous roulons et tanguons sans raison apparente, je me détends et me repose et j'espère redevenir bientôt mon ancien moi. Tout est si propre à bord, et il n'y a que la mer et le ciel à apprécier, pas de gens pour vous rendre de mauvaise humeur. S'il vous plaît, ne pensez pas que je suis devenue pessimiste ou misanthrope, c'est juste un état passager. Une fois que je retournerai au travail tout ira bien à nouveau.

Je suis très heureuse de signaler que tous mes élèves ont bien réussi en français et en espagnol à l'examen du certificat d'études supérieures. Je viens de recevoir une lettre détaillée du directeur de l'école me donnant tous les détails et les notes individuelles et c'est avec grand plaisir que je vous annonce que Charles a obtenu la meilleure note jamais obtenue pour toute personne ayant réussi l'examen de français. En fait, il a reçu le seul A dans toute l'école. Il a déjà participé aux examens d'entrée et de bourse de l'Université de la Jamaïque[10] et de la Barbade[11], et s'il atteint le niveau requis, alors l'ambassadeur français l'aidera à obtenir la bourse. Les notes de Morris sont également bonnes, mais cette fois elles n'étaient pas assez bonnes pour la Bourse d'études des îles Sous-le-Vent parce qu'il y a un autre étudiant qui a obtenu de meilleures notes. Mais nous nous attendions à ce qu'il revienne à l'école pour tenter sa chance à l'examen de juin. Entre-temps, il a également participé à l'examen de bourse en février pour l'Université de la Jamaïque. J'ai hâte de voir ce qu'ils ont fait et de trouver un moyen de les aider. Je n'ai pas eu de nouvelles de Maurice Pinney, bien que je lui aie donné quelques enveloppes estampillées avec mon adresse, mais il n'a pas réussi l'examen du certificat d'études supérieures et cela explique probablement son silence. J'espère que le poste de S.P.C.K. en Angleterre n'est pas tombé à l'eau et qu'il est déjà parti pour Londres.

Saint-Kitts m'a terriblement manqué et je sais que mes petites vieilles ont été très tristes sans moi, c'est pourquoi j'étais si heureuse d'être sur le chemin du retour. C'était merveilleux de recevoir vos lettres très aimables au Chili, elles m'ont beaucoup aidée et je ne sais pas comment vous en remercier. Elles m'ont aidée à traverser des moments très désagréables où je me sentais extrêmement misérable. Est-ce que j'aurai une chance de faire quelque chose pour vous un jour ?

---

[10] Campus de Mona de l'Université des Antilles

[11] Campus Mona de l'Université des Antilles

Je vous écrirai dès que je serai de retour à Saint-Kitts. Je débarque de la *Suecia* à Curaçao et je continuerai vers l'île par avion. Il est très dommage que la *Johnson Line* n'envoie pas de navires aux

Antilles. Il n'y a qu'un petit paquebot qui fait le voyage de Curaçao à Saint-Kitts, mais il est très imprévisible et le capitaine peut aller dans la direction opposée s'il n'a pas envie d'y aller, il est le propriétaire du navire et fait parfois des caprices très étranges.

« Il y a tellement de choses à vous dire, et j'ai aussi une question d'importance vitale à discuter. Je vous prie donc de faire preuve de patience, car je vais empiéter sur une bonne partie de votre temps. Je vais être égoïste à cet égard, mais je vais essayer d'être aussi concise que possible.

Pour commencer : Maurice Pinney est parti pour l'Angleterre. Vous avez payé pour son voyage, un bateau à sucre a consenti à le prendre de sorte que les 200 $ étaient tout juste suffisants pour payer le voyage. Un navire à passagers aurait pris deux fois plus de temps. J'espère que les choses vont bien se passer pour lui à son arrivée et qu'il sera conduit au centre S.P.C.K. où il sera formé et pris en charge. C'est la meilleure chose qui aurait pu lui arriver car il commence un chapitre de sa vie complètement nouveau, se détachant de Saint-Kitts où il se sentait toujours malheureux. Son passé ne sera la préoccupation de personne. Il a récemment acquis beaucoup plus de confiance en lui, donc j'ai bon espoir que tout se passera bien. Il m'a promis de m'écrire quand il arrivera en Angleterre, ce qui devrait être dans quelques jours. Le voyage dure deux semaines, et il est parti depuis 10 jours. Il a promis de bien se comporter et a dit qu'il vous écrirait à l'arrivée.

Morris et Moses commencent leurs examens de certificat d'études supérieures dans quelques jours. Le moral est bon, et les deux espèrent réussir. Morris essaie secrètement d'obtenir une bourse ; ce serait merveilleux qu'il l'obtienne. Le dernier ajout à votre collection de filleuls, James Connor, étudie de toutes ses forces. J'ai dû l'envoyer chez le médecin, car il était en très mauvais état de santé à cause de la malnutrition et du manque de sommeil. Maintenant, après avoir suivi les prescriptions du médecin, avoir mieux mangé et avoir suffisamment de temps pour dormir, sa santé et son apparence générale se sont considérablement améliorées. Deux autres garçons ont bénéficié de votre générosité. Je vous envoie la lettre que l'un d'eux a écrite au directeur. L'autre garçon était dans un état similaire, pas de chaussures à porter à l'école et pas d'argent pour payer les frais de scolarité. Et comme les examens allaient commencer, il n'aurait pas été autorisé à les passer et aurait perdu son année. J'espère que vous approuverez cela.

J'en arrive maintenant à la partie la plus importante de cette lettre, et je ne sais vraiment pas comment commencer. Je ne suis pas sûre d'avoir le droit de continuer à profiter autant de votre générosité, et pourtant vous êtes le seul espoir de salut pour ce cas. Il s'agit encore de Charles Archibald, et je crains de devoir raconter toute cette affaire en détails, alors je vous prie d'avoir la patience de tout lire.

Il y a un peu plus de deux ans lorsque les résultats du certificat scolaire ont été publiés, comme les notes de Charles étaient les meilleures jamais obtenues sur le territoire, et comme j'ai eu l'occasion de parler à l'époque avec l'ambassadeur de France à Trinidad, M. Bayle, je lui ai parlé du garçon. Il était très intéressé et a demandé à voir certains de ses travaux. Nous lui avons envoyé plusieurs essais, traductions et autres exercices et le résultat fut que l'ambassadeur promit d'essayer de l'envoyer dans une université en France grâce à une bourse accordée par le gouvernement français. Vous pouvez maintenant imaginer à quel point nous étions tous heureux et excités. Charles aime le français et a toujours voulu l'enseigner, mais bien sûr, aller en France dépassait nos rêves les plus chers. Eh bien, une année entière s'est écoulée pendant laquelle, à la demande de l'ambassadeur, nous avons continué à envoyer divers essais, etc., à Trinidad. Il a répondu en disant qu'il les trouvait intéressants et qu'il était étonné de la maîtrise de la langue par Charles. Puis, dans la seconde moitié de 1963, il a cessé de mentionner la bourse du gouvernement français et a finalement dit qu'il ne la lui donnerait pas car il ne pouvait en donner qu'à deux étudiants, et qu'elles seraient données à des étudiants à Trinidad. Je ne comprends vraiment pas pourquoi il a fait cette promesse au départ, car il devait le savoir depuis le début. Cependant, il m'a demandé de le voir pour discuter de ce qui pouvait être fait. Lorsque j'ai rencontré l'ambassadeur, il m'a dit que même s'il ne pouvait pas donner la bourse à Charles pour la France, il lui en donnerait une pour l'Université des Antilles, à condition qu'il soit admis à l'université. C'est un examen que Charles a passé en février dernier. Bien sûr, après la terrible déception il était très découragé, mais néanmoins il a fait de son mieux à l'examen. Eh bien, nous avons reçu les résultats il y a trois semaines. Charles a été admis à l'Université et a reçu l'offre officielle d'admission de la Jamaïque.

Nous avons été ravis et avons envoyé le document à l'Ambassadeur et informé l'Université qu'il acceptait l'offre. Nous avons dû le faire parce qu'ils voulaient savoir immédiatement s'il venait.

Imaginez alors notre étonnement ou plutôt notre choc lorsque nous avons reçu une lettre de l'ambassadeur disant qu'il était très heureux que Charles ait été admis, mais que lui, l'ambassadeur, ne pouvait plus rien faire pour l'aider. Je ne sais vraiment pas comment qualifier sa conduite. Franchement, si vous n'avez pas l'intention de tenir une promesse, pourquoi la faire ? Vous pouvez bien sentir et comprendre ce que Charles a traversé et quel effet tout cela a eu sur lui. Voir ses projets et espoirs si brillants s'effondrer de la sorte. Connaissant votre nature généreuse, bien que j'ai honte de redemander pour la même personne, pourrais-je utiliser vos fonds pour l'envoyer à l'Université des Antilles ? Soit au campus en Jamaïque, soit celui à de la Barbade ? Dans votre dernière lettre, vous avez demandé si un étudiant formé à l'enseignement serait assuré d'un poste dans une école ici. Non seulement il serait assuré d'en avoir un mais on se battra pour l'avoir. Il n'y a pratiquement pas d'enseignants diplômés sur le territoire. C'est pourquoi nous étions si heureux de l'intérêt de l'ambassadeur. Non seulement cela aurait assuré l'avenir d'un garçon, mais il serait capable de transmettre des connaissances à des générations d'élèves, de les aider et de leur permettre de suivre le même chemin. Mais tout se résume encore à l'argent. Comme je déteste ça !

Je dois maintenant vous donner une idée du coût et de notre monnaie. Bien que les prix ici sont souvent cités en £, l'argent réellement en usage est le dollar des Antilles. En Jamaïque on utilise la livre sterling, qui a la même valeur que la livre anglaise, bien que le billet lui-même soit un peu différent. Une livre anglaise ou jamaïcaine vaut $4.80 en devise antillaise quand vous achetez, et $4.75 quand vous vendez. Ce qui signifie que les £1000 que vous m'avez si gentiment confiées sont l'équivalent de £1000 en devise jamaïcaine, qui, une fois déposées à la Banque Royale ont dû être changées en dollars antillais puisqu'un dépôt ne pouvait pas être fait à Saint-Kitts en livres. Le montant a dû être déposé dans la monnaie des Antilles qui s'élève à $4,750. Il gagnera trois pour cent d'intérêt le 1ᵉʳ août. Les frais universitaires sont les suivants : 30 livres pour les frais de scolarité et d'examen ; 8 livres 10 shillings pour les frais de guilde et 170 livres pour neuf mois de pension et d'hébergement à l'Université. Cela représente 208 livres 10 shillings pour l'année. En outre, il y a 25 livres pour la caution qui sera retournée à l'étudiant à la fin de son séjour à l'Université. Mais cela ne comprend pas les livres, les autres dépenses ou la résidence pendant la période de vacances. Voyager entre la Jamaïque, SaintKitts et la Barbade est bon marché pour un garçon parce qu'il peut voyager sur le pont. Cela prend trois jours mais c'est faisable. Le diplôme général en éducation, que l'ambassadeur avait promis, est un cursus de trois ans, les deux premières années sont à 208 £ 10 shillings chacune et la troisième année est 50 £ moins chère. Mais comme je l'ai mentionné, cela ne comprend pas les livres, les vacances ou d'autres frais.

Je ne sais vraiment pas quoi faire. D'une part, c'est beaucoup d'argent à dépenser pour une seule personne. Bien sûr, ce serait très bien. D'un autre côté, vous pourriez peut-être le dépenser pour un autre garçon. Bien sûr, une fois qu'il obtient son diplôme Charles serait en mesure de rembourser cette valeur peu à peu, car il aurait un salaire adéquat.

S'il vous plaît, donnez-moi votre réponse bientôt. Si vous deviez le parrainer, nous devons envoyer tous les documents nécessaires et commencer à nous préparer. Dans tous les cas, faitesnous savoir ce que vous décidez. Il n'y a rien de pire que l'incertitude et cette fluctuation de l'espoir au désespoir. Peut-être pourriez-vous envoyer Charles pendant un an, et nous essaierions de voir s'il pourrait essayer d'obtenir un emploi à temps partiel pour l'aider à payer une partie des coûts. Je ne sais vraiment pas quoi faire. L'année scolaire se terminera dans quelques jours et cela signifie que Charles perdra son poste actuel d'apprenti professeur, et comme il n'a pas eu d'autre formation il lui sera très difficile de trouver autre chose à faire. En plus, c'est un professeur né. Vous êtes la seule personne qui peut l'aider à le faire maintenant, mais nous savons tous les deux que nous n'avons absolument pas le droit de vous demander de le faire.

Veuillez m'excuser pour cette longue lettre. J'espère qu'elle est claire mais je crains d'être un peu incohérente dans l'écriture. Il n'y a rien qui blesse autant que l'injustice. Si l'ambassadeur n'avait jamais fait ces promesses les choses auraient été plus faciles à supporter.

Pardonnez-moi encore une fois. C'est une lettre très égoïste, et beaucoup trop longue. Je crains de ne pas être un bon auteur de lettres. Je ne peux tout simplement pas exprimer ce que je ressens.

»

« Votre merveilleuse et aimable lettre est arrivée. Quelle générosité, quelle compréhension vous avez et quelle joie vous nous avez apporté à tous. Si vous aviez pu voir la transformation du visage de Charles lorsqu'il a entendu la nouvelle de son incroyable bonne fortune ! Il semble marcher sur l'air et est parti pour vous écrire une lettre.

Maintenant, au sujet de votre versement ci-joint. Que devrais-je en faire ? La lettre que je vous ai adressée devait être très déroutante. Ce que je voulais dire quand je vous ai parlé de Charles était si je pouvais utiliser le 'fonds fiduciaire' dans le but de l'envoyer au cours. Je n'imaginais pas que vous enverriez un nouveau chèque. Je ne voulais pas toucher aux fonds avant le 1er août afin de ne pas perdre les intérêts puisque l'argent a été déposé pour une période fixe. Avec le compte d'épargne, j'ai payé les divers frais, livres, allocations hebdomadaires et chaussures de Connor. J'ai encore assez pour équiper Moses et Morris le mois prochain avant qu'ils commencent leurs fonctions d'apprentis professeurs, parce qu'heureusement, le directeur a décidé de les prendre tous les deux. Cette pourvoirie et l'allocation de Connor pour le mois de juillet finiront probablement le montant sur le compte d'épargne et j'ai prévu d'y déposer les intérêts du 'fonds fiduciaire' pour le maintenir actif. Maintenant, ayant reçu ce nouveau chèque d'une valeur égale, le montant est si grand que la responsabilité de le gérer me rend très mal à l'aise. Voulez-vous que je paie les trois années d'études de Charles tout de suite ? De cette façon, s'il m'arrivait quelque chose, il n'y aurait aucun problème pour qu'il poursuive ses études. Et que dois-je faire avec le reste de l'argent ? Il y a toujours des étudiants dans le besoin, donc une partie pourrait être transférée sur le compte d'épargne des garçons et le reste pourrait être conservé sur un dépôt fixe (si le taux d'intérêt est meilleur, je le saurai à la banque lundi), jusqu'à ce qu'un autre étudiant en ait besoin pour commencer sa carrière.

Je me sens terriblement coupable quand je pense à tout l'argent que vous avez déjà dépensé, et ce nouveau chèque me donne des remords. Je ne voudrais pas que vous pensiez que je profite de votre gentillesse et que c'est une extravagance inutile.

Malheureusement, il n'y a pas beaucoup de jeunes qui ont les moyens de poursuivre leurs études dans les universités, ou même dans les lycées professionnels, qui ne donnent pas autant d'avantages. Il y a quelque chose qui cloche complètement dans toute l'économie de Saint-Kitts. C'est pourquoi les conditions de vie et le niveau de vie sont si terriblement pauvres. Notre ministre en chef et le directeur de l'usine de sucre viennent de se rendre en Angleterre pour suivre un cours sur les moyens et les méthodes d'aide au développement dans les îles les plus pauvres des Caraïbes. J'espère qu'ils apprendront quelque chose là-bas et l'appliqueront avec succès ici. Il me semble que l'une des causes est qu'il n'y a pas de petits propriétaires fonciers, agriculteurs, industries ou entreprises privées. Toutes les terres appartiennent à quelques familles riches qui ont divisé l'île en domaines sucriers et qui contrôlent toutes les sources de revenus. Une autre raison, me semble-t-il, est qu'il y a si peu de vie familiale, tant d'enfants illégitimes qui sont laissés à la charge d'étrangers et grandissent avec des esprits et des caractères déformés. Et pourtant, dans l'ensemble, il y a tant de bonnes qualités chez ces gens !

Je pense aller à Saint-Martin pour quelques jours, ou peut-être une semaine. C'est si reposant et paisible là-bas en août parce que ce n'est pas la saison touristique. Je loge dans un petit endroit, construit sur la plage elle-même, et j'aime m'endormir avec le bruit des vagues comme berceuse, sans radio qui hurle, sans gens qui crient, ou se disputent. C'est un repos parfait. Je crains d'en avoir besoin car ce dernier semestre a été un peu fatigant. Je fais quelque chose de nouveau maintenant, vous rirez probablement quand je vous dirai que maintenant à mon âge j'ai décidé d'apprendre à conduire. Je veux le faire car il y a une possibilité d'acquérir une petite voiture avec l'école, et comme mes petites vieilles dames ont beaucoup de difficulté à se déplacer, surtout dans la chaleur, nous sommes tous impatients de pouvoir les conduire autour de l'île, qui, comme je vous l'ai écrit, est la plus belle des Caraïbes. Mais je ne savais pas qu'il y avait tant à apprendre dans cet art de conduire, et maintenant je regarde avec respect toutes les personnes qui peuvent le faire. Quand j'ai appris à maintenir la voiture sur la route, changer de vitesse, démarrer, arrêter et utiliser les freins, j'ai pensé que j'avais maîtrisé tout ce que j'avais besoin de savoir sur le sujet. Je vois à quel point je me suis trompée. Nous avons commencé à apprendre comment conduire en marche arrière, ce qui est une expression très appropriée car c'est exactement ce que je fais. Et les murs, les arbres et les poteaux n'ont pas assez de bon sens pour sortir du chemin quand je les approche. Il y a de grands dangers à conduire à Saint-Kitts, car en plus de la circulation habituelle, des enfants et des chiens, les rues sont également pleines de chèvres, de moutons, de poulets et, pire encore, de canards, qui infestent les petites rues étroites. C'est comme marcher sur une corde raide dans un cirque.

Cependant, j'apprécie tout cela. Je ne suis pas sûre que ce soit le cas pour mon instructeur. Il est l'un de mes collègues à l'école et a une patience inépuisable, pour ne pas parler de bravoure, car il faut beaucoup de courage pour s'asseoir dans la même voiture qu'un apprenant et ne pas savoir ce qu'il va faire ensuite. Quoi qu'il en soit, j'espère que vous viendrez à Saint-Kitts, je serai en mesure de vous emmener autour de l'île. J'espère que lorsque vous irez en vacances vous allez nous rendre visite, même si ce n'est que pour un jour ou deux. Nous sommes à seulement trois heures et demie de New York. Vous pourrez peut-être voir la Foire ?[12] Ce serait merveilleux si vous pouviez nous rendre visite pour voir l'île, et voir les garçons que vous avez aidés, c'est-à-dire ceux qui sont actuellement ici. »

« Je crains de ne pas avoir été assez claire quand je vous ai demandé s'il serait acceptable ou non de payer les trois années d'études de Charles. Je n'ai pas eu l'idée de lui remettre tout cet argent ! Je ne ferais jamais une telle chose, précisément pour la raison que vous avez mentionnée. Certains parents et amis moins fortunés pourraient commencer à lui demander de l'aide et il ne serait pas en mesure de refuser, et deuxièmement, il n'est pas habitué à avoir de l'argent de côté et pourrait être tenté d'en dépenser une partie de manière imprudente. Ce que

---

[12] Exposition universelle de New York à Flushing Meadows, Queens 1964-1965

j'avais en tête, c'était de payer directement l'Université. Je pense que la meilleure chose à faire serait de payer l'Université pour un an et de déposer le reste

de l'argent à la banque de sorte qu'il ne soit disponible que pour le paiement à l'Université. Comme je connais le directeur de la Banque Royale du Canada, je vais lui demander conseil. Si Charles est autorisé à vivre sur le campus, ce qui est très pratique et beaucoup moins cher que tout autre arrangement, il aura besoin d'une petite somme mensuelle pour le matériel d'écriture, la lessive, etc., qui peut lui être remis personnellement. Comme le semestre commence le 1er octobre, et comme j'ai pensé que c'était une bonne chose pour lui de ne pas perdre les mois de juillet, août et septembre, je suis très heureuse de vous dire que nous avons pu lui trouver du travail temporaire dans l'un des bureaux du gouvernement - le ministère des Approvisionnements, quoi que cela soit. Le salaire est très faible, mais il pourrait en donner une partie à sa mère lorsqu'il ira en Jamaïque. Je sais qu'il sera très heureux de le faire et qu'il pourra utiliser le reste pour ses autres dépenses. Nous avons écrit à la Jamaïque pour éclaircir cette question de logement et de pension. Il y a un certain retard parce que lorsque l'ambassadeur de France a refusé de donner la bourse à Charles, nous avons cessé toutes les procédures. Dès que j'aurai une réponse de la Jamaïque, je vous écrirai et vous informerai de ce qui se passe.

Une organisation de jeunes de l'île de la Martinique a invité deux de mes anciens membres du *Petit Cercle français*[13] à se rendre à Fort de France pour donner des conférences sur l'île de SaintKitts. Leur voyage était payé ainsi que leurs frais en Martinique. J'ai envoyé Charles, qui doit passer son examen de

---

[13] Club français

français, et un autre garçon, Slack, qui ira au Canada pour étudier la médecine en octobre. Il a besoin de la langue. Ils y sont restés toute une semaine. Ils sont rentrés chez eux aujourd'hui, et il semble que le public ait beaucoup apprécié leur contribution. Je suis très fière d'eux. Le fait qu'ils ont donné leurs conférences en français montre qu'ils maîtrisent vraiment la langue.

Mes leçons de conduite se passent bien. Ne craignez pas que j'aille trop vite. Mon instructeur me dit que je vais trop lentement.

En attendant, chacun des canards de l'île semble avoir mis au monde des quantités de petits canetons jaunes, et ils passent tous un bon moment dans toutes les flaques d'eau en plein milieu des rues. Au moins j'ai appris à conduire à la vitesse d'un escargot. »

« Merci d'avoir approuvé les dépenses pour aider les garçons. Je suis très heureuse de recevoir cette dernière lettre parce que depuis la dernière fois que je vous ai écrit j'ai dû dépenser un peu plus de votre argent pour payer les frais pour les examens de Cambridge de trois garçons, 4 £ pour chacun. Votre vieil ami Pratt en est un, Swanston en est un autre et George Best, un garçon que vous ne connaissez pas, est le troisième. Les frais d'admission ont dû être envoyés à Cambridge la semaine dernière et comme ces garçons n'étaient pas en mesure de fournir la somme, ils n'auraient pas été autorisés à passer les examens en juin. Aucune entrée ou paiement ne pouvait être envoyé après le 8 février. Et cela signifiait que ces garçons n'auraient pas eu la chance d'obtenir le certificat de niveau O (autrefois appelé le certificat scolaire), sans lequel il est impossible de trouver du travail. Même le bureau de poste et la police exigent que les candidats présentent ce certificat. Par conséquent, vous avez maintenant donné à ces trois garçons une chance de trouver un meilleur emploi lorsqu'ils quitteront l'école. Pendant que je parle de finances, allez-vous continuer à donner la même allocation à James Connor l'année prochaine ? Le directeur semble penser que le garçon ferait un très bon élève en terminale, mais sans votre allocation mensuelle de 20 $ W.I., il ne sera pas en mesure de rester à l'école.

Sur le plan économique, cette année promet de ne pas être une bonne année parce que l'usine de sucre et les travailleurs syndiqués ne peuvent toujours pas s'entendre sur les conditions salariales. Les pourparlers, les querelles et les disputes ont commencé en octobre, nous sommes maintenant mi-février et toujours aucun accord n'a été trouvé. Et il semble peu probable d'en trouver un bientôt. Pendant tout ce temps la canne à sucre se détériore. La coupe de la canne aurait dû commencer début janvier, lorsque la teneur en sucre est la plus élevée. Huit tonnes de canne à sucre sont nécessaires pour produire une tonne de sucre. Par conséquent, plus ils attendent pour commencer la récolte, moins ils obtiendront de sucre, et comme l'industrie du sucre est la principale source de revenus sur l'île, je crains que nous ayons beaucoup de misère et de pauvreté plus tard.

Je suis très heureuse de vous dire que nous avons reçu la visite du consul général de France. Il est en résidence à Porto Rico mais a visité toutes les petites îles des Caraïbes. L'Administrateur de Saint-Kitts l'a amené chez moi où j'ai rassemblé mes étudiants du club français qui ont si bien diverti les invités en français que le Consul était très content d'eux. Il a dit que nous chantions *La Marseillaise* avec autant de sentiment, d'expression et d'exactitude que si nous étions tous des Français natifs. Il nous a tous complimentés et nous a fait cadeau de trois abonnements à des magazines français et nous a donné une collection d'enregistrements et de livres. Nous étions tous très fiers, surtout quand il a dit que sur aucune autre île des Caraïbes il n'avait trouvé un groupe de jeunes aussi sympathiques qui parlaient un français aussi excellent. J'espère qu'ils n'auront pas la grosse tête et ne penseront pas qu'ils n'ont plus besoin d'étudier – avec les examens qui approchent à grands pas. Nos vacances d'avril seront extrêmement courtes, seulement dix jours, ce qui ne nous donnera pas beaucoup de répit quand on considère qu'avant de partir en vacances il y a encore tant de choses à faire, comme des rapports, des relevés, etc. »

« L'école a commencé ce matin et dès que je suis arrivée votre lettre du 26 août m'a été remise. Je vous en remercie. Cette salutation de votre part le premier jour du semestre est une sorte de bienvenue et je la considère comme un bon présage. D'ailleurs, c'est tellement gentil et je suis si heureuse que vous approuviez tous les arrangements que j'ai faits en ce qui concerne toutes les questions d'argent.

Vous trouverez ci-joint un reçu du trésorier de l'Université des Antilles ainsi que les chiffres indiquant le montant des frais de scolarité pour chaque année. Le reçu est de 700 £ parce que, comme je vous l'ai expliqué dans ma lettre précédente, mis à part le montant pour la résidence, les frais de guilde, les frais de scolarité et les frais d'examen, j'ai envoyé 49 livres 10 shillings pour les livres, vêtements et l'examen médical qui est obligatoire à la rentrée.

Vous trouverez également ci-joint un instantané de votre dernier 'filleul', James Connor, qui sourit très joyeusement comme vous le voyez – affichant ses quatre nouvelles dents de devant pour lesquelles vous avez payé 3 £. Je trouve que c'est une très bonne affaire car cela a absolument transformé le garçon. Il était très conscient de ses dents manquantes, je suppose qu'elles sont tombées à cause de la malnutrition. L'allocation que vous lui donnez s'occupe de cela. Il est beaucoup plus vivant maintenant et, de plus, il est en train de devenir un joueur de cricket exceptionnel. Il fait également de sérieux projets pour atteindre la première place dans sa classe.

Charles nous quittera à la fin du mois de septembre et l'Université vient de nous informer qu'il recevra un billet d'avion de Saint-Kitts à la Jamaïque en cadeau de l'Université. N'est-ce pas merveilleux ? Je croyais que seuls les boursiers du gouvernement y avaient droit.

En ce qui concerne Stacie Hudson, la jeune apprentieenseignante qui économise pour poursuivre ses études de musique, et Bernard Bryant, l'autre garçon qui essaie d'obtenir suffisamment d'argent pour poursuivre ses études pendant qu'il continue de travailler ici comme apprenti enseignant, ils n'auront pas besoin d'aide avant l'été 1965, et à ce moment-là, le fonds sur dépôt fixe sera renouvelable et une partie pourrait être utilisée pour les aider. Si on leur fournissait des vêtements et de l'argent pour le voyage, ils pourraient poursuivre leurs études, parce que ces jeunes viennent de familles « normales », dans le sens où ils ont des pères et des mères et de vraies maisons, bien que peu opulentes. Cela leur permet d'économiser une bonne partie de leurs salaires, qui, bien qu'ils ne soient pas très élevés - environ 25 £ par mois - sont répartis en trois parties : les dépenses familiales, leurs propres besoins et l'épargne pour leurs études. Les deux sont doués, mais plus important encore, ils sont tous les deux désireux de transmettre aux autres la connaissance qu'ils vont acquérir.

Je ne saurais vous dire à quel point je vous suis reconnaissante de m'avoir donné la permission d'utiliser une partie de ces fonds pour aider d'autres garçons et filles pauvres.

Je sais ce que vous faites pour aider les pauvres de Hong Kong et quels merveilleux résultats vous obtenez. C'est extrêmement généreux de votre part d'envoyer de l'aide à ces enfants ici, que vous n'avez jamais vus, mais à qui vous avez donné de si belles occasions. Que le Seigneur vous bénisse. Nous ne pouvons que le prier pour votre santé et votre bonheur.

Je joins également une petite photo de ma plage préférée où depuis une semaine j'emmène mes petites vieilles dames. C'est un endroit des plus beaux, et je suis si heureuse d'avoir pu leur donner ces quelques heures de plaisir. Ma conduite est encore parfois tremblante, surtout quand je suis seule dans la voiture, mais j'apprécie beaucoup. Bien sûr, j'ai eu des moments trépidants où je me suis garée au mauvais endroit et où j'ai rencontré plusieurs chèvres, moutons et vaches. J'ai également conduit en plein jour avec mes phares allumés et j'ai été assez secouée lorsque tout le monde le long de la route gesticulait et criait jusqu'à ce que je découvre ce qui n'allait pas, mais en règle générale, les gens sont très prévenants et, comme l'a dit mon instructeur, tout le monde sait maintenant sur cette île que je suis nouvelle dans ce genre de choses et essaie de m'aider. Je trouve que les gens sont bien meilleurs et plus gentils que nous ne le pensons généralement.

Nous avons eu une grande frayeur avec le dernier ouragan, *Cleo*, et maintenant il y en a un nouveau qui se prépare, *Dora*. J'espère qu'il ne frappera pas les îles. *Cleo* est venu à quelques kilomètres de l'île française de la Guadeloupe, a fait des ravages dans les plantations de bananes et a laissé 20000 personnes sans abri.

Merci encore pour tout, vous ne pouvez pas imaginer la joie de vous seconder pour aider les gens. Que Dieu vous bénisse. »

« Les conséquences du typhon sont terribles et désolantes : les dégâts matériels sont effroyables et les pertes en vies humaines sont irréparables. J'imagine à quel point vous êtes occupé. En vous connaissant, je peux deviner à quel point vous travaillez dur pour aider ces gens, toute votre vie est consacrée à apporter soulagement, aide et bonheur à tant de gens qui seraient absolument malheureux sans votre aide généreuse. Que le Seigneur vous récompense pour tout ce que vous avez fait et ce que vous faites.

Chaque fois qu'un nouveau semestre commence, il me semble que je suis chargée de plus de travail que d'habitude. J'avais une période libre tous les jours, maintenant je n'en ai plus les lundis, mercredis et jeudis et celle que j'avais le mardi m'a aussi été enlevée. Il est vrai que j'en ai maintenant deux le vendredi, et c'est très bien d'avoir ces périodes libres car j'ai du travail supplémentaire, y compris la rédaction d'un compte rendu de tout ce qui a été fait tout au long de la semaine. Mais j'aimerais avoir un peu de répit les autres jours. Les leçons, la préparation et les corrections me consument jusqu'à minuit. Et maintenant je supervise et dirige deux clubs par semaine, mes garçons espagnols le lundi et les Français le vendredi. En plus des réunions de club proprement dites, il y a beaucoup de préparatifs, notamment la cuisine, car la moitié de ces garçons ont toujours faim, alors je leur prépare de la nourriture et ils prennent un bon thé avant de commencer nos séances. Il est merveilleux de voir les progrès réalisés d'une semaine à l'autre et cela en vaut la peine. Les résultats de nos certificats scolaires sont arrivés la semaine dernière. J'étais tout à fait prête pour le pire, voyant que mon congé a duré tout un trimestre, mais à ma grande satisfaction tous mes élèves espagnols et français ont réussi. Quatre étudiants ont reçu des distinctions. Les autres n'ont reçu que des crédits universitaires, et deux élèves se sont déshonorés en obtenant de simples notes passables qui ne seront même pas mentionnées sur leurs certificats. Mais quand même, j'en suis heureuse.

Ma conduite s'améliore de jour en jour. Samedi dernier j'étais à l'école pour préparer mon travail pour la semaine. J'y passe habituellement les samedis et les dimanches après-midi à faire du travail préparatoire. Des garçons jouaient au football par eux-mêmes quand l'un d'eux a glissé et s'est blessé, en fait il s'est cassé le bras, et j'étais très reconnaissante d'avoir la voiture et de pouvoir le conduire rapidement à l'hôpital. Et croyez-le, il n'y avait pas de médecin de service ! J'ai téléphoné aux trois médecins que nous avons sur l'île et je n'ai pu joindre aucun d'entre eux.

Heureusement, l'infirmière en chef a pris les choses en main et savait quoi faire. L'île est trop pauvre pour payer de bons salaires et attire ainsi du personnel médical incompétent. Donc, si un accident survient un samedi ou un dimanche, il faut attendre le lundi pour avoir un médecin. »

« Je vous écris pour vous communiquer une merveilleuse nouvelle. Morris a remporté la bourse très convoitée des îles sous-levent. Cela lui a été décerné pour sa performance exceptionnelle à l'examen de niveau avancé de Cambridge, qu'il a passé en juillet. Tous les lycéens dans les îles Sous-le-Vent rêvent d'avoir cette chance parce que cela signifie la possibilité d'étudier dans une université de première classe, quelle que soit la durée des études. Le voyage est pris en charge et tous les frais de scolarité et de subsistance payés du départ de l'île jusqu'au retour. La seule obligation est qu'il doit retourner travailler à Saint-Kitts pendant une certaine période après avoir obtenu son diplôme. Vous ne pouvez pas imaginer combien nous sommes tous heureux. Le directeur est si fier de l'honneur obtenu pour notre école qu'il nous a donné un jour de congé. Quant à moi, je ne peux pas exprimer ma joie. Grâce à votre extraordinaire générosité, Charles a une chance d'étudier à l'université, et je sais à quel point Morris voulait poursuivre ses études. Morris est très réservé mais on peut voir le bonheur émaner de lui. Il fait un très bon travail d'enseignement à l'école et travaille très dur pour étudier les mathématiques et la physique par lui-même parce qu'il veut étudier la physique nucléaire et l'électronique à l'Université. Combien vous devez vous sentir satisfait, car ces garçons doivent tant à votre gentillesse. Sans votre aide ils n'auraient jamais rêvé d'obtenir ces chances. Morris continuera cette année d'enseigner à l'école et partira pour l'Université en septembre 1965.

Il y a aussi un autre garçon, Robert Swanston, un garçon très brillant, c'est-à-dire qu'il pourrait être le premier de sa classe, mais il est pratiquement au bas de l'échelle parce qu'il n'y a personne pour s'occuper de lui à la maison, et à qui je procure de temps en temps quelques vêtements. J'espère que vous approuvez ; je ne voulais pas vous déranger et j'espère que vous ne me considérerez pas trop extravagante. C'est un cas très triste, d'autant plus que le garçon est intelligent et fondamentalement bon ; mais il n'a aucun foyer et il n'y a personne pour le guider ou s'occuper de lui. Il a maintenant 15 ou 16 ans, c'est le moment le plus difficile de l'adolescence où les enfants ont besoin de tant de patience, d'amour et de compréhension et il n'y a personne pour lui en donner. C'est le mode de vie sur l'île qui est à blâmer. L'illégitimité est épouvantable. Je suppose que c'est l'héritage de l'esclavage, mais l'esclavage est terminé depuis des années, et pourtant le nombre d'enfants qui n'ont pas de famille augmente. Swanston vit avec une tante. Son père, qui est mort, lui a laissé un petit héritage, mais le testament a été contesté devant les tribunaux par un membre de la famille et le garçon est maintenant démuni. Malheureusement, étant laissé à lui-même, il s'est fait de mauvais amis, et sous leur influence toute sa vie va s'effondrer. Je crois que le français et l'espagnol sont les seules matières qu'il maîtrise correctement. J'essaie de lui parler chaque fois que j'en ai l'occasion, mais c'est peine perdue. Il doit être éloigné complètement de son environnement actuel, mais comment faire ? Trop d'aide financière n'est pas bonne idée non plus, alors j'essaie de lui donner autant d'attention que possible et de prendre soin de ses besoins les plus urgents tels que la nourriture et les vêtements. Si ceux qui l'entourent commencent à penser que des sommes d'argent sont disponibles, cela ne mènera qu'à beaucoup de problèmes et à aucun bénéfice, donc une allocation est hors de question. Je suis tellement désolée de ne pas avoir de temps libre. Je suis certaine que si je pouvais donner à certains de ces enfants l'attention qu'ils demandent les choses seraient différentes. »

« Votre très aimable lettre du 6 novembre, avec celle jointe pour Morris, est arrivée il y a quelques jours, et je vous demande pardon de ne pas avoir répondu plus tôt. C'est très gentil de votre part de lui envoyer des félicitations et il est très fier de la lettre qu'il a reçue de vous. Il a déjà écrit à plusieurs universités, et nous attendons maintenant leurs réponses pour voir où il pourra étudier. Il y a aussi une autre corde à ajouter à son arc. Il vient de passer son test de conduite et a reçu son permis cet après-midi. C'est un conducteur très prudent et raisonnable.

Je suis heureuse de savoir que votre santé s'améliore. Veuillez suivre les ordres du médecin et vous reposer un peu. J'attends avec impatience la fin du semestre, le 4 décembre, car je vais prendre une semaine entière de congé et la passer dans un endroit tranquille à Saint Martin. J'aimerais pouvoir y rester plus longtemps, mais c'est impossible. D'ailleurs, je n'ose pas laisser mes vieilles dames plus longtemps. Mère a eu 80 ans la semaine dernière, et bien qu'elle soit pleine d'énergie, elle est tout de même assez faible, donc je ne peux pas être loin pour longtemps. Ma propre santé n'est pas trop bonne parce que je me sens terriblement fatiguée. Les maux de tête sont bien sûr dus à la tension nerveuse et un repos me fera du bien. Nous n'avons pas de médecins compétents à Saint-Kitts, et je suppose que je devrais faire un bilan de santé encore une fois. Peut-être est-ce mon imagination, mais il me semble parfois que je commence à ressentir à nouveau le même genre de douleur. Mieux vaut ne pas y penser.

Nous avons reçu un visiteur sur l'île, un certain Sir Christopher Cox[14], et j'ai eu une très agréable surprise quand je lui ai parlé. Il semble qu'il était à Hong Kong il y a quelque temps et vous a effectivement rencontré. C'était merveilleux de parler de vous, et il a beaucoup admiré que vous ayez accordé à Charles Archibald une bourse pour ses études universitaires. Charles écrit régulièrement et il est étonnant de voir à quel point son français s'améliore d'une lettre à l'autre. »

« Je suis revenue de Saint-Martin et d'Anguilla et j'ai trouvé votre gentille lettre et votre charmante carte qui m'attendaient. La carte est belle, une véritable œuvre d'art, et doublement précieuse, d'abord parce qu'elle vient de vous et ensuite parce qu'elle me donne de bons souvenirs de ma vie en Chine, du bonheur passé, et le souvenir de moments comme ceux-là qui ne reviendront jamais.

J'ai passé une semaine à St. Martin, sept jours de calme parfait, qui étaient hélas de courte durée, mais c'était un pur bonheur pour pouvoir bien dormir. Je suis devenue terriblement paresseuse. Je ne dors jamais assez. Mais blague à part, je me rends compte que je devrais avoir une plus longue période de repos et un examen approfondi à nouveau, mais il faudra le reporter pendant un certain temps. Je n'ose pas quitter mes pauvres petites vieilles pour longtemps. Elles vieillissent, bien qu'elles refusent de l'admettre. Ma tante est

---

[14] Conseiller pédagogique auprès du ministère britannique du Développement Outre-mer.

forte, mais ma mère devient de plus en plus fragile. Malheureusement, on ne peut pas téléphoner de Saint-Martin à SaintKitts directement, l'appel doit aller à Curaçao, puis à Trinidad, à la Barbade et enfin à Saint-Kitts, partout dans les Caraïbes en fait. Et au moment où vous obtenez la connexion, c'est si mauvais que vous ne pouvez pas comprendre un mot et finissez plus inquiet que jamais. Toutes les îles des Caraïbes britanniques sont reliées par un système très efficace, mais St. Martin étant à moitié française et à moitié néerlandaise, n'en fait pas partie. Cependant, ils construisent une nouvelle station de téléphone et de radio donc la communication directe sera probablement bientôt possible. J'espère avoir un check-up en avril, à la fin de notre prochain trimestre. À Saint-Kitts, nous avons plusieurs médecins, mais je crains qu'ils ne soient pas très compétents, et l'hôpital n'est pas équipé de rayons X modernes et d'autres appareils. Je pourrais aller en Jamaïque ou à Miami, le voyage pour l'un ou l'autre endroit coûte la même chose. Je vais devoir prendre l'avion pour gagner du temps. Je préférerais bien sûr voyager par la mer. Le tarif est presque le même et j'adore les bateaux - mais le congé d'avril ne dure qu'une quinzaine de jours. Et bien sûr, il y a mes petites vieilles dames qui refusent de laisser quelqu'un rester à la maison pour s'occuper d'elles pendant que je suis absente. Donc, dix jours est le temps maximum que je peux prendre.

Après Saint Martin, je suis allée à Anguilla, ce qui était ma première visite sur cette île. Elle est célèbre pour ses plages, et à juste titre, parce que toutes sont d'une blancheur éblouissante, il n'y a pas de sable noir ou sombre, et la mer est d'un bleu turquoise transparent. Mais l'île elle-même est presque plate, et il n'y a pas d'électricité, sauf si vous avez votre propre générateur, et l'eau est très limitée. Quant aux routes !

Deux de mes anciens élèves sont natifs d'Anguilla et comme ils savaient que je venais ils ont réquisitionné une jeep et pendant presque cinq heures nous avons été si secoués quand nous sommes passés sur des falaises, des rochers, et des pierres que nos dents claquaient et à la fin du trajet je n'étais pas sûre d'avoir encore une tête sur les épaules. Nous avons atteint la piste quelques minutes avant le décollage de l'avion. Je pensais qu'on ne serait jamais à l'heure, mais nous avons tous apprécié l'excitation. Le pilote était très amical et a dit qu'il m'aurait attendue de toute façon. Ce sont de très petits avions, seulement cinq passagers, et pendant ce voyage, nous n'étions que quatre, dont un énorme Labrador.

Noël est dans seulement deux jours et il y a une grande animation partout avec des gens qui font du shopping, profitent du carnaval, et chantent des chants de Noël de maison en maison. Le nouveau semestre commence dans un peu plus d'une semaine, le 4 janvier.

Que la nouvelle année vous apporte la santé, le bonheur et la paix intérieure. Mes petites vieilles dames se joignent à moi pour vous souhaiter tout le bien possible sur cette terre. »

1965

« Merci pour votre aimable lettre du 4 janvier à laquelle j'aurais dû répondre il y a quelques jours, mais comme d'habitude nous sommes débordés de travail. Non seulement parce que c'est le début du semestre, mais aussi à cause des examens de mi-année qui commencent lundi, et pour lesquels nous devons préparer nos sujets d'examen. Et comme j'aime couper les pochoirs moi-même, cela prend du temps. Ma dactylographie n'est toujours pas très efficace, et vous ne pouvez pas faire d'erreurs sur les pochoirs, donc je dois y aller lentement. En plus de tout cela, on m'a donné des tâches supplémentaires. Un de nos professeurs a dû partir pour l'île voisine d'Antigua pendant dix jours, et j'ai hérité de sa classe.

Cependant, tout semble enfin être sous contrôle, alors je peux prendre quelques minutes pour vous écrire cette lettre qui aurait dû être écrite bien avant, puisqu'elle présente une sorte de « bilan financier » et j'espère que les éléments qu'elle contient rencontreront votre approbation.

De votre fonds, j'ai payé les frais de scolarité de Pratt et je lui ai acheté des vêtements. Il était malade et avait besoin d'aide. J'ai aussi acheté une chemise pour Connor et un pantalon pour Swanston, qui est arrivé à l'école dans les vêtements les plus impossibles à imaginer et a été renvoyé chez lui à cause de cela. Maintenant, il est à nouveau très présentable, et je dois dire qu'il fait un très bon effort en français et en espagnol. Si seulement j'avais plus de temps à lui consacrer ! Je suis convaincue qu'il peut être influencé et changé pour le mieux. Il est intelligent, disposé et serviable envers moi au moins. Je crains cependant que les seules matières auxquelles il prête attention soient le français et l'espagnol. C'est tellement dommage que tous les membres du personnel soient si surmenés et pressés qu'on ne peut pas prendre le temps de s'intéresser vraiment aux élèves. Je suis sûre que les choses seraient bien différentes si nous pouvions mieux connaître les enfants. Je pense que la moitié d'entre eux ont besoin de compréhension, de conseils et d'affection, bien plus que de l'enseignement des mathématiques, des sciences, de la littérature et des langues.

Il y avait aussi quelques cahiers d'exercices, des chaussettes et des frais de jeux que vous avez fournis, mais nos plus grandes dépenses sont l'allocation hebdomadaire à Connor et l'aide qui doit être envoyée à Charles en Jamaïque. Si vous vous souvenez, nous pensions qu'il devrait recevoir une petite allocation mensuelle pour le savon, l'acquisition de vêtements et de livres. Serait-il possible de lui donner 5 £ par mois, ou pensez-vous que c'est trop ? Ce sont les livres qui coûtent cher.

Il dépense très peu pour quoi que ce soit d'autre, et comme j'ai acheté pour lui des chemises qui ne nécessitent aucun repassage, il les lave lui-même, mais il y a d'autres choses qui doivent être lavées. Ses progrès à l'Université sont excellents. Comme il y avait un mois entier de vacances pour Noël, nous avons décidé qu'il ferait mieux de rentrer à la maison. Il a voyagé sur le pont de la *Federal Palm* et la traversée était plutôt rude. Heureusement, c'est un bon marin, mais pendant trois jours après son arrivée, il se sentait encore instable sur ses jambes. À notre désagréable surprise, l'université demande 3 shillings par jour pendant les vacances si on est hors du campus, et 7 shillings par jour si on reste sur le campus, ce qui n'est pas une bonne chose selon moi.

Le compte des garçons s'élève jusqu'à présent à 500 £-8s-5p sur le compte d'épargne, et bien sûr il y a la somme sur un dépôt fixe, donc il y a largement assez de fonds pour vos « filleuls » pendant au moins deux ou trois ans si nous continuons à ce rythme. Nous pourrions obtenir une bourse du gouvernement pour Stacie Hudson. Si vous vous souvenez, c'est la fille qui veut étudier la musique. »

« L'équipe australienne de cricket s'est arrêtée à Saint-Kitts pour un match. Toute l'île était en ébullition et notre gouvernement a donné à tout le monde un jour de congé et a déclaré un jour férié afin que les intéressés puissent assister au match. Cela vous montre à quel point tout le monde ici est fou de cricket. Bien sûr il était évident que l'équipe de Saint-Kitts serait vaincue, ce qui fut le cas, mais certains de nos joueurs ont fait un bon spectacle. Cependant, un effet positif a été le bref répit qui m'a permis de rattraper quelques arriérés de travail, ainsi je suis enfin en mesure de répondre à votre aimable lettre que j'ai reçue il y a quelque temps et à laquelle je n'avais pas répondu par manque absolu de temps. S'il vous plaît pardonnez-moi.

Nous sommes terriblement occupés à l'école. Dans une semaine nous commençons à nous préparer pour la Journée des Sports, qui aura lieu le 1ᵉʳ avril. Même si je ne suis pas une athlète, j'aide à tenir les dossiers, à vérifier les entrées et à suivre les candidats. Mais mon véritable travail aura lieu le jour même, car j'ai la charge du thé pour plus d'une soixantaine d'invités : les juges, l'administrateur et sa société, les ministres et magistrats ainsi que tous les autres VIP. Cela ne signifie pas seulement préparer et verser le thé, mais aussi préparer des sandwichs et cuire des gâteaux, décorer la salle avec des fleurs, des fougères et des palmiers et, en général, apporter toutes les « petites touches féminines » à la cérémonie puisque je suis la seule femme du corps enseignant. Nous avons une pause après la journée des sports, mais les jours qui suivent sont remplis de détails, de notes, de rapports, de réunions du personnel, etc., qui prennent plusieurs jours de notre pause pendant les vacances de Pâques. Je crains de ne pas pouvoir prendre de vacances comme prévu, même si je réalise que j'en ai vraiment besoin. Le dernier semestre, bien que court, a été plus ardu parce que les examens de Cambridge viennent à la fin des vacances. Merci beaucoup d'avoir approuvé les dépenses engagées pour les frais des examens. Et c'est si généreux de votre part de vouloir continuer l'allocation de James Connor l'année prochaine. Il est vraiment un étudiant passionné de langues et fait des progrès étonnants. Swanston a été malade avec de la température et la grippe. Je suis tellement désolée pour le pauvre garçon. Ce doit être si terrible de sentir que personne ne se soucie de vous. Et pourtant, avec un peu de gentillesse, il peut accomplir beaucoup.

Notre situation au niveau du sucre est de pire en pire. Les négociations traînent en longueur, aucun accord n'a encore été trouvé, la teneur en sucre de la canne va bientôt commencer à diminuer, la canne se dessèche car nous traversons une période de sécheresse inhabituelle et, pire que tout, plusieurs incendies de cannes à sucre se sont produits. C'est très mauvais car cela peut conduire à d'autres troubles et émeutes. Quant à l'effet sur l'économie de l'île, c'est désastreux. Je crains qu'il y ait des temps difficiles et éprouvants à venir.

Si les choses se passent bien, je compte partir quelques jours à la Barbade, en m'arrêtant en chemin à la Martinique. J'aimerais pouvoir faire une excursion de quelques jours en bateau mais très peu de bateaux font escale ici, surtout maintenant qu'il n'y a plus de sucre à exporter, donc je devrai prendre l'avion, ce que je n'aime pas autant que le voyage en mer. »

« Je peux très bien imaginer l'excitation lorsque l'équipe de cricket Australienne a joué contre l'équipe de Saint-Kitts. À Hong Kong, ils sont également très friands de cricket. L'équipe du Worcestershire, les champions de cricket d'Angleterre, sont arrivés ici hier et ont fait un match. Personnellement, je préfère de beaucoup le football qui est beaucoup plus excitant.

Il semble que tout le travail acharné de l'école repose sur vos épaules, mais je dois dire que je ne pense pas que vous seriez heureuse autrement. J'aurais aimé être présent pour votre journée sportive et profiter de votre excellent thé.

Quel dommage que vous ne puissiez pas prendre toutes vos vacances de Pâques, d'autant plus que vous avez vraiment besoin de vous reposer après votre grave opération. Je suis heureux, cependant, que vous passiez au moins quelques jours à la Barbade. Je suis désolé que vous ne soyez pas en mesure d'avoir un long voyage en mer comme vous aimez tant voyager en bateau.

Hong Kong est dans sa meilleure période. Les azalées sauvages, bauhinias et autres fleurs sont toutes fleuries, et bientôt les lys vont commencer à fleurir. Notre ferme expérimentale continue de croître, et nos animaux et la volaille sont considérés comme les meilleurs de la colonie. Notre dernier-né est un poulet qui produit trois fois plus d'œufs que n'importe quel autre oiseau. J'espère que votre mère va mieux. Que Dieu vous bénisse tous. »

« La Barbade est une île très fréquentée, pleine d'industries, d'usines, de magasins et d'hôtels partout. Des avions et des navires arrivent tout le temps, et la circulation est énorme. Presque toutes les rues sont à sens unique, et le flot de voitures est continu. Il y a beaucoup de touristes et de bateaux de croisière qui s'arrêtent sur l'île presque tous les jours. Tout cela, bien sûr, stimule le commerce et donc l'île semble prospère. Ce qui est très différent de la pauvre Saint-Kitts. Cependant, je préfère le calme de notre petite île.

L'hôtel est très confortable, construit sur une fondation en ciment qui s'avance dans la mer, comme si j'étais à bord d'un navire. La plage est assez sûre et très belle, avec le même sable jaune doux et l'eau bleu-vert transparente qu'à Saint-Martin. C'est remarquablement transparent. Je suis allée sur un bateau à fond de verre, et c'était une expérience des plus excitantes. Il y a une vieille épave engloutie et nous avons flotté au-dessus et regardé les poissons nager à l'intérieur et à l'extérieur des écoutilles. En dépit de ses nombreux équipements, cet endroit est assez bon marché, mais il a un grand inconvénient – trop de gens et trop de bruit. Bien sûr, c'était très intéressant de voir un nouvel endroit, mais en ce qui concerne le repos, rien ne peut être comparé à St. Martin. Le plus grand avantage est bien sûr le téléphone, ce qui me permet de téléphoner à mes petites vieilles dames et de leur parler. J'espère que vous allez bien ; il y a si peu de vous-même dans vos lettres. »

« Je suis vraiment désolé de l'attaque que votre mère a subie, mais je suis heureux qu'elle en ait apparemment complètement surmonté les effets. C'est bien qu'elle puisse passer beaucoup de temps dans le jardin car l'air frais est un excellent tonique. Je suis tout à fait d'accord avec vous pour dire qu'elle ne devrait pas être traitée comme une semi-invalide, mais qu'elle devrait mener une vie normale sans faire trop de choses. Puisse-t-elle rester avec vous encore longtemps.

Merci de prendre soin des garçons. Il est agréable de savoir qu'ils s'en sortent bien. J'ai bien ri en lisant le dicton espagnol que vous avez cité, mais je suis sûr que sous votre influence, aucun des garçons ne se révélera ingrat quand ils finiront leurs études.

Si vous abandonnez l'enseignement et vous ouvrez un restaurant, je serai votre premier client ! Eh bien, je me souviens de votre excellente cuisine de l'époque de Shanghaï, bien que ces plats succulents ne soient pas trop bons pour la ligne !

C'est gentil de me suggérer de prendre des vacances. Cela ne sera pas possible avant un certain temps, car Lawrence et sa famille sont partis la semaine dernière pour l'Australie et l'Angleterre et ne doivent pas revenir avant quelques mois. »

« J'ai passé une semaine à l'étranger. St. Martin était plutôt reposant. Comme j'aimerais pouvoir y passer plus de temps ! C'est l'endroit idéal pour se détendre et reprendre de l'énergie. Je suis également allée à Saba. Si vous avez un atlas sous la main vous pourrez peut-être trouver ce petit bout d'île. Elle est également hollandaise et a une superficie de seulement deux miles de long et deux miles de large, mais elle s'élève à une hauteur considérable car il ne s'agit que du sommet d'un volcan éteint. Le reste a dû couler dans la mer lors de la dernière éruption. C'est une île très étrange et pittoresque, assez isolée car il est extrêmement difficile d'y accéder. La côte est faite de récifs et de rochers en dents de scie, il est donc presque impossible de débarquer depuis la mer, seuls les goélettes et les sloops à voile font le voyage et même eux doivent jeter l'ancre loin de la côte et les gens et les marchandises débarquent dans de petits bateaux à rames qui sont à moitié remplis d'eau au moment d'accoster. L'île elle-même n'est qu'un sommet de montagne. Il n'y a pas d'endroit où construire un aéroport. Cependant, l'année dernière, une toute petite piste d'atterrissage a été construite sur une corniche rocheuse. Elle ne fait que 1300 pieds de long, et le seul avion qui peut y atterrir est un petit avion Dornier Sol de six passagers qui descend presque verticalement. Après tous ces détails, vous pouvez bien imaginer l'expérience époustouflante que fut l'atterrissage sur Saba. Avant l'atterrissage, l'avion a fait le tour de la piste trois fois, une fois pour ressentir le vent - parfois, lorsqu'il y a des vents de travers et des courants le pilote opère simplement un demi-tour sans tenter d'atterrir. La deuxième fois parce que des Américains à bord voulaient prendre des photos et la troisième fois parce que des chèvres se promenaient sur le tarmac. Chaque fois, il semblait que les ailes allaient toucher les rochers. Après l'atterrissage, nous sommes montés à bord d'une jeep, le seul moyen de transport, et avons grimpé jusqu'à *Bottom*, la capitale, qui est construite, je vous le donne en mille, dans un ancien cratère volcanique. Heureusement qu'il est éteint. Je suis tout à fait convaincue qu'une jeep est une version moderne de la chèvre de montagne parce que la route, comme une spirale plate, grimpe perpendiculairement dans une série infinie de virages en épingle à cheveux. La route s'accroche à la montagne, la jeep s'accroche à la route et les pauvres passagers s'accrochent à la jeep et espèrent le meilleur. En descendant, nous avions une vue particulièrement magnifique sur les rochers déchiquetés et la mousse bien en dessous, et nous pouvions imaginer ce qui se passerait si la jeep n'était pas à quatre roues motrices. Cependant, ce fut une expérience passionnante, certaines parties de l'île sont belles, en particulier les plantes. Il y avait une variété d'orchidée, un velours brun foncé avec des veines vert amande qui poussait partout à l'état sauvage.

Saint-Kitts connaît actuellement une courte saison des pluies, qui se fond dans la période des ouragans. Hier, nous avons eu le plus terrible orage que j'ai vu ici. Tonnerre et foudre simultanément. Tous nos fusibles ont sauté et mes pauvres chats et chiens se sont cachés sous mon lit. »

« La semaine dernière, nous sommes allés à la campagne pour cueillir des goyaves. C'était la première fois que je voyais autant d'arbres chargés de fruits. Je ne peux pas comprendre pourquoi les gens n'ont jamais mis en place une petite entreprise de goyave pour faire de la gelée et de la confiture, des pâtes de fruit et des bonbons. On pourrait créer une véritable industrie, surtout s'il y avait suffisamment de touristes pour acheter les produits. Ayant une seule industrie, à savoir la production de sucre, l'économie de l'île est limitée. D'autant plus que l'usine et les travailleurs n'arrivent jamais à s'entendre sur les salaires et la récolte commence toujours trop tard et beaucoup de sucre est perdu à cause des querelles continuelles.

Nous commencerons l'école dans un peu plus de deux semaines. Je pense aller à Nevis pour un jour ou deux avant que le nouveau semestre commence afin de bien dormir. Je ne peux jamais dormir assez à la maison. Nevis est juste de l'autre côté du chenal, à cinq minutes en avion et j'aurai accès à un téléphone pour être en contact avec mes vieilles dames. Elles sont devenues très fragiles et sans défense. Et pourtant elles sont toutes les deux extrêmement indépendantes et refusent de me laisser trouver quelqu'un pour rester avec elles pendant mon absence.

J'espère que vous allez bien et que vous ne travaillez pas trop fort. Encore une fois, je vous remercie de tout ce que vous faites pour les garçons que vous n'avez jamais vus. J'espère qu'ils vous seront éternellement reconnaissants de votre gentillesse. Je vous considère toujours comme la personne la plus généreuse que j'aie jamais connue. »

« Quelle journée ! Le nouveau semestre a commencé ce matin. Nous avons une soixantaine de nouveaux élèves. Il y a 8 nouveaux membres dans le personnel (sur un total de 16), et le directeur est parti hier pour un séjour d'une semaine à Trinidad où il doit assister à un congrès spécial. Vous pouvez imaginer le chaos et la confusion, d'autant plus que l'homme qui remplace le directeur est également nouveau. Cependant nous réglerons ça et tout ira bien. Je suis contente que les classes aient commencé. Mon séjour à Nevis fut en effet très court, car juste au moment où j'étais en train de faire mes bagages et prête à partir, vint l'avertissement de l'arrivée de l'ouragan *Betsy*, et comme nous étions dans la zone de danger je n'ai pas osé quitter mes petites vieilles dames. Finalement, j'ai réussi à m'enfuir, mais ça n'a été que pour deux jours. Cependant, j'en ai bien profité.

Nous avons eu beaucoup d'émotion. À mon retour, le 1er, nous avons reçu une lettre de Porto Rico pour Bernard Bryant lui offrant une bourse partielle pour l'Université Mondiale, sponsorisée par l'American International Institute de San Juan. Ce n'est pas une bourse complète, mais ils lui donnent l'occasion de gagner le reste, car il lui sera assigné un travail sur le campus ; mais il devait être à San Juan le 2. Vous pouvez imaginer la ruée pour obtenir son passeport et billet d'avion, soumettre sa démission en tant qu'apprenti professeur, etcetera. Nous étions presque prêts pour l'avion du 1er, mais il est arrivé tôt et Bernard a raté son vol. Le lendemain l'avion avait cinq heures de retard. Maintenant, j'attends de ses nouvelles parce que je suis un peu anxieuse au sujet de toute cette affaire. Je n'ai jamais entendu parler de *l'Université*

Mondiale, et comme beaucoup d'autres entreprises américaines, je crains qu'elle ne se révèle être, sinon un canular, pas aussi sérieuse qu'un institut bien établi. Je suis heureuse qu'il doive faire un peu de travail supplémentaire pour obtenir la bourse, il l'appréciera d'autant plus. J'ai payé son voyage et je lui ai donné de l'argent pour son équipement et ses vêtements. Les choses sont beaucoup moins chères à San Juan et Bernard est un jeune homme très sérieux à qui on peut faire confiance avec de l'argent. Je lui ai donné 500 $ du fonds. Hier, j'ai vu Stacie Hudson. Elle avait terriblement peur d'y aller, mais son vol est direct et elle sera accueillie par un représentant du *Trinity College of Music* quand elle arrivera. Elle a reçu une bourse complète alors je n'ai pas besoin de la compléter. »

« J'avais l'intention de vous écrire tous les jours depuis une quinzaine de jours, mais je n'ai pas pu le faire. Il est très tard maintenant, mais je ne veux pas aller au lit sans vous envoyer ces quelques lignes. Dieu sait quand j'aurai la chance d'écrire. Nous avons maintenant 370 élèves à l'école et parmi eux, j'en ai 140 à ma charge, répartis dans sept classes différentes, donc le travail est considérable, surtout certains jours où j'ai les sept classes et pas une seule période de libre pour corriger les 140 cahiers. Ça ne me dérangerait pas si seulement les nouveaux élèves étaient au même niveau que nos propres élèves. En ce moment, je fais de mon mieux mais je ne semble pas progresser beaucoup.

Je voulais vous écrire pour vous donner des nouvelles des garçons. Bernard a eu plusieurs aventures à Porto Rico. L'Université Mondiale semble être dans une période de création et d'organisation. Elle n'a pas ses propres locaux permanents. Il est arrivé assez tard dans l'après-midi mais personne de l'organisation n'était là pour l'accueillir donc il est parti de son propre chef pour trouver l'endroit. En arrivant à l'immeuble, il a trouvé que tout était fermé et n'avait aucune idée de l'endroit où se trouvaient les responsables. San Juan est un véritable repaire de voleurs. Le pauvre Bernard est excellent en français, mais il ne savait pas parler espagnol quand il a quitté Saint-Kitts, bien qu'il ait acquis une bonne partie de la langue dans les mois qui ont suivi son arrivée. Il fut accosté par une horde de chauffeurs de taxi qui lui proposèrent de l'emmener où il voulait. Heureusement, c'est un jeune homme sensé et il s'est rendu au poste de police le plus proche où les agents ont communiqué avec l'un de mes amis dont j'avais donné l'adresse à Bernard au dernier moment. Le lendemain, il a été emmené par mon ami auprès d'un fonctionnaire de l'Université Mondiale et il semble que maintenant tout est bien sous contrôle. J'espère seulement qu'il apprendra quelque chose de valable. En tout cas, il assiste à des conférences et il a aussi un emploi qui lui permettra de payer ses frais de subsistance.

Morris est parti pour l'Université de Bangor. J'ai été très triste de le voir partir car il avait l'air si petit et désespéré. Mais il a une forte volonté et je suis sûr qu'il ira bien.

Charles est retourné en Jamaïque, naviguant samedi soir sur le *Federal Palm*. Le voyage coûte 5 £ pour trois jours et trois nuits. Il devrait être arrivé aujourd'hui. J'espère que sa deuxième année à l'Université sera aussi bonne que sa première.

Matthew a enfin obtenu un emploi, donc maintenant il sera en mesure de prendre soin de lui-même. J'ai donné 10 $ (argent des Antilles) à Swanston en guise de prix de votre part. J'espère qu'il sera un bon élève, mais l'environnement dans lequel il vit est horrible. S'il pouvait avoir un foyer décent, il pourrait devenir un membre utile de la société. Je crains beaucoup pour lui. James Connor va bien. En plus d'être un bon élève et un excellent joueur de cricket, il a choisi de jouer au football pour l'école et s'est déjà bien défendu lors du premier match de la saison dans une série de matches pour la Coupe de l'Île. Après vous avoir donné des nouvelles des garçons, je vous souhaite maintenant tout le bonheur et j'espère que vous allez bien. »

« J'ai reçu une lettre de Morris. Il est arrivé sain et sauf à l'Université de Bangor, au Pays de Galles, après un voyage très intéressant et il est maintenant bien installé. Il trouve les choses plutôt étranges, mais est déterminé à tirer le meilleur parti de sa bourse d'étude. Bernard écrit constamment, ce qui pour lui est un exploit. Il a étudié avec diligence et a reçu le poste de rédacteur en chef du journal de l'université. C'est bien sûr son domaine, alors il est très heureux.

Cette lettre n'est pas tant pour vous donner des nouvelles de vos filleuls que pour vous demander des conseils pour moi-même. J'ai tardé longtemps à l'écrire car je ne voulais pas vous déranger parce que je n'ai pas le droit de vous inquiéter avec mes propres affaires. Cependant, connaissant votre infinie gentillesse, je prends cette liberté. Cette question est hors de mon champ de connaissances, mais elle peut vous paraître simple. Savez-vous quelque chose sur les finances sud-américaines ? C'est la question qui me déconcerte. Je vais devoir commencer par le début, et j'espère que vous aurez la patience de lire ceci. Quand j'ai quitté le Chili, j'ai conservé une partie de la propriété de l'école et j'avais en plus quelques biens, la grande maison dans laquelle se trouvait l'école et un petit bungalow à la périphérie de La Serena, qui est une petite maison mais qui est entourée d'un grand terrain et qui est magnifiquement située. Après avoir renouvelé mon contrat, et quand j'ai vu que mes deux petites vieilles dames aimaient Saint-Kitts et y étaient installées très confortablement, j'ai pensé que j'aimerais construire un petit bungalow ici, car ce serait cruel de les déranger, de leur faire plier bagage et de repartir avec elles au Chili ; de plus, le directeur veut que je reste ici aussi longtemps que je le pourrai.

Par conséquent j'ai vendu ma part de l'école au Chili, et au moment de partir j'ai décidé de vendre la maison dans laquelle elle était située pour construire un bungalow ici avec les recettes. Malheureusement, c'était il y a deux ans, juste avant les élections chiliennes. On s'attendait à ce que les communistes soient élus et donc personne ne souhaitait acquérir de biens. J'ai quitté le Chili avant de pouvoir vendre la propriété, laissant la procuration au consul britannique pour vendre la maison s'il en avait l'occasion. Le conseil scolaire a décidé de construire de nouveaux locaux et n'était pas intéressé par l'achat de la propriété, bien qu'elle soit située dans un endroit très approprié, en plein centre, à seulement un pâté de maisons et demie de la place principale. Pour faire court, le consul britannique a finalement trouvé un acheteur et a vendu la maison – pour moins de la moitié de sa valeur. »

Madame ajouta que l'escudo chilien, la monnaie utilisée par l'acheteur, ne pouvait pas être converti légalement en dollars américains et que sa valeur diminuait constamment. Il y avait toutefois la possibilité de convertir l'escudo en dollars sur le marché noir. Elle demanda conseil à Horace.

« Savez-vous ce que l'on peut attendre des finances chiliennes à l'avenir ? Pensez-vous que l'escudo pourrait remonter, ou vous semble-t-il que c'est une affaire désespérée ? Je suis complètement à bout de nerfs. D'un côté, je risque de tout perdre, de l'autre, si je me procure les dollars au marché noir, la somme que je finirai par obtenir suffira tout au plus à un poulailler, car une maison à construire à Saint-Kitts devrait coûter environ 10 000 dollars américains. Qu'en pensez-vous ? Je sais bien que ce que vous pourrez me dire n'est que supposition, mais comme vous avez une grande expérience des finances, vous avez certainement une idée plus claire de ce à quoi on peut s'attendre. Le consul est un homme très honnête et fiable, mais malheureusement, il n'a que très peu de formation financière. En outre, il est assez âgé, plus de 76 ans, (il est consul honoraire), et ne voit peut-être pas les choses très clairement. Je vous en prie, ne pensez pas que je vous demande votre opinion simplement pour avoir quelqu'un à qui faire des reproches par la suite si les choses tournent mal. J'aimerais simplement avoir une opinion franche à ce sujet de la part de quelqu'un qui est capable d'en donner une. Maintenant, si vous préférez ne pas donner votre avis du tout, dites-le simplement, car je ne voudrais pas causer de désagréments.

Notre saison des ouragans semble être enfin terminée, du moins selon le dicton *October - all over*, (Octobre - tout est fini), donc les lampes, volets et autres objets anti-tempête sont rangés. Nous avons eu un peu de pluie, le temps est plus frais et les jardins redeviennent luxuriants et verdoyants. Le travail scolaire se porte également bien, bien qu'il ne semble pas y avoir de fin à cela. Jusqu'à présent, Swanston suit bien la classe et Connor s'en sort à merveille. Votre armée de filleuls va bientôt acquérir une autre recrue - un élève très prometteur. Il est très intelligent, mais, comme la plupart des étudiants, aussi pauvres que Job. »

« Je ne sais rien du Chili et je ne suis donc pas qualifié pour donner des conseils. En conséquence, j'ai envoyé un télégramme à certains banquiers américains à New York et je viens de recevoir leur réponse. En résumé, elle indique que l'escudo chilien fait face à une nouvelle dépréciation substantielle et que le taux bancaire actuel est de 3,40 par dollar américain. En outre, il peut être possible d'obtenir un taux de change de 4,09 par dollar si fait par un courtier.

J'ai beaucoup réfléchi à votre problème et j'ai le regret de dire que je ne trouve pas de solution acceptable. Compte tenu de la situation politique au Chili, c'est dommage que vous ayez vendu la maison et la terre, parce que la propriété aurait été une protection contre la dépréciation de l'escudo. Garder votre argent sur un dépôt fixe, aussi bon soit-il, n'est pas conseillé car cela n'offre aucune protection contre une nouvelle dépréciation de la monnaie.

Si le montant signifie beaucoup pour vous, même si vous perdriez davantage en la vendant sur le marché noir pour obtenir des dollars américains, je vous suggère de le faire, et le plus tôt sera le mieux. En revanche, s'il ne vous semble pas très important, je vous conseille d'investir dans des actions chiliennes, ce qui serait une protection contre la dévaluation de la monnaie chilienne. Je ne sais rien du marché boursier chilien, mais vous pourriez sans doute contacter des courtiers bien connus ou vos banquiers et obtenir leurs conseils. Je regrette de ne pas pouvoir vous donner de conseils concernant l'avenir des finances chiliennes. »

Quatre jours plus tard, Horace reçut un autre télégramme de ses amis de New York et l'envoya promptement à Mme Katzen. Il l'informa que, d'après ce qu'il avait compris, il était possible d'obtenir une licence pour envoyer des escudos chiliens à l'étranger par l'intermédiaire des banques locales, mais il n'y avait aucune garantie que cette licence soit accordée.

« Comment puis-je vous remercier de votre gentillesse et de la peine que vous avez prise pour obtenir toutes ces informations sur les finances chiliennes ? Je n'ai jamais souhaité vous causer autant de problèmes et je regrette tout le travail que je vous ai donné et le temps que vous avez consacré à cette affaire. Votre première lettre datée du 28 octobre a été suivie de la deuxième, toutes deux avec les nouvelles déprimantes sur l'escudo chilien. Heureusement, j'avais déjà décidé de faire face à la perte totale des fonds, donc vos lettres n'ont fait que confirmer mon opinion sur la situation. Il doit vous sembler qu'il était assez stupide de vendre la propriété, mais comme je ne vis pas au Chili actuellement, je ne voyais pas d'autre chose à faire. La grande maison, celle que j'ai vendue, est maintenant vide parce que l'école a déménagé à un autre endroit. C'était impossible de trouver quelqu'un à qui la louer, alors que l'entretien de l'endroit ainsi que l'impôt sur les terrains et les maisons sont tellement élevés que je n'ai tout simplement pas les moyens d'assumer de telles dépenses. Pour vous donner une idée, l'impôt foncier que je dois payer sur ma petite maison est passé de 4 escudos en 1958 à 26 escudos, puis à 58 escudos, et le dernier semestre à 120 escudos. S'il n'y a pas de gardien, tout ce qui est amovible disparaît, car le Chili est plein de gens qui emportent tout dès qu'il y a une chance de le faire sans se faire prendre. Ainsi, en peu de temps, les fenêtres et les portes disparaissent, les robinets et les serrures disparaissent, et même les briques et les tuiles sont emportées mystérieusement. Il est difficile de trouver un gardien honnête. De plus, ils demandent un sacré salaire. J'ai beaucoup de chance d'avoir un bon locataire dans ma petite maison, celle que je garde au cas où je devrais retourner au Chili. C'est un petit cottage confortable, juste deux chambres, salon et salle à manger combinés, et une kitchenette et salle de bain. Il y a un très grand jardin et une belle vue sur la mer d'un côté et les montagnes de l'autre. Il est situé au bord d'un plateau, donc la vue ne peut pas être obstruée. Le loyer, qui est collecté par mon vieil ami le consul, est juste suffisant pour payer toutes les taxes et les réparations, et il ne me reste plus qu'à croiser les doigts et espérer que ces locataires continueront à vivre dans le chalet aussi longtemps que possible.

J'écris à mon ami, le consul, pour vendre les escudos qui sont là en dépôt fixe, quel que soit le taux de change. D'après ce que je vois, si je continue à attendre, il n'y aura rien à obtenir du tout. Je suis intéressée à les vendre parce que, comme je l'ai déjà mentionné, j'ai acquis un petit terrain ici, juste en face de la maison que nous avons louée. Je rêvais de construire un petit cottage dessus. J'ai découvert qu'il y a ici une entreprise de construction qui s'engage à construire une maison pour un acompte égal à un tiers de la valeur totale et le reste est étalé sur un certain nombre d'années, les paiements étant effectués mensuellement. Ces termes sont extrêmement raisonnables et investir dans un bâtiment ici serait beaucoup plus sûr que d'investir dans des actions en Amérique du Sud, au Chili en particulier, où le pourcentage d'hommes d'affaires honnêtes est d'environ 1%. Les perspectives politiques au Chili sont très sombres. Même le petit cottage là-bas pourrait être perdu également, donc je suppose que je devrais commencer à penser à l'avenir et au moins essayer d'avoir un toit au-dessus de ma tête pour mes vieux jours.

Les nouvelles lunettes semblent être très bonnes, au moins elles me facilitent la tâche lorsque je corrige le travail de mes élèves. Cependant, la quantité de travail continue de s'accumuler. Pendant mon séjour en Guadeloupe j'ai essayé d'organiser un petit voyage pour mes étudiants français. La Guadeloupe est très française, et bien qu'on y parle beaucoup de patois, on entend aussi du français pur. Le préfet m'a promis un voyage pour mes étudiants de SaintKitts à la Guadeloupe sur un dragueur de mines de la marine française. Un Mouvement des Jeunes nous laissera utiliser leurs locaux où nous pourrons installer des lits de camp que l'armée française mettra à notre disposition. Maintenant, si seulement je pouvais obtenir le voyage de retour en dragueur de mines, alors je pourrais emmener un groupe car les seules dépenses seront la nourriture. Si tout cela arrive, puis-je prendre quelques-uns de mes étudiants et payer leurs dépenses à partir de vos fonds ? J'aimerais prendre James Connor qui fait d'excellents progrès en terminale, Eddie Walker, un garçon en seconde, également un très bon étudiant mais pas solvable financièrement, et Swanston. Je m'inquiète pour Swanston. Je ne suis pas certaine qu'il réussira sa terminale. Il a seulement 16 ans, ce qui pour Saint-Kitts est très jeune. Il a un don incroyable pour les langues et le travail mécanique. Je veux dire des choses comme la réparation d'appareils électriques et de radios. Si seulement il pouvait être apprenti dans une grande entreprise, je suis sûre qu'il s'avérerait être un travailleur très compétent. Malheureusement, il n'y a qu'une seule firme de ce genre ici et pour le moment ils n'ont pas de place pour lui. Néanmoins, j'essaierai encore plus tard.

Nous avons quelque chose de très intéressant - une véritable exposition agricole et j'espère que cela donnera une impulsion aux petites entreprises privées et profitera à l'économie de l'île. Elle aura lieu demain. Je vous écrirai à ce sujet après y avoir assisté. »

1966

« J'ai reçu une lettre très aimable de votre frère me disant que vous êtes enfin en vacances. Je suis très heureuse d'entendre cela, et j'espère que vous avez passé des vacances reposantes.

Nos vacances, hélas, se terminent aujourd'hui et nous commençons l'école demain matin. Cependant, ce fut une période vraiment agréable pleine de toutes sortes d'aventures. Nous avons eu notre voyage tant attendu en Guadeloupe. Le dragueur de mines, la Croix du Sud, arriva à six heures du matin et mes quinze garçons et quatre filles embarquèrent. Au dernier moment, un des garçons s'est blessé à la main et a dû être emmené à l'hôpital pour les premiers soins, il a bien failli louper le bateau. Heureusement, le capitaine du dragueur a consenti à attendre quelques minutes de plus jusqu'à ce que la vedette du gouvernement le ramène de l'hôpital au milieu des acclamations de ses camarades de classe. Il a fallu douze heures pour atteindre la Guadeloupe, la capitale Pointe-àPitre pour être exact, car bien que la journée ait été magnifique, notre embarcation étant d'un type spécial à fond plat, elle roulait et tanguait tout le long du chemin. Deux des filles avaient le mal de mer. Heureusement, certains des garçons étaient dans la même situation et les filles n'ont pas été trop taquinées. Je devais cependant garder un œil sur deux de mes 'anges' qui, armés de caméras, ont commencé à prendre des photos quand les infortunés étaient tout à fait prêts à se pencher sur la rambarde et à nourrir les poissons. Quand nous étions à mi-chemin, le moteur est tombé en panne, alors nous avons pensé devoir prendre les rames et ramer jusqu'à Pointe-à-Pitre. Heureusement, les ingénieurs ont réussi à faire les réparations et nous avons finalement navigué jusqu'au port où nous avons été accueillis par le préfet et le président de la Maison de Jeunes où nous devions loger. Il s'agit d'une merveilleuse organisation dont le but est d'aider les jeunes défavorisés - ils viennent de terminer la construction d'un bel immeuble de trois étages destinés aux jeunes, où ils pourront vivre, cuisiner des repas simples et mener une vie normale dirigée par des personnes responsables qui sont prêtes à donner de l'argent et du temps pour aider les enfants qui n'ont pas reçu de guidance familiale. Comme j'aurais aimé avoir quelque chose de semblable à Saint-Kitts. Nous en avons grandement besoin ici.

Sur le plan éducatif, le voyage a été un grand succès. Non seulement les enfants parlaient français tout le temps, mais ils se sont liés d'amitié avec des garçons et des filles de leur âge à la Maison des Jeunes. Ils ont également participé à plusieurs fêtes, sont allés dans un lycée où ils ont assisté à quelques classes. Ils ont tout compris. Ils ont participé à un match de football durant lequel nous avons été ignominieusement battus 3 zéro. Cependant, l'expérience la plus précieuse a été l'acquisition de l'amitié et d'une vie de concessions mutuelles où chaque enfant a appris à vivre avec les autres et à accomplir ses devoirs. Les filles faisaient les courses et la cuisine, et les garçons lavaient la vaisselle. Je pense que nous sommes tous revenus plus riches spirituellement, bien que plus pauvres financièrement, car au dernier moment le dragueur de mines s'est complètement effondré et nous avons dû revenir par avion en payant nous-mêmes le voyage. La compagnie aérienne était très bonne et nous a offert un tarif exceptionnellement bas. Après avoir mis en commun toutes nos ressources, nous avons quand même dû payer 1 £ chacun. Ayant emmené six de vos 'filleuls', les dépenses totales s'élevaient à 6 £. J'espère que vous ne considérerez pas cela trop extravagant. J'administrerai les fonds d'une manière très économe à partir de maintenant, bien que le début du semestre signifie toujours des dépenses supplémentaires. S'il vous plaît écrivez-moi et dites-moi si vous considérez que c'était une trop grande dépense. »

« Nous sommes tous enthousiasmés par la visite de la reine dans les îles des Caraïbes, et notre île est sur son itinéraire. Non seulement cela, mais elle viendra dans notre école pendant environ dix minutes. Pendant ces dix minutes, le directeur lui fera une brève visite de notre école. D'autres écoles seront également là pour l'accueillir. Elle plantera un arbre et écoutera la chanson de l'école qui a été composée par Bernard Bryant. Vous pouvez imaginer notre agitation. Toutes les maisons (en particulier celles sur la route qui sera empruntée par la reine), sont repeintes, les routes sont réparées, les murs sont nettoyés, et le gazon planté et arrosé. Le programme 'Nettoyez pour la Reine' est fait avec enthousiasme et notre bâtiment scolaire est également nettoyé et peint de haut en bas. Je crains que personne ne pense aux leçons, bien que nous devions commencer à préparer la passation des examens G.C.E. Cambridge. Mes étudiants sont loin d'être brillants. Le seul qui est bon est Eddie Walker - niveau O - qui est devenu un meilleur étudiant après le voyage en Guadeloupe. David Jones - niveau A - pourrait être un bon élève s'il en avait la force. Malheureusement, des années de malnutrition ne peuvent rester sans conséquences. Accepteriez-vous que je lui donne une petite allocation pour la nourriture et le lait ? Il serait très reconnaissant. Ses frais de scolarité sont payés par la Sucrerie de Saint-Kitts, mais cette organisation ne s'intéresse plus à lui et ne se soucie même pas de savoir à qui l'argent est versé.

Notre administration a changé. Je crains que ce ne soit pas pour le mieux. Jusqu'à présent, nous avons toujours eu un administrateur nommé depuis l'Angleterre. Quand je suis arrivée nous avions un homme très cultivé et charmant, le colonel Howard[15], qui parlait un excellent français et qui était très intéressé par les écoles en général et mon petit club français en particulier. Malheureusement, il a pris sa retraite le mois dernier, et nous avons maintenant un administrateur originaire des Caraïbes. Je peux me tromper, mais je sens déjà un certain relâchement dans les bureaux du gouvernement. On parle beaucoup d'une nouvelle constitution, de l'autonomie gouvernementale. Bien que je comprenne parfaitement que chaque île devrait être ambitieuse et essayer de travailler pour son propre bien, je crains que Saint-Kitts ne soit pas encore prêt pour l'autonomie gouvernementale. Il n'y a pas assez de

---

[15] Howard, Henry Anthony Camillo (1913-1977) journaliste britannique, administrateur
colonial, gouverneur des îles Vierges britanniques (1956-1966)

personnes formées pour diriger un gouvernement et il en résulterait le chaos absolu et le communisme.

En passant, j'ai écrit au consul au Chili au sujet de mes fonds. Vous aviez tout à fait raison. Au cours de cette période l'escudo est tombé encore plus bas, donc je suis entièrement résignée à la perspective de recevoir 500 $ pour ma propriété de 20 000 $. Le consul vient de rentrer au Chili après un voyage de six mois en Angleterre et promet d'échanger les fonds, ce qui doit être fait discrètement sur le marché noir puisque de telles transactions ne sont pas autorisées officiellement.

Mes petites vieilles dames vous remercient pour vos bons vœux pour la nouvelle année. Elles sont très heureuses ici, elles travaillent dans le jardin et cultivent des fleurs et des légumes. Mère a réussi à produire des fraises, un miracle dans la région tropicale de Saint-Kitts. »

« Alors que vous vous préparez dans les Caraïbes pour la visite de la reine, nous nous préparons à Hong Kong pour l'arrivée de la princesse Margaret et de son mari la première semaine de mars pour ouvrir la Semaine Britannique. Un important groupe commercial britannique est en route et des expositions de produits britanniques de toutes sortes seront organisées dans le nouveau terminal maritime en voie d'achèvement ainsi que dans certains des principaux magasins. L'Orchestre Symphonique de Londres et une compagnie théâtrale britannique de premier plan donneront des spectacles et il y aura d'autres attractions pour faire de la Semaine Britannique un succès. »

« Cette semaine a été remplie d'activités de toutes sortes. Il y a les préparatifs et les répétitions habituels pour la visite royale, et comme une sorte de répétition, nous avons eu la visite de toute la flotte française (composée de deux dragueurs de mines), qui a amené le consul français, habituellement stationné à Porto Rico, dans le cadre d'une visite officielle des îles des Caraïbes. Il vient d'arriver de France, un homme très courtois et instruit, mais pas aussi franc que le dernier. Cependant, mon club français était présent en nombre, nous lui avons réservé un accueil formidable et il s'est bien amusé lors de la réunion, chantant et jouant aux cartes avec les étudiants. Les capitaines des dragueurs de mines, qui l'accompagnaient, ont donné aux jeunes une conférence sur la marine française et tous ont dit qu'ils n'avaient jamais rencontré un groupe aussi agréable et intelligent de garçons et de filles. James Connor a récité un poème en français - magnifiquement prononcé - et le consul a été si touché qu'il nous a remerciés au nom de la France pour la merveilleuse façon dont nous avons montré notre appréciation de la langue et de la littérature françaises. Il nous a promis plusieurs abonnements à des magazines français qui seront les bienvenus pour les candidats à l'examen. Deux films français ont également été projetés chez moi grâce à l'Alliance Française de Trinidad. Notre difficulté était d'obtenir un projecteur. L'école en avait un, mais il a été envoyé à Porto Rico pour être réparé en septembre et il n'a pas encore été retourné. Cependant, la sucrerie nous a prêté le leur, une vieille machine antédiluvienne, mais notre Swanston a réussi à la faire fonctionner. Nous avons passé deux soirées des plus agréables à regarder la Côte d'Azur et des films sur la marine, l'armée et l'aviation.

Il y avait aussi autre chose. On ne pouvait pas trouver de travailleurs pour cueillir le coton. Toute la récolte allait être gaspillée, alors nous avons eu une idée brillante et toute l'école est allée aider. En ce qui concerne les résultats, c'était assez négligeable. Mais c'était un beau geste qui a montré aux gens que le travail manuel n'est pas quelque chose dont il faut avoir honte, ce qui est l'idée dominante ici. Je n'avais aucune idée que le coton était si terriblement léger ! Nous avons cueilli et cueilli pendant quatre heures d'affilée et avons réussi à ramasser seulement 495 livres ! C'est probablement la raison pour laquelle ils ne peuvent pas obtenir de travailleurs. Ils les paient 5 cents par livre ! Eh bien, notre entrée dans les champs a certainement créé un grand émoi. J'entends dire que d'autres écoles veulent suivre notre exemple et le gérant de la succession dit qu'il est très reconnaissant. Nous avons l'intention d'y retourner, mais cette fois-ci à 6 heures du matin pour ne pas perdre un autre jour d'école, parce qu'avec ces activités il semble que tout le reste passe au second plan. »

« La reine est venue et repartie. Toute l'île était magnifiquement décorée pour l'accueillir. Il y avait des drapeaux et des bannières volantes partout, des lumières colorées ont été installées, et des arcs érigés le long de la route tout autour de l'île. De merveilleux bouquets ont été préparés, surtout celui qu'on lui a donné à l'école. Nous voulions avoir quelque chose cultivé dans nos propres jardins et avons constitué un panier de gerberas de toutes les couleurs imaginables. C'était assez impressionnant. Les enfants se sont très bien comportés, ont chanté la chanson de l'école et répondu très intelligemment aux questions que la reine leur posait. Un arbre a été planté en son honneur et j'étais très heureuse de ne pas avoir trébuché quand j'ai dû faire la révérence. Nous étions cependant un peu déçus parce que la reine ne souriait presque jamais et n'avait pas l'air aussi amicale que nous l'aurions souhaité. Bien sûr, elle devait être fatiguée, chaque île voulait lui montrer tout un tas de choses et le résultat était un programme des plus chargés sans aucun répit.

Les choses ont été plutôt lamentables à la garden-party à la Résidence du Gouverneur parce que notre nouvel administrateur[16] n'avait absolument aucune idée de la façon d'organiser une réception. L'ancien administrateur[16] qui était un véritable diplomate, courtois et un homme du monde, nous a vraiment manqué. L'actuel gouverneur flottait en arrière-plan dans un costume blanc froissé d'une taille trop grande pour lui. Et puis pour couronner le tout, une rafale soudaine de pluie s'est abattue juste quand la Reine est sortie sur la pelouse et que le groupe commençait à jouer l'hymne national. Comme personne ne pouvait bouger nous étions tous trempés. Heureusement, la pluie n'a duré que quelques minutes et j'ai eu la chance d'être sous un banian. Cependant, cela nous a tous fait rire et a quelque peu soulagé la tension. Sur ces îles tropicales où il peut pleuvoir à tout moment de manière imprévue, les garden-parties sont généralement organisées sous les vérandas, mais il semble qu'ils aient oublié la possibilité de pluie cette fois-ci.

Je vous remercie de l'aide que vous avez accordée à David Jones. Je pense qu'il le mérite. Il y a eu une autre histoire. Un des garçons de seconde, Jan Crosby, a perdu son argent pour les frais d'examen G.C.E. alors qu'il se rendait au Trésor Public pour le payer. Il était absolument affolé parce que les 17 $W. I avaient été économisés petit à petit. Il n'avait pas d'autres fonds et les frais

devaient être payés le jour même. J'espère que vous ne m'en voudrez pas de les avoir payés avec vos fonds. J'ai aussi acheté un bon dictionnaire français pour James Connor qui en avait vraiment besoin. Les autres dépenses sont les allocations

[16] Sir Frederick Albert Phillips, CVO – premier gouverneur noir de Saint-Kitts-NevisAnguilla (1966-1969)
16 Journaliste britannique, administrateur colonial, gouverneur des îles Vierges britanniques (1956-1966)

habituelles pour Charles Archibald, James Connor et David Jones.

Quelles activités étonnantes vous avez à Hong Kong ! J'ai lu un article, ou plutôt une section entière dans le Times qui les décrit. Quel contraste avec notre partie du monde. Saint-Kitts fait face à un avenir très sombre, il me semble. Toute la culture du coton a été complètement perdue. L'école est allée aider une deuxième fois, mais personne d'autre. La semaine dernière, les propriétaires du domaine ont fait un autre appel aux travailleurs, en offrant d'augmenter leur salaire de 1 cent par livre, à condition que le montant cueilli soit supérieur à 25 livres. Mais il n'y a pas eu de réponse. Bien sûr, je sais par expérience qu'il faut beaucoup de temps pour cueillir une livre de coton. Et être payé 6 cents la livre pour cela ne vaut pas la peine. Pourtant, je ne vois pas comment ils peuvent payer plus quand ils obtiennent eux-mêmes 11 cents la livre quand ils la vendent. Félicitations pour avoir découvert un nouveau type d'orchidée. »

« J'espère que vous vous sentez maintenant en forme. La grippe est très dangereuse, et ses séquelles nuisent à la santé. Par conséquent, s'il vous plaît, prenez soin de vous et n'en faites pas trop. Merci de votre sympathie pour ma pauvre *Micifuz*. Elle me manque encore beaucoup ; elle était une compagne si compréhensive.

Je suis très heureuse que vous approuviez l'aide apportée aux divers garçons mentionnés dans ma dernière lettre. J'hésite beaucoup à parler du cas présent, mais je joins la lettre de Charles pour que vous puissiez voir qu'il a vraiment besoin d'aide. Nous savons tous les deux que vous avez tant fait pour lui et que nous ne devrions plus vous déranger. Si j'avais pu venir à son secours, je l'aurais fait mais malheureusement je ne peux pas. Vous voyez dans sa lettre qu'il doit rester en Jamaïque pour les vacances de Pâques parce qu'il n'y a pas de bateau qui revient à temps pour l'ouverture du semestre prochain, et si les étudiants restent à l'Université ils doivent payer leur chambre et leur pension à un coût substantiel, ce que je trouve scandaleux car la moitié d'entre eux peut mal se permettre les dépenses. Il devra payer 18 livres pour la chambre et la pension, et 6 livres supplémentaires pour les livres et les chemises. Ses frais universitaires ont été payés en entier, si vous vous en souvenez, mais les dépenses pendant les vacances ne sont pas comprises dans le total. 24 livres représentent une somme importante et épuisent le fonds, mais d'un autre côté, comme il n'a aucun moyen de payer sa pension et son logement, il semble qu'il ne puisse pas faire grand-chose d'autre. J'espère que vous ne considérerez pas que je dépense l'argent inutilement et imprudemment. Jusqu'à présent Charles a fait d'excellents progrès et si tout va bien devrait obtenir son diplôme à la fin de l'année prochaine. Et comme je l'ai dit, les frais universitaires ont été payés par votre générosité jusqu'à ce moment-là. Vous pouvez voir avec la lettre que son français est maintenant parfait, donc vous pouvez avoir une grande satisfaction à cet égard, et vous pouvez également voir qu'il est très réticent à demander de l'aide. Il le fait parce qu'il n'y a pas d'autre solution. Comme je dois remettre le montant avant la fin du terme, j'espère que vous ne m'en voudrez pas de lui envoyer son chèque tout de suite sans attendre votre réponse. L'argent, ou plutôt son manque, rend la vie misérable. Nous pourrions tous être heureux si nous n'avions pas de soucis financiers perpétuels. Veuillez répondre rapidement et me dire si vous approuvez ou condamnez l'action que j'ai prise. J'attendrai avec impatience votre réponse.

Le semestre prend fin le 1er avril et nous avons tous hâte de prendre nos deux semaines de vacances. La semaine prochaine, nous aurons une journée des sports. Pendant les deux dernières semaines, nous avons eu des épreuves éliminatoires, et vous allez bien rire à ce sujet. Comme nous manquons tellement de personnel j'ai été chargée de certains des évènements. Le saut à la perche notamment ! Alors que je ne connais rien du tout sur le sujet ! Je n'ai jamais pu sauter par-dessus quoi que ce soit dans ma vie, encore moins en saut à la perche. J'ai regardé avec émerveillement ces garçons voler au-dessus de ma tête, puisque la norme était de 8 pieds. Le jour des sports, ils vont généralement jusqu'à 10 pieds 6 pouces, ce que je considère comme assez bien puisque nous n'avons pas d'entraîneur, ils s'entraînent simplement seuls et suivent les instructions des livres. Il est étonnant qu'aucun os ne se brise, en particulier avec le saut en hauteur.

En plus de nos activités régulières, nous formons maintenant six volontaires du Corps de la paix des États-Unis qui se rendront au Nigeria le mois prochain pour enseigner. Ils ont été envoyés ici pour observer nos méthodes parce que les étudiants nigérians passent aussi les examens G.C.E Cambridge aux niveaux O et A comme nous le faisons ici, et parce que les Caraïbes est la région la plus proche des États-Unis où les écoles sont dirigées sur un modèle similaire. Je pense que c'est très bien que ces volontaires du Corps de la paix donnent deux ans de leur vie pour aider les pauvres, et j'espère que nous avons été utiles. Ce sont tous des diplômés universitaires d'universités américaines, mais ils ne connaissent rien à l'enseignement. De plus, le système américain est tellement différent du système britannique qu'il est très difficile pour eux de s'adapter. J'espère qu'ils ne seront pas tous envoyés dans la même école au Nigeria, car cette école risque alors de devenir une école américaine.

La culture de la canne à sucre se porte très bien, bien que la teneur en sucre soit assez faible. Mais la pauvre récolte de coton est absolument perdue. L'avenir ne semble pas brillant parce que notre nouvel administrateur n'est pas du tout intéressé par sa position. Il semble que son souhait était de gérer l'Université en Jamaïque. Par sa formation et son caractère, il serait bien meilleur en tant que directeur d'université qu'en tant qu'administrateur de l'île. On parle beaucoup de lancer une industrie touristique. L'île est belle, mais il n'y a pas un seul bon hôtel qui vaille la peine et je crains qu'aucun touriste ne revienne une deuxième fois ou ne recommande cet endroit à qui que ce soit s'il ne s'y sent pas à l'aise dès le départ. »

« J'ai eu une semaine des plus délicieuses dans le petit cottage sur la plage de *Conaree*, mais le dernier jour j'ai eu une expérience si horrible que je suis encore dévastée. Et je n'ose en parler à personne de peur que mes pauvres petites vieilles n'en entendent parler car cela aurait un effet affligeant sur elles. Le dernier jour de mes vacances, le dimanche, je suis rentrée chez moi pour une brève visite pour m'assurer que mes vieilles dames allaient bien. Puis je suis retournée au cottage, j'ai mis un maillot de bain et je suis allée me baigner. Il y avait beaucoup de gens, alors j'ai décidé d'aller un peu plus bas sur la plage jusqu'à une crique à dix minutes à pied. Il y a un petit lagon peu profond et je me baigne souvent là. La côte fait un virage, donc l'endroit est complètement caché. Quand je suis sortie de la mer, je me suis arrêtée pour ramasser mon sac de plage quand tout d'un coup une chose terrible s'est produite. Un homme m'a attaquée. Je ne peux pas vous dire à quel point c'était horrible. J'étais tellement stupéfaite, tout était si incroyable, inattendu et horrible que pendant un moment je ne pouvais rien faire. Puis j'ai commencé à crier, ce qui n'était d'aucune utilité puisque le ressac au-delà du lagon fait un bruit de tonnerre alors qu'il se brise sur les récifs. Il m'a jetée sur le sable et m'a étranglée. Quels étaient ses motifs ? Je ne sais pas si c'était la haine raciale, le viol, le vol ou simplement le plaisir

de tuer. Mais malgré tous mes efforts, car je réalisais que je me battais pour ma vie, il prenait le dessus sur moi et je savais que dans quelques instants tout serait fini et qu'il me tuerait. C'est le hasard qui m'a sauvée. Un vieux pêcheur est apparu dans la crique et mon agresseur s'est enfui. Si le vieil homme n'était pas apparu j'aurais été assassinée, l'homme aurait pu jeter mon corps dans la lagune et personne ne serait plus sage. Je ne sais pas comment j'ai réussi à retourner au cottage. Le choc fut terrible. La douleur était terrible. Ma gorge était enflée et je pouvais à peine parler. J'ai téléphoné au médecin et il m'a donnée des sédatifs pour que je puisse me ressaisir. Je n'ai rien dit à mes pauvres vieilles dames. Mais le choc moral est si grand que je ne peux toujours pas m'en remettre. J'ai adoré cette île. Maintenant je fuis tout le monde, rien ne sera plus jamais pareil, et c'est si difficile d'agir comme si rien ne s'était passé. Je pense à toute l'aide que vous avez apportée à ces garçons, et soudain, une chose me vient à l'esprit, et si eux aussi devenaient comme cet homme ? Je n'ai pas de mots pour vous dire dans quel état je suis et pourquoi tout cela est arrivé. Je frissonne quand je pense à comment tout cela aurait pu finir. J'ai mentionné l'incident seulement à mon médecin et au directeur. Les deux ont dit : *Es-*
sayez d'oublier, il n'y a rien qui puisse être fait à ce sujet. Certes, rien ne pouvait être fait, je ne le reconnaîtrais même pas si je le revoyais, mais ma vision et ma foi en l'humanité sont brisées.

Je suis désolée de vous avoir infligé tout ça, mais je n'ai pas pu m'en empêcher. Raconter toute l'histoire a en quelque sorte allégé mon fardeau, s'il vous plaît pardonnez-moi de vous ennuyer avec tout cela, mais j'ai été tellement bouleversée et je n'ai personne vers qui me tourner. Au début, j'ai même pensé partir, mais à quoi bon ? D'ailleurs, je dois penser à mes petites vieilles dames, elles ne doivent jamais rien savoir ou soupçonner. Au moins, je peux travailler ici à Saint-Kitts, et mes vieilles dames possèdent une maison confortable. Mais que nous réserve l'avenir si cela se produit maintenant, quelques mois seulement après le départ de l'administrateur blanc ? Lorsque l'île sera autonome, il n'y aura plus aucune sécurité. Écrivez-moi pour me remonter le moral, j'en ai tellement besoin. »

« Votre lettre du 23 avril m'a choqué et j'éprouve beaucoup de sympathie pour vous. Dieu merci, vous en êtes sortie indemne.

Je comprends très bien vos réactions, qui sont tout à fait naturelles. Essayez d'oublier cet horrible événement. Vous ne devez pas juger une race par les péchés d'un fou. Je sais que c'est plus facile à dire qu'à faire, mais vous avez été une telle bénédiction pour tant de jeunes étudiants qu'il serait totalement inacceptable que vous condamniez tout le monde à cause d'un criminel infâme.

Puis-je faire une autre suggestion ? Même si vous aimez nager dans une zone isolée, ne le faites pas ! C'est toujours plus sûr là où il y a d'autres gens, parce que vous pouvez avoir une crampe, ou un courant fort, et pour d'autres raisons c'est plus sûr d'être là où vous pouvez appeler à l'aide et être entendue. Je suis content que vous n'ayez rien dit aux vieilles dames, mais j'espère que vous l'avez dit à la police.

Y a-t-il quelqu'un à Saint-Kitts qui pourrait vous enseigner le jiu-jitsu ? C'est facile à apprendre, cela donne une confiance absolue, et c'est une protection contre les canailles. Je l'ai appris quand j'étais enfant, et bien que je l'ai beaucoup oublié par manque de pratique, je reste convaincu que toutes les filles et les dames devraient l'apprendre pour se protéger. Même si un homme place une arme contre votre dos, il n'a aucune chance contre une personne qui connaît le jiu-jitsu. Ne perdez pas foi en l'humanité. J'espère sincèrement que le temps soulagera votre souffrance mentale. »

« Je vous remercie pour votre lettre très compréhensive et aimable que j'ai reçue il y a quelques jours et pour la deuxième qui est arrivée aujourd'hui. Je ne peux pas dire combien elles ont compté pour moi et combien de courage et de consolation je reçois en les lisant encore et encore. Je reviens lentement à la normale, bien que la souffrance physique et la détresse mentale s'accrochent encore à moi malgré tous mes efforts pour oublier complètement l'expérience horrible. Je me suis plongée dans mon travail à l'école pour ne pas avoir le temps de réfléchir. Au moins, je ne me réveille plus la nuit et je ne revis plus la lutte désespérée. Votre suggestion d'apprendre le jiu-jitsu est excellente, même si j'ai toujours pensé que seuls les jeunes pouvaient maîtriser cet art. Malheureusement, il n'y a personne à Saint-Kitts qui pourrait me l'enseigner, mais je vais me renseigner discrètement et peut-être que je pourrais trouver quelqu'un. Je fais de mon mieux pour oublier ce terrible souvenir, mais je crains de devoir renoncer à mes vacances d'été au cottage de *Conaree*. Ma journée commence à six heures du matin et se termine vers minuit. À l'exception des quelques heures de correction des devoirs après le souper, toutes mes heures de travail sont passées parmi les gens. C'est pourquoi j'aspire à quelques jours de paix absolue, loin de tout bruit, de toute conversation et même de la vue des êtres humains. Et *Conaree* était idéal pour ça. Le cottage est minuscule mais gai, lumineux, et confortable, à seulement 10 minutes en voiture de la maison et il a un téléphone, de sorte que je pouvais garder un contact constant avec les petites vieilles dames. Ça me rend toujours mal à l'aise de les quitter et de partir sur une autre île sans moyen de communication instantanée. Merci encore pour votre gentillesse et votre sympathie, vous ne pouvez imaginer combien vous m'avez aidée à récupérer et à restaurer ma foi en l'humanité.

Un autre garçon a été ajouté à la longue liste de ceux que vous avez aidés - Simon Rawlings. C'est un garçon très sérieux et méritant avec des circonstances assez difficiles. Son père est mort l'année de mon arrivée à Saint-Kitts. Il conduisait un camion qui s'est renversé. Il a été tué sur le coup, laissant sa mère élever neuf enfants. À 13 ans, Simon était l'aîné. C'était très difficile de trouver du travail à Saint-Kitts, alors elle a migré à Saint Thomas où elle travaillait comme domestique. Les enfants sont tous restés avec leur grand-mère qui travaillait sur un domaine. Malgré tout ils parvenaient à vivre parce que la mère leur envoyait régulièrement son salaire. Malheureusement, il y a quelques semaines, elle est tombée malade, empoisonnée par un poisson, et a perdu son emploi. Elle est presque rétablie, mais jusqu'à maintenant, elle n'a pas réussi à trouver un autre emploi.

Je suis maintenant en correspondance avec le nouveau consul général de France par l'intermédiaire duquel j'espère obtenir une bourse pour un cours de vacances d'été en Guadeloupe pour Connor et Jones. Il y a un bon cours organisé par les professeurs de l'Université de Bordeaux qui les aiderait beaucoup dans leurs études. Jones espère passer ses examens de niveau avancé cette année, et s'il réussit, et acquiert une expérience supplémentaire en Guadeloupe, le directeur pourrait le prendre comme apprenti professeur en septembre, ce qui signifierait un emploi fixe pour au moins un an. J'espère qu'il obtiendra le poste. Que le Seigneur vous bénisse, vous garde et vous récompense pour toute votre bonté envers les autres ».

« Nous avons entendu les nouvelles les plus troublantes à la radio au sujet des catastrophes causées par les pluies et les glissements de terrain à Hong Kong. Nous prions tous pour que vous n'ayez pas souffert. Je sais que vous devez être occupé à aider toutes ces personnes malheureuses qui ont perdu leur maison et qui ont tant souffert. J'espère qu'il n'y aura plus de typhons. Il est si déchirant de voir de telles calamités provoquées par les éléments naturels quand on ne sait pas quoi faire pour aider. Nous venons d'avoir notre premier ouragan de l'année, *Alma*, qui a fait beaucoup de dégâts à Cuba. S'il vous plaît, soyez prudent et ne prenez pas de risques en allant dans les zones qui ne sont pas sécurisées »

« Merci pour votre aimable lettre du 25 juin, à laquelle, pour une fois, je peux répondre immédiatement, car le semestre vient de se terminer.

Je regrette que les agriculteurs des nouveaux territoires aient tant souffert. Je sais que vous êtes déjà venu à leur secours, et je suis certaine que tous les efforts sont faits pour les dédommager de leurs pertes et pour qu'ils puissent repartir de zéro. Ils ont vraiment de la chance de vous avoir près d'eux.

Ici, c'est toujours la même chose, bien qu'il y ait eu beaucoup d'activités politiques, des élections sont sur le point d'avoir lieu, l'autonomie gouvernementale sera assumée par la suite, et j'espère seulement que la vie continuera d'être paisible ici. Je ne sais pas si vous me jugerez sage, parce que même si j'ai déjà perdu une maison au Chili, j'ai décidé d'en construire une ici. Il y a quelque temps, j'ai effectué quelques recherches et trouvé un entrepreneur, (il est marchand de meubles et directeur de pompes funèbres !) qui construira une maison avec un petit acompte et répartira le reste sur une période de plusieurs années. J'ai esquissé mon propre plan et lui ai montré. Il l'a apporté à un capitaine à la retraite qui est maintenant un architecte, (les choses sont étranges à Saint-Kitts, n'est-ce pas ?), et cet homme a fait un vrai plan. Le constructeur, Ross, m'a donné une estimation. Étant donné que nous avons reçu des arriérés de salaire, j'en ai maintenant assez pour verser l'acompte initial. Cependant, après avoir calculé le montant total que je devais lui donner, j'ai décidé de faire les choses différemment. Selon lui, en devises des Caraïbes la maison coûterait 18 000 $, mais quand j'aurais fini de la payer, ce serait environ 27 000 $, ce qui semble beaucoup trop, n'est-ce pas ? Donc, j'ai demandé un prêt à une société des plantations de sucres, et s'il est accordé, je pourrai construire la maison pour 18,000 $ en espèces et rembourser la société à un taux raisonnable de 8%. Je peux le faire s'il n'y a pas de changement au ministère de l'Éducation. Le gestionnaire m'a demandé de renouveler mon contrat à la fin de mon contrat actuel, alors maintenant je croise les doigts pour deux choses : l'une est d'obtenir le prêt, et l'autre est que la situation politique reste la même. Mes chères vieilles dames ne rajeunissent pas, et je pense qu'il serait cruel de perturber à nouveau leur vie, de leur faire plier bagages et de les ramener au Chili. Elles aiment être ici, le climat semble leur convenir, et elles sont contentes. D'un autre côté, avec le loyer que je paie, j'aurais déjà pu construire la moitié de la maison pendant ces cinq années, et si nous restons encore cinq ans, il semble que c'est un tel gaspillage pour n'avoir rien à la fin. Pensez-vous que je suis stupide de me lancer dans ce projet ?

Demain, je déménage au cottage à *Conaree*. Vous devez penser que je suis assez bête pour y retourner, mais je ne n'irai probablement pas plus loin que la véranda et je garderai toutes les portes verrouillées. »

« Je remarque que vous avez l'intention de construire une nouvelle maison. Vous me demandez si je pense que vous êtes sage de vous lancer dans ce projet. Personnellement, j'aurais attendu un certain temps pour voir à quoi ressemblera Saint-Kitts sous l'autonomie gouvernementale. Un pays est comme un enfant - en grandissant on fait beaucoup d'erreurs et des décisions imprudentes sont prises.

Si vous décidez de construire, allez directement chez le meilleur architecte, ses honoraires vous coûteront plus, mais sa connaissance vous assurera une maison bien conçue et construite qui ne devrait pas avoir besoin de beaucoup d'entretien. Un entrepreneur inexpérimenté ou qui n'a pas suffisamment de fonds est enclin à lésiner sur les matériaux de construction, à réduire le ciment, etc., avec pour résultat un entretien peut être très coûteux et beaucoup de problèmes. Une autre chose qu'il est nécessaire de se rappeler est qu'un bâtiment coûte toujours plus cher qu'estimé, puis il faut bien sûr acheter des meubles, accessoires, linge, etc., pour la nouvelle maison.

Je suis si heureux d'entendre que vous avez eu de bonnes nouvelles de la Guadeloupe et vous souhaite à tous un moment des plus agréables. Comme c'est gentil de votre part de payer pour le passage de Jones. Bien sûr, je serai ravi de payer pour Connor. Si je peux vous être utile d'une autre manière, n'hésitez pas à le faire selon votre bon jugement. J'espère que vous apprécierez votre séjour à *Conaree*, mais prenez des précautions raisonnables.

Hier, nous avons eu un typhon grave, mais heureusement il a fait beaucoup moins de dégâts que prévu. Deux navires sont entrés en collision dans le port, un s'est échoué, plusieurs maisons se sont effondrées et il y a eu les glissements de terrain habituels, etc., mais une seule personne a été tuée par un arbre qui tombait. Avec tous mes vœux. »

« Il y a dix jours je m'apprêtais à vous écrire parce que j'avais des bonnes nouvelles et voulais les partager avec vous, et soudain Mère est tombée gravement malade. Pendant deux jours, nous avons pensé qu'elle ne se remettrait jamais. Maintenant, après sa dernière visite, le médecin pense qu'elle sera bientôt sortie d'affaire, et que si aucune complication ne survient, avec de bonnes infirmières et de bons soins, elle devrait être hors de tout danger dans quelques jours. Il pense que c'était un petit caillot dans un vaisseau sanguin qui avait causé une inflammation suivie d'une terrible infection. Tout le processus s'est accompagné de douleurs atroces et de température. Depuis vendredi, sa température a baissé, bien qu'elle fluctue encore autour de 100, mais les douleurs ont heureusement diminué. Elle est maintenant tout à fait consciente et commence à s'intéresser aux choses autour d'elle - bien qu'elle se fâche très facilement, mais je considère que c'est un bon signe. Ça montre qu'elle va mieux et qu'elle veut tout avoir à sa façon. Je ne peux pas vous dire à quel point j'étais inquiète, mais maintenant, une fois que j'aurai rattrapé le sommeil perdu, j'espère que tout ira bien à nouveau. Elle ne tolérera pas une infirmière, sauf quand des analyses de sang et des injections devront être effectuées, et la pauvre petite a des marques d'aiguille sur tout le corps. Heureusement, le médecin réduit le nombre d'injections. Cependant, je suis avec elle presque tout le temps. Elle dort maintenant, donc je peux enfin vous écrire.

La première bonne nouvelle, c'est que le consul général m'a finalement donné les trois bourses qu'il avait promises. Par conséquent, Jones, Connor et Morgan - un autre de mes étudiants défavorisés - peuvent profiter pleinement des avantages d'un cours de six semaines et passer ce temps dans des conditions merveilleuses, en ayant un logement confortable, une bonne nourriture et en recevant non seulement des connaissances académiques mais en acquérant toutes sortes d'expériences et d'informations générales. Deux filles, qui peuvent payer leur voyage elles-mêmes, y sont également allées. Je voulais y aller pour un cours de trois semaines à destination des enseignants sur la littérature contemporaine donné par ces mêmes professeurs de l'université de Bordeaux. Ici à SaintKitts il n'y a aucune possibilité de glaner des nouvelles de ce qui se passe dans le monde littéraire. Il y a maintenant un service aérien très pratique entre Saint-Kitts et la Guadeloupe et l'aller-retour peut être fait en quelques heures. Cela m'a permis de laisser Mère aux soins d'une infirmière pendant un certain temps et d'emmener moi-même les garçons et les filles en Guadeloupe. J'étais de retour avant que maman ne réalise que j'étais partie. Le médecin lui avait fait une injection, alors elle a dormi pendant mon absence. Il m'avait assuré qu'il n'y avait aucun danger à la laisser pendant quelques heures puisqu'il était là tout le temps.

Maintenant, ma deuxième nouvelle. Wade Plantations m'a donné le prêt et je peux commencer à construire la maison. Cependant, j'ai rencontré quelques difficultés. Alors que je traitais avec l'architecte et le constructeur à l'oral, tout semblait aller pour le mieux, mais lorsque j'ai insisté pour obtenir un contrat en bonne et due forme, rédigé légalement et précisant tous les détails du bâtiment, l'entrepreneur a semblé réticent à le signer. Cela me rend plus déterminée que jamais à avoir un tel document parce que je ne me lancerai certainement pas dans ce projet sans une sécurité suffisante. Aujourd'hui, c'est le jour des élections à Saint-Kitts, donc l'entrepreneur qui était censé signer le contrat samedi, ce qu'il n'a pas fait, en disant qu'il le ferait aujourd'hui, l'a encore reporté à demain. J'espère que nous pourrons alors nous entendre. Ce soir, nous saurons à quel genre de gouvernement nous pouvons nous attendre pour les cinq prochaines années. J'espère qu'il n'y aura pas de tendance communiste. »

« La construction de la maison va très bien. Le toit est terminé, tous les murs sont plâtrés à l'extérieur et à l'intérieur, le plafond est en place, les électriciens et les plombiers ont presque terminé leur partie, donc l'architecte et le constructeur disent tous les deux que dans quatre semaines nous pourrions emménager. Mes petites vieilles ont pleins de projets et surveillent l'immeuble toute la journée. Mes garçons français

et espagnols ont bien sûr envahi tout le bâtiment et attendent avec impatience les réunions dans la grande salle qui est spécialement destinée aux clubs de langue. Heureusement, l'ouragan Inez nous a contournés au dernier moment.
J'espère que Judith a été le dernier de la saison et qu'il n'y aura plus de souffrances infligées à ces pauvres îles. »

« Je suis sûre que vous devez me trouver très ingrate de ne pas avoir écrit pendant si longtemps, mais connaissant votre bonté de cœur, j'espère que vous me pardonnerez. Deux semaines avant la fin du semestre, notre directeur est tombé malade et nous avons tous dû faire beaucoup de travail supplémentaire, dont certains étaient très amusants - aucun membre du personnel n'avait assez de courage pour se charger des prières et de l'assemblée au début de son absence, donc pour la première fois dans l'histoire de l'école, ces tâches ont été effectuées par une simple femme - moi. Ensuite, nous avons dû préparer le calendrier des examens de fin d'année, mais le pire, c'est que nous avons eu le discours du soir et la pièce de théâtre de l'école deux jours plus tard, sans directeur. J'ai formé les garçons à organiser la remise des prix, car j'étais préoccupée par la présence de l'administrateur de l'île. Je n'ai jamais rencontré un homme avec qui il est si difficile de parler. Toutes ses réponses étaient des monosyllabes, 'oui' et 'non'. Cependant, en dehors de la fille qui a joué deux fois l'hymne national au piano, tout s'est bien passé. Le directeur est encore malade. Personne ne sait combien de temps son congé durera. Il est sous sédation. Le rapport indique que son trouble est psychologique, ce qui ne semble pas très optimiste. Le nouveau semestre commence dans exactement une semaine et les rapports pour le dernier semestre n'ont pas encore été envoyés car le directeur n'a pas pu les signer.

Tous ces problèmes à l'école ont été compensés par le grand bonheur de s'installer dans notre nouvelle maison. Le constructeur a exécuté son contrat fidèlement, ne dépensant pas un seul centime au-dessus du montant convenu et complétant la construction en 15 semaines. Nous en profitons énormément. C'est confortable, et le plan s'est avéré très pratique. Les petites vieilles dames n'ont pas besoin de monter d'escaliers. Leur espace est au rez-de-chaussée, tandis que j'apprécie ma belle vue un étage au-dessus. Une vue si belle que je suis tout à fait satisfaite à l'idée de rembourser le prêt. Je ne le regrette pas du tout, même s'il me faudra des années et des années pour le faire.

Tout le monde était très gentil, et le jour où j'ai voulu déménager, huit de mes étudiants les plus fidèles 'Français' et 'Espagnols' sont apparus de leur propre gré et ont aidé à déplacer tous les meubles, y compris le piano et les caisses de vaisselle, sans rien casser, ni même égratigner la nouvelle peinture. Tout cela avec des blagues, des chansons et de la bonne humeur, et en parlant français et espagnol tout du long. La classe métallurgique à l'école m'a fait un beau portail et cela donne la touche finale à la maison. Le jardin commence à fleurir. Aujourd'hui, j'ai acheté des roses hollandaises pour Mère et vingt petits poussins blancs pour ma tante. Elles sont toutes les deux très heureuses. »

1967

« Comment puis-je vous remercier de votre gentillesse ? Vous faites déjà beaucoup pour moi et vous me permettez d'aider tous ces pauvres garçons, et maintenant vous m'envoyez un cadeau si généreux. C'est si embarrassant de recevoir autant de vous et de ne pas pouvoir donner quoi que ce soit en retour, sauf des prières sincères pour votre bonheur et des vœux fervents pour votre bienêtre. Vous ne pouvez pas imaginer combien nous tous ici apprécions tout ce que vous faites.

Combien nous sommes reconnaissants ! Nous vous tenons en grande estime et nous avons une grande affection pour vous. Le cadeau que nous avons l'intention d'acquérir grâce à vous est quelque chose que nous avons toujours désiré mais que nous n'avons pas pu avoir. Maman en particulier l'a toujours voulu. C'est un de ces appareils électriques pour la cuisine qui fait tout le travail à votre place, qui hache, mélange, liquéfie, fait de la pâte et en général fait tout. Comme nous l'utiliserons tous les jours, nous nous souviendrons toujours de vous. Non pas que nous ayons besoin d'un tel objet pour penser à vous, vous êtes toujours dans nos pensées. Alors vous voyez à quel point je suis égoïste en acceptant ce cadeau ?

Je joins quelques photos de la maison. Le jardin commence à ressembler à un jardin. Il n'y a que quelques rosiers et les bougainvilliers mauves, mais depuis que la photo a été prise il y a déjà une grande amélioration, nous avons ajouté des rosiers devant la maison et il y a des gerberas et des tubéreuses sur les côtés. Le potager à l'arrière de la maison progresse très favorablement, avec des laitues qui sont déjà à un stade comestible, tomates, aubergines, poivrons et chou chinois. Les choses poussent ici à une vitesse incroyable. Nous avons également des poires alligators, des mangues, des bananes, des citrons verts et jaunes et des papayers que nous avons plantés il y a trois ans. Il y a aussi des pommes sucrées et un arbre à pain que vous pouvez voir sur l'autre photo. La troisième photo représente les célèbres portes avec l'un des jeunes hommes qui a aidé à les faire.

La maison est extrêmement confortable. Les vieilles dames ont leur chambre au rez-de-chaussée et ma chambre est à l'étage avec une vue plus que merveilleuse. J'aimerais que vous puissiez visiter notre île. Je serais si heureuse de vous montrer tout ce qui se trouve ici, y compris la maison.

Les choses sont encore très perturbées à l'école. Le directeur ne va pas mieux, il n'est pas venu pour l'ouverture du semestre. Il est venu à l'école deux fois, mais il n'a rencontré aucun membre du personnel ou des élèves, et le médecin semble penser qu'il est au bord d'une dépression nerveuse, sinon au milieu d'une crise. Je dirige l'assemblée du matin presque tous les jours, et les élèves répondent très bien. L'un des préfets lit une partie de la Bible, puis je les guide dans les prières, un hymne suit, puis une autre prière et puis je donne toutes les annonces, etc. Les garçons se comportent très bien quand je suis là, mais malheureusement, ils ne le font pas avec les autres membres du personnel, et peu à peu la discipline se détériore. Si j'avais l'autorité, c'est-à-dire si j'étais nommée officiellement pour remplacer le directeur jusqu'à ce qu'il aille mieux, je suis sûre que nous nous entendrions bien, mais comme c'est une école de garçons, le ministère n'approuve pas qu'une femme effectue ce travail, par conséquent, nous continuons sans le principal ni une personne responsable pour le remplacer. Cela me chagrine beaucoup, car peu importe les bonnes qualités que les garçons peuvent avoir, ils sont encore des enfants et doivent être guidés.

Il y a une bonne nouvelle. J'ai parlé avec toutes les personnes possibles au ministère de l'Éducation, et je suis très heureuse de vous dire que j'ai au moins réussi à faire transférer Eddie Walker dans une bonne école. L'école Secondaire de Basseterre, où il pourra enseigner l'espagnol et avoir une chance d'obtenir de l'aide du gouvernement plus tard pour des études supérieures.

Mon contrat se termine en avril et le gouvernement veut le renouveler, ce que je suis très heureuse de faire, car je ne voudrais pas que mes pauvres petites vieilles retournent au Chili. Néanmoins, je ne partirai pas en congé avant juin, c'est-à-dire, jusqu'à ce que les examens G.C.E soient terminés, parce que je crains de laisser mes garçons sans superviser personnellement leurs études. Après les examens G.C.E. je serai en congé pendant trois mois. Je pense à réaliser un vieux rêve chéri d'aller en Angleterre, en France et en Espagne, mais il n'y a qu'un problème. Je crains tellement de quitter les petites vieilles dames. Elles sont si fragiles, et je n'aurais jamais un voyage tranquille en pensant à toutes les choses terribles qui peuvent arriver pendant mon absence. Votre travail agricole semble très intéressant. Et l'atmosphère actuelle semble très intrigante. L'origine de Hong Kong est-elle volcanique ? Combien vos agriculteurs doivent être reconnaissants de toute l'aide que vous leur donnez. »

« Heureusement, nous avons maintenant un directeur par intérim, un homme agréable à côtoyer, pas très responsable mais tout à fait prêt à recevoir des conseils, et comme les jeunes du personnel sont presque tous d'anciens élèves, et que les préfets sont prêts à faire leur part, la discipline s'est améliorée et les choses reviennent à la normale. Encore une semaine ou deux, et je pense que nous serons heureux à nouveau. Malheureusement, le 9 février, il y a un match de cricket. La Barbade contre les îles Sous-le-Vent. Le parc où se joue le jeu est adjacent à l'école, il sera donc assez difficile d'enseigner. Le gouvernement a sagement déclaré que le premier jour du match sera un jour férié. Le troisième jour est un samedi, alors nous n'aurons que le vendredi à craindre. C'est si bon de tout remettre en ordre. J'espère que notre Principal aura un autre mois de congé maladie. Je suis sûre que ce sera dans l'intérêt de tous, y compris le sien. Il est maintenant à la Barbade, où il a de la famille. Il est né sur cette île ; c'est probablement le meilleur endroit pour se rétablir. Que se passe-t-il exactement en Chine ? Je ne comprends pas du tout. Il semble y avoir une révolution massive en cours, et nous n'avions aucune idée que le régime de Mao risquait d'être renversé - et pourtant, selon les émissions de la BBC, des provinces entières étaient contre lui, et les nouvelles ressemblaient beaucoup à une guerre civile. La chose étrange est que Mao lui-même ne semble pas donner d'ordres discrets ou des émissions. J'espère sincèrement que cette situation ne touche pas Hong Kong. Nous sommes très inquiets pour vous. Est-ce que ça va ?

Nous devenons de plus en plus friandes de notre maison chaque jour, et malgré le vent, le jardin commence à être magnifique. Il est vrai que Mère a érigé un écran de tissu blanc autour de chaque rose, ou du moins sur trois côtés, pour les protéger du vent, et l'effet général est celui d'une flottille de petits voiliers, mais les résultats sont certainement encourageants. Hier, nous avons cueilli la première rose Crimson Glory, et elle porte bien son nom. Très grande, comme du velours rouge, à la teinte douce et sombre, et magnifiquement parfumée. Les bougainvilliers se portent très bien aussi, surtout le pourpre profond, mais le jaune et le rose saumon commencent aussi à fleurir. Les hibiscus rose et rouge se sont également ouverts, et nous avons eu dix tubéreuses qui fleurissaient en même temps.

Nous sommes impatientes de recevoir votre mixeur parce que, Saint-Kitts étant un si petit endroit, ils n'ont pas de tels appareils en stock, mais notre agent Philips local en a commandé un pour nous. Nous en profiterons encore plus quand il arrivera. Merci ! »

« Comme je l'ai dit dans une carte postale de Nevis, j'ai la grande joie d'avoir ma vieille amie Jane Ying ici pour une visite. Nous étions si heureuses de nous revoir après toutes ces années. Les premiers jours nous avons tant parlé que nous avons toutes les deux développé une laryngite. Il y avait tellement de choses à se rappeler, tellement de choses qui se sont passées depuis notre dernière rencontre que nous avons parlé jusqu'au coucher du soleil. Jane a bien sûr changé - comme nous tous - mais nous nous entendons toujours aussi bien qu'avant. Elle était ravie de l'île, je l'ai emmenée dans tous les endroits, et après avoir regardé tous les avantages et les inconvénients, elle a décidé qu'elle adorerait prendre sa retraite ici. Ce serait merveilleux, bien sûr. Nous sommes toutes les deux dans la même situation en ce qui concerne les liens familiaux. Mon fils a suivi son chemin, les deux siens suivront également le leur, et même si je m'efforce de ne jamais y penser, il y aura un moment où mes chères petites vieilles dames me quitteront, et je n'aurai vraiment plus personne. Ce serait merveilleux si elle déménageait ici. Bien sûr, nous sommes toutes les deux trop indépendantes pour vivre dans la même maison, donc nous avons été partout sur l'île à la recherche de terres où elle pourrait construire sa propre maison.

Elle pourra prendre sa retraite et ne plus travailler. Malheureusement je ne suis pas dans la même catégorie, mais quand je ne pourrai plus continuer comme enseignante, nous avons pensé à nous lancer dans une petite entreprise commerciale. Saint-Kitts manque tellement de commodités, et si les touristes étaient attirés par l'île, je pensais à un petit salon de thé. Il n'y en a pas ici, et même si cela peut vous surprendre, je suis une bonne cuisinière. Ou du moins c'est ce que pensent mes amis, et je suis sûre qu'avec Jane se chargeant du côté administratif et saluant les clients avec son charmant sourire, et moi faisant les gâteaux et les sandwichs, nous devrions avoir un partenariat réussi. J'ai une certaine expérience dans le domaine du thé, car je suis toujours responsable de ce genre de fonctions ici, et nous aurions une entreprise à petite échelle, afin de pouvoir tout faire nous-mêmes, à l'exception du lavage de la vaisselle, du service et du nettoyage. Que pensez-vous de ce projet ? »

« J'espère que vous avez fait un bon voyage d'affaires, mais j'espère aussi que ce fut également un voyage gai et heureux avec beaucoup de repos et de détente. Je regrette seulement que, puisque vous étiez parti de Hong Kong, vous ne soyez pas venu nous voir ; aussi, que si vous étiez parti un peu plus tard, en juillet, j'aurais peut-être eu le grand bonheur de vous rencontrer quelque part en Europe. Si tout se passe bien, je serai en congé à la fin du mois de juin. Je ne sais toujours pas exactement quand. Je ne veux pas voyager par avion, et comme je n'aime pas les navires à passagers, j'ai réservé mon passage sur un bananier français de la Compagnie Générale Transatlantique qui est censé quitter Pointe-àPitre, Guadeloupe et aller à Dieppe ou Rouen. Cependant, avec le manque de précision caractéristique des Français, je ne sais toujours pas quand je navigue, ni le nom du navire. Le seul nuage noir est la perspective de quitter mes pauvres vieilles dames. Je déteste faire ça, et pourtant je sais que j'ai vraiment besoin de repos, d'une pause et d'un changement complet parce que l'année qui vient sera la plus difficile. »

« Que se passe-t-il à Hong Kong ? Je suis très inquiète de la situation et je crains qu'elle ne vous affecte. J'espère que vous êtes toujours en Europe, mais, bien sûr, tôt ou tard, vous reviendrez. Est-il sûr pour vous d'y être ? Ici, à Saint-Kitts, il y a encore du calme et de la paix, mais de nos jours on ne peut pas se porter garant de l'avenir. Il semble que les gouvernements de tous les petits États des Caraïbes commencent à voir que la liberté n'est pas si attrayante après tout. Et si l'Angleterre rejoignait le Marché Commun et cessait d'acquérir du sucre des Antilles ? Le statut colonial était bien meilleur. À mon avis, nos petites îles sont trop petites pour être entièrement indépendantes. Une fédération serait la seule solution, mais il y a trop de mesquinerie pour que tous s'entendent.

Il devient de plus en plus difficile de faire face au problème de la discipline à l'école. Le directeur commence à réaliser que la discipline interne n'est bonne qu'en théorie mais pas en pratique, donc nous sommes tous très heureux qu'il ne reste qu'un mois d'école. Je serai en congé le 21 juin, mais je ne sais pas encore si et quand je partirai en voyage en Europe. »

Alors qu'Horace voyageait à l'étranger, Lawrence répondit au nom de son frère.

« Horace et Michael sont encore à l'étranger, mais ils s'attendent à revenir vers la fin de la semaine prochaine. Je comprends votre situation difficile concernant les quatre garçons que vous aimeriez envoyer en Guadeloupe pour des études supérieures. Dans toutes les circonstances, je suis sûr qu'Horace serait très heureux que vous utilisiez votre bon jugement pour affecter de l'argent du fonds au paiement de leur voyage. Par ailleurs, j'ai lu récemment qu'il y avait des émeutes (mai 1967) en Guadeloupe. Même là, ils semblent incapables d'échapper à l'agitation générale actuelle. On se demande vraiment ce qui va arriver au monde. La situation au Moyen-Orient est peut-être la plus dangereuse, suivie de près par le Vietnam.

Ici, heureusement, les conditions semblent revenir à la normale, mais il ne fait aucun doute que les émeutes ont créé une atmosphère d'incertitude qui nuira à l'image de la colonie, et qui pourrait bien retarder ou même empêcher la mise en œuvre de nouveaux projets qui sont si grandement nécessaires pour maintenir notre main-d'œuvre employée.

S'il y a une leçon à tirer, il semblerait qu'elle réside dans la promotion d'une relation plus étroite entre la direction et les employés. Aujourd'hui, il faut expliquer aux travailleurs les raisons qui régissent leur emploi - que les salaires doivent être limités par la capacité de vendre les biens qu'ils fabriquent en concurrence avec d'autres et à un profit raisonnable. »

« Merci beaucoup pour vos deux aimables lettres. C'était vraiment très gentil de votre part d'écrire, et je vous en suis très reconnaissante. J'aurais dû vous remercier avant, mais j'étais terriblement pressée. Juste après la pièce, qui s'est avérée être un grand succès, nous avons eu quelques-uns de nos examens scolaires, les miens pour être exact, car comme je pars en congé dans quinze jours, je veux que tout soit en ordre et sans détails en suspens nul part. Nous sommes sur le point d'avoir nos examens de niveau O et A G.C.E, comme ils les ont sans doute aussi à Hong Kong.

J'espère que la situation au Moyen-Orient sera bientôt réglée puisque l'Égypte a enfin accepté le cessez-le-feu. Il y a eu tant de tragédies, tant de morts terribles qui ne représentent qu'une perte insensée et des sacrifices inutiles. Nous pleurons pour ces pauvres gens, et pourtant, la situation étant si précaire même ici, nous ne savons pas quand nos pauvres petites îles pourraient connaître le même sort de conflits et de troubles. J'espère que votre frère n'est pas près des zones dangereuses et que la situation à Hong Kong est sous contrôle.

J'ai été extrêmement chanceuse : le Consul Général de France à Porto Rico m'a donné une bourse pour l'un des garçons, et notre gouvernement local m'en a promis deux de plus pour un cours en Guadeloupe enseigné par des professeurs de français pendant l'été. J'essaie maintenant de recueillir des fonds pour un autre garçon, et une autre somme pour payer leur voyage jusqu'à l'île française. Si je ne parviens pas à obtenir la totalité de la somme demandée, j'espère que votre frère ne m'en voudra pas de la compléter par des fonds qu'il a généreusement envoyés pour mes pauvres garçons sans abri. Il est difficile d'imaginer dans quelles circonstances misérables certains d'entre eux vivent. Je vous remercie encore une fois et je vous souhaite bonne chance, ainsi qu'à votre famille et à votre frère. »

« Je viens de rentrer à Hong Kong et j'ai trouvé vos lettres de bienvenue des 10 et 22 mai qui m'attendaient. J'ai voyagé en Europe pour les affaires, mais j'ai réussi à visiter les célèbres jardins Koekenhoff, l'exposition florale de Winsley[17]. Les fleurs étaient toutes à leur meilleur et c'était quelque chose à ne pas manquer.

J'étais inquiet de lire dans les journaux, juste avant mon retour, qu'il y avait des émeutes en Guadeloupe. J'espère que tout va bien à Saint-Kitts. Hong Kong a connu de nombreux problèmes. Des agitateurs communistes ont soudoyé des milliers de jeunes, dont de nombreux écoliers, pour provoquer des troubles. En utilisant des haut-parleurs stéréo, ils ont encouragé la foule à combattre la police et en même temps demandé que la police se retourne contre les Britanniques. Mais la police a tenu bon et a réussi à contrôler les émeutiers. Les Chinois plus âgés et les Européens ont estimé que la police avait effectué un travail merveilleux, et un fonds pour l'éducation des enfants de la police a été commencé, souscrit en grande partie par les Chinois. Cela semble avoir agacé les dirigeants communistes qui ont perdu la face, alors ils essaient maintenant de provoquer des grèves dans toutes les industries. Cependant, je suis convaincu que la situation est sous contrôle et que tout ira bien. Bien sûr, la confiance dans la colonie a été ébranlée et il nous faudra beaucoup de temps pour nous en remettre.

Quel dommage que nous n'ayons pas pu nous voir en Europe ! J'espère que vous apprécierez pleinement votre voyage là-bas. À cette époque de l'année le temps devrait être

---

[17] Le jardin de la Royal Horticultural Society à Winsley

excellent, et bien sûr il y a de nombreux merveilleux musées, spectacles, etc. à voir.

Je suis ravi que vous ayez donné 200 £ à Karina Hudson. Si elle a besoin de plus pour la troisième année, je vous laisse juger et faire ce que vous pensez être le mieux. Vous avez le don de dépenser l'argent là où il est le plus nécessaire. Je suis d'accord avec vous que c'est dommage que Charles ne soit pas allé en France. Cela aurait élargi ses perspectives.

Félicitations chaleureuses pour le succès de vos élèves aux examens oraux de français. Vous mentionnez que quatre garçons se sont très bien débrouillés et que l'un d'eux bénéficiera de la bourse présentée par le consul général de France. Il est en effet regrettable que les trois autres ne disposent pas de fonds suffisants pour aller en Guadeloupe. J'espère que votre gouvernement répondra à votre appel. Combien coûterait leur voyage ? Vous pouvez certainement utiliser une partie des fonds pour le payer, mais qu'en est-il des autres dépenses, c'est-à-dire les frais de scolarité, la pension, l'hébergement, etc. ?

Je regrette que vous ayez tant de difficulté à faire face au problème de la discipline à l'école. Les jeunes du monde entier croient tout savoir et ne se rendent pas compte qu'il faut se donner les moyens pour acquérir de l'expérience.

Je vous prie de transmettre mes meilleurs vœux aux petites vieilles dames. J'espère que vous vous portez bien et que vous apprécierez vos vacances bien méritées. »

« C'est bon de savoir que vous êtes de retour, et j'espère qu'il n'y a plus de problèmes à Hong Kong. J'étais très préoccupée par la situation là-bas et par les répercussions que cela pourrait avoir sur votre sécurité.

Il y a des problèmes ici aussi. Ce n'est pas aussi grave que votre situation[18] à Hong Kong, mais il y a eu des fusillades et plusieurs personnes ont été détenues et d'autres ont été arrêtées. Cependant, parce que nous vivons sur une île, nous semblons être moins bien informés que les gens à l'étranger. Personne ne sait avec certitude ce qui s'est passé - certains disent que le gouvernement a organisé toute l'attaque, et que la police a tiré sur leur propre bâtiment pour créer l'apparence d'une émeute, puis a blâmé les dirigeants de l'opposition pour les arrêter. D'autres disent que c'est l'opposition, et une troisième opinion déclare que les gens d'Anguilla sont derrière l'affaire.

Cependant, pour le moment tout semble calme, et mes petites vieilles dames ont insisté pour que je parte. Tout le monde a pro-mis de s'occuper d'elles, mais c'est avec le cœur lourd que j'ai quitté la maison. Si je n'avais pas eu un tel besoin désespéré de repos, je ne les aurais pas écoutées, mais je sais que si je ne fais pas une pause maintenant, je risque de tomber en panne. Je pars pour deux mois. James Connor dormira à la maison pendant mon absence, et j'ai prévu et planifié toutes les éventualités.

Merci pour votre générosité habituelle. Notre gouvernement m'a donné une bourse pour l'un de mes garçons et j'ai supplié le grand public de m'en donner une autre. Avec votre aimable bénédiction, j'ai payé les frais de voyage des trois garçons – 9 £ chacun, aller-retour. Je suis désolée de ne pas avoir pu prendre de congé lorsque vous étiez en Europe. Je ne peux pas vous dire à quel point j'aurais été heureuse de vous voir. Je vous écrirai encore une fois quand je serai à bord du navire demain en Guadeloupe. Merci pour tout. »

---

[18] Madame Katzen a inclus un article de journal dans sa lettre.

Deux semaines plus tard, Madame Katzen s'envola pour la Guadeloupe et monta à bord du *SS Sougueta* pour commencer ses vacances transatlantiques.

« Nous sommes censés atteindre Dieppe à 16 h. Jusqu'à présent, ce fut un très bon voyage. J'ai eu quelques réticences quand j'ai vu ce navire. Il est si petit, juste 2800 tonnes, et si bas dans l'eau qu'on n'a pas besoin d'une passerelle pour embarquer, juste d'une petite planche pour passer du quai au pont. J'avais une cabine très grande, mais très spartiate, pas de tapis ou de fauteuils moelleux, un lit superposé à l'ancienne vissé au sol, la table également fixée au sol, un lavabo très ancien avec des robinets en métal. Les deux seules chaises avaient des chaînes qui les fixaient au sol. Pas un endroit très gai. Les escaliers sont extrêmement raides et étroits, et les seuils sont d'un pied de haut. J'y ai cogné mes tibias plusieurs fois. Pour nous remonter le moral, le capitaine décida de procéder à des exercices d'abandon du navire avant notre départ de la Guadeloupe. Nous avons tous enfilé nos gilets de sauvetage et nous sommes alignés devant les canots de sauvetage. Il n'y en a que deux pour tout le navire, donc il vaut mieux arriver tôt. L'équipage était le plus voyou que j'aie jamais vu. Après l'exercice, le capitaine a donné à chacun de nous un biscuit de marin pour bonne conduite. Quoi qu'il en soit, ils avaient le goût de moisi alors j'ai jeté le mien par-dessus bord dès que personne ne regardait. Il n'y avait que cinq autres passagers, dont deux qu'on ne voyait jamais parce qu'ils avaient le mal de mer tout le temps. Les autres étaient très français. Ils émiettaient du pain dans leur café et leur soupe, mangeaient des pommes de terre frites et de la laitue avec leurs doigts et du fromage avec leurs couteaux. Mais à part ça, ils étaient plutôt sympathiques. Le navire est étonnamment propre et bien rangé, une chose très étrange pour un navire français, et un bateau pour transporter des bananes en plus. Il n'appartient pas à la Compagnie Générale Transatlantique, il est seulement affrété par eux. La nourriture est excellente, et pour la première fois depuis des années j'ai eu tout le sommeil que je voulais.

Quand je suis arrivée à Pointe-à-Pitre, je suis allée à l'École Normale pour prendre les dispositions finales pour les garçons : Swanston, Sargeant, Jones et Perkins. Le premier reçoit une bourse du Consul général de France à Porto Rico, Sargeant et Jones reçoivent l'aide du gouvernement de Saint-Kitts, et nous sommes parvenus à lever les fonds nécessaires pour Perkins grâce à la pièce que nous avons mise en scène. J'espère que ça ne vous dérange pas. J'ai dû prendre un peu d'argent sur les fonds pour leur voyage parce qu'ils n'en avaient pas assez, et j'ai également donné de l'aide à Eddie Walker (si vous vous souvenez de lui, mon très brillant étudiant français et espagnol qui a dû d'abandonner l'école pour aller travailler). Il a réussi à obtenir un emploi à la Barbade qui lui permettra de travailler et de poursuivre ses études au lycée, mais il n'avait pas assez d'argent pour son voyage jusqu'à la Barbade, donc vous l'avez fourni.

Dès que nous serons autorisés à accoster à Dieppe, je prévois de partir pour Paris, puis pour l'Espagne. Le 18, je dois être à Londres où j'espère recevoir du courrier. Pouvez-vous m'écrire si vous avez le temps ? J'ai réservé une chambre au Y.W.C.A. Central Club, Gt. Russell Street, Londres WC1. Bien que je ferai un périple en Angleterre et en Écosse, je serai constamment en contact avec le 'Y' jusqu'à la fin du mois d'août.

J'espère profiter de mon voyage, mais bien sûr je ne peux pas profiter pleinement et convenablement de mes vacances quand je pense à mes pauvres petites vieilles dames à Saint-Kitts. J'ai prévu toutes les éventualités possibles, je pense, mais je sais que les petites touches personnelles de soins et d'affection sans lesquelles la vie est toujours insatisfaisante et sombre leur manqueront.

Selon les nouvelles que nous recevons, les choses semblent s'être calmées un peu à Hong Kong. J'espère que tout va bien pour vous. Les journaux français ne mentionnent évidemment pas Saint-Kitts du tout.

Veuillez excuser l'écriture chancelante. Sur le pont, sans table ni chaise, la *Sougueta* ne nous dorlote pas vraiment et le vent est très fort. »

« Merci pour votre lettre du 31 juillet qui m'attendait au Y à mon retour de voyage. J'ai beaucoup apprécié la visite. Après le Pays de Galles, je suis allée à Cornwall, visiter des sites historiques, le château en ruine du roi Arthur entre autres à Tintagel, puis à Devon, en passant quelque temps à Plymouth, puis à Winchester et Bath, après quoi je suis retournée à Londres.

Il fait encore très froid, mais après avoir acheté quelques cardigans et pulls Shetland en Écosse, ainsi qu'un manteau, des chaussures de pluie, un imperméable et un parapluie, j'ai arrêté de grelotter et je peux profiter de mon environnement. Les gens d'ici me regardent avec étonnement et disent que nous sommes en plein été. Eh bien, je peux seulement dire que je n'aimerais pas mettre les pieds ici en hiver. Cependant, ce climat semble être merveilleux pour les fleurs et je n'ai jamais vu de jardins aussi glorieux, si bien entretenus et avec une telle profusion de variété et de couleurs. Après quelques jours de visites intensives à Londres, je suis venue me reposer un peu avec des amis à Bournemouth. Ils m'ont emmenée faire une promenade très intéressante hier et nous nous sommes arrêtés quelques instants à la plage, où malgré le vent glacial (et probablement l'eau arctique), les gens se baignaient ! J'ai commencé à claquer des dents à leur simple vue.

De là, je retourne à Londres pour profiter de davantage de musées, théâtre, ballet, opéra et musique, puis à Grimsby pour quelques jours avec l'ancienne directrice du lycée des filles de Saint-Kitts. Je quitterai l'Angleterre depuis Hull le 21 pour la Suède pour embarquer de Göteborg sur le M/S Bolivia de la Johnson Line. Après l'expérience peu satisfaisante avec la ligne française, j'ai décidé de me tourner vers les Suédois qui sont plus fiables, au moins ils connaissent les noms de leurs navires et leur date de navigation. Si vous avez le temps de m'écrire quelques lignes, je serais très heureuse. Votre lettre devrait m'être adressée sur le M/S Bolivia, Johnson Line, C/0 Fallenius & Lefflers A. B., Göteborg, Suède. (Départ de Göteborg le 25 août).

C'est avec beaucoup d'inquiétude que j'ai lu toutes les nouvelles concernant Hong Kong. Cela semble si inquiétant. Comment les habitants peuvent-ils se débrouiller avec des rations d'eau aussi limitées ? Cela doit créer des problèmes sanitaires terribles. Je pense souvent à vous et je prie pour que tout aille bien. Le premier coup de fil que j'ai reçu à Londres venait de Morris Archibald, il est venu de Bangor à Londres pour l'été pour chercher des références dans la bibliothèque. Il a déjà terminé avec succès deux années à l'Université de Bangor et il a un an de plus avant d'obtenir son diplôme. Il se souvient avec gratitude de toute l'aide que vous lui avez apportée. »

« Merci pour votre aimable lettre qui m'a été remise alors que je montais à bord du Bolivia à Göteborg. C'était un accueil des plus chaleureux qui m'a fait me sentir encore plus chez moi sur le navire. J'adore ces navires de la Johnson Line, ceux qui ont 12 passagers. Ils sont si confortables. Si j'étais riche, je crois que j'aurais une résidence permanente sur l'un de ces navires.

Le séjour en Angleterre a été très agréable et intéressant mais marqué par le temps froid. En Suède, il faisait beaucoup plus chaud, et maintenant, en Norvège, le port le plus septentrional de mon errance, il fait si beau qu'enfin toute la glace dans mes os a dégelé et je me promène en sandales et en robe d'été. Nous avons passé deux jours à Oslo. C'est la beauté de voyager sur un cargo. Nous passons beaucoup de temps au port. J'en ai fait un très bon usage et j'ai passé les journées à visiter tous les sites intéressants, les authentiques bateaux vikings, le vaisseau polaire *Fram*, le Musée Folklorique Norvégien ainsi que le Parc de Sculpture de l'Université de Vigeland et j'ai fini à la station de ski de Holmenkollen. Le pays est magnifique avec des pinèdes, des bouleaux et des châtaigniers, si différent de nos cocotiers et couleurs vives.

Avant le réembarquement, j'ai acheté un journal anglais et j'ai été choquée de trouver des nouvelles aussi terribles sur les événements en Chine et à Hong Kong. Je suis très inquiète pour vous. Êtes-vous en sécurité ? Pensez à vous s'il vous plaît. Les choses semblent si menaçantes, peut-être que vous devriez partir un moment ? Je ne peux m'empêcher d'imaginer toutes sortes d'horreurs. Faites-moi savoir comment vous allez, une lettre adressée au navire à Curaçao, Antilles néerlandaises, devrait me parvenir, nous devrions y être vers le 12 septembre, et après le 16 je serai de retour à Saint-Kitts. »

« Je suis si contente que vous sembliez vraiment apprécier vos vacances. Quel dommage qu'il fasse si froid en Angleterre, mais le temps en Norvège et en Suède semble avoir compensé. Comme vous, j'aime le temps chaud, mais à Hong Kong l'humidité est parfois très éprouvante.

Hong Kong traverse une période trouble. La ville souffre d'un débordement des événements en Chine. Il est extrêmement difficile de savoir ce qui se passe vraiment ici, mais une bonne comparaison pourrait être celle d'une élection politique, de style sudaméricain, à grande échelle. La révolution et la contre-révolution ont provoqué un manque de discipline, créant le chaos. Les enfants ne respectent plus leurs parents ou leurs enseignants, et les fonctionnaires responsables ne peuvent appliquer la politique par crainte des critiques de la part des foules turbulentes.

Malgré toutes mes difficultés, je pense que, à moins d'accidents, Hong Kong sortira plus forte que jamais, car la colonie prouve sa valeur économique pour l'Asie en général. En outre, il ne fait aucun doute que sa disponibilité en tant que base neutre sera utile pour la reconstruction de tout gouvernement stable qui pourrait émerger à Pékin.

Je suis heureux de vous dire que la situation de l'eau s'est améliorée à la suite du passage de deux typhons près de la colonie. Ils ont été les bienvenus ; ils n'ont causé aucun dommage, mais ils nous ont permis d'avoir quatre heures d'eau par jour, contre quatre heures tous les quatre jours.

J'espère que vous avez reçu de bonnes nouvelles des vieilles dames et que ces vacances vous ont donné le repos dont vous aviez tant besoin. Avec tous mes vœux. »

Les trois mois de vacances de Madame lui firent du bien. Elle avait bien voyagé, elle était bien reposée, et elle avait hâte de retourner en classe.

« Le ministre de l'Éducation est allé de l'avant avec son idée de fusionner le Lycée pour filles et le Lycée pour garçons en un établissement que le gouvernement appelle pompeusement le Lycée de Basseterre. Sans préparation ni planification adéquates, les écoles ont été unifiées et le résultat est un chaos et une confusion absolus. Nous manquons de tout, de livres, de salles, de meubles et d'enseignants. Après deux semaines d'école, il n'y a toujours pas d'emploi du temps. Nous travaillons sur une base quotidienne, en apprenant à 9 heures ce que seront nos cours de la journée. Comme les élèves sont dans la même situation, ils ne savent pas quels livres apporter, ils arrivent avec les mauvais, tout le monde est en retard, les professeurs n'ont pas le temps de préparer les cours, puisqu'ils ne savent pas lesquels ils auront, et ce manque de discipline est épouvantable. C'est déchirant de voir une si merveilleuse école se détériorer de jour en jour et d'être impuissante à faire quoi que ce soit. J'ai le sentiment que même maintenant quelque chose pourrait encore être fait. Si l'administrateur prenait une décision ferme la situation pourrait être sous contrôle, mais si plus de temps est perdu la situation ne fera qu'empirer. Notre climat politique n'est pas très sain non plus, et ce qui est le plus triste, c'est que, d'une façon ou d'une autre, habilement et imperceptiblement, on attise l'inimitié raciale. Quand je suis arrivée à SaintKitts, il n'y avait pas de distinction de couleur, maintenant il y a une certaine hostilité et souvent je me sens inquiète pour l'avenir.

Charles retourne en Jamaïque samedi. Je ne pense pas qu'il aura besoin d'aide supplémentaire parce que je m'attends à ce que la bourse de l'Université couvre ses frais de subsistance. C'est extrêmement gentil de votre part de demander s'il a besoin d'aide, mais je pense qu'on devrait attendre de voir. Karina Hudson sera de retour en Jamaïque samedi. Il y a beaucoup d'étudiants qui voyagent par le bateau qui va de Trinidad à la Jamaïque et prend des passagers dans toutes les îles sur le chemin.

James Connor enseigne à l'école secondaire de Sandy Point, et d'après ce que je peux voir, il se révèle être un bon et fiable jeune membre du personnel. Son français est excellent, et grâce à vous, il a acquis confiance en lui. Il passera l'examen d'entrée pour l'université de Jamaïque, et j'espère qu'il sera en mesure d'y obtenir une place. Pour l'instant, je ne pense pas qu'il ait besoin d'aide. Il y a plusieurs élèves dans des situations assez difficiles à l'école. S'ils ne trouvent pas les moyens de payer leurs frais de scolarité, je vous écrirai et vous me donnerez vos instructions à leur sujet.

Les nouvelles de Hong Kong ne sont toujours pas très encourageantes. Nous prions et espérons que vous n'êtes pas en danger, il est si difficile de prédire ce qui va se passer. Nous ne pouvons que croire que le Seigneur vous protégera. »

« J'ai été très heureuse de recevoir votre lettre du 1ᵉʳ novembre. Merci beaucoup d'avoir écrit, je sais à quel point vous êtes occupé, et c'est extrêmement gentil de votre part de prendre congé pour m'écrire.

J'espère que vous ferez un voyage intéressant en Éthiopie. Bien sûr, nous serions tous ravis si vous pouviez faire le voyage via Saint-Kitts. Vous voyagerez sûrement par avion, et même si notre île est petite, nous avons beaucoup de compagnies aériennes qui viennent ici, B.O.A.C., K.LM., Carib Air, et des liaisons avec Air France et Pan Am. Ce serait merveilleux si vous pouviez venir à Saint-Kitts pendant que c'est encore une belle île relativement paisible. Je crains que l'avenir soit sombre - à un point tel que si j'étais seule et quelques années plus jeunes, je penserais sérieusement à essayer de trouver un autre endroit pour tenter ma chance.

Cette île semblait être la réponse. Je l'ai adorée et j'étais si heureuse ici pendant cinq ans. Maintenant, je ne sais pas.

Il n'y avait jamais eu de problème racial ici, cependant, depuis qu'elle est devenue un 'État' en association avec la GrandeBretagne, le sentiment racial est attisé artificiellement, et il est si facile d'influencer les gens simples. Des erreurs imaginaires provoquent la violence et, à la fin, des souffrances indicibles. Les choses ne se sont pas améliorées à l'école, l'inverse semble se produire, la discipline est inexistante, et les enseignants doivent assister à tant de réunions et ont tant de travail qui n'a pas grand-chose à voir avec l'enseignement. Après avoir perdu deux heures presque quotidiennement à des réunions improductives, les corrections doivent être faites la nuit et le résultat est que mes yeux ont commencé à me donner des ennuis continus. Je vais probablement devoir demander quelques jours de congé et aller en Guadeloupe où il y a un bon ophtalmologue. Tout cela me rend très malheureuse.

J'adore enseigner et j'adore travailler avec les enfants, mais j'ai réalisé que depuis que je suis revenue de congé, il n'y a eu aucune chance d'effectuer un travail productif. Vous connaissez un autre endroit où ils auraient besoin d'un professeur de français et d'espagnol ? Ou devrais-je vraiment abandonner l'enseignement et voir si je peux faire mieux dans le salon de thé que j'ai pensé ouvrir avec ma vieille amie Jane Ying ?

Une bonne chose à propos de votre voyage en Éthiopie est qu'au moins pour quelques jours vous serez loin de Hong Kong et de ses activités. Presque tous les jours il y a des nouvelles inquiétantes sur les bombes et les troubles, et je crains beaucoup que vous ne vous retrouviez, si ce n'est en danger réel, au moins dans une situation désagréable. Nous prions souvent pour votre sécurité. Jane pense faire un voyage à Hong Kong. Je pense qu'elle n'est pas très heureuse aux États-Unis.

J'ai reçu une lettre très intéressante d'Eddie Walker. Il semble être le plus jeune étudiant là-bas et ils ont découvert que son espagnol est si bon qu'il a été placé dans une classe de deuxième niveau. C'est très gratifiant, parce que cela veut dire qu'il pourra finir ses études dans trois ans au lieu de quatre, mais je ne suis pas certaine qu'il pourra continuer à travailler et à étudier en même temps. S'il en avait besoin, pourrait-il recevoir de l'aide des fonds ? Jusqu'à présent, cette année scolaire, j'en ai dépensé très peu, juste quelques articles - livres, uniforme, etc. Vous souhaitant un voyage agréable, mais s'il vous plaît soyez prudent, il y a tellement de danger partout maintenant. Que Dieu vous bénisse. »

« Je suis vraiment désolé d'entendre que le sentiment racial est en train d'être attisé et que les conditions à l'école ne sont pas meilleures. Ce qui m'inquiète encore plus, c'est que vous avez des problèmes avec vos yeux - vous devriez certainement consulter le spécialiste en Guadeloupe. Les yeux sont très précieux et vous ne devriez prendre aucun risque de gâcher votre vue à cause du surmenage.

Vous avez demandé si vous devriez abandonner l'enseignement et ouvrir un salon de thé avec Jane Ying. La réponse à cela bien sûr est non. Il y a peu d'enseignants (en fait, je n'en connais aucun) qui sont aussi capables que vous, et ce serait un péché que les enfants ne puissent plus bénéficier de vos talents. Jane Ying voudra sans aucun doute retourner à Hong Kong, car vivre aux États-Unis n'est pas aussi agréable que vivre à Hong Kong, et vous vous retrouveriez seule pour diriger le salon de thé. Moi aussi, j'ai le mal du pays en pensant à Hong Kong malgré les ennuis et le fait que mon voyage ne durera que cinq semaines de plus.

Bravo à Eddie Walker. Veuillez juger par vous-même quant à la meilleure façon de l'aider, lui et tout autre élève que vous souhaitez aider.

Je dois m'arrêter ou je serai en retard à l'aéroport. Avec tous mes vœux et toutes mes excuses pour cette courte lettre. »

1968

« J'espère que vous avez fait un voyage agréable et reposant en Éthiopie et que vous avez trouvé que tout allait bien chez vous à votre retour. Je vous souhaite une bonne année, la santé et le succès dans toutes vos entreprises, la paix et l'accomplissement de tout ce que vous désirez. J'espère aussi que cette année vous amènera si près de Saint-Kitts que vous nous rendrez visite, même si ce n'est que pour une escale d'une journée ou deux, afin que vous puissiez voir cette belle île alors qu'elle est encore plus ou moins paisible, et non déchirée par des conflits politiques et raciaux.

La fin de 1967 n'a pas été très heureuse pour moi. Tout le travail supplémentaire a entraîné une forte fatigue visuelle, de sorte que j'ai finalement dû demander deux jours de congé et prendre l'avion pour la Guadeloupe pour consulter un spécialiste. Bien sûr, le spécialiste a conseillé l'impossible - une pause complète de la lecture jusqu'à ce que j'obtienne les nouvelles lunettes, ce qui était problématique parce qu'elles ont dû être commandées en France. D'une façon ou d'une autre, j'ai pu terminer le semestre et maintenant j'ai eu deux semaines de repos, en utilisant mes yeux le moins possible - et c'est si difficile. Pas de lecture, d'écriture, de couture, de dactylographie ou de piano. Le problème est que les nouvelles lunettes ne sont pas encore arrivées, et le nouveau semestre commence lundi. La situation à l'école est encore chaotique, nous ne pouvons pas travailler correctement. Et de penser que cette école était l'une des meilleures des Antilles !

En raison de notre « état d'urgence », nous avons eu une période de Noël très calme, pas de carnaval, pas de danse dans les rues, même les chanteurs de Noël annuels étaient absents, et cette situation va continuer pendant encore six mois.

J'ai envoyé 5 £ à Eddie Walker du fonds pour qu'il puisse obtenir des livres, il fait beaucoup d'efforts. Il étudie et il a aussi un emploi, et bien que sa situation financière soit plus difficile, il garde la tête haute avec gaieté, bon sens et humour. J'espère qu'il pourra continuer.

Je dois vous parler d'une merveilleuse surprise que j'ai reçue hier. J'ai reçu un télégramme du Consul Général de France stationné à Porto Rico, (il a la charge de toutes les Antilles), me disant que son gouvernement m'a décerné une décoration, ce qui fait de moi une *Chevalière de l'Ordre des Palmiers Académiques*. Un honneur très inattendu qui me laisse perplexe parce que je ne suis pas du tout sûre que je le mérite. Que le Seigneur vous protège et vous rende heureux en cette année 1968. »

« Je suis très heureuse que vous ayez passé de bonnes vacances reposantes. Votre lettre semble plutôt apaisée, et j'espère que vous ne vous plongerez pas dans votre travail avec trop d'énergie et que vous ne perdrez pas tous les avantages d'un bref répit. Quel merveilleux voyage vous avez dû faire. Je n'ai jamais visité aucun des endroits que vous avez mentionnés, ils doivent tous être si intéressants. Selon les nouvelles, l'Éthiopie semble être l'un  des rares endroits où il n'y a pas d'agitation. Maurice est un endroit que j'aimerais voir, mais pas maintenant, avec toutes les émeutes. Ce monde est en train de devenir un endroit horrible avec les conflits et la guerre ouverte, la guerre froide, l'agression, la misère, l'injustice et la pauvreté partout. Il y a tellement de beaux endroits où les gens pourraient tous vivre en paix, travailler et être heureux, mais à cause de la jalousie humaine et de l'avidité, il n'y aura bientôt plus d'endroit où vivre tranquillement. Même cette charmante île connaît des temps difficiles et instables.

Mes lunettes sont enfin arrivées, elles sont certainement d'une grande aide, mais j'ai découvert que si je ne dors pas assez, je ressens toujours un inconfort, bien que léger par rapport à ce qu'il était avant. Merci pour votre offre de m'envoyer des lunettes de Hong Kong. Cette paire, la lentille seule coûte 60 dollars, mais c'est de l'argent bien dépensé parce que je ressens un grand soulagement en les utilisant. L'école est dans une situation encore pire qu'avant parce qu'un autre enseignant est parti. Les enseignants qui ont eu deux leçons différentes en même temps dans deux bâtiments différents sont maintenant à trois endroits simultanément. Cependant, je suis heureuse de dire que mes préfets font un excellent travail et que la discipline s'améliore certainement. »

« Je suis effectivement préoccupé par votre santé. La grippe sape une grande partie de vos forces – vous n'auriez pas dû retourner au travail avant d'être parfaitement rétablie. Vous sermonner maintenant est trop tard parce que vous avez déjà commencé le travail, mais s'il vous plaît essayez de ne pas exagérer.

Quel dommage que la discipline à l'école se soit détériorée- les garçons semblent être complètement hors de contrôle. Il est également regrettable que les salles de classe n'aient pas été maintenues en bon état. Ce qui précède est à prévoir dans un pays jeune qui vient d'acquérir l'indépendance.

Je suis heureux d'apprendre que John Stapleton et Noel Parks travaillent dur. Soit dit en passant, je ne vous ai pas dit que j'avais reçu des aimables lettres de Noel Parks et de Naomi Knight. Pourriez-vous les remercier en mon nom ?

J'ai parlé à Mme Tebbutt (secrétaire privée de Laurence) du chaton dont vous vous êtes occupée. Mme Tebbutt est très semblable à vous à cet égard - elle recueille des chats errants et en nourrit des dizaines. Ils semblent tous la connaître et se rassembler tous les jours à l'entrée de son appartement. Elle aime vraiment les animaux. Elle m'a dit un jour qu'elle connaissait une dame à Hong Kong qui avait un python qui était autorisé à se balader dans la pièce. Une chose est sûre, je ne visiterais jamais cet appartement.

À la ferme, qui est devenue très célèbre, nous avons été envahis par les rats, mais maintenant des dizaines de chats sont apparus. Il semble que l'un d'entre eux a passé un arrangement avec certains poulets - il est assis à côté d'eux et ne les inquiète jamais. En échange, les poulets lui permettent de manger les rats qui essaient de voler leur nourriture. Malheureusement, il n'y a pas d'entente entre les chats et nos canards - il en manque deux aujourd'hui ! »

« Ma sœur est partie hier, alors j'ai enfin quelques instants pour répondre à votre aimable lettre qui est arrivée il y a quelque temps. Nous étions dans un tel tourbillon d'activité. J'ai passé beaucoup de temps à lui faire plaisir. Avec la perversité habituelle des choses, le jour de son arrivée, il pleuvait des cordes, alors que pendant trois mois, nous avons eu la pire sécheresse depuis des années. C'est pourquoi les collines étaient absolument brûlées, les plantes ratatinées. Et avec un ciel plombé et une mer grise tout avait mauvaise allure.

Toutes mes descriptions lumineuses de champs verdoyants, de sables dorés, de ciel azur et de mer bleu profond semblaient être de pures inventions, c'est pourquoi ma sœur - de la manière aimable que les sœurs ont - m'a accusée d'être une aussi mauvaise menteuse que jamais. Il ne pleut jamais ici pendant plus de quelques heures, cependant cette fois le mauvais temps a duré trois jours entiers. Heureusement, pendant les onze jours qui restaient à son séjour, le soleil est apparu et quand elle est partie, même les collines ont commencé à devenir vertes ; ainsi ma réputation a été sauvée. Elle a apprécié sa visite ici, plus que tout parce que l'île est encore si joliment calme, loin du bruit et de l'agitation des grandes villes. Et les gens, bien que pas autant que lorsque je suis venue, sont polis, amicaux et serviables. Son départ a malheureusement été gâché par le retard de l'avion de deux heures et ses aventures à Porto Rico, où elle a dû passer la nuit, étaient plutôt désagréables. Je lui ai téléphoné ce matin, avant qu'elle ne parte pour la Jamaïque d'où elle doit prendre l'avion pour le Chili, et elle a semblé avoir repris vie quelque peu. Il y a quelques minutes j'ai eu un appel de la Jamaïque pour dire que certains de mes anciens élèves à l'Université là-bas l'ont prise en charge, en lui montrant les alentours. Ils l'escorteront en toute sécurité jusqu'à l'avion.

Cette pause de l'école a été extrêmement brève, seulement deux semaines. Nous sommes de retour à l'école le lundi 22. C'est le dernier semestre le plus mouvementé. J'espère juste pouvoir voir réussir mes étudiants à leurs examens. Je déteste perdre une seule journée, et ici, dès le départ, nous allons perdre du temps car le Consul Général de France arrive le mardi 23 avec ce fameux *Ordre des Palmes Académiques*, donc je vais devoir abandonner certains de mes cours puisqu'il veut que mes étudiants montent à bord du navire de guerre *Le Croix du Sud*, (un dragueur de mines), et y passent une journée entière. Puisque les officiers et l'équipage ne parlent pas anglais, mes enfants auront l'occasion de pratiquer leur français.

Mes chatons grandissent, et leur appétit aussi. Malheureusement ils sont encore sauvages, donc je ne peux pas leur trouver de maison, peut-être qu'ils deviendront plus dociles avec le temps. Quand déménagerez-vous vos bureaux ? Ce doit être beaucoup de travail »

« J'ai été très heureuse de recevoir votre lettre du 27 avril et d'apprendre que vous approuvez les dépenses pour aider certains étudiants. Vous pouvez être sûr que je considère chaque cas attentivement avant de dépenser un seul cent. Les conditions sur l'île ne cessent de s'aggraver. Puisque tout doit être importé, le coût de la vie a augmenté très fortement après la dévaluation de la livre, et maintenant une nouvelle augmentation est entrée en vigueur pour couvrir le déficit budgétaire, et une autre augmentation est à prévoir quand Saint-Kitts rejoindra le CARIFTA[19], une sorte de marché commun entre les îles des Caraïbes. Il semble que certains produits étaient moins chers à Saint-Kitts, mais que les prix doivent être augmentés de manière à les rendre égaux à ceux des autres îles. J'aurais pensé que ce serait l'inverse, puisqu'un marché commun est censé créer de meilleures conditions. Les salaires bien sûr sont demeurés les mêmes, donc, comme le disent les journaux, il faut se serrer la ceinture.

Je joins quelques coupures de la cérémonie quand le Consul général français m'a apporté la décoration. J'espère que vous ne me trouverez pas vaniteuse et prétentieuse de les avoir envoyées. Certains des discours sont bien sûr trop flatteurs, mais je pense que vous serez intéressé de savoir que le Consul français a parlé en français et que son discours a été traduit simultanément en anglais par James Connor qui avait un microphone. Et comme il n'avait jamais fait ce genre de travail avant et n'avait pas posé les yeux sur le discours auparavant, je

---

[19] Association de libre-échange des Caraïbes

pense qu'il a effectué un travail tout à fait louable. Les garçons et les filles chantaient très bien, mais je dois dire que j'étais très heureuse quand tout était fini. C'était très agréable. Le consul et les officiers du dragueur de mines sont venus à une réunion du club français chez moi. L'atmosphère était si détendue que tout le monde a passé un bon moment, les invités ont participé à tous les jeux et les chansons, nous avons eu un concours de récitation, et puis nous avons découvert que le Consul jouait très bien du piano, donc nous avons eu un concert. Il a joué, et certains des garçons ont joué, et puis personne ne voulait rentrer à la maison donc le capitaine a invité tous mes garçons à bord à nouveau. Nous étions allés à un cocktail la veille et tous mes protégés se sont bien comportés. On a vu un film français. Le lendemain, quand le dragueur de mines est parti, ils, je veux dire les élèves, ont tous dit qu'ils avaient tellement pratiqué le français qu'ils étaient vraiment désolés de ne pas avoir leurs examens oraux tout de suite !

Au cours de la visite j'ai eu une conversation très intéressante avec le véritable Commandant de la Marine Française qui était venu de Martinique spécialement pour la cérémonie, et il a promis d'envoyer le dragueur de mines en juillet pour que je puisse emmener certains de mes garçons en Martinique pour une visite de quinze jours. Les filles sont interdites de séjour au fort. »

« Votre lettre du 14 mai vient d'arriver. Comment puis-je vous remercier pour votre gentillesse, votre générosité et votre prévenance ? Vous ne pouvez imaginer le bonheur, l'aide et le soulagement que vous apportez à tant de nos jeunes défavorisés. Si seulement vous pouviez voir la gratitude dans leurs yeux. La semaine dernière, Danny Douglas, le garçon qui était malade et dont vous aviez payé la visite chez le médecin et ses médicaments, a fait une rechute et a dû rester loin de l'école à nouveau. Il doit passer son examen oral de français demain, et l'idée qu'il pourrait manquer l'opportunité de le passer est plutôt problématique. J'ai décidé de le lui faire passer chez lui. J'aurais aimé que vous puissiez voir les conditions dans lesquelles vit la famille. Une petite boîte minuscule en guise de maison avec des pièces si petites que deux personnes peuvent difficilement s'y glisser en même temps. Pourtant tout est propre.

Il n'y a pas de père, la mère accepte toutes sortes de petits boulots, et il semble qu'ils ne s'en sortent pas très bien, car le problème du garçon était simplement une faiblesse absolue due au manque de nourriture. C'est pourquoi il ne peut pas aller mieux. J'espère que ça ne vous dérange pas que je le nourrisse pendant un petit moment jusqu'à ce que les examens soient terminés et qu'il puisse effectuer le travail supplémentaire qu'il fait habituellement pour gagner de l'argent. C'est un garçon très honnête. Le samedi il est assistant caissier dans l'un des trois supermarchés. C'est sa dernière année à l'école. Il partira après avoir effectué la cinquième année d'études car il ne peut pas se permettre de faire la sixième. Mais il espère trouver un emploi et aller à l'école du soir pour poursuivre ses études. C'est pourquoi ce certificat de niveau « O » est si important pour lui. En l'ayant, il peut compter sur un emploi qui paie entre 90 et 100 $ W.I. par mois. J'ai convaincu l'examinateur oral, le directeur et la surintendante d'examen de permettre à Danny de passer ce premier examen chez lui puisqu'il est encore malade et alité. Je dois aller chercher l'examinateur français et l'emmener chez le garçon tandis que le reste des candidats sera surveillé par le directeur de l'école, de sorte qu'aucune communication ne sera possible entre eux. Ayant eu de la bonne nourriture pendant trois jours, il se sent plus fort, alors j'espère qu'il réussira l'examen.

C'est toute la structure de cette île qui est mauvaise. Il y a tellement d'enfants illégitimes et indésirables. C'est là que l'éducation devrait vraiment commencer. Il faudrait leur faire prendre conscience de la misère et du malheur qui accable tous ces pauvres orphelins. Si seulement on pouvait enseigner la responsabilité aux jeunes de ces îles, s'il y avait des centres et des clubs où ils pourraient participer à des activités constructives et, bien sûr, s'ils pouvaient apprendre des métiers pratiques. À quoi bon enseigner le latin à ces enfants quand l'île a besoin de mécaniciens, d'électriciens, de plombiers, de menuisiers et de constructeurs ? Il y a une vingtaine de sectes et de religions différentes à Saint-Kitts, mais je ne pense pas qu'aucune d'entre elles enseigne la vraie morale, et tant que les gens ne comprendront pas que la famille, l'industrie et l'honnêteté sont les seules forces qui les maintiendront ensemble et heureux, nous continuerons à souffrir.

Désolée d'avoir commencé à prêcher, je ne voulais pas faire ça. Nos examens Cambridge G.C.E. se tiendront à l'autre bout de la ville, dans l'ancien hôpital, maintenant vide puisqu'il y en a un nouveau. Cela me désole, j'aime voir mes garçons et mes filles aller de l'avant et sentir qu'il y a quelqu'un près d'eux qui se soucie d'eux et leur souhaite bonne chance. Un dernier mot d'encouragement, une tape dans le dos et un sourire peuvent remonter le moral et faire des merveilles. J'arriverai en retard à chaque examen. J'ai dit au directeur que je suis à l'heure depuis sept ans, et que je pense qu'il est plus important pour moi de voir mes candidats avant l'examen.

Tous vos nouveaux filleuls étudient bien et espèrent réussir leurs exams. Merci encore pour votre infinie gentillesse. Soyez assuré que pas un sou ne sera dépensé inutilement. Je suis très prudente avec les fonds dont vous avez eu la confiance de m'accorder. Que le Seigneur vous bénisse et vous protège de tous les maux. Je prie toujours pour vous. Je n'ai jamais eu le privilège de connaître quelqu'un d'aussi noble et généreux que vous. Merci. »

« Ce n'est qu'aujourd'hui que je peux enfin répondre à votre aimable lettre du 29 mai reçue il y a bien longtemps. Nous sommes au milieu de nos examens, mais ce qui nous a tous bouleversés et affligés, c'est une crise cardiaque soudaine que Mère a eue sans aucun avertissement. Elle se sentait en forme et joyeuse quand tout d'un coup elle a eu cette crise et nous avons failli la perdre. Le médecin était occupé avec une autre urgence, donc il ne pouvait pas venir. Et même s'il avait été disponible, il aurait été trop tard s'il n'avait pas eu les médicaments nécessaires à portée de main. Depuis qu'elle a eu une attaque coronarienne au Chili, je garde toujours des comprimés à portée de main parce que les médecins avaient expliqué que c'est un spasme et que si l'on ne peut pas faire battre le cœur à nouveau en quelques secondes, il ne fonctionnera plus jamais. Je ne peux pas dire quelle angoisse et quel désespoir nous avons vécus. Maintenant elle va de nouveau bien. Dieu merci, et elle fait maintenant son jardinage et d'autres travaux qu'elle insiste à faire. Le médecin m'a dit de la laisser faire ce qu'elle veut, et je préfère qu'elle fasse les choses qu'elle aime faire. »

« J'espère que votre voyage en Europe a été agréable et que vous avez apprécié la pause. Je regrette seulement que chaque fois que vous voyagez, vous contournez toujours Saint-Kitts. Nous sommes nombreux ici qui seraient ravis de vous accueillir - même pour quelques heures entre les avions.

J'ai moi-même voyagé depuis la dernière fois que je vous ai écrit. Mère, Dieu merci, a recommencé à se sentir tout à fait normale, et juste à ce moment-là le commandant de la marine française en Martinique a décidé d'envoyer un dragueur de mines pour certains de nos étudiants et moi. Ainsi, bien que pas tout à fait heureuse de laisser mes petites vieilles dames toutes seules, je suis partie avec 16 garçons à Fort-de-France. Nous avons passé une quinzaine de jours en tant qu'invités de la marine française, logés au Fort St. Louis en Martinique, et il y avait un vaste programme de divertissement pour les garçons - pêche, baignade, navigation de plaisance, excursions sur des voiliers, entre autres.

Les garçons ont passé un moment merveilleux, et cette vie navale s'est avérée un grand succès. Pendant notre voyage de retour, grâce à leur entraînement de marin, personne n'avait le mal de mer, même si nous avons roulé et tangué et que l'hélice était plus souvent hors de l'eau à battre l'air que dans la mer. Nous nous sommes arrêtés sur une autre petite île française, Marie-Galante, un bel endroit de sable blanc éblouissant, des plages dorées et de mer turquoise. Quand je suis rentrée chez moi, j'ai trouvé les petites vieilles en parfaite santé, mais le directeur, qui en mon absence était censé avoir envoyé un autre groupe d'étudiants français en Guadeloupe pour un cours de six semaines, les a complètement oubliés et l'un de mes garçons est resté sur place à cause de problèmes de passeport. Huit étaient inscrits, mais seulement sept sont partis. Quand je suis descendue du dragueur de mines j'ai trouvé le mouton perdu sur le quai qui attendait mon retour et mon aide. Les bureaux des passeports sont les institutions les plus exaspérantes. Je pense qu'ils choisissent délibérément du personnel incompétent. Ils avaient promis d'avoir le document pour le pauvre garçon en quelques jours, et quand j'ai appelé j'ai découvert que tous ses papiers étaient déjà préparés mais étaient restés sur leur bureau. Vous pouvez imaginer ce que j'ai ressenti et ce que je leur ai dit.

Heureusement, nous avons pu obtenir l'aide de l'un des secrétaires en chef du ministère, et après des télégrammes et des appels téléphoniques la question a été réglée. Cependant, comme le cours en Guadeloupe avait déjà commencé une semaine plus tôt, ils ne voulaient pas accepter le garçon. Je suis donc partie en Guadeloupe avec lui et, après beaucoup de persuasion, j'ai réussi à l'inscrire. Je pense que cela aurait eu un mauvais effet psychologique sur le garçon si on l'avait laissé de côté. Ça aurait pu l'embêter et le laisser avec un sentiment de frustration difficile à surmonter, surtout que c'est un garçon pauvre et que c'était la chance d'une vie pour lui. Pendant que j'étais en Guadeloupe, j'ai vu mes sept étudiants et je suis très fière de dire que sur les 180 jeunes des îles des Caraïbes, de l'Amérique centrale et du Sud, les miens sont parmi les meilleurs.

Je ne pense pas que je vais partir en vacances comme je l'avais prévu, la saison des ouragans commence maintenant, et il vaut mieux ne pas tenter le destin et laisser seules les petites vieilles dames à nouveau. Avant de partir pour la Guadeloupe, j'ai demandé au médecin de rendre visite à ma mère. Il l'a trouvée en train de planter des fleurs et des légumes et elle a refusé de quitter son jardinage et d'être examinée- elle lui a dit d'aller soigner le chien ! Un autre homme aurait été offensé, mais celui-ci, de la meilleure nature, est entré dans la maison, et une fois là et avec le chien dans les bras a crié par la fenêtre qu'il avait besoin d'une autre personne pour l'aider à retenir le chien. Ma mère a dû entrer et le médecin n'a pas perdu de temps pour l'examiner. Maintenant, j'ai beaucoup de médicaments - certains pour elle et des comprimés et un sirop pour le chien. Il est facile de donner à un chien des comprimés caché dans de la viande, mais avez-vous déjà essayé de faire prendre à un chien une cuillère à café de médicament ? Mon conseil est de ne pas le faire. »

« Merci de votre aimable lettre du 9 octobre. J'espère que votre frère et sa femme sont arrivés sains et saufs après un agréable voyage en Europe. Il n'y a rien de plus merveilleux que de voyager. J'en profite tellement que je suis prête à partir n'importe où dans le monde avec un préavis d'une demi-heure.

J'ai 600 £ sur le dépôt fixe et il y a encore 1600 $ W.I. (320 £) sur le compte d'épargne. J'ai déjà envoyé un chèque de 100 £ à l'Université des Antilles pour Karina Hudson en Jamaïque selon vos instructions, et j'ai envoyé 20 £ à Eddie Walker. En outre, je pense qu'il est préférable de lui donner les 30 £ restants plus tard, une partie en janvier et le reste en avril. 50 £ en une seule somme pourraient le tenter de les dépenser trop rapidement. Vous ne pouvez pas imaginer combien de bonheur vous avez donné, en aidant ces pauvres orphelins. Je ne sais pas pourquoi il y a des conditions familiales aussi déplorables à Saint-Kitts, tant d'enfants pauvres, sans abri, affamés, illégitimes et indésirables. Ce n'est pas leur faute s'ils ont été mis au monde. Le gouvernement devrait vraiment faire quelque chose pour enseigner à ses sujets à être plus responsables, mais les conditions sont telles que tous les adultes essaient de quitter l'île pour trouver des emplois mieux rémunérés ailleurs - et quand ils s'en vont ils laissent plusieurs bébés derrière eux. Et qui s'occupe d'eux ?

L'école est encore chaotique. Pour aggraver les choses, nous avons une épidémie de dengue, la moitié du personnel a été atteinte à un moment ou à un autre, ce qui bien sûr représente une pression supplémentaire pour les survivants. J'ai eu la chance d'y échapper jusqu'à présent, mais je me sens si fatiguée et épuisée que je crains de l'attraper aussi. C'est si difficile de se battre contre de tels risques tout le temps. Parfois je me demande si cela en vaut la peine. Désolée de terminer sur une note aussi lamentable, mais je n'aurai pas le temps d'écrire plus tard. »

« La vie est de plus en plus difficile sur l'île, la longue sécheresse a gravement affecté la culture du sucre, et notre gouvernement ne semble toujours pas se rendre compte que l'économie du territoire ne devrait pas dépendre uniquement de la production de sucre. Je crains bien qu'il faille beaucoup de temps avant que les autorités responsables apprennent à être indépendantes, et pas seulement sur le papier.

L'école est encore chaotique et la semaine prochaine nous devons nous préparer pour les prochains examens de Cambridge. En raison des conditions actuelles, dans lesquelles les élèves sont laissés sans enseignants pendant si longtemps, les résultats seront très décevants pour les eux. Après tout, ce n'est pas leur faute s'ils ne peuvent pas réussir leurs examens parce qu'ils n'ont pas reçu un enseignement adéquat. Parmi toutes mes misères, il y a un point positif. Un de mes six garçons a été accepté au *Fitzwilliam College de Cambridge* pour étudier le droit international, et la première partie de ses études est un cours de deux ans en langues modernes. Il a passé un examen à son arrivée et vous pouvez imaginer notre fierté et notre joie quand on nous a dit qu'en raison de son niveau élevé de connaissances et compétences en français et en espagnol il sera autorisé à terminer le cours en une année au lieu de deux.

Nous avons eu une journée très calme et heureuse à la maison aujourd'hui, ma mère a célébré son 84eme anniversaire. J'espère seulement que le Seigneur me laissera l'avoir encore des années. Je fais de mon mieux pour rendre ce temps heureux et confortable pour elle, mais parfois j'aimerais avoir plus de patience. Merci encore au nom de la famille Douglas et pour toute votre générosité envers tous les autres.

Les pluies sont enfin arrivées, mais malgré elles les perspectives pour la production sucrière ne sont pas très encourageantes. Et c'est la seule source de revenus sur Saint-Kitts. Par conséquent, l'avenir de l'île s'annonce de plus en plus sombre. Ce que je trouve très troublant c'est que même ici des propagandistes sont apparus et ils sont en train de provoquer des troubles raciaux - quelque chose qui n'a jamais existé ici. Et cela, associé à des difficultés économiques, peut avoir des conséquences désagréables. Espérons que je me trompe et que mon pessimisme est dû au surmenage et à la fatigue. »

« L'autre jour, je suis tombée sur cette prière. Dès que je l'ai vue j'ai pensé à vous :

Cela m'a fait penser à tout ce que vous avez fait pour ces garçons et ces filles défavorisés, et maintenant, après avoir reçu votre don généreux pour la famille Douglas, je ne sais comment vous remercier. La mère est venue exprimer sa gratitude. Elle éprouve des difficultés à marcher alors je l'ai ramenée à la maison, mais surtout elle voulait vous écrire. Elle a dit que leur situation était devenue désespérée et que seul un miracle aurait pu les sauver. C'est pourquoi elle considère que toute sa famille vous doit son salut et ils prient tous pour votre bonheur. Ils écrivent eux-mêmes pour vous remercier, mais ni eux ni moi ne pouvons exprimer le sentiment de soulagement, de joie et de bonheur exquis qu'ils (et moi) vivons. Notre gratitude est illimitée. Merci encore et encore. »

« La Dominique est une île magnifique, elle est presque entièrement couverte d'une jungle tropicale luxuriante car il y pleut presque tous les jours et l'île se vante d'avoir 365 rivières, deux lacs d'eau douce, des chutes d'eau spectaculaires (c'est vrai, j'y suis allée faire un tour pour les regarder) et plusieurs sources d'eau chaude et sulfureuse. Le trajet de l'aéroport à la ville prend presque deux heures car la distance est de 32 miles et les routes serpentent à travers les montagnes avec des forêts impénétrables des deux côtés. L'intérieur de l'île n'a pas de routes, il n'y a pas de cartes et les touristes sont avertis de ne pas s'y aventurer sans un guide natif compétent. Il y a aussi des plantations — des oranges étonnamment sucrées, pamplemousses, citrons, cacao, café, muscade, noix de coco et bananes. Tout cela vous ferait penser que c'est une île prospère - mais ce n'est pas le cas. En fait, elle semble plus pauvre que Saint-Kitts. Je crains d'avoir vu peu de villes aussi sales et sordides que la capitale, Roseau, bien que le nom promette la beauté, n'est-ce pas ? Bien sûr, la beauté naturelle est partout, les jardins botaniques à la périphérie de la ville sont à couper le souffle, mais la majorité des maisons ne sont que des cabanes à moitié détruites et le nombre d'ivrognes et de personnes mentalement déséquilibrées qui errent dans les rues est incroyable. Après une visite dans la ville, je ne voulais pas y retourner, mais je l'ai fait pour ne pas juger selon les premières impressions. Cependant, j'y suis allée en compagnie d'une religieuse (qui a été transférée ici de Saint-Kitts) pour la protection.

L'hôtel est très calme, il est construit sur les fondations d'un vieux fort, sur une falaise, de sorte que ma chambre et mon balcon sont juste au-dessus de la mer. La vue est magnifique et il y a le son continu des vagues qui se brisent sur les rochers. Ça me plait beaucoup. Le seul grand inconvénient est qu'il n'y a pas de plage, donc je dois me contenter de regarder la mer. J'essaie de me reposer, bien que ce soit assez difficile. Je suis encore trop fatiguée pour bien dormir.

Heureusement, je peux téléphoner à la maison tous les jours et rester en contact avec mes pauvres petites vieilles à qui je semble manquer autant qu'elles me manquent. Aujourd'hui, ma mère m'a dit qu'il y avait une lettre de votre part qui m'attendait. Merci beaucoup. C'est si gentil de votre part de prendre le temps de m'écrire. Avec tous mes vœux pour la nouvelle année. »

1969

« Je suis très heureuse d'annoncer qu'après avoir vu le directeur de la sucrerie dimanche dernier et lui avoir parlé personnellement, j'ai reçu l'assurance formelle que Rudy Jeffers, le sixième garçon de la classe dont le père est décédé récemment à St. Thomas, recevra la bourse, donc tout est réglé pour ce garçon.

Maintenant que tous les frais d'examen ont été payés, je ne prévois pas d'autres dépenses importantes du fonds qui est tout à fait respectable et nous durera encore longtemps. J'écris cette lettre chez moi donc je peux mentionner quelque chose sur la situation problématique de l'école. Comme je vous l'ai écrit dans ma dernière lettre, nous sommes tous dans un pire pétrin que jamais à l'école.

Je pensais qu'il y avait du chaos autrefois, maintenant je ne sais pas comment appeler l'état actuel des choses. Notre directeur a été accusé de plusieurs délits politiques - dont je ne suis pas sûre qu'ils n'aient jamais été commis. Il a été suspendu. Il y a eu une Commission de la Fonction Publique qui s'est penchée sur la question.

En route pour la Martinique 1962

Pendant ce temps les membres du personnel se sont divisés en deux camps. Tous les enseignements ont été interrompus en signe de protestation et les enfants sont devenus indisciplinés. Il y a des affiches et des slogans, des menaces de toutes parts et cela peut signifier que le gouvernement pourrait virer non seulement le directeur mais aussi le personnel.

La situation d'Anguilla s'aggrave également et arrive à son apogée, et cette belle île semble être au bord de la guerre et du collapse. Je ne me suis jamais mêlée de politique, et je ne songerais pas à commencer de telles activités maintenant. Mais essayer d'être neutre est une question très difficile et délicate. Jusqu'à présent j'ai reçu le blâme des deux côtés, ce qui n'est pas du tout une position enviable. Je ne sais absolument pas comment tout cela va finir, et ça me préoccupe réellement - non pas pour moi, mais pour mes pauvres petites vieilles qui ne sont pas aptes à être encore déplacées, même si j'en avais les moyens. Excusez ma fin sur une note si lugubre, j'essaierai d'être plus gaie la prochaine fois. Encore une fois, merci de votre généreux cadeau à la famille Douglas et de toute l'aide que vous avez apportée aux autres jeunes. »

« Malheureusement, le chaos règne toujours à l'école. Personne ne sait combien de temps cette situation durera. Dans l'intervalle, le personnel est tellement occupé par les questions politiques, tellement pris avec les matchs de cricket qui vont se jouer ici dès demain, que toutes les pensées en rapport avec l''enseignement ont été abandonnées. Le bruit dans les salles de classe est assourdissant puisque les enseignants y arrivent rarement à l'heure, voire pas du tout. Deux membres du personnel sont en congé de maladie, un autre est parti en Jamaïque pour une semaine, un troisième préfère se reposer à la maison et venir à l'école quand la journée est à moitié finie. Le ministre de l'Éducation s'est rendu à une réunion à Trinité avec le secrétaire permanent à la Barbade. Pas étonnant que beaucoup d'élèves disparaissent juste après l'appel et se promènent dans la ville où ils font des bêtises. Je suis heureuse que tous mes élèves me soient restés fidèles et ne manquent aucune de mes leçons, bien qu'avec le chahut tout autour, il est assez difficile de se concentrer et d'étudier. Mes collègues, j'en ai bien peur, sont froids et m'ignorent, mais cela ne me fait plus mal. Je pense encore que mon devoir est envers les enfants qui me font confiance et à qui je suis venue enseigner, et envers le directeur, qui dans sa façon confuse est honnête et a toujours essayé de s'occuper des intérêts de l'école. Le personnel parle beaucoup de leur loyauté à son égard, mais il me semble que la meilleure façon de le faire est d'essayer de faire en sorte que l'école fonctionne le plus normalement possible.

Toute cette situation est extrêmement troublante et angoissante, je suis terriblement fatiguée et je pense que mon souhait le plus cher maintenant est de partir même pour un week-end pour dormir et me reposer. Mais il y a eu un très beau moment. Hier nous avons eu la visite d'un bon pianiste qui a donné un excellent récital et pendant deux heures j'ai réussi à oublier tous mes problèmes.

Je ne saurais vous remercier assez pour la conclusion de votre lettre, il vous est difficile d'imaginer le réconfort que votre offre d'assistance me procure. Je ne voudrais jamais m'imposer, mais c'est si réconfortant de savoir qu'il y a un ami à qui je peux confier tous mes ennuis, qui comprendra et enverra une lettre aimable en retour. Je vous remercie sincèrement pour tout. »

« J'ai passé trois jours à Nevis, où je me suis échappée en espérant me reposer. Malheureusement, l'île est trop près de SaintKitts, trop de gens me connaissent là-bas. Souvent ils viennent gentiment pour discuter et me divertir quand la seule chose que je désire est le sommeil et le repos. Cependant, le changement m'a fait du bien, au moins je n'avais pas les tâches ménagères et les soucis habituels, et j'ai pu prendre quelques instants pour réfléchir et essayer de trouver des solutions pour régler les circonstances très compliquées de notre école et de notre île. Je crains que je vous ennuie encore avec mes affaires. Quand je vous écris tout cela dans une lettre, il me semble que je vois les choses plus clairement et si vous voulez exposer votre point de vue sur la situation, je vous en serais très reconnaissante. S'il vous plaît, n'imaginez pas que je fais tout cela pour demander conseil en vue d'avoir quelqu'un à blâmer lorsque les choses tournent mal. Ce n'est pas du tout le cas, mais vous avez peut-être des suggestions à faire et, compte tenu de votre vaste expérience, votre contribution sera certainement précieuse.

Il y a maintenant deux problèmes auxquels je suis confrontée. Notre directeur a été très injustement et cruellement traité. Après trente ans de service il a été congédié sans avantages sociaux, c'està-dire qu'il a été renvoyé sans un sou et sans aucune perspective d'obtenir quelque travail que ce soit sur cette île. Nous avons tous signé une pétition au gouverneur et il a fait appel. Bien sûr l'appel ne mènera à rien puisque la Commission est à nouveau composée de membres du gouvernement. Le problème est que depuis qu'il a fait appel, le ministère de l'Éducation dit qu'un nouveau Directeur ne peut pas être nommé tant que la question n'est pas réglée et cela signifie que le nouveau semestre qui commence dans une semaine va être aussi chaotique que celui qui vient de se terminer. Mon problème est de savoir comment continuer à travailler sans faire une dépression nerveuse. Je redoute le début de chaque journée. Je rentre du travail complètement épuisée après une lutte insensée, frustrante et inutile. La discipline n'existe plus et les enfants ne viennent pas à l'école pour apprendre, ils n'entrent pas dans les salles de classe et ils n'étudient pas. Ils sont sales et sont devenus grossiers, impudents et agressifs.

Pourtant, comme les examens du G.C.E. commencent dans cinq semaines, je ne considère pas que j'aie le droit moral d'abandonner la bataille et d'arrêter d'enseigner comme presque tous les autres membres du personnel l'ont fait. Bon nombre de ces enfants n'auront pas une autre année d'école, et il est donc impératif qu'ils obtiennent un certificat dès maintenant pour les aider à trouver du travail lorsqu'ils quitteront l'école. Mes élèves suivent tous mes cours, mais il est de plus en plus difficile d'enseigner avec le chahut tout autour, avec le bruit constant et les railleries d'autres « élèves » qui passent dans les couloirs lorsque ma classe est en cours. Mais la pression de continuer à avancer contre de telles difficultés est écrasante et je crains de tomber malade, et alors que deviendront mes petites vieilles ?

Mon deuxième problème est lié au premier. Mon contrat prend fin en septembre 1970 et je ne sais pas si je devrais le renouveler ou non. Si ce n'est pas le cas, je devrai commencer à chercher autre chose maintenant afin d'avoir quelque chose vers quoi me tourner. Outre le désordre et le chaos qui règnent à l'école, qui pourraient être résolus si un homme compétent, honnête et de caractère en prenait la direction, il y a un autre facteur. J'ai très peur que la question raciale ne se pose bientôt. Et puis, quand il y a une question de « couleur », tout est possible et encore une fois j'ai peur pour mes petites vieilles. Retourner au Chili est à peu près la dernière chose que j'aimerais faire, les conditions de vie là-bas sont devenues effroyables. Je ne pourrais jamais gagner assez pour nos besoins car il y a une énorme inadéquation entre les salaires et les dépenses. D'ailleurs, puisque je pensais que nous allions nous installer en permanence à Saint-Kitts on m'a conseillé d'obtenir la citoyenneté britannique, dont j'ai fait la demande. Cependant, après l'avoir reçue, j'ai découvert qu'il s'agissait d'une citoyenneté d'un État associé à la Grande-Bretagne, ce qui compliquera énormément les choses si je souhaite retourner au Chili. Désolée de vous imposer tous ces problèmes, mais comme je l'ai dit, c'est une sorte de 'réflexion sur le papier', et si une lueur de solution vous apparaît, écrivez-moi.

Vos 'filleuls' vont bien. Cedric Pemberton a connu un merveilleux changement positif. J'envoie les 20 £ à Eddie Walker à la Barbade. Si vous vous souvenez, j'ai divisé les 50 £ que vous m'avez autorisée à lui envoyer en trois tranches. Veuillez excuser cette lettre égoïste. Je sais que vous me le pardonnerez. »

« Je suis heureux que vous ayez passé trois jours à Nevis, mais je regrette que vous n'ayez pas trouvé beaucoup de repos. En ce qui concerne les points soulevés dans votre lettre :

Problème immédiat

Votre santé doit primer sur tout le reste. Pendant longtemps vous avez été surchargée de travail et à moins de prendre un vrai repos, vous courez le risque d'une panne qui serait préjudiciable à vous-même, aux deux « vieilles femmes » et aux élèves que vous souhaitez aider.

Je vous recommande d'obtenir de votre médecin une lettre adressée aux autorités scolaires indiquant que vous avez été surmenée et pour éviter une panne, vous devez prendre au moins deux à trois semaines de vacances. De préférence une excursion en bateau, qui vous donnerait le meilleur repos.

G.C.E. Examens

Après quelques semaines de repos, vous reviendrez en meilleure forme et capable de faire beaucoup plus de bien à vos élèves que si vous deviez continuer à enseigner maintenant. Cela donnera aussi le temps aux choses de se calmer.

Votre contrat

Avant de décider de renouveler votre contrat, prenez vos vacances. Je pense personnellement que même si les conditions sont pires, et je crois qu'elles vont s'améliorer, vous voudrez renouveler le contrat pour les raisons suivantes : -

a) Vous possédez une maison à Saint-Kitts.

b) Les « vieilles dames » s'y plaisent aussi.

c) Vous avez gagné le respect des adultes et des élèves, grâce aux résultats d'examen obtenus par vos élèves.

d) Si vous alliez ailleurs, ce serait un nouveau départ. C'est une «

plume dans votre chapeau » que vos élèves vous soient restés fi-

dèles et continuent à étudier consciencieusement

Évolution de la situation politique

Pourquoi chercher les ennuis qui peuvent ne jamais survenir ? Le gouvernement de tout pays qui vient de gagner sa liberté commet souvent des erreurs en grandissant et par conséquent, il faut penser un peu à l'avenir, mais je vous recommande de ne pas le faire avant votre retour de vacances.

Citoyenneté

Bien que votre citoyenneté britannique soit limitée, elle vous permet néanmoins d'aller dans le Commonwealth et d'autres pays. Je regrette cependant que cela puisse vous empêcher de retourner au Chili. Naturellement, j'espère et je crois que tout ira bien, mais n'oubliez pas que vous avez de bons amis qui veulent vous soutenir dans les moments difficiles. »

« C'est si bon de votre part d'écrire comme vous l'avez fait et je l'apprécie. C'est tellement réconfortant de savoir que je peux toujours compter sur votre amitié pour m'aider à arranger les choses.

Je suis tout à fait d'accord que la santé est une priorité. Malheureusement, un voyage en mer, même si je l'aurais aimé, est impossible parce que les épreuves orales commencent dans deux semaines. En outre, même un voyage de quinze jours sur un cargo est trop cher et perturberait mes comptes. Cependant, j'ai fait un compromis et pour les trois derniers jours des vacances de Pâques, j'ai loué le petit bungalow sur la plage de *Conaree* et les ai passées tranquillement, entre baignade et bronzage. Cela m'a donné de l'énergie et ajouté au bon état des choses. Notre ancien directeur, celui qui était responsable de l'école quand je suis arrivée ici et qui est maintenant le secrétaire permanent du ministère de l'Éducation, est retourné temporairement à l'école pour la diriger jusqu'à ce que les examens G.C.E. soient terminés. Bien qu'il ait beaucoup de difficulté, puisque presque tout le personnel se plaint de sa présence et crée des situations désagréables, au moins il y a maintenant une sorte d'ordre, les cloches sonnent à l'heure, les étudiants sont de retour en uniforme décent, restent dans leur classe, les couloirs sont silencieux pendant les leçons, et bien que contre leur gré, la plupart des enseignants vont en classe - il n'y a donc pas de perturbations causées par des enfants qui courent comme durant le semestre dernier. Bien sûr, ce semblant d'ordre n'est qu'extérieur, je crains que le mal causé soit très grave et qu'il soit difficile pour les étudiants de retourner aux études normales et de retrouver leur sens du devoir. Nous devons néanmoins être reconnaissants pour ce répit temporaire. Au moins je peux travailler en paix et les garçons et les filles auront une chance de passer leurs examens.

Quant à l'avenir, bien sûr je comprends toutes les difficultés qui pourraient survenir si je quittais Saint-Kitts. S'il n'y avait pas eu l'animosité raciale qui s'éveille artificiellement et constamment, je ne penserais même pas à vouloir changer. Je dois me préparer au cas où le gouvernement ne veuille pas renouveler mon contrat qui expire en septembre 1970. C'est pourquoi je pense que je vais me renseigner discrètement sur les possibilités d'emplois ailleurs. Bien sûr j'espère qu'une telle éventualité ne se présentera jamais. Je sais à quel point il serait difficile, presque impossible de 'repartir à zéro' sans contacts dans un endroit inconnu, surtout avec mes petites vieilles dames. Je crains qu'elles ne puissent supporter un climat froid, et d'ailleurs, le bouleversement pourrait s'avérer trop dur pour elles. Elles ne rajeunissent pas et de nombreux petits maux et affections surgissent alors qu'elles sont installées dans leur confortable maison ici. Comme vous le dites, pourquoi chercher des problèmes qui ne se présenteront peut-être jamais. C'est juste ma nouvelle perspective pessimiste sur les choses qui me rend si déprimée. Je pense que c'est parce que la plupart de mes amis ont déjà quitté Saint-Kitts ou qu'ils s'en vont bientôt. Et même si tout mon temps est consacré à l'école, c'est agréable d'avoir des amis avec qui socialiser de temps à autre. Lorsque les vacances d'été commenceront je devrais changer de décor et d'atmosphère comme mesure thérapeutique. »

« Je suis désolé que vous n'ayez pas fait de voyage en mer, car je crois que cela vous aurait fait beaucoup de bien. Trois jours sur la plage de *Conaree* est un changement agréable, mais pas des vacances. Cependant, j'espère sincèrement que vous ferez amende honorable en prenant de bonnes vacances pendant l'été.

Je suis heureux que le vieux directeur soit de retour à l'école et ait apporté une sorte d'ordre. Je suis d'accord avec vous pour dire que le mal qui a été fait est profond, mais il n'est pas insurmontable. À Hong Kong, et dans de nombreux autres pays, le comportement stupide des enfants encouragés par des enseignants encore plus stupides qui ont un grief imaginaire a également fait beaucoup de mal. Les jeunes d'aujourd'hui ne pensent qu'à eux-mêmes, ce qui est encouragé non seulement par les enseignants, mais aussi par les commerçants qui pourraient en bénéficier énormément en répondant aux besoins de la nouvelle génération.

En ce qui concerne la situation de septembre 1970, vous avez raison de poser des questions discrètes sur les possibilités d'emploi ailleurs. De nombreux changements peuvent avoir lieu d'ici là et je ne peux m'empêcher de penser qu'aucune personne sensée ne mettrait un terme au contrat d'un professeur vedette dont les élèves n'échouent jamais à leurs examens. Bien qu'il soit préférable de travailler pour l'école, vous pouvez envisager de mettre en place vos propres classes.

Je suis désolé d'apprendre que vous êtes en période de sécheresse. Heureusement, nous avons eu du beau temps, mais tôt ce matin, il y a eu un orage terrible, avec des éclairs et des coups de tonnerre continus qui ont duré quelques heures. C'était très spectaculaire et cela nous a fait réaliser à quel point nous sommes des êtres insignifiants. Avec tous nos vœux pour vous et les vieilles dames. »

« Comme vous le remarquerez, je me trouve à Montserrat, où le Département de l'éducation m'a envoyé pour examiner les candidats du G.C.E. de Cambridge en espagnol. L'examen est terminé, toutes les notes sont saisies, le rapport établi et je peux maintenant me détendre pendant une heure ou deux jusqu'à ce qu'il soit temps de partir pour l'aéroport. La vue ici est magnifique, l'hôtel est magnifiquement situé sur une falaise avec une terrasse surplombant la mer des Caraïbes, bleu étincelant ce matin après la pluie de la nuit dernière, et les montagnes de l'autre côté sont d'un vert éclatant, de sorte que Montserrat aujourd'hui est vraiment à la hauteur de son nom d'île d'émeraude.

C'était bon d'avoir cette pause et de sortir - ne serait-ce que pour 48 heures - de Saint-Kitts. La situation là-bas est encore très tendue et désagréable. Le gouvernement dépense les fonds publics sans se soucier des conséquences, le coût de la vie ne cesse d'augmenter, les salaires restent les mêmes, une nouvelle taxe a été créée, il y a donc un mécontentement général. Comme d'habitude, cela conduit à trouver un bouc émissaire, dans le cas présent : la race blanche. Anguilla ne veut pas revenir à l'administration [20] de Saint-Kitts et notre gouvernement est très en colère - non seulement d'avoir perdu la face, mais aussi parce que désormais les fonds destinés à Anguilla depuis la Grande-Bretagne y seront envoyés directement Il n'y aura donc aucune possibilité de s'approprier

---

[20] En 1971, un accord intérimaire a été conclu avec la Grande-Bretagne en vertu duquel Anguilla a été autorisée à se séparer des États associés de Saint-Kitts-Nevis-Anguilla.
Anguilla sera officiellement dissociée de Saint-Kitts-et-Nevis en 1980.

une partie pour des usages non spécifiés ici à SaintKitts. Notre ministre de l'Éducation a décidé de fusionner une école de quelque 700 enfants avec notre établissement sans prévoir de salles de classe supplémentaires, de meubles et, surtout, du personnel ou des directeurs supplémentaires. La fusion doit avoir lieu en septembre, nous pouvons donc envisager une autre année scolaire chaotique. Entretemps, notre directeur licencié a trouvé un bon poste à Porto Rico et part à la fin de la semaine. Plusieurs autres membres du personnel se retirent aussi. J'ai eu quelques réponses à mes lettres. A en juger par elles, je ferais mieux d'essayer de renouveler mon contrat à Saint-Kitts. Seuls les jeunes (22-35 ans) sont les bienvenus dans la profession d'enseignant. Encore une fois, le risque de déménager mes pauvres petites vieilles me semble très grand, le bouleversement mettrait à rude épreuve leurs forces et leur endurance mentale. J'ai également rencontré peu de succès dans ma recherche d'un cargo confortable pour un court voyage à travers les Caraïbes cet été. Soit-il sont trop chers, soit ils ne prennent pas de femme seule. Il n'y a qu'une seule possibilité. J'ai découvert un voyage de Trinidad à Surinam, mais je devrai re-joindre le navire à Trinidad. Et aussi, il appartient à une ligne qui m'est inconnue, le navire à vapeur Alcoa. On m'a dit que les navires n'appartiennent pas à la compagnie, qu'ils sont seulement affrétés et naviguent sous le drapeau libérien. Ne voulant pas tomber dans un repaire de voleurs et pirates, j'ai écrit au bureau principal de New York pour plus de détails avant d'acheter mon billet.

J'ai de bonnes nouvelles pour clore la lettre. Tous mes candidats ont réussi leurs examens oraux, aux niveaux 'O' et 'A', en espagnol et en français. Bien sûr, le vrai test viendra à l'examen écrit, mais ces résultats ont renforcé notre moral - celui des enfants et le mien. »

« Je suis très heureuse d'apprendre que vous pourriez visiter les Antilles un jour. Je vais devoir rendre mes récits des îles plus lumineux pour vous tenter. Les Bahamas et les Bermudes sont trop bondés. Ici nous pouvons encore trouver de beaux endroits avec très peu de gens afin de profiter de la beauté et du calme de la nature. Les jours de semaine *Conaree* est merveilleux, il n'y a personne là-bas et j'y conduis chaque après-midi pour quelques minutes de paix. J'y ai aussi trouvé une chienne abandonnée, une créature des plus sympathiques et affectueuses. Je ne sais pas comment les gens peuvent être si cruels et insensibles au point de laisser leurs animaux mourir de faim. Il est évident qu'elle appartenait à quelqu'un, elle n'est pas un chien sauvage, et elle est très intelligente. J'aimerais pouvoir la ramener à la maison, mais elle est trop grande. Et d'ailleurs mes chats n'aimeraient pas ça, ni mon chien qui grogne sur *Chienne-Chienne*, comme je l'ai nommée. Je lui apporte à manger tous les jours et elle m'attend fidèlement au même endroit sur la plage. Les premières fois elle a essayé de me suivre chez moi, ce qui était terriblement pathétique. Mais maintenant qu'elle sait que je reviendrai le lendemain, elle reste là, toute triste et désespérée, à me regarder partir. L'accueil que je reçois quand j'arrive est habituellement frénétique. Elle saute même dans et hors de la voiture par la fenêtre, à la grande terreur de ma tante.

Nous sommes dans un pire état que jamais à l'école et nous attendons tous la fin de ce semestre. Les examens écrits G.C.E. seront terminés à la fin de la semaine. Je crains que les étudiants n'aient pas très bien réussi. Deux mois avant l'examen on m'a donné une douzaine d'autres étudiants. Même si je suis parvenue à les faire réussir l'examen oral ce sera un miracle s'ils réussissent à l'écrit, surtout le français qui a été très difficile cette année. Eh bien, il faudra attendre septembre pour connaître les résultats définitifs. Entretemps ce n'est pas la peine de s'inquiéter. »

La politique de l'île, la politique de l'école, le programme d'enseignement difficile, prendre soin de ses petites vieilles dames, firent du semestre l'un des plus difficiles depuis son arrivée à SaintKitts. Une fois de plus, elle chercha le calme en haute mer, cette fois à bord du cargo *SS Discover*.

« Je suis la seule passagère d'un vraquier de 9 000 tonnes en route vers le Surinam. C'est le vaisseau le plus bizarre sur lequel je n'ai jamais voyagé, pas de mâts, pas de grues, pas de panneaux recouverts de toile. L'ensemble du navire est plat, long et étroit et l'espace de la proue à la poupe est utilisé pour le transport de la bauxite et c'est seulement à l'arrière qu'une étrange structure abrite l'équipage, les officiers, le capitaine et les passagers, sur plusieurs ponts s'élevant très haut. Le logement est merveilleux. Étant la seule passagère, on m'a placée dans la suite du propriétaire. Je me sens tout à fait comme une princesse. Malheureusement le voyage était très court. J'ai embarqué sur le navire à Trinidad et je descends à Paramaribo. Là-bas, je resterai un jour ou deux et je prendrai le prochain bateau *Alcoa* pour remonter la rivière à travers la jungle jusqu'à *Moengo* où la bauxite est chargée. Puis, par le même navire, ou sur le *Pathfinder* ou le *Wanderer* - je retournerai à Trinidad où je prendrai l'avion pour rentrer chez moi.

Je serai à Paramaribo pendant 7 ou 8 jours. Puisque ces bateaux doivent naviguer sur les rivières et négocier les bancs de sable, ils ont un fond absolument plat et bien sûr, grâce à cela, le roulis est formidable. Dès que nous avons quitté Trinidad, tout ce qui était sur les tables a commencé à glisser. Pendant la nuit, j'ai presque été jetée du lit plusieurs fois et j'ai dû placer mes affaires sur le sol - l'étagère la plus basse, comme l'appelle le capitaine - pour éviter les accidents et les bris. Le navire, qui est affrété par l'Alcoa Co. et bat le pavillon libérien, a été construit en Ecosse et a un équipage norvégien. Hier, il a plu toute la journée et les perspectives étaient assez misérables. Nous avons eu du soleil aujourd'hui, donc les choses sont très différentes et je serai désolée de quitter le navire quand il accostera à Paramaribo ce soir.

Je ne suis pas sûre qu'il ait été sage de ma part d'entreprendre ce voyage. Bien qu'il soit court et le moins cher que j'ai pu trouver, il est encore très cher. Cependant, j'apaise ma conscience en me disant que j'ai besoin d'une pause. Un changement

d'environnement était vraiment impératif car j'ai besoin de restaurer mon énergie en me reposant correctement. Septembre apportera tant de problèmes que j'aurai besoin de beaucoup de force pour survivre. Un nouveau Directeur a été choisi parmi nos collaborateurs actuels. C'est un jeune homme, mais malheureusement, il ne croit ni à la discipline ni à l'ordre. Il est très décontracté dans son habillement et son travail, et pire que tout, il est le président du mouvement local *Black Power*. Cela semble si insensé. Saint-Kitts est une communauté à prédominance noire, le gouverneur et tous les ministres sont noirs, donc je ne vois pas la raison d'avoir un tel parti ici. Contre qui le mouvement doit-il être dirigé ?

Le consul général de France m'a offert un cadeau : une bourse pour qu'un de mes garçons aille en Guadeloupe pendant six semaines. L'Alliance Française a promis de m'envoyer de l'argent pour qu'un autre garçon suive ce cours, mais leur chèque a été retardé. Je n'ai pas eu le temps de vous consulter, alors j'espère que vous ne m'en voudrez pas d'avoir donné cette somme au garçon du fonds. Je trouverai probablement le chèque à mon retour et je le déposerai immédiatement dans le compte du fonds. Le cours a commencé le 15 et ils ne permettent pas les arrivées tardives. J'espère que vous approuvez. »

« Quelle heure étrange pour commencer à écrire une lettre ! Une bonne chose que vous n'aurez pas à la lire à une heure pareille. Le temps et la marée n'attendent personne et le M/V *Pathfinder* attend au-delà de la barre de sable extérieure à l'entrée du fleuve Suriname que l'eau monte assez haut pour entrer. On m'a dit d'être prête à 1h30, mais depuis lors l'agent de la ligne Alcoa m'appelle gentiment toutes les vingt minutes avec la nouvelle que nous devrons attendre un peu plus longtemps. Le *Pathfider* ne s'arrête pas à Paramaribo.

Paramaribo est une assez grande ville avec des rues très larges et des palmiers de chaque côté de la route. Il y a quelques bons magasins et vous pouvez acheter n'importe quoi, bien que les prix soient plutôt élevés. La circulation de bicyclettes est très importante mais les routes sont divisées en voies parallèles : une pour les piétons, une pour les bicyclettes et une pour les voitures. Les gens sont très sympathiques bien qu'ils soient des représentants de cinq races différentes - chinois, javanais, hindous, noirs et hollandais. L'anglais est parlé par presque tout le monde et est compris par tous. Il n'y a aucun problème à se déplacer et à obtenir ce que l'on veut. »

Quatre jours plus tard Mme Katzen écrivit :

« Nous sommes en route pour Trinidad après un merveilleux voyage dans la jungle. Nous avons traversé le Surinam, la Commewijne et la *Cotttica*. La rivière *Cottica* par endroits était si étroite que parfois les branches des arbres touchaient le pont. Le *Pathfinder* est encore plus pittoresque que le *Discoverer*. Étant construit en Ecosse, il a ensuite été emmené au Japon où il a été remodelé. Ils l'ont coupé en deux et ont inséré un nouveau milieu - comme un sandwich - puis ont fixé la poupe et la proue. J'étais anxieuse que nous n'arrivions pas tous en un seul morceau après le voyage à travers l'océan, mais il semble que nous l'avons fait. Cet ajout de longueur a rendu le navire plus long que les rivières sont larges, de sorte que vous pouvez imaginer l'excitation chaque fois que nous avons rencontré un virage brusque dans la *Cottica*, et je pense qu'il a dû y avoir un virage en épingle à cheveux à chaque mile. Nous étions officiellement escortés par un remorqueur et officieusement par des nègres de brousse dans des canoës qui venaient en essaims pour nous accueillir. Les canoës étaient très rapides et fabriqués à partir de troncs d'arbres. Mais hélas, la civilisation est arrivée jusqu'ici et plusieurs canoës étaient équipés de moteurs hors-bords. La jungle était fascinante, des arbres denses entrelacés de lianes descendaient directement dans la rivière et nous apercevions parfois des oiseaux aux couleurs vives.

Les rivières sont boueuses, tout comme le *Whangpoo*, mais au coucher du soleil les couleurs étaient merveilleuses, l'eau devenait dorée avec des reflets nacrés et la jungle émeraude sombre, plus mystérieuse que jamais. En sortant de la rivière vers la mer, nous avions l'impression de ramper au fond de la rivière à cause de notre chargement de 11 000 tonnes de bauxite, mais maintenant, en pleine mer, nous roulons encore plus joyeusement que sur le *Disvoverer*. Je joins une photo du navire qui glisse le long du *Cottica*. Ce fut un voyage des plus agréables et je suis très heureuse de l'avoir fait. Nous devons atteindre Trinidad ce soir. Nous avançons très lentement car notre hélice a été endommagée par une bûche dans la rivière. »

« À mon retour j'ai trouvé votre lettre du 15 juillet. Quel merveilleux travail vous faites, des usines à Bangkok et à Singapour, un tunnel de transbordement - combien de personnes doivent vous bénir pour les opportunités que vous leur donnez, des emplois pour les ouvriers et tous les avantages pour les futurs utilisateurs du tunnel, sans mentionner les produits de l'usine. Bien que je n'aie aucune idée de ce que signifie le nom « Tai Ping ».

La chienne à *Conaree* était absolument folle de joie quand je suis revenue. Pendant mon absence, je me suis arrangée pour qu'elle soit nourrie par des gens qui construisent une maison sur la plage, et maintenant j'ai loué le petit bungalow ici et elle est avec moi jour et nuit, pendant une semaine. J'ai essayé de lui trouver un foyer, mais personne ne veut lui en donner un, donc je suppose que je vais devoir continuer mes promenades tous les après-midis pour la nourrir. Tout cela est très bien alors qu'il n'y a pas d'école, mais une fois que les cours commenceront, ce sera plutôt difficile. Elle est si affectueuse et pleine de vie que je ne peux pas l'abandonner comme ça.

Mes petites vieilles vont bien, mais même après une courte absence je peux voir à quel point Mère devient plus fragile. Je ferais n'importe quoi pour la garder en forme et pour lui donner tout ce qu'elle veut.

Je viens de vous envoyer l'annuaire de l'école pour l'année scolaire 1967-1968. C'est l'œuvre de notre directeur, celui qui a été si injustement traité. Il a commencé ce livre en 1967 pour le faire publier en 1968, mais en raison de tous les problèmes sa publication a été retardée. Il vous donnera une idée de ce qu'était l'école avant le début de la nouvelle politique d'éducation. Presque toutes les activités sont passées à la trappe et les enfants ne sont plus aussi ordonnés et soignés qu'ils le paraissent sur les photos. Vous y trouverez plusieurs de vos « filleuls ». La plupart d'entre eux étaient en quatrième année, alors leurs photos ne sont pas là. Cependant, vous trouverez Danny Douglas, Naomi Knight et John Stapleton. Dans le Personnel de Premier Cycle, vous trouverez parmi les élèves enseignants, Emanuel Moses, l'un des premiers garçons à avoir été aidé par vous, et David Jones, que vous avez aidé avec ses études en Guadeloupe. Dans le groupe des élèves de 4ème année qui ont passé les examens de niveau « O », il y a Lance Brown, qui, après avoir terminé la 5ème année, a pu passer le niveau « O » à Londres grâce à vous. Seule la coquille de l'école est restée, l'esprit est parti, mais au moins vous aurez une idée de ce à quoi elle ressemblait. Je ne sais pas pourquoi le directeur a décidé de me dédier le livre. C'était une surprise. Je l'ai découvert quand il m'a envoyé une copie. Je crains de ne pas mériter les compliments qu'il a écrits.

Dans quelques jours je serai de retour à la maison en permanence. On nous a dit que les réunions du personnel devaient commencer bientôt, donc plus de voyages dans les îles. Néanmoins, je me suis bien reposée et je suis prête à travailler. »

« Je suis de retour à la maison et je n'ai pas l'intention d'en bouger avant la prochaine réunion. J'ai terminé mes vacances en allant à Nevis où j'ai passé quelques jours avec les seuls amis qu'il me reste sur cette île. Ils vivaient à Saint-Kitts, mais ils ont maintenant pris leur retraite à Nevis. Ils vivent dans une ancienne grande plantation de sucre, mais qui est maintenant en ruines. Ils ont rendu la vieille maison habitable, leur sœur et leur frère invalide y vivent, ils vivent eux-mêmes dans un petit cottage qu'ils ont construit et j'ai été logée dans l'ancien moulin à sucre - une tour conique avec des murs de pierre de 3 pieds d'épaisseur, je me sentais comme une princesse dans un château médiéval. La vue était à couper le souffle. Puisqu'il s'agissait d'un vieux moulin à sucre, il est à mihauteur d'une montagne sur une sorte de plateau avec la vallée verdoyante qui s'étend au-dessous, et des collines abondamment boisées jusqu'à l'étincelant océan Atlantique d'un côté et les Caraïbes de l'autre. J'ai eu un très bon repos pendant le voyage au Surinam avec une escale à la Barbade, puis les dix jours à

Conaree, et enfin les trois jours à Nevis. Je suis donc maintenant prête à faire face aux réunions et aux discussions du personnel.

Félicitations pour la toute nouvelle petite fille, qu'elle ait une vie pleine de santé et de bonheur et qu'elle prenne exemple sur son gentil, noble et généreux grand-oncle.

L'Alliance Française a envoyé le chèque promis, mais malheureusement ils ont commis une erreur dans le nom. Je l'ai renvoyé pour le faire corriger et ensuite je déposerai le montant dans le Fonds, remboursant ainsi ce que j'avais emprunté pour payer le cours de Kevin Perkins en Guadeloupe. Puis-je continuer à aider Eddie Walker lors de son retour à la Barbade le mois prochain ?

L'économie de l'île n'est pas très florissante, alors je ne sais pas quel genre de postes ils pourront trouver. Presque tous les jeunes essaient de quitter l'île et de trouver un emploi ailleurs. La seule industrie de l'île est le sucre, dont il semble y avoir un excédent dans le monde, de sorte que notre gouvernement, à juste titre, essaie de trouver d'autres moyens de revenu. Cependant, je ne suis pas certaine qu'ils s'y prennent de la bonne façon.

On parle beaucoup du tourisme en tant qu'industrie, mais jusqu'à présent très peu a été fait pour attirer les visiteurs, et pendant ce temps, sur fond d'espoirs de cet avenir radieux, l'industrie sucrière a connu un déclin alarmant, ce qui laisse présager un avenir sombre. Je ne connais rien à l'économie, mais il me semble qu'avant de se débarrasser d'une industrie bien établie, il faudrait en avoir une tout aussi bien organisée ou mieux organisée. Pour ma part, je préfère privilégier l'élevage du poulet. Mes petites vieilles dames, malgré leur âge, réussissent assez bien avec leurs quelques poules. Les légumes ne sont pas une entreprise très certaine car très souvent il y a un rationnement d'eau et dans cette chaleur un jour sans eau signifie la fin de la laitue, des choux, des tomates, etc. J'espère que votre ferme expérimentale se remet de la dévastation du typhon *Viola*. Il est alarmant de voir les dégâts causés par ces tempêtes. *Camille* nous a dépassés, mais les ravages qu'elle a causés aux États-Unis sont épouvantables. »

« Étant loin, je peux probablement voir la situation plus clairement que vous. Pour moi, le fait que l'école se soit 'stabilisée' est une grande réussite après la tourmente que vous avez récemment traversée. C'est regrettable qu'un certain nombre d'enseignants avec expérience soient partis, mais, même si seulement quelquesuns des nouveaux enseignants accepteront vos conseils, ils seront en mesure de montrer ce qu'ils peuvent faire.

Les jeunes d'aujourd'hui n'écoutent jamais leurs aînés car ils pensent qu'ils savent tout, jusqu'à ce que quelque chose se passe mal et c'est justement cela, les coups qu'ils reçoivent, qui forgent leur caractère, leur donnent l'expérience nécessaire et le désir d'aller de l'avant.

Il est difficile pour les membres les plus âgés du personnel, tout comme il est difficile pour les parents de voir que leurs efforts pour aider les jeunes à éviter les obstacles ne sont pas appréciés, mais juste comme nous avons dû surmonter des obstacles de nos jours, la génération actuelle doit en faire autant.

Le fait que vous soyez le seul membre blanc du personnel rendrait, au début, les jeunes enseignants rancuniers, mais en grandissant, ils découvriront que vous êtes celui qui peut rendre les choses plus faciles pour eux et votre popularité va croître et vous recevrez le respect que vous méritez.

Je suis désolé que vous ayez eu tant de mal avec votre mère, mais je suis ravi d'apprendre qu'elle fait de bons progrès. Je vous en prie, transmettez-lui mes meilleurs vœux. Vous devez maintenant essayer de vous reposer afin de rester en bonne santé.

La prochaine fois que vous écrivez à Eddie Walker, envoyez-lui mes meilleurs vœux et je vous prie de le financer comme bon vous semble. Il est tout à fait inacceptable qu'il doive se passer de ses repas par manque d'argent.

Je crois sincèrement que le vrai bonheur vient de la bonté envers les autres. Je sais que votre bonté envers *Chienne Chienne* apporte du bonheur à vous et au chien. Et ça vous apporte de la détende et vous change les idées par rapport aux nombreux problèmes quotidiens auxquels vous devez faire face. Prenez soin de vous. Avec tous nos vœux. »

« Cette lettre aurait dû être écrite il y a bien des jours mais je n'avais tout simplement pas le cœur de le faire. Mère est encore malade, elle est malade depuis un mois et on ne sait toujours pas ce qu'elle a. Le médecin vient chaque jour, parfois même deux fois par jour. Elle a eu tellement d'injections qu'il n'y a pas un seul endroit sur son pauvre corps qui ne soit pas douloureux. Elle perd du poids de façon alarmante. Heureusement, elle ne souffre pas de la maladie elle-même. Il y a une infection qui est localisée dans la vésicule biliaire, mais quelle en est la source, d'où elle provient est encore un mystère. Sa température était normale pendant deux jours, puis le troisième jour elle est montée à 103. De plus, elle a développé une jaunisse et doit suivre un régime alimentaire très strict. Elle n'a pas d'appétit et maintenant elle doit abandonner tous les petits plaisirs avec lesquels j'ai l'habitude de la tenter. Je crains terriblement que son cœur ne puisse supporter cette tension provoquée par de tels changements de température. Mes seuls points positifs pour le présent sont les voyages quotidiens à *Conaree* pour nourrir pauvre *Chienne Chienne* qui semble avoir appris à lire l'heure comme elle m'attend toujours quand je tourne sur la route latérale près de laquelle elle a sa demeure. Si seulement vous pouviez voir le bonheur sur le visage de ce chien - et pourtant il y a des gens qui disent que les animaux n'ont aucun sentiment ! Mes autres visites sont deux fois par semaine à l'hôpital. Un de mes élèves de 3e année a été très gravement blessé dans un accident de voiture et il semble qu'il devra rester à l'hôpital pendant au moins quatre mois. Le garçon veut tellement apprendre l'espagnol que je vais lui donner deux leçons par semaine, les deux jours où j'ai une période libre durant la première leçon du matin. Je vais à l'hôpital à 8 h 30 et je reviens à temps pour la deuxième leçon de la journée. Le garçon fait de très bons progrès, en fait il suit le reste de la classe, et son visage s'illumine quand il me voit. Il était plutôt difficile d'obtenir la permission d'entrer dans l'hôpital à une telle heure, mais maintenant, après un mois entier, tous les patients et les infirmières sont habitués à me voir venir. »

« C'est tellement réconfortant de savoir que, à des kilomètres de distance il y a quelqu'un sur qui je peux compter. Grâce à Dieu, depuis quinze jours, ma mère se sent beaucoup mieux, sa température a augmenté hier, mais seulement de trois points (pas de degrés) au-dessus de la normale et j'espère que ce n'est qu'un événement temporaire et isolé qui ne se répétera pas. Elle n'irait jamais à l'hôpital. D'abord elle serait terriblement malheureuse làbas toute seule, et deuxièmement, bien que nous ayons un bâtiment très moderne, comme partout ici, il n'y a pas grand-chose de plus. Les infirmières sont volontaires, mais très peu sont vraiment formées et qualifiées. En plus d'être en sous-effectif il n'y a pas de médecin résident. En fait, la moitié du temps, il n'y a pas de médecin sur place, et malheureusement, tellement de gens ont terminé leurs jours là-bas que peu sont disposés à y aller. J'espère que nous n'aurons jamais à l'y emmener.

Je suis très heureuse de savoir que votre neveu est déjà revenu et que vous attendez votre frère le lendemain. Cela signifie-t-il que vous prendrez aussi des vacances ? Avez-vous une chance de passer assez près de nous pour faire un arrêt, même court, à SaintKitts ? Ce serait merveilleux pour tous vos 'filleuls' de vous rencontrer, et nous serions tous ravis de vous faire visiter. Je dois dire cependant qu'au cours de la dernière semaine, ce n'était pas un endroit où il faisait bon vivre et je crains que le pire arrive. Un apprenti a été suspendu de l'usine de sucre, notre seule industrie, et ce fait a été immédiatement saisi comme un prétexte pour des perturbations et une grève. Le directeur et sa famille ont été insultés, bien qu'il ne fût même pas sur l'île quand l'apprenti a été renvoyé à la maison pour la journée, et hier soir le bureau principal de l'usine a été incendié et presque complètement détruit. Toute l'affaire a été lancée par les politiciens et les partisans du pouvoir noir. Bien sûr, inévitablement, l'aspect racial est mis en avant. Vous pouvez imaginer que maintenant notre position est devenue encore plus inconfortable qu'elle ne l'était.

Le point très positif est le petit garçon à l'hôpital. Il fait des progrès remarquables en espagnol. Non seulement il suit la classe, mais il est meilleur que certains des meilleurs élèves. J'aimerais que sa jambe guérisse plus vite. Il est ici depuis presque deux mois maintenant et les infirmières ne veulent pas ou ne peuvent pas me dire quoi que ce soit sur les progrès réalisés. Il peut se mouvoir dans le lit, mais il n'est pas autorisé à bouger la jambe qui a deux moulages - l'un sur le pied, l'autre sous le genou. »

« Bonjour de Saint-Martin. Je suis venue ici pour le week-end pour me détendre et dormir. Je voudrais pouvoir rester ici plus longtemps. C'est si calme ici. L'île est belle et puisque personne ne me connaît ici, un repos complet est assuré. Pas plus tard que le mois dernier, des liaisons téléphoniques entre Saint-Kitts et SaintMarin ont été établies, alors à mon arrivée, j'ai téléphoné à la maison et j'ai pu parler à ma mère, et je suis maintenant tout à fait prête à profiter de deux jours complets, si ma conscience me le permet, car bien que ce soit l'endroit le moins cher de l'île, je me sens encore un peu coupable quand je pense à la dépense.

Le côté hollandais s'est beaucoup développé au cours de ces quatre années depuis ma venue ici la dernière fois, le nombre d'hôtels a augmenté et les touristes américains ont complètement gâché l'endroit - donc je reste du côté français qui n'a pas changé du tout. Il n'y avait personne sur la plage et tout le monde dans la maison d'hôtes - les serviteurs, la direction et les visiteurs - faisait toujours preuve d'une politesse et d'une courtoisie à l'ancienne. Il n'y a pas de bruit, pas de blablabla, donc mes pauvres nerfs déchiquetés auront une chance de guérir. La baignade n'est pas bonne - trop de rochers. Le côté hollandais a de belles plages de sable. Je suis allée me promener et j'ai passé une heure très agréable à regarder les poissons, les crabes et les escargots de mer dans de petites piscines parmi les rochers. »

1970

« Quel soulagement béni de recevoir votre lettre ! Ne recevant pas de nouvelles de votre part et faisant des rêves très inquiétants à votre sujet, j'étais de plus en plus inquiète. S'il vous plaît prenez soin de vous, votre santé est précieuse, le bureau peut attendre. Ne retournez pas au travail jusqu'à ce que vous soyez 100% apte à nouveau. Mes vœux les plus sincères pour un prompt et complet rétablissement vous parviennent. Et je prie pour vous et espère que vous vous sentez en forme à nouveau. Pourquoi ne prenezvous pas de vraies vacances et ne quittez pas votre travail un moment ? Il n'y a rien de tel qu'un voyage tranquille en mer pour retrouver sa santé et son enthousiasme pour la vie. Pensez un peu à vous.

Le pauvre Christopher Coker, le petit garçon qui avait une jambe cassée, celui à qui je donnais des cours d'espagnol à l'hôpital, est maintenant à la maison, mais plein de chagrin. Sa mère, qui avait aussi été gravement blessée dans le même accident et qui s'était rétablie, avait besoin d'une petite opération au pied. Elle est morte sous anesthésie. Échapper à la mort dans un accident, souffrir et presque guérir, puis mourir sur la table d'opération, simplement parce qu'il n'y a pas de personnel compétent à l'hôpital. Et savez-vous que le père, celui qui était responsable de l'accident a encore eu un accident de voiture la semaine dernière ! C'est son troisième accident en un an. Je ne comprends pas.

Ma mère, Dieu merci, continue à être plus ou moins en bonne santé. Je prends soin d'elle autant que possible et elle m'en veut parfois. Elle s'emballe en travaillant dans le jardin et ne s'arrête pas pendant des heures, ne réalisant pas qu'elle est fatiguée. Pourtant, tant qu'elle est heureuse cela ne me dérange pas qu'elle grogne contre moi. Qu'elle soit de mauvaise humeur mais vivante.

Nous avons eu notre première réunion du personnel ce matin. Il semble que ce semestre est destiné à être encore plus éprouvant que le semestre dernier, pour moi du moins, parce que le directeur dit qu'il ne peut pas adapter mon emploi du temps à la journée scolaire régulière, et que je vais devoir donner une ou deux leçons chaque jour après l'école. C'est très insatisfaisant. Cela signifie une journée très longue et éprouvante pour les enfants et pour moi. Une autre enseignante, diplômée de l'Université, vient de déposer sa démission. Elle trouve les conditions trop frustrantes. Cela signifie que nous aurons un autre jeune non formé, non qualifié et inexpérimenté pour prendre un poste aussi important. L'attitude de nos insulaires est également en train de changer, et l'accent est mis sur le *Black Power* !

Mon séjour à St. Martin était délicieux - trop court bien sûr, mais cela ne pouvait pas être autrement. Quand Jane et moi gagnerons à la loterie ou au tirage au sort (Jane achète des billets pour les loteries de Hong Kong) nous irons en vacances. Dans l'état actuel des choses, je dois me contenter d'un week-end occasionnel. On apprécie le plaisir d'autant plus, mais bien sûr un tel répit ne donne pas une force suffisante pour durer tout un semestre. Cependant, j'ai pu passer les trois derniers jours au cottage à Conaree. *ChienneChienne* est restée avec moi et avec un tel garde du corps je me sentais très bien protégée. Elle était vraiment frénétiquement heureuse, non seulement parce qu'elle avait de la bonne nourriture, mais aussi parce qu'elle se sentait 'chez elle'. Elle s'assoit, écoute et semble tout comprendre. J'ai pris une photo avec elle. Je vous en enverrai une copie pour que vous puissiez voir quelle belle chienne elle est. »

« Mère est de nouveau malade. Pendant trois jours sa température fluctuait de nouveau entre une température inférieure à la normale et 103°. Le médecin vient ici matin, midi et soir, et ce n'est qu'aujourd'hui qu'enfin elle commence à s'intéresser aux choses. Pendant toute une journée sa température est restée constante à 99°. D'après ce que je vois, le médecin est tout aussi perplexe que moi quant à l'origine de la maladie. Tout ce que nous savons, c'est qu'il y a quelque chose qui ne va pas avec sa vésicule biliaire, ou ses voies biliaires, parce qu'elle est de nouveau assez jaune. Mais il ne semble pas savoir ce qui cause la jaunisse. Si elle était plus jeune, il opérerait, afin de voir ce qui ne va pas et enlever les parties malades. Mais à son âge, aucune opération n'est possible. Et elle devient de plus en plus faible, elle perd de plus en plus de poids et a l'air absolument horrible. Je crains tellement que son cœur ne soit pas capable de faire face et qu'il lâche. Toute cette semaine a été vraiment déchirante.

L'inquiétude, la peur pour sa vie même, l'impuissance deviennent vraiment trop difficiles à supporter. Devoir quitter la maison à 8 heures et revenir après 17 heures et ne jamais savoir ce que je vais trouver est assez pénible.
Je me précipite à la maison à chaque récréation, et bien sûr il y a la période de 40 minutes pour le déjeuner, mais pour le reste du temps, c'est juste de la torture. »

« La saison de la récolte de la canne à sucre commence aujourd'hui. L'esprit de chacun est ressuscité, et bien qu'elle aurait dû commencer au début du mois de janvier, les gens expérimentés disent qu'il y a de bonnes chances de récolter et de produire 46,000 tonnes de sucre, ce qui pour nos travailleurs du sucre semble être une grande promesse de prospérité. Malheureusement, la saison est très sèche, et il semble que cela ne soit pas à l'avantage de l'industrie.

Vous avez dit vous être senti épuisé avant vos très courtes vacances. J'espère que vous vous sentez mieux maintenant, et je pense que ce serait une bonne chose pour vous de suivre certains des conseils les plus raisonnables que vous me donnez : ne pas trop travailler. Plus facile à dire qu'à faire, n'est-ce pas ? Essayez quand même de suivre vos recommandations. »

« Comment puis-je vous remercier pour votre merveilleuse générosité ? Votre chèque pour le fonds vient d'arriver. Demain matin je placerai la moitié du montant sur le dépôt fixe et l'autre moitié sur le compte d'épargne afin d'avoir des fonds disponibles en cas de besoin. Vous ne pouvez pas imaginer le soulagement et le bonheur que vous apportez à tant de gens. Et ce n'est pas seulement l'aide immédiate, apportée maintenant, alors qu'elle est si urgemment nécessaire, qui est si précieuse. J'espère que votre gentillesse aura un effet durable, car comme ces garçons et ces filles reçoivent cette aide de votre part maintenant alors qu'ils sont à l'âge le plus impressionnable, peut-être que cela changera aussi leurs perspectives à l'avenir, les guérissant de l'amertume et leur faisant réaliser le mal et la futilité de l'attitude actuelle d'égoïsme des jeunes qui sont pleins de haine et de préjugés raciaux. J'espère qu'ils se souviendront toujours de l'aide que vous leur avez donnée, sans les connaître, sans les avoir jamais vus et pourtant en donnant à tant d'entre eux la chance de faire quelque chose de leur vie. Le cas le plus frappant est celui de votre premier 'filleul', Charles Archibald, que vous avez suivi durant les six niveaux du lycée et pendant trois ans à l'Université des Antilles et qui a maintenant gagné un prix spécial et sera envoyé en Suisse pour de la recherche et des études en relations internationales. Il y a sept ans, le garçon était malheureux et presque affamé, dans une situation financière si mauvaise qu'il aurait quitté l'école sans avoir obtenu le niveau 'O' nécessaire pour obtenir un poste de garçon de bureau. Alors que maintenant, grâce à vous, il a devant lui un brillant avenir, une carrière diplomatique qui j'espère lui permettra de travailler pour son peuple. Au moins il est reconnaissant, il comprend pleinement les bénéfices qu'il a reçus de vous, et il réalise que la violence, la haine et le Pouvoir Noir n'atteindront pas le bonheur et la paix dans le monde.

Je suis ravie d'annoncer que la température de ma mère a été normale depuis près de quatre semaines, la teinte jaune a disparu de sa peau et elle commence à ressembler un peu à son ancien moi. J'espère et je prie que cela signifie qu'elle est complètement rétablie. Bien sûr, la maladie l'a rendue irritable et capricieuse, mais je suis si heureuse qu'elle soit en vie que je suis tout à fait prête à supporter toutes ses crises et ses accès de colère, même si parfois je dois me précipiter pour essayer de satisfaire tous ses caprices. Elle est de retour dans son jardin et elle aime vraiment être parmi ses plantes. J'ai aussi le grand plaisir d'avoir avec nous une amie du Chili, une jeune femme qui enseignait le ballet dans mon école de La Serena et qui a décidé de tenter sa chance ici. Elle vivait avec nous au Chili et elle est devenue un membre de la famille, et même si ça peut paraître égoïste, j'espère, grâce à sa présence, que je pourrai partir quelques jours en été si tout va bien avec mère. Je sais qu'elle s'occupera de mes pauvres vieilles dames. Je n'ai pas eu de vacances convenables durant lesquelles je n'avais pas à m'inquiéter de ce qui se passe à la maison. Mon problème maintenant est le manque de sommeil. Il semble y avoir tellement à faire que je ne pourrai jamais tout finir, même si je vais me coucher vers minuit et que je me lève avant six heures. Si je pouvais seulement faire une sieste de dix minutes pendant la journée, je me sentirais très bien. Malheureusement je ne peux pas le faire. Cependant, les mercredis et jeudis j'ai une période libre et je mets ma tête sur mon bureau dans la salle du personnel et je dors quelques minutes malgré le bruit. Aujourd'hui, jeudi, j'ai dormi pendant dix minutes et je me sens pleine de vie. Le semestre se termine dans exactement un mois, puis je pourrai dormir 24 heures sur 24.

Comme d'habitude, j'ai continué à parler de moi-même sans même poser de questions sur votre santé, et vous n'en parlez pas non plus dans votre lettre. J'espère que vous allez bien. Merci encore de votre inestimable gentillesse. »

« J'espère que vous avez fait un bon voyage au Japon et que vous avez vraiment aimé l'Expo 70. Nous avons beaucoup lu à ce sujet et il y avait de belles photos dans les locaux de notre ligne aérienne locale qui essaie d'inciter nos habitants à faire le voyage. Mais même s'ils offrent un prix spécial je ne pense toujours pas qu'ils auront des passagers. D'ailleurs, la moitié des gens de SaintKitts ne sauraient pas où se trouve le Japon.

Je vous écris de *Conaree*, ma Mère se sent un peu mieux cette semaine, alors j'ai rendu visite à des amis qui vivent à Nevis. Je ne sais pas si j'ai mentionné dans mes dernières lettres qu'une très bonne amie à moi, une Chilienne qui enseignait le ballet dans mon école de La Serena, est venue à Saint-Kitts pour tenter sa chance ici. Elle est allée avec moi à Nevis où elle nous a donné un spectacle, dansant des extraits de Casse-noisette, de la Belle au Bois Dormant et du Lac des Cygnes. Elle a dansé au coucher du soleil sur la pelouse avec les fleurs tropicales et les palmiers comme toile de fond. L'éclairage était merveilleux, meilleur que toute autre sur scène. Tout semblait si éthéré et féerique. Nous avons tous beaucoup apprécié et cela m'a fait oublier tous mes soucis pendant quelques instants.

La température de ma mère est devenue mon baromètre. Quand Mère va bien, il fait beau et tout va bien, mais ces jours sont si peu nombreux, et quand sa température monte le baromètre chute et nous sommes englouties dans une sorte de brouillard lugubre à travers lequel je ne vois pas mon chemin. Je crains bien que le docteur ne soit pas sûr de la vraie raison qui expliquerait pourquoi ses canaux biliaires sont obstrués.

Mère, bien sûr, pense au pire et est tout à fait sûre qu'elle a une tumeur maligne qui appuie sur eux, mais j'espère qu'elle a tort, car je n'ai jamais vu cela s'accompagner de fièvre. Quoi qu'il en soit, je remercie le Seigneur qu'elle ne ressente aucune douleur, ce qui aurait été insupportable.

La plage de *Conaree* est belle maintenant, les couleurs sont merveilleuses, la mer brillante et turquoise, avec un bleu plus profond et indigo au loin. J'ai loué le bungalow pour quelques jours. Puisque la saison touristique est terminée le propriétaire me donne un rabais à la grande joie de *Chienne-Chienne* qui a emménagé avec nous immédiatement et nous a présentés à sa nouvelle famille ce matin ! SEPT d'entre eux ! Que devons-nous faire ? Imaginez-vous trouver un logement pour tous ! »

« L'école est bouleversée, plus de discipline, plus d'ordre ni de respect. Je garde une emprise très étroite sur mes étudiants de français et d'espagnol, et pour cette raison, je crains de ne pas être très populaire auprès du reste du personnel ni auprès de beaucoup d'étudiants. Je dois dire cependant que mes garçons et mes filles essaient généralement de travailler.

Casse-noisette – Marche des soldats de jouet

Leurs examens oraux, niveaux 'O' et 'A' français et espagnol sont la semaine prochaine. Je pense qu'ils ont une chance raisonnable pour cette partie de l'examen, mais dans la section écrite, comme il y a tellement d'anglais et que leur anglais est épouvantable, je crains que certains d'entre eux échouent dans les langues étrangères parce qu'ils ne connaissent pas l'anglais, qui est censé être leur langue natale.

Pour ajouter à tous nos problèmes, nous avons eu des pluies torrentielles - absolument inhabituelles à cette période de l'année. Les routes étaient toutes inondées et endommagées, la boue, le sable, les rochers et toutes sortes de débris dévalaient les montagnes et arrivaient dans la ville, transformant les rues en rivières et de nombreuses parties de l'île furent coupées. Après la tempête, des bulldozers, des tracteurs et d'autres équipements ont été apportés pour dégager les rues. Heureusement, aucune vie n'a été perdue, mais nous sommes dans un état de dévastation et le pire de tout est qu'il n'y a pas d'eau potable. Les canalisations principales sont engorgées par la vase, certaines ont éclaté. Par conséquent, en plus du reste de mon travail, je conduis maintenant tous les jours à l'usine de sucre ou je remplie les bouteilles, les cantines et les seaux, et l'eau est très lourde. Quand j'ai fait construire la maison, je voulais vraiment ajouter une citerne, car quand il y a une pluie abondante, nous obtenons des seaux d'eau en quelques minutes, mais je n'ai pas pu en construire une. L'année dernière, j'ai installé un réservoir de 400 gallons, mais comme il doit être rempli à partir de l'arrivée principale, il n'est d'aucune utilité. D'ailleurs, puisque les fondations n'étaient pas en mesure de le supporter, j'ai dû le faire installer sur un support spécial, et à cause de la menace des ouragans il n'est pas placé assez haut pour fournir de l'eau à mon "appartement". Donc la vie est loin d'être rose. Pourtant, j'essaie de rester gaie, et sans la maladie de ma mère, j'aurais été capable de tout supporter. Mon amie chilienne, Señorita Hilda Soto est une bonne compagne et elle m'aide énormément. Je suis très heureuse qu'elle arrive ici le 24. Je dois aller à Montserrat et Nevis pour examiner les candidats de niveau 'O' et 'A' en français et en espagnol, et elle restera à la maison et gardera le fort. »

« Le 30 mai, nous avons eu notre Soirée. Je joins un programme. Tous mes garçons ont travaillé très dur, nous avons dû fabriquer de nouveaux accessoires théâtraux pour les scènes. Un de mes assistants principaux, Robert Swanston, un futur ingénieur en électronique, a câblé tout l'endroit pour les lumières et les sons, d'autres ont fait office de menuisiers et le troisième groupe est devenu peintre. Nous avons tous apprécié le travail et les « décors » semblaient très professionnels. Surtout la tour de Barbe Bleue. Toute la performance a été un grand succès, personne n'a rien oublié, tous les costumes et accessoires étaient adaptés et même les perruques sont restées en place pendant le grand duel entre BarbeBleue et les soldats. Financièrement, nous nous en sommes très bien tirés, même si nous n'avons pas assez d'argent pour envoyer tous les cinq garçons. Chaque bourse est de 140 $US. J'ai maintenant assez pour deux garçons et le consul général de France a promis de s'occuper d'un garçon, mon 'chef d'entreprise', qui avait la charge de toutes les questions financières. Winston Hicks, 18 ans, qui était aussi peintre en chef s'est presque cassé le cou en tombant de l'échelle, mais il ne semble pas avoir subi de séquelles. Cependant, il reste encore deux garçons, alors une fois nos examens terminés, je vais commencer à mendier de l'aide. C'est tellement dommage que notre gouvernement ait refusé d'accorder une bourse. Ces garçons parlent un excellent français, trois d'entre eux se joindront probablement au personnel de l'école en septembre en tant qu'apprentis-enseignants. Il s'agit donc vraiment d'un investissement. Un cours de six semaines données par des professeurs d'une université française reconnues, dans une atmosphère française, est la meilleure préparation que ces jeunes ne puissent jamais recevoir. Et pourtant, le ministère de l'Éducation ne semble pas le comprendre.

Mlle Soto et Mme Katzen

Je viens de recevoir une lettre du Ministère m'informant que le Gouvernement souhaite renouveler mon contrat pour une autre période de trois ans. Je m'en réjouis, car bien que les conditions de travail soient assez difficiles et que le salaire soit insuffisant, au moins je n'aurais pas me déraciner et à bouleverser la vie de mes pauvres petites vieilles. Du moins si j'accepte le contrat. Je dois prendre 84 jours de congé, pour aller à l'étranger, et je ne vois pas comment je peux laisser ici ma pauvre petite vieille mère, même avec la Señorita Hilda Soto qui est heureuse de s'occuper d'elle. Je devrais y aller en septembre. Je ne peux pas y penser maintenant. »

« Tout d'abord, la famille Douglas. J'ai donné à Mme Douglas le reste de leurs fonds et ils sont maintenant tout à fait capables de continuer par eux-mêmes. J'espère qu'ils vous seront toujours reconnaissants, car en ce qui me concerne, je ne sais comment exprimer mes remerciements pour votre gentillesse.

Passons maintenant aux étudiants en Guadeloupe. J'ai pu obtenir des fonds et des bourses pour quatre d'entre eux. Puisque vous avez été si généreux de dire que je pourrais utiliser une partie du fonds si nécessaire, puis-je envoyer le cinquième garçon ? C'est un garçon très bien élevé, il va maintenant entrer en VI A après avoir réussi avec succès ses examens internes de VI B. En plus d'être un bon élève, il est aussi honnête et travailleur. Il sera très reconnaissant et à mon avis il mérite d'y aller.

Le médecin vient de me donner de nouveaux comprimés et depuis deux semaines, la température de ma mère est normale. Vous pouvez imaginer quel soulagement cela a été, venant juste au moment des examens scolaires. Elle a recommencé à s'intéresser aux choses, à sortir dans le jardin et dans la cuisine, et elle est même allée faire un tour.

L'atmosphère dans la maison a changé radicalement. Nous marchons normalement, pas sur la pointe des pieds, nous pouvons parler, et même plaisanter et rire. Je commençais même à penser à mon congé et à un voyage en cargo pour récupérer et retrouver un peu de sommeil bien mérité quand soudain un autre problème est survenu, tout à fait inattendu, et auquel il me faut trouver une solution, vite.

J'hésite à vous écrire à ce sujet, mais le fardeau est si lourd que je cède à la tentation de déverser mes ennuis. Peut-être, aussi, si je mets tout sur papier, une solution pourrait-elle se présenter.

Je crois avoir mentionné dans ma dernière lettre que le gouvernement de Saint-Kitts a offert de renouveler mon contrat pour une autre période de trois ans. J'en étais très heureuse car je ne voudrais pas de changement en ce moment, mes petites vieilles dames sont beaucoup trop faibles et fragiles pour bouger et le bouleversement pourrait être trop pour ma mère. Cependant, hier, sans avertissement préalable, on m'a informée qu'il y aurait un changement dans les modalités du contrat, et cela me remplit de consternation.

Mon salaire mensuel actuel (après toutes les retenues) est de 78 £. Sur cela 40 £ vont aux dépenses ménagères : nourriture, électricité, téléphone, prix de l'eau et entretien - savon et nettoyants, etc., réparations et remplacement de vieux ustensiles - 14 £ pour la nourriture que je donne à mes enfants des clubs de français et d'espagnol et cela me laisse 24 £ pour tout le reste : les vêtements, le fonctionnement de la voiture, les dépenses imprévues et quelques très petits organismes de bienfaisance. Sur ces trois sections, je dois économiser autant que possible pour payer trois polices d'assurance (maison, meubles et voiture), et garder quelque chose pour les frais de médecin, les médicaments et les urgences.

Le coût de la vie sur l'île a augmenté régulièrement alors que les salaires sont restés les mêmes, mais j'ai été en mesure de gérer et je pense que je pourrais encore m'en sortir si ce n'était pas pour la maison.

Quand je suis arrivée à Saint-Kitts, la situation du logement était très difficile. C'est encore pire aujourd'hui. Une maison non meublée ne coûte pas moins de 20 £ par mois et ces logements sont très rares, généralement 25 £, voire 30 £. Cela semblait un tel gaspillage de payer 20 £ par mois pour le loyer et ne rien obtenir en retour que j'ai commencé à penser à la construction. À cette fin, j'ai vendu l'une des deux maisons que j'avais au Chili et j'ai décidé d'obtenir un prêt pour construire une maison.

Comme à cette époque, le programme d'aide aux étrangers (O.S.A.S.) était en vigueur, j'ai décidé de contracter un prêt et de construire, puisque j'aurais l'allocation mensuelle d'aide de l'O.S.A.S. pour le rembourser. Cette allocation était de 42-16-10d par mois. J'ai donc emprunté l'argent, 3000 £, j'y ai ajouté les 1000 £ que j'avais économisées et j'ai construit la maison.

C'était il y a trois ans et demi, et comme le programme devait être en vigueur jusqu'en 1976 et que le gouvernement avait promis que mon contrat l'inclurait, tout semblait parfait.

Et voilà que, tout à coup, le ministère m'a informée que cette allocation cesserait à compter du 1er septembre. Vous pouvez imaginer ma consternation ! J'ai payé fidèlement l'argent à Wade Plantations et, au cours des trois dernières années, ils ont reçu de moi 1 360 £. Malheureusement, comme les intérêts sont assez élevés, je leur dois encore environ 2 200 £ - et je ne vois vraiment pas comment je pourrai continuer à payer les mensualités après septembre.

Depuis la maladie de ma mère j'ai réduit tous les frais, j'ai arrêté tous les divertissements, j'ai réduit la vie à sa forme la plus simple, j'ai même annulé tous les abonnements aux journaux et aux magazines. Nous n'avons pas de domestique et n'achetons pas de nouveaux vêtements. Je ne sais donc pas ce que je peux réduire. Je pourrais renoncer aux sandwichs pendant les clubs français et espagnols, mais je sais que ce repas est peut-être le seul bon repas que certains enfants reçoivent ce jour-là. Il ne sert à rien de vendre la petite maison que j'ai laissée au Chili, elle me rapporterait très peu et de toute façon je ne pourrais pas sortir cet argent du pays. Aussi, supposons que je doive retourner au Chili - le Seigneur m'en garde - au moins j'aurais un endroit où vivre. Je n'ai pas de bijoux et le médecin et le pharmacien ont déjà pris mes dernières économies.

Je ne veux pas envisager de vendre la maison. Je n'obtiendrais pas sa pleine valeur, car le toit n'a jamais été peint, les salles de bain et la cuisine ne sont que partiellement carrelés et le terrain n'est pas correctement clos. Et si je la vends pour les 2200 £ que je dois à Wade Plantations, il faudrait trouver un endroit où vivre, ce qui signifie devoir encore payer 20 à 25 £ par mois pour le loyer que je n'aurais pas. En outre, si je ne peux pas obtenir un autre contrat, je pourrais commencer des cours de français et d'espagnol ou une petite école à la maison - si je possède une maison. Je pourrais peut-être renoncer à mon congé, et l'argent du voyage pourrait servir à payer une partie du prêt - mais mon allocation de voyage n'est que de £200 et je ne sais pas si le gouvernement serait disposé à me laisser l'utiliser pour toute autre raison que le voyage. De plus, je réalise que j'ai besoin de ce congé, ma vue s'est tellement détériorée. Avec le manque de sommeil et toutes les corrections pendant la nuit ma santé décline. Je dois obtenir des soins médicaux avant qu'il ne soit trop tard. Il y a quelque temps, on m'a offert un autre poste de directrice de l'École de l'usine sucrière - mais le salaire était encore plus petit, et il n'y avait pas non plus d'indemnité incitative. Donc, peu importe la direction que je prends, je ne vois pas d'issue. Auriez-vous une solution ?

J'ai écrit au Secrétaire permanent de l'Éducation pour implorer que cette décision soit reconsidérée, mais je crains qu'il n'y ait pas beaucoup d'espoir. Si je peux bien me reposer et me sentir à nouveau forte, je donnerai quelques cours à l'École du soir. J'ai refusé de le faire jusqu'à maintenant, parce que cela implique plus d'enseignement et de corrections pendant la nuit et je suis généralement trop épuisée pour donner des leçons appropriées après une journée entière de travail. Toutefois, en dernier recours, je suppose que je vais devoir essayer.

Je suis désolée de vous avoir raconté tous mes malheurs, mais je me sens un peu mieux maintenant que j'ai partagé mes problèmes avec quelqu'un, et peut-être que vous pourriez penser à quelque chose qui m'échappe.

Maintenant, je me demande si je devrais vous envoyer cette lettre après tout. Vous pourriez penser que je vous supplie de m'accorder une aide monétaire et je ne voudrais pas que vous ayez cette idée. J'ai écrit tout cela parce que je n'ai aucun ami avec qui je peux discuter de la situation et j'ai besoin de sympathie et de soutien moral. La maladie de mère, les conditions de travail désagréables à l'école, mon épuisement total et maintenant ce coup du ministère, je pense que je suis au bout du rouleau. Écrivez bientôt et rassurez-moi. »

« Je suis à Londres pour quelques jours avant de me rendre sur le continent. Avant tout, puis-je dire combien je suis heureux que votre Mère aille mieux. J'espère qu'elle ira bien bientôt.

En ce qui concerne votre problème, vous avez bien fait et je suis honoré que vous partagiez vos problèmes avec moi. Je suis tout à fait d'accord avec vous pour dire que vous ne devez pas renoncer à votre emploi malgré la façon honteuse dont le gouvernement de Saint-Kitts s'est comporté. Personne n'a fait autant que vous pour la jeunesse de cette île et l'appréciation de tout le monde a été démontrée quand ils vous ont honorée récemment. Il est vraiment honteux que le ministère de l'Éducation cesse soudainement de vous accorder une allocation de logement.

Afin de soulager votre anxiété, je vous envoie immédiatement un télégramme conformément à la copie ci-jointe, et j'ai demandé à Hong Kong de vous le remettre immédiatement, Trois mille livres, que, j'espère, vous accepterez comme cadeau de ma part. Puis-je vous suggérer de rembourser l'hypothèque de votre maison, et de faire toutes les réparations nécessaires. S'il vous plaît, allez voir un bon spécialiste de la vue et prenez des vacances bien méritées, car il est essentiel que vous gardiez une bonne santé.

Je vous suis très reconnaissant pour tout ce que vous faites pour nos différents protégés. C'est une excellente nouvelle d'apprendre que la famille Douglas peut maintenant joindre les deux bouts. Bien sûr, payez les fonds nécessaires pour le cinquième étudiant qui va en Guadeloupe.

Je pars pour un congé de 12 jours sur le continent mardi où je visiterai Vienne, les Dolomites, Venise et Milan. De là, je me rends en Amérique et j'espère pouvoir visiter les parcs nationaux de la côte ouest des États-Unis et les Rocheuses canadiennes avant de retourner à Hong Kong. Je vous souhaite bonne chance, à vous et aux vieilles dames. »

« Je me demande où vous êtes maintenant, c'est tellement étrange d'écrire sans connaître votre adresse, d'envoyer la lettre dans l'espace. Je vais l'envoyer à Hong Kong et j'espère qu'elle vous parviendra bientôt.

Comment vous remercier pour tout ce que vous faites ? Je suis rentrée vendredi de Nevis après deux jours d'absence et j'ai trouvé votre câble, qui m'a complètement étourdie, suivi une heure plus tard par un autre de Hong Kong et hier soir j'ai reçu votre lettre de Londres.

Je ne sais pas comment commencer à vous répondre. Mon premier réflexe a été de télégraphier votre bureau de Hong Kong et de contrecarrer vos instructions - et puis j'ai senti que ça serait impoli de répondre d'une telle manière à votre action noble et généreuse. Il n'y a absolument aucune raison pour vous de me donner un tel cadeau munificent et je ne pense pas avoir le droit de l'accepter.

C'est vrai qu'à partir de septembre je ne pourrai plus payer, et que Wade Plantations n'hésitera pas à nous expulser. Le Ministère n'a pas encore répondu à mon appel leur demandant de reconsidérer leur décision, et plus ils prennent de temps moins il y a de chances que cette allocation de logement soit maintenue.

Je suis fortement tenté d'accepter votre aide - la pensée de mes pauvres petites vieilles sans défense me hante tout le temps. Cependant, puis-je le considérer non pas comme un cadeau permanent mais comme un prêt temporaire que je peux rembourser petit à petit ? Je sais que cela semble ridicule, voire impudent, comme vouloir remplir un réservoir vide avec un compte-gouttes - et pourtant cela me fera me sentir moins honteuse et mercenaire, comme si j'avais profité de votre bon cœur généreux. Demain, lundi, j'irai à Wade Plantations et je découvrirai exactement où en est ma dette envers eux, puis, comme vous le suggérez, je la rembourserai, je ferai effectuer les réparations nécessaires à la maison, et ce qui reste, puis-je vous le rendre ? Après cela, en supposant qu'un miracle se produise et que mon allocation de logement mensuelle se poursuive à mon retour de congé, c'est à dire si j'y vais, je vous la remettrais immédiatement. Alors ma conscience ne me torturera pas si cruellement. S'il n'y a plus d'allocation de logement, alors je vous remettrais ce qui resterait de mon salaire - cela varie bien sûr à chaque fois et serait juste une goutte dans l'océan. Il faudra probablement des années et des années pour rembourser. Me permettez-vous de le faire ? Dites oui s'il vous plait.

J'écrirai de nouveau dès que j'aurai tous les chiffres de Wade Plantations, mais je veux envoyer cette lettre demain matin à la première heure. Un retard peut vous faire penser que je suis ingrate. Oh, c'est si difficile d'exprimer ce que je veux dire, les mots sont si dénués de sens.

Quelques mots sur la vie ici : les garçons sont allés en Guadeloupe pour leur cours de six semaines. J'ai écrit tous mes comptes rendus de travail et mis en ordre toutes mes affaires scolaires, après quoi, profitant de l'amélioration de la santé de Mère, je suis allée passer deux jours à Nevis. Certaines personnes que je connais me laissent parfois utiliser leur maison. C'est à des kilomètres de tout, pas de circulation, pas de bruit, pas de téléphone. Un endroit merveilleux pour dormir et se reposer un jour ou deux.

Mère a passé un mois sans avoir une température élevée. Hier, tout d'un coup, elle est montée à 101,4 mais c'est normal aujourd'hui, alors j'espère que c'était juste l'excitation de mon retour. Elle ne sait rien, bien sûr, de toute cette histoire d'allocation de logement, du contrat, etc. Je crains qu'elle ne puisse pas supporter toutes ces inquiétudes.

Encore une fois, que le Seigneur vous bénisse, je n'ai pas de mots pour vous remercier, tout ce que je peux écrire ne vous donnera pas idée de la gratitude et du bonheur que vous m'avez apporté. J'espère que vos vacances seront paisibles et agréables. Reposez-vous et détendez-vous. »

« J'aurais aimé savoir comment vous remercier pour tout ce que vous faites ! Vous avez donné de l'espoir, de l'aide, une nouvelle vie à tant de jeunes et à leurs familles ici, et maintenant vous m'avez littéralement sauvée, car je dois reconnaître que j'étais vraiment désespérée, ne sachant pas quoi faire, et que je devenais complètement folle d'inquiétude. Wade Plantations n'aurait eu aucun scrupule à nous expulser, et mon cœur était brisé quand je regardais mes pauvres petites vieilles dames fragiles, ne sachant pas quoi faire, comment annoncer l'horrible nouvelle et quelles mesures prendre. Le Ministère, soit dit en passant, a simplement ignoré mon appel, je dois appeler l'officier du personnel des établissements, la semaine prochaine, pour voir ce qu'on peut faire. On m'a dit ça après avoir écrit la semaine dernière. Vous avez changé tout cela, même s'il faut des années et des années pour vous rembourser les fonds par petits bouts, je suis assurée que mes petites vieilles ne seront pas privées de leur maison et pourront y vivre en paix. Que Dieu vous bénisse !

Je ne veux pas vous déranger avec toutes ces affaires pendant que vous êtes en vacances. Lorsque vous retournerez à Hong Kong je vous enverrai un rapport détaillé avec les bordereaux de change de la Banque, le reçu de Wade Plantations et l'estimation de l'entrepreneur.

Où êtes-vous maintenant ? A Londres, en Europe, ou êtes-vous en route pour le Canada ? Où que ce soit, j'espère que vous vous reposez et passez des vacances reposantes. Vous le méritez certainement et voyager est si agréable. Comment voyagez-vous en Europe ? En voiture ? Je trouve que c'est la seule façon de profiter et de tout voir. Je me demande si vous vous souvenez de Morris Archibald ? Il a été l'un de vos premiers 'filleuls', et plus tard, il a obtenu une bourse pour un cours de trois ans dans une université du Pays de Galles. Pendant ses vacances, il s'est rendu en France, puis a fait de l'autostop partout en Europe. Il a marché et a fait du vélo.
Il a dit qu'il aimait vraiment cela.

Saint-Kitts traverse une période d'anxiété. En raison de plusieurs circonstances, notamment climatiques, la récolte sucrière qui s'annonçait exceptionnelle, s'est révélée une grande déception. Habituellement, à cette époque de l'année, 30 000 tonnes de sucre sont élaborées, cette année, seulement 17 000 tonnes ont été produites et le climat politique est très instable. C'est une question de vouloir courir avant de savoir marcher. Tous les « nouveaux » pays passent probablement par des étapes semblables. Les rêves ne font pas fonctionner un État. Le bon sens est bien plus important. Les projets sont bons, mais il faut les réaliser. »

« Cette lettre vise à vous souhaiter la bienvenue à la maison. J'espère que vous avez passé des vacances agréables et reposantes, mes prières et mes pensées ont été avec vous constamment et pas un jour ne passe sans que je ne pense à vous et que je m'interroge sur votre gentillesse et votre générosité. Je n'arrive toujours pas à croire que nous sommes vraiment sorties du cauchemar. Je me réveille souvent au milieu de la nuit complètement effrayée, et puis je me souviens que vous nous avez sauvées et que Wade Plantations a été payé et que nous ne risquons pas d'être expulsées. Vous ne pouvez pas imaginer les jours et les nuits pénibles que j'ai traversés et je ne sais pas comment je ne pourrai vous remercier pour ce que vous avez fait pour nous.

Wade Plantations a reçu leur dû et je vais vous envoyer leur reçu quand vous serez de retour à Hong Kong. L'entrepreneur a déjà mis en place le mur entre nous et la maison des voisins sur la gauche - un bon mur solide, donc maintenant nos fleurs et autres plantes, fruits et légumes ainsi que mes animaux de compagnie sont tous à l'abri de leurs moutons, chiens et enfants. Les voisins sur la droite sont très sympathiques et serviables. Nous sommes en excellents termes donc la clôture métallique que nous avons maintenant réparée est tout à fait suffisante pour séparer nos jardins respectifs. Le toit a été peint - l'entrepreneur dit que cela a été fait juste à temps ; il n'aurait pas pu tenir plus longtemps sans commencer à rouiller et à pourrir. Deux réservoirs ont été mis en place, l'un relié à l'approvisionnement principal en eau pour s'assurer d'avoir de l'eau lorsque l'autre réservoir est vide. Ce qui arrive tous les jours de 8 heures à 18 heures et encore de 20 heures à 6 heures. Et avec une invalide dans la maison, c'était très difficile. Je remplissais chaque seau et casserole disponibles chaque fois que l'eau devait être coupée. L'autre réservoir sert à stocker l'eau de pluie, ce sera fini la semaine prochaine car des gouttières doivent être fixées aux avant-toits. Après cela, la cuisine et les salles de bains doivent être carrelées et je serai en mesure de vous envoyer un relevé complet des coûts et des dépenses, ainsi que de restituer tout solde restant, le cas échéant. Un mot de remerciement et de gratitude vous est adressé avec chaque élément ajouté.

La santé de ma mère, Dieu merci, n'est pas mauvaise. Il y a quinze jours, le docteur m'a dit que je pouvais réserver mon billet pour le Chili, et soudain Mère a eu quelques problèmes de cœur et le docteur a dit que je devais 'attendre quelques jours avant de partir'. Maintenant elle s'est rétablie et il dit qu'il ne voit aucune raison de ne pas faire le voyage. D'une part je crains terriblement de quitter mes pauvres vieilles dames, bien que mon amie chilienne, la danseuse de ballet s'occupera d'elles. Elle est fiable, honnête et comme un membre de la famille. D'autre part, Je me rends compte que je ne suis pas en état de me lancer dans un nouveau contrat sans avoir un repos complet - et c'est possible seulement si je quitte le cercle familial pendant un certain temps. Je sais que cela semble égoïste, mais si je reste à la maison sans une pause le souci constant et le manque de sommeil finiront par m'achever. Si seulement j'étais sûre de la trouver vivante et dans le même état que maintenant à mon retour je n'hésiterais pas. Quel dommage que nous ne pouvons pas savoir ce qui nous attend. Les pauvres gens qui ont été noyés avec le *Christena*[21] ne pensaient pas qu'ils allaient mourir d'une mort si terrible alors qu'ils partaient pour un voyage d'agrément ! Nous ne pouvons pas prédire l'avenir. Je vais quand même devoir croiser les doigts et espérer que tout ira bien. Du moins si j'y vais vraiment.

Désolée d'avoir fini sur une note pessimiste, je ne voulais pas. Veuillez écrire lorsque vous aurez le temps de le faire. Je sais que ce sera difficile puisque vous venez de revenir, alors je serai patiente et j'attendrai. »

Une fois de plus, Madame Katzen fut appelée par la paix et le calme d'un voyage en mer. En route pour le Chili à bord du *Seattle*, elle était de nouveau dans son élément.

---

[21] La Christena, le traversier quotidien entre Saint-Kitts et Nevis a coulé le 1er août 1970. Il y a eu 233 victimes.

« Un incendie à bord, un passager clandestin, 12% de l'équipage qui a disparu du bateau et a été abandonné à La Guaira (Venezuela), la cabine du capitaine cambriolée et les câbles en nylon du navire volés sur le pont alors que nous étions au mouillage en attendant une place à Buenaventura (Colombie). Tout cela a ajouté du piquant à un voyage délicieux. Un feu a commencé dans le système d'alarme incendie, toutes les batteries ont été ruinées et puisque le navire ne peut pas naviguer si le circuit d'alarme incendie est hors service, nous avons été retardés pendant deux jours tandis que nous attendions l'arrivée de l'équipement de réparation.

J'étais très heureuse du retard, je considère chaque jour supplémentaire passé à bord comme un bonus. Quand je me suis installée dans ma cabine je me suis endormie et j'ai dormi jusqu'à ce que je ne puisse plus dormir. Le voyage a été agréable, très paisible et relaxant - sauf les quelques incidents passionnants mentionnés cidessus. Malheureusement je n'ai pas pu en profiter pleinement car il n'y a toujours pas de lettres de la maison, et je suis presque arrivée à la fin du voyage, débarquant à Valparaiso la semaine prochaine. À un moment donné, je suis devenue si anxieuse que j'ai envoyé un câble à mes petites vieilles dames. Elles ont répondu que tout allait bien et qu'elles avaient déjà posté huit lettres. Cela a un peu soulagé mon anxiété, mais il n'y a pas eu d'autres nouvelles depuis. Alors, où sont ces huit lettres ? Dieu seul sait.

Il n'y a que trois autres passagers sur ce vaisseau de 9000 tonnes. Ils sont tous des gens très agréables, mais même s'ils ne l'étaient pas, il y a tellement de place qu'aucun corps ne peut se trouver sur le chemin de quiconque. Le capitaine est un vieil ami, j'avais déjà fait un voyage avec lui. Le temps était merveilleux au début, mais depuis que nous avons approché l'équateur, il y a une semaine, il est devenu amèrement froid -

62° - avec des rafales de pluie, des vents forts et violents et une mer agitée. Comme nous avons déjà déchargé presque toute notre cargaison, le navire est très léger et nous roulons, tanguons et plongeons tout le temps. J'ai été presque jetée du lit hier soir. Nous nous balancions de haut en bas, le bateau secouait de façon erratique et nous nous sommes presque écrasés contre un autre navire.

J'ai eu le temps de réfléchir à tout, surtout à votre gentillesse innée et à votre générosité. Je ne peux vous dire à quel point j'apprécie votre amitié. Il est impossible de vous rembourser pour tout ce que vous avez fait. Le remboursement financier commencera dès que je retournerai à Saint-Kitts. Je ne peux que prier le bon Dieu de toujours vous protéger et de vous laisser vivre autant de bonheur que vous avez donné aux autres. »

« Merci beaucoup pour vos deux lettres, l'une reçue chez ma sœur et l'autre hier ici à Valparaiso. J'ai été très heureuse d'apprendre que vous êtes de retour à la maison et en bonne santé. Merci pour l'information sur votre ferme. Je pense qu'il n'y a rien de plus fascinant que de regarder la terre produire et je m'émerveille toujours des beaux légumes et fleurs produits à partir d'une poignée de graines dans notre petit jardin. Je peux imaginer votre fierté quand vous voyez vos récoltes de fruits, surtout lorsqu'ils poussent sur des terres considérées comme sans valeur. Mère dit toujours que chaque plante répond à l'amour et aux soins, peu importe la mauvaise qualité du sol.

Avec mon habitude de m'attirer des ennuis, j'ai réussi à quitter Santiago de justesse avant que l'état d'urgence ne soit déclaré. Comme vous l'avez peut-être entendu, les résultats des élections présidentielles n'ont pas été décisifs, Allende obtenant 31000 votes de plus qu'Alessandri, ce qui signifie que le congrès devra décider lequel des deux régnera définitivement. Le Congrès doit se réunir demain et tout le pays est dans la tourmente. Il y a des manifestations, des réunions et maintenant des bombes et des tirs partout. Hier, le chef d'état-major de l'armée, le général Schneider a été attaqué et abattu, il est toujours inconscient malgré deux opérations. C'est la raison de l'état d'urgence. Tous les rassemblements sont interdits et tous les véhicules quittant la capitale sont arrêtés et fouillés. Beaucoup de gens ont été arrêtés et il y a une atmosphère de panique. Les gens ont quitté le pays par milliers, tous les trains et les avions sont réservés jusqu'à la fin du mois de novembre, et même le *Rio de Janeiro*, qui transporte seulement 8 passagers est plein. Il est entré dans le port cet après-midi, mais ne viendra à quai que demain car il n'y a pas de place disponible. Valparaiso est un port important, et il n'a que quatre couchettes. C'est incroyable. Le navire sera chargé et déchargé pendant deux ou trois jours et les passagers sont généralement autorisés à bord seulement deux heures avant le départ, mais le capitaine m'a permis de monter à bord tôt demain matin, dès que le navire aura accosté. C'est très gentil de sa part et cela m'a rendu très heureuse. Premièrement, j'échapperai à cette crise politique une fois à bord du navire, et deuxièmement, j'aurai le plaisir d'explorer le bateau à loisir. J'adore les navires. Si j'avais été un homme, j'aurais probablement été marin. Étant une simple femme, je ne peux qu'être passager ! »

« Me revoilà à Saint-Kitts. Les beaux jours de *dolce farniente* à bord des navires sont finis et je suis déjà plongée dans un maelström d'activité, ayant été absente pendant plus de deux mois. Vous pouvez imaginer la quantité de travail à abattre et toutes les choses à mettre en ordre.

Tout à la maison est parfait. A ma plus grande joie j'ai trouvé mes petites vieilles dames en excellente santé, grâce au Seigneur et à notre bon docteur. Mère est en fait en train de travailler à nouveau dans son jardin, faisant la guerre aux mauvaises herbes et aux fourmis et produisant une récolte abondante de betteraves et de laitues avec plusieurs plates-bandes prometteuses de toutes sortes de légumes aux stades progressifs de croissance. Les animaux m'ont réservé un accueil chaleureux, même Minette ma chatte douairière a condescendu à ronronner et à se frotter contre mes jambes. Peloton, le chien, a aboyé, sauté et couru autour de moi en dépit de sa graisse. Il a bien failli s'étouffer à cause de l'asthme. Les sept chiens errants sont arrivés en force dans la soirée et *ChienneChienne* qui, est maintenant tout à fait sauvage, a reconnu la voiture de loin, a couru pour me rencontrer et a sauté par la fenêtre du véhicule.

Parmi toutes les lettres qui m'attendaient - puisqu'aucune n'avait été transmise pendant mon absence - j'en ai trouvé une de vous datée du 10 septembre et j'étais très peinée par sa seconde partie. Cher M. Kadoorie, quel est le problème avec votre main droite ? Vous n'avez jamais rien mentionné du tout à ce sujet et je suis très inquiète d'apprendre que vous avez des problèmes avec elle, et ce qui est le plus troublant, c'est que l'on vous ait donné un rapport inexact sur son état. Il a dû être extrêmement inquiétant de faire face aux pronostics établis il y a deux ans et je suis heureuse que le spécialiste que vous venez de consulter ait une opinion différente. Toutes mes pensées et mes prières pour votre santé vont vers vous. Le Seigneur ne peut vous permettre de souffrir, vous avez fait tant de bien. Vous avez aidé tant de gens, changé le cours de tant de vies, apportant espérance et abondance là où il n'y avait que misère et désespoir, qu'il serait cruel et injuste d'avoir de la tristesse dans votre vie. Veuillez me tenir au courant de votre santé. Même si je ne peux pas aider, je penserai à vous et je prierai. »

« Merci de votre lettre recommandée du 15 décembre avec toutes les pièces jointes. Je les ai toutes déposées pour référence ultérieure. Grâce à votre grande générosité, je peux faire transférer tous les actes et documents relatifs à la maison à mon nom. Jusqu'à présent, à cause de l'hypothèque, ils étaient presque tous au nom de Wade Plantations. L'avocat travaille sur le transfert, mais comme pour tout à Saint-Kitts, il faut attendre des lustres avant d'accomplir quoi que ce soit. Pouvez-vous imaginer que même si je me suis présentée au travail le 9 décembre, mon contrat n'a pas encore été établi et je suis dans l'ignorance absolue quant aux modalités et au salaire. La seule chose qu'on m'a dite, c'est que la durée de ce nouveau contrat ne serait que de deux ans et non de trois ans comme mes précédents.

La cuisine et les salles de bains sont belles à voir. J'ai obtenu quelques carreaux verts à Porto Rico pour compléter ma salle de bain et j'ai eu la chance de les trouver en bleus pour mes vieilles dames ici. Quant à la cuisine, j'ai eu la chance d'entendre parler de beaucoup de tuiles vendues à moitié prix à cause d'un incendie dans la quincaillerie où elles avaient été gardées et on m'a permis de choisir ce que je voulais. Le maçon était un travailleur extraordinaire qui ne perdait pas un seul instant. Il venait à 7h30 du matin et partait après 6h du soir, donc je lui donnais le petit déjeuner, le déjeuner et le dîner tous les jours. Il a effectué un travail charmant. J'ai peint les portes moi-même avec la peinture du toit et la seule chose qui manque maintenant est de paver la véranda qui est d'une superficie de 14' par 7'. J'ai décidé d'attendre que l'entrepreneur ait des « drapeaux » ou des tuiles de carrière qui restent d'un autre bâtiment et qui seront alors moins chers. J'ai d'abord pensé à la cimenter, mais à cause des bourrasques de pluie soudaines, l'entrepreneur dit qu'il y aura des taches et que la surface sera piquée. Par conséquent il vaut mieux attendre.

Je ne peux toujours pas établir mon budget puisque je ne sais pas quel sera mon salaire. Quand on le saura je pourrai commencer les remboursements.

La dernière partie de votre lettre m'a rendue heureuse et m'a donné quelque chose à attendre avec impatience. Je parle des vacances que vous allez prendre pour visiter l'Amérique du Sud. Peu importe l'Amérique du Sud, mais s'il vous plaît, venez aux Caraïbes. Il y a un vol quotidien de New York à Saint-Kitts, malheureusement ce n'est pas direct, il faut changer d'avion à Porto Rico, mais ce n'est pas un voyage fatigant. En jet de New York à San Juan de Puerto Rico et ensuite en avion jusqu'à Saint-Kitts. Vous pouvez aussi passer par Antigua et y changer d'avion. Nous serions ravis de vous voir. Tout d'abord, vous rencontreriez bon nombre de vos « filleuls », même si presque tous sont maintenant absents, étudient à l'université ou travaillent. Vous avez aidé beaucoup d'entre eux pendant toutes ces années. Mais ceux que vous aidez maintenant seront sur place pour vous accueillir. Ensuite, vous regarderez la maison et verrez par vous-même tout ce qui y a été fait. Vous pourrez aussi vous détendre et profiter de la beauté de cette île. Ce sera un repos merveilleux pour vous et le bonheur pour nous. S'il vous plaît tenez-moi informée à l'avance afin que je puisse organiser un remplaçant à l'école et vous consacrer tout mon temps - c'est-à-dire si vous êtes prêt à m'accepter comme guide. Venez et ne nous décevez pas tous. Avec tous nos bons vœux pour la nouvelle année. Puisse votre main redevenir tout à fait entière. ».

1971

« Enfin je suis de retour à Hong Kong après avoir subi une opération assez sérieuse aux États-Unis. Je suis heureux de dire que tout va bien et que je me sens maintenant beaucoup plus en santé et plus fort qu'avant. Je dois ralentir un peu pendant un mois ou deux mais bientôt je serai parfaitement rétabli.

À mon retour ici, j'ai été accueilli à l'aéroport par ma famille et un grand groupe d'amis. L'accueil que j'ai reçu du personnel, des chauffeurs d'autobus et des agriculteurs m'a fait oublier le passé.

Pendant mon absence, j'ai cru comprendre que vous aviez écrit un certain nombre de lettres à mon frère, et je vous en remercie. Je n'ai pas encore eu le temps de les lire, mais je vais le faire le plus tôt possible. Je comprends aussi que vous m'avez envoyé une carte de rétablissement. C'était très prévenant de votre part.

En temps voulu, je répondrai à vos lettres de façon plus approfondie. Entre-temps, veuillez accepter mes sincères remerciements pour votre gentillesse et votre considération. »

Plus tard ce jour-là Horace écrivit :

« J'ai maintenant le temps d'accuser réception de vos lettres du 28 février, du 1 mars et du 7 mars qui m'ont été adressées, ainsi que de votre aimable lettre à mon frère du 23 mars. Je dois également remercier Larry Woods et Inez Butler pour leurs lettres. Je suis ravi que vous les aidiez et que vous ayez décidé de continuer à aider les autres garçons qui étudient à la Barbade. Aidez celui qui en a le plus besoin.

En effet, vous aviez raison au sujet de la grève des postes en Grande-Bretagne. Il est absurde que les lettres de Saint-Kitts doivent aller en Angleterre avant de venir ici. J'apprécie que vous pensiez à moi et je peux vous assurer que je suis très reconnaissant.

Félicitations pour avoir reçu une communication du ministère vous offrant un nouveau contrat avec une augmentation de salaire. J'espère que vous avez maintenant reçu l'argent. Vous avez mentionné dans votre lettre du 7 mars que vous avez hâte de me rembourser le plus tôt possible le montant qui vous a été transmis. Je vous prie de ne pas vous presser, mais si vous insistez, je vous suggère d'ouvrir un compte d'épargne à votre nom, créditant la somme que vous souhaitez payer sur ce compte ; je pense que ce sera plus facile et moins cher pour vous que de me remettre la somme à chaque fois. »

« Notre année scolaire touche enfin à sa fin, nous avons eu notre dernière réunion du personnel ce matin. J'ai signé tous mes rapports, rendu mon dossier de travail, donné des commentaires détaillés sur chacun de mes 102 élèves, rédigé et dactylographié le rapport général en tant que chef du département des langues modernes en donnant tous les détails, remis le nouveau programme et je suis vraisemblablement libre de me détendre.

En ce moment il pleut des cordes. Le mur face à la mer a plusieurs fenêtres. Bien qu'elles soient fermées, je peux voir l'océan avec les vagues qui déferlent sur le ressac blanc du récif et je peux entendre le rugissement des brise-lames. Il reste beau même quand il est sombre. Chienne-Chienne a bien sûr emménagé avec moi et elle est couchée heureusement à mes pieds, rassasiée après un énorme déjeuner. Je crains qu'une autre portée de chiots soit en route. Ça veut dire d'autres foyers à trouver !

Il y a juste un petit hic. C'est que la semaine dernière ma mère est tombée dans le jardin et s'est blessée au genou très sérieusement. Elle doit beaucoup se reposer. Le médecin dit qu'elle devrait rester au lit pendant au moins une semaine. Elle y est restée trois jours avant de déclarer qu'elle se lèvera le lendemain. En raison de cette situation, je passe la majeure partie de la journée à la maison et je reviens à *Conaree* dans l'après-midi après avoir installé ma mère pour la nuit. Je rentre chez moi le lendemain. Même quelques heures de repos me donnent la force et l'énergie dont j'ai besoin. Le grand avantage est qu'il y a un téléphone ici, donc je peux rester en contact avec la maison. Le médecin qui vient voir maman me donne son bulletin après chaque visite.

Cher M. Kadoorie, ne soyez pas fâché contre moi, mais avant que je reçoive votre lettre, et dès que j'ai reçu mon nouveau salaire, (payé à partir de décembre 1970), j'ai pris des dispositions avec ma banque pour vous envoyer mensuellement, pas une goutte dans le seau, mais plutôt une goutte dans l'océan, pour commencer le remboursement de ma dette. Vous ne savez pas quelle paix et quel bonheur vous nous avez apporté par votre geste aimable. Ne vous fâchez pas, mais permettez-moi, pour la durée de ce contrat, c'est-à-dire jusqu'en décembre 1972, de procéder à ce paiement microscopique. C'est probablement la dernière fois que le gouvernement renouvelle mon contrat,[22] et qui sait si je serai en mesure de maintenir les paiements après cela. Laissez-moi au moins avoir la satisfaction d'essayer de rembourser certaines de mes dettes pendant que j'ai la chance de le faire.

J'avais prévu de partir pour une semaine sur une autre île pour un repos complet - soit à Saint-Martin ou à la Barbade, mais tout dépend de ma mère. Si elle va très bien, j'irai, si elle va mieux mais n'est pas en forme à 100 pour cent je pourrais aller pour un long week-end à Nevis. Ce n'est qu'un vol de cinq minutes et il y a une liaison téléphonique avec Mère. L'inconvénient est que je connais trop de gens là-bas, donc ce ne sera pas un repos. L'école commence en septembre, nous devons nous présenter au travail le 1er septembre. Le ministère voulait que nous donnions des cours supplémentaires tout au

---

[22] Dix ans après son arrivée à Saint-Kitts, Madame Katzen a maintenant 60 ans.

long du mois d'août, mais j'ai refusé. Si je ne me repose pas maintenant, je ne pourrai pas faire face à une autre année scolaire difficile. »

Madame écrivit de la Barbade :

« Le médecin a dit que la « situation sanitaire » à la maison était telle qu'il m'était tout à fait permis de quitter mes pauvres petites vieilles pendant quelques jours et de me reposer un peu, loin de l'atmosphère familière. Après trois jours, je me sens complètement différente, demain je prends l'avion pour rentrer chez moi. Cela a été un repos complet et une relaxation totale. Ici, loin de chez moi, je n'ai rien d'autre à faire que de me détendre et de m'allonger au soleil, en profitant de la musique du ressac. À Saint-Kitts, je passe la moitié de la journée à la maison, alors qu'ici, il n'y a absolument aucun devoir ni aucune responsabilité. Je téléphone à la maison tous les soirs et je parle à ma mère. La grande attraction pour moi ici est un beau bateau à voile que l'hôtel entretient pour ses clients, et je passe presque toute la journée dessus, voir la photo ci-jointe. C'est un yawl et il a été construit pour que les gens puissent y vivre. L'hôtel l'utilise uniquement pour la navigation et a complètement négligé les quartiers d'habitation. Les deux cabines sont fermées, sales et pleines de déchets. Personne ne les utilise jamais. Je ne comprends pas les gens ! Ils ont une si belle possession et ils ne l'apprécient pas ! Le « capitaine » et le matelot de pont vivent à terre et ne montent à bord que si quelqu'un veut faire de la voile. Aimez-vous la voile ? La manière silencieuse dont un voilier se déplace est un miracle, pas de bruit des moteurs, juste le vent et le clapotis de l'eau !

Je dois me présenter au travail le 1er septembre, dans seulement un peu plus d'une quinzaine de jours. Cette année scolaire promet d'être encore pire que la dernière. Le gouvernement a déclaré qu'aucun argent ne doit être dépensé pour les livres - les enfants doivent acheter leurs propres livres. D'où ? Dieu seul sait, parce qu'il n'y a pas de librairies à Saint-Kitts. L'école avait l'habitude de les commander d'Angleterre, mais ne le fera plus.

J'espère que votre santé s'améliore encore régulièrement et que vous êtes presque 100% rétabli maintenant. Cependant, s'il vous plaît écouter vos médecins et ne travaillez pas trop. Comme mes
vieilles dames le disent, *le travail n'est pas un loup, il ne s'enfuira pas.* »

« Ça fait longtemps que je n'ai pas eu de vos nouvelles. Je vais à la poste tous les jours dans l'espoir de trouver une lettre de vous, mais jusqu'à présent il n'y a rien et je commence à m'inquiéter. Est-ce que ça va ? Peut-être que vous n'écrivez pas parce que vous êtes trop occupé – mais tous les médecins ont conseillé de ne pas travailler trop dur, et je suis sûre que vous les écouteriez. S'il vous plaît, envoyez-moi des nouvelles, même quelques lignes de votre secrétaire seraient les bienvenues. Nous sommes toujours très inquiets. J'ai eu un grand chagrin de perdre une amie très chère et fidèle. Ma pauvre *Chienne-Chienne* n'est plus. Elle a commencé à se sentir malade et à avoir l'air toute gonflée, alors je l'ai mise dans la voiture et je l'ai emmenée chez le véto. Après l'avoir regardée, il a dit qu'elle semblait gravement malade, et quand il l'a examinée, il a diagnostiqué qu'elle avait un cancer. Je lui ai demandé de l'opérer et de faire tout ce qu'il pouvait pour la sauver, mais quand il l'a ouverte il a trouvé qu'elle était complètement envahie par la maladie. Alors je lui ai demandé de lui faire une autre injection alors qu'elle était encore sous anesthésie pour qu'elle ne se réveille jamais. En théorie, c'était la meilleure chose à faire, mais c'était horrible. Je ne supportais plus d'aller à *Conaree* pendant tout un mois, je me suis forcée à y aller aujourd'hui. Elle était si affectueuse et même quand le vétérinaire lui a fait une piqûre avant l'opération, elle s'est blottie contre moi, a mis sa tête sur mon épaule et m'a donné sa patte à tenir. Tant de criminels, de gens méchants et cruels continuent de vivre et de prospérer ailleurs, tandis que cette créature, si bonne et si douce, doit perdre le précieux don de la vie. »

« Puisque vous êtes en voyage en Australie, votre santé doit s'être s'améliorée, j'espère que vous ne vous fatiguez pas. Je suppose que c'est déraisonnable de ma part, mais quand je n'ai pas de nouvelles des personnes que j'aime et que j'apprécie, toutes sortes de pensées terribles me viennent à l'esprit, alors pardonnez-moi.

Ici, tout va mal. Un enseignant a été absent pendant une semaine à cause d'une intoxication alimentaire, un autre a été absent pendant deux semaines. Je ne sais vraiment pas pourquoi parce qu'il conduisait jusqu'à l'école tous les jours pour amener deux de ses collègues enseignants et ensuite il rentrait chez lui. Une classe n'a eu que 12 périodes d'enseignement sur 35 la semaine dernière. Avec tous ce chaos c'est plus difficile d'enseigner, mais je dois dire que mes étudiants de français et d'espagnol sont toujours à l'heure et font de leur mieux pour étudier. Sinon, ce serait de la pure frustration.

Ma seule détente est une promenade à *Conaree* où je reste dix minutes chaque après-midi à écouter le ressac et à profiter de la vue et de l'air. Même cela est teinté de tristesse, parce que *ChienneChienne* qui venait en courant vers moi dès qu'elle entendait la voiture me manque.

La semaine dernière, j'étais terriblement fatiguée et j'ai commencé à penser à l'avenir. Puis-je vous faire part de mes réflexions ? Vos conseils sont les plus précieux que je peux obtenir, et si vous pensez que mon plan est stupide, dites-le franchement. Je ne sais pas si je vous ai écrit pour vous dire que mon contrat actuel se terminera en décembre 1972 et qu'il est peu probable qu'il soit renouvelé. Le gouvernement pourrait bien sûr me prendre sur une base mensuelle après cela, mais cela durerait un an ou deux et j'aurais alors le même problème pour obtenir un autre emploi. Le temps et l'âge ne sont pas de mon côté. Soudain, j'ai eu une idée géniale. La plage de *Conaree* est longue de plusieurs kilomètres, il y a maintenant une quinzaine de cottages et de maisons et un village à proximité - mais pas un seul magasin. Pensez-vous que ce serait une bonne idée d'en ouvrir un ? Je suis sûre qu'il n'est pas nécessaire d'avoir beaucoup d'expérience pour en avoir un, mes vieilles dames en ont eu un au Chili il y a des années et s'en sont très bien sorties. J'ai tout de suite commencé à me renseigner pour un petit terrain, tous les emplacements sont parallèles, un côté sur l'océan et l'autre côté sur la route. Je cherche un terrain étroit, pour y construire une petite cabane - et quand je dis cabane je veux vraiment dire quelque chose de très petit - face à l'océan pour nous et une épicerie d'une seule pièce face à la route. Je paierais le terrain avec la gratification que je suis censée recevoir à la fin du contrat, j'hypothéquerais ensuite notre maison, plutôt la vôtre, puisque vous l'avez payée, et je construirais avec l'argent de l'hypothèque.

Ensuite, nous déménagerions à *Conaree* et nous louerions notre maison actuelle. Il y a une pénurie de maisons à Saint-Kitts. Je pense qu'il serait très facile de la louer. Les petites vieilles dames travailleraient au magasin le matin. Je travaillerai à temps partiel dans une école ou ailleurs jusqu'à ce que le magasin commence à faire des profits. Le problème est de trouver le bon terrain. Il y en a un qui est beau, mais il est énorme - 136,85 pieds carrés de front de mer, alors que seulement 36 pieds carrés seraient amplement suffisants. Cependant, le propriétaire ne le divisera pas. Un autre est juste parfait, mais il y a déjà une maison dessus, donc c'est très cher. Il y en a un petit qui est parfait - 35 par 50 pieds carrés, mais le propriétaire est en Angleterre, donc je lui ai écrit pour voir s'il serait d'accord de le vendre. Écrivez-moi et dites-moi ce que vous pensez de mon idée. J'ai un peu plus d'un an pour y penser, mais je vais devoir trouver quelque chose. Si seulement je pouvais vendre ma petite maison au Chili, ça aiderait, parce que je ne pourrai jamais retourner au Chili. Ayant acquis la nationalité britannique, le gouvernement chilien ne veut pas que je revienne. Excusez cette lettre égoïste. »

« Je suis vraiment désolé que les choses aillent de mal en pis à l'école, mais je suis heureux que vos élèves se portent bien.

En ce qui concerne vos problèmes, mes premiers sentiments sont que toute votre vie a été consacrée à l'enseignement et que vous en avez fait un grand succès. Tous vos élèves ont bien réussi et, par conséquent, l'abandonner pour diriger un magasin - un nouveau métier - ne me semble pas sage. Au début de l'année 1972, j'essaierais de savoir si votre contrat pourrait être renouvelé pour une période raisonnable.

Envisagez la possibilité de diriger votre propre école pour un certain nombre d'élèves ou, à défaut, d'encadrer les étudiants à temps partiel et de prendre le reste du temps libre pour ce que vous voulez. Il est vrai que plus on vieillit moins on a de chances d'obtenir un emploi, mais il est tout aussi vrai que l'expérience que vous avez acquise au cours de toutes ces années a fait de vous une super enseignante et que vous pourriez utiliser une partie de votre temps libre pour entraîner des étudiants.

En ce qui concerne le magasin de *Conaree Beach*, s'il y a 15 cottages et un village à proximité, un magasin est nécessaire peu importe qui le gère. C'est un métier spécialisé et, pour gagner des clients, il doit être attractif. Si vous vous en occupez vous-même, il devrait bien marcher, mais il y a toujours la possibilité qu'il ne soit pas un succès. Vous avez raison de vous renseigner sur le terrain étroit. J'essaierais aussi d'obtenir des détails concernant le beau terrain de 136.85 pieds qui fait face à l'océan. Remarquez que même si vous deviez seulement construire une petite boutique sur ce site, vous avez le terrain pour un futur développement et s'il est bon marché, il y a des chances pour que sa valeur augmente. Comment est le troisième terrain- celui qui est parfait mais sur lequel il y a déjà une maison ? Quel serait le coût du petit terrain parfait de 35.50 pi - dont le propriétaire est en Angleterre ?

Lorsque vous aurez tous les détails concernant ce qui précède et une estimation du coût de construction, vous serez davantage en mesure de juger de ce qui est le plus attrayant et de ce que vous pouvez vous permettre.

Il est important que le site soit accessible à toutes les maisons et au village et qu'il soit également bon du point de vue de l'investissement, c.-à-d. qu'il augmente en valeur d'au moins 18% par an. En revanche, il faut considérer la possibilité que Saint-Kitts ne prospère pas pour des raisons politiques ou autres, auquel cas les maisons pourraient se vider et vos perspectives de réussite en ayant un magasin pourraient être faibles.

Il peut être possible de vendre votre maison actuelle et, avec le profit et la gratification que vous recevrez, acheter un nouveau terrain et y construire une petite maison avec un magasin de bonne taille à l'arrière-face à la route. Étant donné qu'il y a une pénurie de maisons à Saint-Kitts, la valeur des terres augmentera probablement à condition que la situation politique soit bonne.

Je suis désolé de ne pas pouvoir répondre à vos questions de façon plus précise, mais tant que je ne connais pas ce qui précède, il est difficile de donner plus de conseils. »

« C'est si gentil de votre part de m'écrire et de me donner votre point de vue, et je vous en suis extrêmement reconnaissante. Je crains d'être très égoïste en continuant à vous écrire à ce sujet. N'ayant pas quelqu'un ici avec qui parler, c'est très utile de vous donner tous les détails, et s'il vous plaît laissez-moi avoir votre opinion franche sur tous les aspects de la question. Je commence cette lettre aujourd'hui, mais je devrai continuer demain et aprèsdemain car j'attends plusieurs détails sur les terres de *Conaree* et plus d'informations sur les coûts de construction. Tout cela viendra dans la deuxième partie de la lettre, J'espère seulement que vous aurez la patience de tout lire.

Tout d'abord, la question de l'enseignement. Comme vous le dites, toute ma vie a été consacrée à l'enseignement, et c'est à peu près la seule chose que je sais faire correctement. Je n'ai certainement pas l'intention d'abandonner l'enseignement tant que je le pourrai. Malheureusement, le gouvernement n'est pas du même avis et il y a eu beaucoup de discussions avant que l'on m'accorde mon contrat actuel, qui, soit dit en passant, est prévu pour deux ans seulement et non pour trois ans comme les précédents. Les chances d'obtenir un autre contrat sont encore plus minces maintenant et si j'en obtiens un je serai confronté au même problème dans un an ou deu.

Mme Katzen promene ses chiens sur la plage de Conaree

Je sais que je pourrai obtenir un poste à temps partiel par la suite, mais les salaires sont très bas pour ce genre de service, et il n'y a pas de rémunération pendant les vacances - seuls les jours ouvrables sont pris en compte. Quant au coaching, il y a une forte demande pour cela seulement pendant le mois précédant les examens, et comme pour toutes les leçons privées, le salaire est petit et irrégulier, dans certains cas il ne se matérialise jamais. S'il y a une autre source de revenus, l'enseignement à temps partiel et l'encadrement seront un supplément bienvenu, mais en tant que source unique, je crains que ce ne soit pas suffisant. C'est pourquoi, ayant une année entière devant moi, (ou peut-être même plus), je veux faire des projets pour avoir quelque chose sur quoi m'appuyer, ou plutôt commencer ou continuer. Si j'attends d'avoir une très faible chance de gagner quelque chose en enseignant, il sera trop tard pour commencer autre chose à partir de zéro. D'où l'idée de créer un magasin très simple dans un endroit où il n'y a pas de magasins. Je ne songerais jamais à en ouvrir un en ville avec toute la concurrence, et je ne me lancerais pas dans quelque chose d'élaboré, pas de produits périssables, juste des boîtes de conserve, des articles de toilette, de la papeterie, etc. Je le gérerais moi-même en parallèle avec un emploi à temps partiel, et je pourrais demander à mes petites vieilles - qui, soit dit en passant, sont très douées en chiffres et ont une certaine expérience de la gestion de magasin au Chili - de s'en occuper pendant que je suis en ville. Maintenant, si je pouvais vendre ma maison et mon terrain au Chili, je pourrais acheter un terrain à *Conaree* et construire une petite cabane sans avoir à hypothéquer la maison actuelle. Si le magasin n'est pas un succès rapide, le loyer que je pourrais obtenir du *Chalet La Serena*, plus un salaire à temps partiel serait suffisant pour vivre.

Maintenant, au sujet des terres à *Conaree*. (1) La parcelle étroite. Elle doit être séparée d'une grande parcelle mais le propriétaire a décidé de ne pas le faire. Donc, c'est exclu. (2) Le grand terrain de 136,85 pieds face à l'océan est beau, plat et a une forme rectangulaire parfaite - 340 pieds de profondeur. Le propriétaire ne veut pas le diviser et veut vendre la partie entière - à 20 000 $ W.I., soit 10 000 $ US, donc c'est exclu. D'ailleurs, c'est trop grand. C'est à peu près une acre et demie. (3) Le troisième terrain, qui a une maison très bien construite mais petite sur un terrain de 20 pieds face à l'océan est vendu pour 5000 £. Il est le plus loin sur la plage et plutôt isolé. (4) La quatrième parcelle, dont le propriétaire est en Angleterre, est absolument parfaite. Elle fait face à l'océan et la profondeur est assez longue pour ériger une maison avec un magasin face à la route qui mène au village. Le conduit principal d'alimentation en eau passe le long du bord de la parcelle et il y a un poteau électrique dans le coin à droite. De tous les points de vue, y compris l'aspect investissement, c'est la meilleure parcelle.

Comme il n'y a pas de mal à s'informer, j'ai demandé à l'avocat responsable du terrain de communiquer avec le propriétaire pour savoir si le terrain est vraiment à vendre et son prix. J'ai parlé avec l'ancien propriétaire de toutes ces terres. Il a vendu les terrains il y a une dizaine d'années à 12 cents le pied carré. La valeur marchande de ce même terrain est actuellement entre 45 et 50 cts. le pied carré. S'il était possible pour moi d'acquérir cette parcelle je n'y construirais pas une maison tout de suite. Tant que j'aurai un travail d'enseignant, et tant que mes petites vieilles pourront travailler dans leur jardin bien-aimé, nous continuerons à vivre au *Chalet La Serena*. Mais j'érigerais une sorte d'habitation, une cabane d'une pièce avec baignoire et kitchenette comme une sorte de refuge pour moi. Comme ça je n'aurais pas besoin de quitter l'île pour des vacances qui couteraient beaucoup, et je pourrais y passer du temps les week-ends et même après l'école pour me soulager du bruit continu à l'école et dans le quartier. Même ma visite quotidienne de 10 minutes à *Conaree* me ranime, et vous ne pouvez pas imaginer à quel point j'ai besoin de cette pause.

Pendant cette période d'un an ou plus, j'espère, je me préparerai progressivement pour la construction et le déménagement. Le genre de structure que j'ai en tête, une seule pièce avec deux petits réduits cloisonnés, sans plafond, sans carrelage, ni peinture, ni sol, juste du ciment, mais construite en béton, revient à environ 12 $ le pied carré. Je pourrais emprunter à la banque en utilisant la terre elle-même comme garantie, car après beaucoup de réflexion j'ai décidé de ne jamais hypothéquer la maison dans laquelle nous vivons maintenant. C'est à dire, votre maison. Dès que l'avocat me fera connaître tous les détails sur la parcelle, je vous écrirai. Le problème, c'est que j'ai entendu dire que deux autres personnes voulaient l'acquérir.

Notre semestre touche à sa fin, mais avant qu'il ne soit terminé nous avons une soirée de discours et une foire à organiser, sans compter les examens, les comptes rendus de travail, etc. Je ne pense pas avoir jamais été aussi fatiguée de ma vie ! Le stress dans lequel nous travaillons est vraiment épouvantable. Mais alors, la paix existe-t-elle quelque part dans le monde ? Je crains d'ouvrir un journal ou d'allumer la radio. La seule chose encourageante est que mes petites vieilles dames sont heureuses. Quelle longue lettre ! Excusez-moi d'être si loquace. »

« Vous allez probablement me trouver plutôt imprudente, sinon tout à fait stupide - mais j'ai acheté le terrain à *Conaree*. Appelez ça le destin, ou l'influence subconsciente, ou ce que vous voulez, les faits sont que plusieurs choses se sont passées simultanément et m'ont fait sentir que je devrais prendre le risque. Si vous vous souvenez, j'ai mentionné qu'il y avait deux autres personnes intéressées à acquérir la parcelle. L'une était l'ancien propriétaire qui avait vendu cette même parcelle au propriétaire actuel à 12 cents le pied carré. Il voulait la racheter en offrant le double du prix qu'il avait reçu il y a douze ans, mais le propriétaire actuel voulait plus, 40 cents le pied carré. Le deuxième homme enfin a changé d'avis et a décidé d'acheter un autre terrain, de l'autre côté de l'île, face aux Caraïbes. *Conaree* est sur l'Atlantique. Donc j'ai dû prendre une décision. Par une étrange coïncidence, le consul britannique au Chili, qui s'occupe de ma petite maison, à *La Serena*, a réussi à m'obtenir l'argent du loyer - un véritable tour de force, alors je me suis retrouvée avec mille dollars américains. Bien sûr j'aurais dû vous remettre l'argent tout de suite pour rembourser une partie de ma dette, et je suis sûre que je l'aurais fait si cette occasion d'acheter les terres à *Conaree* ne s'était pas présentée. La tentation s'est avérée trop forte. J'ai ajouté à cette somme tout ce que j'avais économisé pour mes vacances de Noël, un voyage à St. Martin, encaissé le dernier de mes chèques de voyage restant du voyage de l'année dernière au Chili, et j'ai tout utilisé pour payer l'avocat qui a la charge de la vente. Je dois encore beaucoup, mais il est prêt à attendre le reste de l'argent jusqu'en décembre de l'année prochaine quand je recevrai la gratification à la résiliation du contrat actuel. C'est tout à fait un miracle incroyable ! Il dit que je ne vais pas avoir à payer d'intérêts. Je peux avoir possession immédiate du terrain et je recevrai un accord formel de la vente et de ses conditions de la part du cabinet d'avocats dès qu'elle sera enregistrée au bureau du notaire.

Je vous écris ça très vite, mais la semaine prochaine, quand l'année scolaire terminera, j'écrirai en détail et ferai un croquis de la parcelle et de ses environs pour que vous ayez une idée de ce que j'ai acquis. Je crains seulement que vous ne me jugiez pas tout à fait honnête. En vérité j'aurais dû vous envoyer l'argent reçu du Chili ; mais à vrai dire, je ne crois pas avoir jamais autant désiré quelque chose que ce bout de terrain sur la plage. Il y a tellement de possibilités pour l'avenir grâce à cela. J'espère que vous comprendrez et me pardonnerez quand je vous écrirai tout cela la semaine prochaine.

Je termine maintenant. Il est très tard, juste après minuit et je dois me lever à 5 h 30, mais je voulais vous donner cette nouvelle tout de suite. »

« Félicitations pour avoir acheté le terrain à *Conaree*. Je ne sais toujours pas quel terrain vous avez acheté, le grand site de 146,85 pieds, ou celui dont le propriétaire habite en Angleterre, celui que vous avez considéré comme le terrain parfait. Cependant, je suis **Mme Katzen avec ses chiens** ravi que vous ayez pu en acheter un et j'espère que vous en serez très heureuse. C'est en effet un heureux présage que le consul britannique au Chili vous ait envoyé le montant qu'il a reçu pour le loyer. L'avocat responsable de la vente semble avoir été très gentil.

Bien sûr, je ne vous juge pas en mal et toute personne sage aurait fait la même chose. Puis-je suggérer qu'au lieu de me rembourser l'argent que vous envoyez régulièrement, vous l'utilisiez pour l'achat du nouveau terrain. N'oubliez pas que si je peux vous aider financièrement ou autrement, n'hésitez pas à me le faire savoir. »

1972

« Je suis très heureuse de savoir que vous estimez que j'ai fait preuve de sagesse en acquérant ce bout de terre. Il est vraiment magnifiquement situé et vous ne pouvez pas imaginer la paix et le repos que j'éprouve quand j'y arrive et y reste, même s'il est à seulement dix minutes et quelques. Quand la cabane sera construite, je prévois d'apporter toutes mes corrections et de faire la préparation des leçons là-bas immédiatement après l'école chaque jour. Je serai en mesure d'effectuer mon travail là-bas beaucoup mieux et en même temps de me détendre et me reposer par le simple fait de pouvoir travailler dans le calme. Vous ne savez pas à quel point je suis terriblement fatiguée, complètement épuisée par le bruit incessant et le désordre à l'école et dans le quartier quand je rentre à la maison. Cette cabane sera mon refuge maintenant et notre maison pour le futur. Le lieu est aussi très approprié pour une boutique.

La deuxième partie de votre lettre me dérange beaucoup. Cher M. Kadoorie, votre suggestion est très généreuse et je me sens tentée de l'accepter, même si je sais qu'il serait terriblement égoïste et mal de le faire. 1 000 £, c'est beaucoup d'argent, et Dieu sait comment et quand je finirai de vous rembourser. A 10 £ par mois, ça signifie cent mois, ou 8 ans ! C'est bien que mon contrat actuel dure encore un peu, mais que se passera-t-il après décembre ? S'il est renouvelé, je peux continuer, mais s'il ne l'est pas, il devra y avoir un intervalle jusqu'à ce que le magasin démarre. J'espère avoir un emploi à temps partiel, qui ne me rapportera pas autant et qui me permettra de louer le *Chalet La Serena*. Je vais devoir construire deux chambres dans la cabane pour transférer les petites vieilles dames là-bas, donc 8 ans pourraient s'étendre sur 10, sinon 12 ! En outre, je vous dois beaucoup déjà. Je ne sais vraiment pas quoi faire. Je n'ai pas encore signé les papiers nécessaires à la banque parce que l'entrepreneur ne sera pas en mesure de commencer la construction jusqu'à la semaine prochaine et j'ai mes 1,000 $ W.I. pour le payer quand il commence. Nous arrivons à la fin du carnaval du Nouvel An à Saint-Kitts, un moment des plus étranges pour tenir un tel événement, mais l'ensemble de l'île est devenu absolument fou. Il y a la musique des steelbands le matin et pendant toute la nuit, pendant une semaine entière, avec des gens déguisés et dansant dans les rues. Pas un seul ouvrier n'était disponible et maintenant ils dorment tous. Je ne veux pas emprunter l'argent à la banque trop tôt puisque les intérêts devront commencer à partir du jour où je l'accepte, et je ne veux pas payer les intérêts si je n'utilise pas l'argent. Encore une fois, le terrain de *Conaree* devra être mis en garantie, ce que j'hésite à faire. Au début, j'ai été encline à refuser votre offre généreuse, maintenant, je pense que je vais étouffer les remords de ma conscience et vous dire merci. Si vous souhaitez me le prêter, je l'accepte avec gratitude. Depuis que je vous ai écrit la dernière fois, ma mère a dû subir une petite opération pour enlever un ongle et maintenant elle va parfaitement bien. Toutefois, ces urgences sont suivies de factures de médecin.

Il y a cependant une idée que j'aimerais suggérer. Au lieu de déposer 10 £ par mois sur le compte des enfants, puis-je les ajouter aux 25 £ qui vous sont envoyés, de sorte que la remise mensuelle sera de 35 £ ? J'ai une somme assez importante sur le compte des étudiants. Je vais aider plusieurs garçons et filles à payer leurs frais d'examen de Cambridge G.C.E., mais il y a plus qu'assez d'argent pour un an ou deux. Je sais que je profite de votre bonté et que je ne devrais pas l'accepter, mais je ne suis pas assez forte pour résister à la tentation. Que le Seigneur vous bénisse. »

« Merci de votre lettre de bienvenue à la maison du 28 mars. En fait, je suis de retour depuis une quinzaine de jours, mais, comme vous pouvez l'imaginer, j'ai été extrêmement occupé à rattraper ce qui s'est passé pendant mon absence. Mon voyage en Australie et en Afrique du Sud était en partie pour les affaires et en partie pour le plaisir. En Afrique du Sud et de l'Est, c'était plus une question de plaisir que d'affaires. J'en suis venu à la conclusion que je ne suis pas destiné à être dévoré par les lions car à une occasion le Land Rover est tombé en panne dans la brousse et j'ai été incapable de communiquer avec le camp à cause de la radio qui était également cassée. J'ai dû marcher trois quarts de mille sur le territoire des lions. Heureusement, je n'en ai rencontré aucun ce jourlà, mais au même endroit et à la même heure le lendemain soir j'ai rencontré onze lions affamés qui m'ont fait réaliser combien je suis chanceux d'être en un seul morceau.

J'ai passé un moment intéressant au Kenya où j'ai visité un certain nombre de parcs à gibier, y compris *Samburu*, *Treetops*, *Keehorak* et le *Nairobi Game Park*. Chacun semblait plus excitant que le précédent. Le dernier jour, juste avant mon retour, j'ai vu trois lions et cinq guépards s'élançant devant la voiture pour tuer un impala.

Je suis désolé d'entendre que vous êtes surmenée- ce n'est pas bon. S'il vous plaît penser à votre propre santé et à y aller plus doucement. Je suis ravi d'apprendre que le cottage sur la plage sera terminé la semaine prochaine et j'espère que vous serez très heureuse. Avec mes plus sincères salutations à vous et aux vieilles dames. »

« Je peux très bien imaginer à quel point vous devez être occupé maintenant, et j'espère seulement que vous ne travaillerez pas trop fort et que vous ne perdrez pas tous les avantages du plaisir et de la détente que vous avez eu pendant vos vacances, même si c'était moitié affaires et moitié vacances.

J'ai eu une courte pause à l'école, nous avons eu presque deux semaines de vacances. Malheureusement ma pauvre petite Mère a eu une rechute - obstruction du canal biliaire - et tout au long de la première semaine elle a eu de la température, des douleurs lancinantes et puis sa peau est devenue d'un jaune safran brillant. Cependant, le docteur a encore réussi à la tirer d'affaire, la couleur est d'abord devenue un citron brillant, puis s'est estompée en une citrouille orange mûre et est maintenant presque normale à nouveau. C'est comme ça qu'elle décrit son teint, et tant qu'on peut en rire, tout va bien. Ces deux derniers jours, elle est redevenue presque elle-même, alors j'ai pu consacrer mon énergie au Cottage sur la plage, maintenant appelé avec grandiloquence *Vientomarsol,* ce qui signifie une combinaison de vent, mer et soleil, en espagnol. Le bâtiment est fini, c'est-à-dire que l'entrepreneur a fait tout ce qu'il fallait faire, et maintenant j'ai pris la relève et utilise les trois derniers jours de nos vacances pour le rendre confortable et attrayant. J'ai peint l'intérieur, la grande pièce en rose qui est vraiment une très belle et douce nuance de rose, la petite cuisine et la salle de bain dans un vert glacé frais et clair. Les chambres semblent avoir gagné en taille. J'ai commencé les cadres de fenêtre aujourd'hui, ils sont en brun espagnol, et j'espère peindre les planchers demain, également dans la même couleur - brun espagnol. Notre maître forgeron et sa classe supérieure m'ont fait quatre jolies grilles espagnoles pour les fenêtres. Je les ai peintes en noir pour qu'elles aient l'air d'être en fer forgé et que la maison ait l'air très distinguée. En plus d'ajouter à la beauté, elles sont très sûres, de sorte que mon 'château' est devenu une forteresse imprenable. Je suis maintenant très occupée à faire des rideaux et j'ai repeint et couvert deux vieux transats et un petit lit de repos que j'avais acheté quand je suis arrivée à Saint-Kitts il y a onze ans. Ils semblent maintenant tout à fait nouveaux et la maison est suffisamment meublée pour y vivre. J'ai emprunté une table d'écriture à l'école et j'ai apporté un tas de livres et d'autres équipements scolaires. Comme les cours commencent lundi, j'espère apporter toutes mes corrections et mes leçons à *Vientomarsol* et y faire tout mon travail en paix. J'ai clôturé le terrain, juste des barbelés ordinaires et une porte en bois, mais maintenant je me sens en sécurité et à la maison sur le lieu. Cet été, je prévois de lancer une « activité parallèle » pour commencer la boutique jusqu'à présent inexistante. Il y a une autre chose que je peux faire à part enseigner, et c'est cuisiner. J'ai donc essayé de fabriquer des bonbons - fudge, caramels et crèmes - et j'ai produit toute une collection qui a été très bien accueillie, non seulement par la famille, mais aussi par les amis et les membres du personnel. Comme il n'y a pas d'argent à investir dans l'équipement ou dans les locaux, je ne perdrai rien en essayant, et si les bonbons se vendent, alors je peux organiser l'entreprise. Quelle est votre opinion à ce sujet ? Je peux faire toute la cuisine paisiblement à *Vientomarsol* et l'un des supermarchés locaux pourrait me permettre d'exposer mes marchandises, ils chargent habituellement une commission de 10% dans de tels cas. Je vous écrirai plus sur le projet, il me semble que ça vaut la peine d'essayer puisqu'il n'y a pas de risques. J'espère que la banque vous envoie les maigres paiements mensuels. D'ici là, la maison est à vous et j'espère que vous la visiterez un jour. »

« Je vous écris de *Vientomarsol*. Comme j'aimerais que vous puissiez le voir et profiter de la paix et de la beauté de l'endroit ! Dès que l'extérieur sera présentable, je prendrai des photos pour vous les envoyer. Malheureusement, je vais manquer de temps. Je viens là parce que je peux faire plus de corrections ici que quand je suis à l'école. Un voisin, propriétaire d'un poulailler m'a offert un cadeau royal : trois douzaines de cocotiers nains. Il les a plantés immédiatement. Il a creusé les fosses, nous les avons remplies de terre et de fumier - la 'terre' sur ma parcelle étant du sable pur - et a planté tout le lot en trois rangées de douze chacune, pour faire une 'avenue'. Si seulement la moitié d'entre eux survivent, je serai heureuse, mais la quantité d'eau dont ils ont besoin est incroyable. Je viens chaque après-midi avec deux seaux et je cours de tous les côtés pour les arroser - trente-six plantes, deux seaux et demi pour chacune. Je peux vous assurer que c'est un très bon exercice ! Le robinet d'eau est à la maison. Je ne pouvais pas le mettre près de la porte parce que les passants pourraient l'ouvrir, et le tuyau est trop court, donc le seul moyen est d'utiliser des seaux d'eau. »

« Je m'excuse de ne pas avoir répondu plus tôt, mais j'étais tellement triste que je n'ai tout simplement pas eu le cœur ou le courage de faire quoi que ce soit. Mon pauvre chien, *Peleton*, que j'avais depuis onze ans, est mort et nous étions tous terriblement tristes. Il était comme un membre de la famille, connaissait toutes nos habitudes, nous l'aimions tous, et malgré sa petite taille (il était aussi grand que le chat), il était extrêmement intelligent. Vous allez probablement penser que je suis une vieille folle sentimentale, mais nous avons tous pleuré pour lui. Chaque fois que je rentre de l'école, je ne peux pas m'empêcher de regarder l'endroit où il m'attendait toujours. Il manque aussi terriblement à Mère, il était son compagnon constant, la suivait dans le jardin et l'accompagnait partout quand j'étais absente. Bien sûr il était très vieux pour cette race de terrier lilliputien, et nous savions tous qu'il allait mourir bientôt, mais quand c'est arrivé, c'était quand même un choc terrible. La seule consolation est qu'il a eu une vie très heureuse. »

« Maintenant, pour vous faire sourire. J'ai fait ma première vente de bonbons ! Je ris parce que le lot était composé de deux petites boîtes et deux plus grandes, mais j'ai reçu une commande pour quatre de plus pour demain, et j'ai vraiment reçu de l'argent pour ceux vendus - l'énorme somme de trois dollars. J'ai parlé au propriétaire d'un petit magasin très fréquenté, demandant si je pouvais poster une affiche qui dit "des bonbons faits maison à vendre". Le propriétaire a gentiment consenti et les bonbons ont été vendus immédiatement. Je suis amusée, mais heureuse, parce que cette vente montre que les bonbons peuvent être vendus parce qu'il ne s'agissait pas de les acheter juste pour me faire plaisir. Je ne sais pas qui les a achetés, et ceux qui les ont achetés ne savaient pas qui les a faits, donc c'était une vraie vente, pas une faveur. Une fois cette semaine terminée, j'aurai le temps de réfléchir, de faire des projets pour l'avenir et de faire des bonbons. Si vous vous souvenez, mon contrat se termine en décembre. Je dois me renseigner en septembre pour savoir si le gouvernement de Saint-Kitts veut le prolonger. Si oui, tant mieux. Sinon, je devrai chercher un emploi à temps partiel et commencer le magasin - ce qui exige beaucoup de planification et d'efforts, et puisque je n'ai pas d'expérience, il faudra beaucoup de temps pour aller de l'avant, ou développer la fabrique de bonbons, ce qui est beaucoup mieux parce qu'il n'y a guère de dépenses à engager dans l'installation, aucune aide nécessaire pour accomplir le travail qui peut être fait à tout moment de la journée, (ou de la nuit) à la maison, à ma convenance, et c'est quelque chose que je sais faire. Quelle est votre opinion ?

Nous observons maintenant avec anxiété la météo - non seulement nos ouragans, mais aussi vos typhons. Je crains d'écouter la radio quand ils commencent à donner des nouvelles de toutes ces calamités.

Vientomarsol est charmant, mais jusqu'à présent, je n'ai pas pu y passer plus d'une heure ou deux. Je pense à vous et je vous bénis chaque fois que j'entre dans le cottage. »

« Mes 'affaires' de bonbons, bien que très humbles, se poursuivent. J'ai maintenant une commande permanente pour huit plateaux par semaine. Il est vrai que les plateaux sont miniatures. Pourtant, Rome n'a pas été construite en une journée. J'aime faire les sucreries, mais il faut avoir l'esprit en paix pendant le processus, quelque chose d'assez difficile quand ma pauvre petite mère n'est pas bien. Elle devient si faible et fragile après chaque combat que mon cœur me fait mal quand je la regarde et puis je n'ai aucune énergie pour faire quoi que ce soit. Je crains d'être très fatiguée, ce qui doit expliquer ma dépression et mon pessimisme. Mieux vaut ne pas s'attarder sur ce thème ».

« Je suis désolé pour votre *Shea Shea*. Les animaux de compagnie deviennent membres de la famille, et quand ils partent, on souffre et on ressent du chagrin pour eux. Surtout quand ils sont des compagnons constants et font preuve de tant de confiance et d'affection. »

« On vient de me faire une très agréable surprise. Le gouvernement vénézuélien a invité six de mes étudiants d'espagnol pour un séjour d'une semaine à Caracas. La Chambre de commerce du Venezuela s'occupera de leur voyage et de toutes leurs dépenses. C'est une chance merveilleuse pour eux d'améliorer leur espagnol, donc avec la bénédiction du ministère de l'Éducation, trois de mes garçons et trois filles se préparent à faire le voyage. Il semble que le Venezuela veuille établir des relations culturelles et des échanges d'étudiants avec les Antilles. Ils ont donc invité six étudiants d'Antigua, de Montserrat et de Saint-Kitts à lancer ce projet. Je crains que les jeunes y aillent seuls. Bien sûr leur âge varie entre 17 et 19 ans, mais j'aurais été plus heureuse s'il y avait une personne plus âgée pour les accompagner. Cependant, comme tout a été arrangé par les gouvernements des deux pays, je suppose qu'il n'y a pas de quoi s'inquiéter.

Je suis maintenant sûre que mes ennemis à *Conaree* sont des crabes. La semaine dernière, deux autres pervenches avaient été rongées, alors j'ai saupoudré un peu de pesticide tout autour de chaque plante restante il y a quatre jours. Les plantes ont survécu mais j'ai ramassé des crabes défunts tout autour d'elles chaque jour.

Mes petites vieilles vont toutes les deux aussi bien qu'elles peuvent l'être, la vie est devenue magnifiquement détendue grâce à vous. Que vos jours soient toujours heureux. Ils le devraient si nos prières pour vous sont exaucées. »

« Je pense parfois que j'ai rêvé et que je vais me réveiller et constater que rien n'est réel - mais vos lettres confirment certainement que tout existe vraiment. Tout cela est si merveilleux que je ne suis pas encore habituée à l'idée et ne sera jamais en mesure d'exprimer mes remerciements. M. Beckett, le directeur de la Banque Royale du Canada est de retour et m'a dit ce matin qu'il avait reçu la communication de Hong Kong et qu'il m'informera lorsqu'il recevra celle de New York. J'ai tout le temps du monde car j'espère que mon contrat actuel sera prolongé jusqu'en juin, de sorte que je n'aurai besoin de rien jusqu'à cette date et même pas alors puisque j'espère obtenir un emploi à temps partiel et me lancer dans mon entreprise de confiserie. Je suis très fière de mes progrès dans ce domaine. Les gens réclament mes bonbons. Malheureusement, je ne peux pas augmenter la production à l'heure actuelle. Le travail domestique, mon travail à plein temps à l'école et après l'école, et mes petites vieilles dames prennent chacune de mes minutes d'éveil, donc je peux faire seulement quatre lots par semaine.

Vous avez acquis une nouvelle filleule, une fille très sérieuse, intelligente et bonne pour qui vous avez déjà payé les frais de scolarité au dernier trimestre. Elle est en première, après avoir réussi toutes ses matières de niveau « O » avec d'excellentes notes. Elle s'appelle Michelle. Comme d'habitude, elle vient d'un foyer brisé et manque non seulement de nourriture et de vêtements, mais aussi de gentillesse et d'affection. Elle remplace Arnold Thompson qui a réussi à obtenir un poste d'enseignant dans le village de Cayon, à sept miles de Basseterre. Merci pour tout ça.

J'ai un peu de difficulté avec mes yeux, alors j'ai décidé d'écrire plutôt que de taper. J'espère que vous pourrez lire mon gribouillage. »

« Jusqu'à maintenant, c'est le semestre le plus éprouvant, fatigant et frustrant que j'aie jamais connu. Le Ministère affirme qu'il n'y a pas d'enseignants disponibles. Il a investi certains de nos anciens élèves de première comme enseignants à part entière et a placé certains des élèves actuels de première comme enseignants à temps partiel. Ils sont encore des écoliers, immatures, non préparés et tout à fait incapables de prendre en charge de telles responsabilités. Même avec leur aide, nous sommes encore à court de main d'œuvre et le nouveau directeur n'a pas été en mesure d'établir un emploi du temps approprié. Il a établi l'emploi du temps pour lundi, mardi et mercredi, mais n'a pas été en mesure de le terminer. Par conséquent, lorsque jeudi viendra, nous devrons le considérer comme lundi. Le vendredi deviendra le mardi et le lundi de la semaine suivante le mercredi, après quoi le mardi deviendra le lundi et nous sommes tous désespérément confus. Ajoutez à cela que presque chaque enseignant doit être dans deux ou trois classes différentes au même moment et vous aurez une certaine idée de la pagaille dans laquelle nous sommes. Par exemple, je dois enseigner l'espagnol aux troisièmes en même temps que le français aux quatrièmes et aussi aux sixièmes. Puisque nous avons trois bâtiments et que chacune des classes se trouve dans un bâtiment différent, comment puis-je m'occuper d'elles toutes simultanément ? Un professeur qui devait être à quatre endroits différents en même temps a donc décidé de n'aller à aucun d'eux et est resté dans la salle du personnel. Et vous pouvez imaginer quel genre de discipline nous avons quand les enfants sont laissés toute la journée sans supervision ! En outre, il n'y a toujours pas assez de chaises ou de bureaux, c'est pourquoi les élèves errent tout autour du bâtiment chacun portant sa chaise derrière lui ou la portant sur sa tête - pittoresque peut-être mais certainement bruyant et désordonné. En plus de tout ça, peu importe la classe, nous sommes constamment interrompus parce que le ministre veut nous rendre une visite parce que c'est la semaine de la santé, un moment où les infirmières viennent faire la leçon aux enfants, etc. Deux autres enseignants ont quitté l'école pour poursuivre leurs études et seront absents pendant trois ans. Ils ont reçu des bourses du gouvernement, c'est-à-dire que le gouvernement, bien que connaissant la pénurie, l'aggrave. Eh bien, au moins deux de nos anciens membres du personnel, qui sont maintenant en congé, seront de retour pour le deuxième trimestre, et cela aidera.

Mes petites vieilles dames, avec l'aide du Seigneur, vont aussi bien que possible, et malgré tout, nous sommes heureuses, grâce à vous.

Je pense que j'ai gagné la guerre - pas de crabes morts depuis trois jours et mes plantes vont bien, même les jasmins ont commencé à fleurir, en dépit d'avoir eu la moitié de leurs feuilles mangées par mes ennemis - crabes, sauterelles et même lézards. »

« Ceci est pour vous apporter mes salutations pour la nouvelle année et mes meilleurs vœux pour votre santé et votre bonheur, je vous souhaite tout le bien possible en ce monde.

Je vous écris avec *la mort dans l'âme* comme disent les Français. Je suis terriblement affligée. Ce fut le Noël le plus triste et le plus sombre de tous les temps. Une semaine avant la fin de l'école ma tante est tombée malade, elle avait une douleur à la jambe et cela était dû au blocage des canaux lymphatiques et a été suivi par une thrombose de la veine. Elle va un peu mieux maintenant, mais elle doit rester au lit tout le temps et ne peut pas bouger. Il y a une semaine, ma pauvre mère est tombée malade aussi. J'ai d'abord pensé que c'était une infection à cause d'une intoxication alimentaire mais j'ai vite écarté cela puisqu'on garde une trace de tout ce qu'elle mange. C'était si virulent qu'après quatre jours, il ne restait presque plus rien d'elle. Elle était complètement déshydratée, juste de la peau et des os. Elle a été dans un état comateux pendant un jour et une nuit, puis elle s'est rétablie, mais aujourd'hui, bien que le médecin ait contrôlé l'infection et que la maladie ait été maîtrisée, son cœur risque maintenant de lâcher. Je n'ai plus le cœur d'écrire, pardonnez-moi pour la note triste qui gâte l'esprit heureux des vacances, mais je devais juste vous dire mon chagrin. Je n'ai personne avec qui le partager ici. Excusez-moi si je ne vous ai pas écris pendant un certain temps, tout mon temps est consacré à mes petites bien-aimées. »

1973

« Maman se débrouille bien, mais sa convalescence est désespérément lente, elle est extrêmement faible et malgré les injections, les comprimés et les pilules son appétit reste très faible, nous essayons tous de la convaincre de manger, je me précipite pour lui chercher tout ce qu'elle veut car le médecin dit qu'il est très important pour elle de remplacer tout ce qu'elle a perdu pendant cette terrible quinzaine de jours de sa maladie. Sa volonté est de retour et son esprit fonctionne parfaitement, mais son corps est si émacié et affaibli qu'elle peut à peine marcher. Et bien sûr, elle veut reprendre son ancienne façon de vivre, la cuisine, le travail dans son jardin et le piano. Je sais qu'il est essentiel pour elle de sentir qu'elle mène encore une vie utile, et si on l'empêche de faire quoi que ce soit et qu'elle s'imagine qu'elle n'est qu'un fardeau inutile, cela retarderait davantage sa guérison. Nous devons tenir compte de ce facteur psychologique, mais cela me brise le cœur de la voir essayer de se déplacer avec ses bras et ses jambes si pitoyablement maigres et tremblants. Elle se fatigue très facilement et rapidement et devient irritable et se fâche, nous réprimandant tous. Mais ça ne me dérange pas, ce qui compte est qu'elle est toujours avec nous, tout le reste n'a pas d'importance.

L'école est en pleine activité mais je ne suis pas la seule à compter les jours jusqu'à la fin du trimestre, les autres professeurs sont tout aussi déçus et frustrés. En plus de tout cela, je me sens fatiguée. Je n'ose pas m'asseoir pendant un examen en classe quand tout est calme. Je crains de m'endormir si je le fais. Cependant, je suis à nouveau en mesure de visiter mon *Vientomarsol,* maintenant que mes deux petites vieilles dames vont mieux. La première fois que je suis allée là-bas, après trois semaines de négligence, j'ai rencontré un ensemble de mauvaises herbes sauvages partout. Des moutons ont réussi à passer sous les barbelés et ont mangé certaines de mes plantes, mais je remets progressivement tout en ordre. Merci encore. Que le bon Dieu vous bénisse et vous garde.

»

« Je suis si heureuse que vous aimiez les photos de *Vientomarsol* et je suis ravie que vous approuviez le projet d'une chambre supplémentaire au *Chalet La Serena.* Je peux maintenant continuer puisque j'ai votre bénédiction. Je considère cet ajout comme une sorte d'investissement, il augmenterait grandement la valeur de la maison et contribuerait au confort de mes petites vieilles dames. En ce moment il n'y a que deux chambres à coucher dans la maison, une en bas pour elles deux et l'autre en haut pour moi. Je vais faire un croquis du rez-de-chaussée pour que vous puissiez voir ce que j'ai en tête. La chambre aura accès à la chambre actuelle mais elle aura également sa propre entrée du jardin afin qu'elle puisse être tout à fait indépendante. Elle aura sa propre douche - qui sera placée sous le réservoir d'eau que j'ai installé il y a plusieurs années, des toilettes, et une niche minuscule où je prévois de mettre un petit évier et une plaque chauffante. Dès que j'aurai les chiffres du constructeur, je vous écrirai en détails. Je vais utiliser une partie de l'intérêt sur cette énorme fortune que vous m'avez donnée et j'aimerais que vous sachiez exactement ce qui se passe.

Il y a quelque chose que j'aimerais mentionner, mais je ne sais pas trop comment m'y prendre. Vous voyez, j'ai accepté avec gratitude l'utilisation de cette énorme somme d'argent que vous avez placée en mon nom. Nous ferons bon usage de l'intérêt, mais nous aimerions beaucoup ne pas utiliser le capital et vous le faire envoyer si et quand je quitte ce monde. Comment pouvons-nous arranger cela ? Si je meurs avant mes petites vieilles dames, je vous supplierais bien sûr de leur donner l'usage de l'intérêt pendant leur vie. Après cela les fonds devraient vous revenir. Comment faire cela ? Donnez-moi votre avis. »

« Je ne sais pas comment exprimer ma gratitude pour votre merveilleuse compréhension profonde de mon problème. Je suis toujours hantée par la pensée que si quelque chose devait m'arriver, mes pauvres petites vieilles dames seraient laissées sans défense. Elles sont capables de prendre soin d'elles-mêmes à la maison, mais elles n'ont aucune idée des questions mondaines ou financières et n'auraient aucune aide ou protection contre quiconque. Logiquement, je devrais leur survivre, mais il y a tellement de dangers de nos jours qu'on ne sait jamais ce qui peut arriver.

J'ai écrit à M. Slade, mais je n'ai pas été en mesure de lui fournir tous les détails sur la destination finale de tous les actifs. A juste titre, il veut établir un testament, bien que je pense que ce n'est pas juste, puisque tout ce que je possède est à vous, et vous, pas moi, devriez gérer toute l'affaire.

Cependant, cela étant votre souhait, je lui écrirai à nouveau mais pas encore. Cette affaire exige la réflexion et la concentration et pour le moment je crains de ne pas être en état pour les deux. Je ne peux pas vous dire à quel point je suis fatiguée, tellement épuisée que je ne peux rien faire correctement. Cette année scolaire nous a coûté plus que ce que nous pouvions nous permettre et tous les membres responsables du personnel qui ont été impitoyablement surchargés de travail sont au bord de l'effondrement. Je sais que je le suis, parce qu'en plus du stress à l'école en raison de l'énorme quantité de travail et de l'atmosphère peu agréable, je suis sous tension continue à la maison. N'eût été votre action magnifique et généreuse pour me soulager de tous mes soucis financiers, je suis sûre que j'aurais succombé il y a longtemps. Par conséquent, matin, midi et soir vous êtes toujours dans mes pensées et je prie constamment pour votre santé et votre bonheur, c'est tout ce que je peux faire.

Je suis maintenant à Nevis où je suis venue pour examiner les candidats de Cambridge G.C.E dans les langues modernes. Il y a beaucoup d'étudiants, mais comme j'ai dû passer la nuit ici, j'ai terminé et j'ai maintenant quelques instants pour vous écrire. Je vais poster cette lettre de Saint-Kitts, car le bureau de poste de Nevis est souvent pire que le nôtre. »

« Je m'apprêtais à vous écrire lorsque j'ai reçu votre lettre. Je voulais vous informer que les premiers dividendes de vos actions qui devaient être versés le 1er juin viennent d'arriver. La Banque Royale du Canada Trust Co. de New York a remis à la banque de Saint-Kitts 2,900.00 $ US qui ont été déposés dans mon compte (5,437.52 $ WI). Ceci, ajouté à d'autres moyens que j'avais, est exactement ce dont j'ai besoin pour payer l'entrepreneur pour la nouvelle pièce et le garage à

Vientomarsol, donc maintenant, tout peut être terminé et payé. Je ne peux pas vous dire à quel point c'est merveilleux de pouvoir se permettre ces ajouts, c'est du luxe.

C'est un rêve devenu réalité, et tout cela est dû à votre gentillesse. J'ai demandé que le deuxième versement des dividendes, dû le 1er juillet, soit conservé à New York et je toucherai 200 $ par mois, ce qui, j'en suis sûr, ajouté à mon salaire à temps partiel, sera largement suffisant pour nous permettre de continuer. Il me semble encore incroyable que la prochaine année scolaire je n'aurai pas à passer toute la journée dans un environnement désagréable, bruyant et sale. J'enseignerai le matin seulement, et je ne serai pas obligée d'entreprendre une foule d'activités parascolaires comme tous les membres du personnel à temps plein sont obligés de le faire. C'est grâce à vous que je vais pouvoir arrêter de travailler à plein régime sous un stress et une tension continue qui sapent sans relâche toutes mes forces et mon énergie. Je pourrai rester chez moi tout l'après-midi, m'occuper de mes pauvres petites vieilles dames qui ont vraiment besoin de soins. Et puis, bien sûr, il y a mon projet de gâteaux et de bonbons. Tout cela est possible grâce à vous. Vous étonnez-vous que je vous bénisse tout le temps ? L'année scolaire se termine le 13 juillet, après quoi je serai libre ! Cela semble trop beau pour être vrai. Je dois paraître terriblement égoïste pour vous, mais vous ne pouvez pas imaginer à quel point je suis fatiguée. »

« Je suis très heureuse que vous ayez passé des vacances reposantes. La conduite automobile en Écosse a dû être délicieuse, le pays devait être charmant à cette période de l'année, même s'il fait un peu froid en été. Conduire seul sans avoir à dépendre des bus de voyage ou d'avions est plus relaxant. Quant à Paris, la ville est toujours pleine d'intérêt et de charme. Cependant, il est bon de savoir que vous êtes de retour en toute sécurité. Avec tant d'agitation, d'accidents et de détournement d'avion, je suis heureuse que vous soyez rentré chez vous sans incident.

Pendant votre absence, j'ai reçu une lettre de M. Slade et j'ai répondu du mieux que j'ai pu. J'ai toujours l'impression que je n'ai pas le droit de léguer vos biens à mes œuvres de bienfaisance ou à mes petites vieilles dames, si elles me survivent. J'ai l'impression de donner quelque chose qui ne m'appartient pas. Quand même, si vous le dites, j'obéis à votre souhait et dès que l'école sera finie j'essaierai de tout régler.

Nous venons de commencer nos examens internes avec la surveillance, les corrections, les évaluations, etc. Je suis absolument épuisée, vidée de toute énergie. Un voyage en mer sur un navire cargo calme et lent me ramènerait à mon état normal en un rien de temps comme toujours, mais je crains que ce ne soit pas possible à l'heure actuelle. À la fin de mon contrat, j'ai droit à un aller simple pour le Chili, ou l'équivalent, si je veux aller ailleurs, et cela pourrait facilement me donner plusieurs semaines à bord d'un cargo. Mais je ne peux pas laisser mes pauvres petits vieilles dames, qui dépendent tellement de moi, si frêles et sans défense et dans un besoin constant de soins et d'attention ! Aucun salarié ne pourrait leur donner les mille et un petits services que seul l'amour et l'affection peuvent fournir. D'ailleurs, il y a la peur constante de la solitude. Elles se sentaient complètement perdues et abandonnées quand je suis allée à Nevis pour un jour et une nuit. Si ma sœur était venue chez nous comme elle l'avait prévu, j'aurais pu risquer de partir pour une quinzaine de jours mais je n'ose pas. De plus, nous traversons nous aussi une crise. Notre gouvernement et la seule ligne aérienne qui nous relie au monde en général sont en conflit, le résultat étant que la ligne aérienne a arrêté ses vols à destination et en provenance de Saint-Kitts indéfiniment, donc nous sommes coupés du monde. Je ne sais même pas comment cette lettre vous parviendra.

Nous nous réjouissons à la perspective d'un événement bienvenu. Ma bonne vieille Jane Ying prévoit de nous rendre visite. Elle est maintenant à Hong Kong et après cela, le 22 juillet, va venir à Saint-Kitts. Nous entendons dire que le gouvernement et la compagnie aérienne vont régler leurs différends et qu'il n'y aura pas de problème pour venir ici.

La pièce est terminée et est très jolie, mais hélas le garage à *Vientomarsol* est encore dans le domaine des choses à faire. Il n'y a pas de ciment sur l'île. Pas un seul sac de la substance et personne ne sait quand la prochaine expédition doit arriver. Toutes les activités de construction se sont arrêtées. Quelle pitié ! J'avais hâte de passer quelques semaines à *Conaree* quand l'école sera terminée, en été, mais je suis réticente à exposer la voiture au sel de mer pendant des heures. La guerre du 'crabe' est toujours en cours et je reçois quelques 'victimes' chaque jour - il y a une longue rangée de cadavres le long de la véranda, de sorte que les autres auront peur et s'en iront. Malgré tous les parasites qui envahissent les plantes, c'est toujours une grande satisfaction de voir mes hibiscus, mes bougainvilliers et ma belle-de-nuit produire de nouvelles fleurs chaque jour. »

« Saint-Kitts est de retour à la normale, nous recevons enfin du courrier, mais il y en a tant qu'il faudra des jours et des jours avant que tout soit réglé. Des avions atterrissent et décollent, des visiteurs arrivent et Jane Ying en fait partie. Elle est arrivée ici hier soir. Nous nous réjouissons maintenant à la perspective d'une agréable quinzaine ensemble. Tant de projets, tant de choses que nous voulons faire, et nous finirons probablement par simplement nous asseoir et rattraper toutes les nouvelles et les événements depuis que nous nous sommes vues il y a cinq ans.

L'école a pris fin vendredi. Je n'ai plus à assister aux réunions. Mais bien sûr je n'ai pas eu le temps d'arranger la maison pour la visite de Jane. Eh bien, peu importe, nous sommes de si vieilles amies qu'un peu de poussière ne la dérangera pas.

Le ciment est arrivé et les ouvriers ont commencé à travailler sur le garage. J'ai bon espoir que dans une semaine nous pourrons passer la plupart de nos jours et nuits à *Vientomarsol.* Je vais arroser les plantes, mais dès que les ouvriers auront fini le travail et que l'endroit sera propre et bien rangé, nous pourrons profiter de la mer et du soleil et Jane aura tout le repos et la paix dont elle a besoin après sa vie trépidante aux États-Unis. Quel horrible endroit où vivre ! C'est le dernier endroit sur terre où je choisirais de passer ma vie.

J'ai reçu une lettre du gouvernement qui me demande de continuer à enseigner à temps partiel, le matin seulement, et qui m'offre un salaire net d'environ 63 £ par mois. Grâce à votre gentillesse, avec le revenu mensuel de 200 $ du deuxième lot d'actions que vous nous avez si généreusement donné, nous serons en mesure de vivre dans un confort total. J'ai utilisé l'intérêt pour construire la nouvelle chambre, le magasin et le garage à *Vientomarsol.* Vous ne pouvez pas imaginer à quel point nous sommes heureuses et reconnaissantes, sans votre aide, nous n'aurions jamais pu survivre. Que le bon Dieu vous récompense pour votre magnanimité. »

« Le temps passe vite. Jane Ying est repartie après une visite d'une quinzaine de jours. Nous avons passé un très bon moment ensemble et je pense qu'elle a vraiment eu le repos qu'elle désirait. Le mode de vie aux États-Unis semble être une tension perpétuelle, avec une hâte et une précipitation éternelle. L'existence semble être faite de stress pur. Pas étonnant que Jane ait des ulcères ! Cependant, ils ne l'ont aucunement dérangée ici, elle a eu tous les aliments qu'elle voulait et a dormi pendant des heures, menant une vie tranquille et détendue. Ses ulcères sont probablement dus à une tension nerveuse plus qu'autre chose. Nous avons fait de courtes visites à Nevis et Anguilla, juste une matinée et une nuit et nous sommes rentrées le lendemain car je craignais de quitter mes petites vieilles dames pour de plus longues périodes. Le médecin était en alerte pendant notre absence. Heureusement, ce n'était pas nécessaire et tout allait bien. Mon inquiétude était pour Jane elle-même. De toutes choses elle est allergique aux chats et j'en ai trois, sans mentionner les huit chats errants qui viennent régulièrement chaque soir pour leur souper. Heureusement, rien ne s'est passé, elle n'a même pas éternué une seule fois, bien que la seule présence d'un chat dans la pièce fût censée provoquer une crise d'asthme. Et l'un des miens, au poil long et soyeux, a dû être délogé du lit de Jane tous les jours. Nous étions tous très désolés quand elle est partie.

Le garage à *Vientomarsol* est enfin terminé et maintenant je peux garder la voiture à l'abri, mais l'espace de virage est si limité que c'est avec beaucoup de précaution que je me retourne. Ayant une si mauvaise notion des distances, il faut beaucoup de concentration, mais je vais m'y habituer.

J'aimerais vous poser une question au sujet d'un de mes pauvres étudiants, une sorte de filleul à temps partiel. Je ne sais pas si vous vous souvenez de lui, il s'appelle Robert Swanston et c'était l'un de mes meilleurs élèves. Comme d'habitude, il n'a ni père ni mère. Nous avons eu la chance que la Sucrerie de Saint-Kitts lui donne un emploi et il est finalement allé à l'Université des Antilles à la Barbade. Il a fait toutes sortes de petits boulots, a entraîné des étudiants en français et en espagnol, a joué dans un groupe de musique et a travaillé comme menuisier et peintre. Tout cela pendant l'année académique, et hier il a reçu les résultats des examens de sa première année de licence. Il a réussi dans toutes les matières. Je pense que c'est merveilleux, mais bien sûr, il est terriblement fatigué, surmené et sous-alimenté. Puis-je lui donner une allocation mensuelle de votre Fonds d'aide aux étudiants dans le besoin ? J'ai près de 3 000 $ (Antillais) dans ce compte et Swanston a vraiment besoin d'aide et mérite d'être aidé. Dites oui. »

« Quel bon souvenir vous avez de Robert Swanston ! Je suis si heureuse que vous disiez que je peux l'aider. Il le mérite certainement. Je sais que cela a dû être un effort énorme pour lui de travailler et d'étudier en même temps avec succès. Sans famille pour l'encourager, sans parole de louange ou de consolation en cas de besoin, il est étonnant qu'il se soit tenu à l'écart de tous les pièges - la toxicomanie est devenue si commune dans toutes les universités et cela conduit invariablement aux infractions et au crime, et pourtant il a réussi à éviter toutes ces tentations et à émerger victorieux.

J'aimerais maintenant vous faire part de bonnes nouvelles. Nos résultats de l'examen G.C.E. Cambridge viennent d'arriver et vous pouvez imaginer à quel point je suis heureuse. Mes huit étudiants ont réussi mes deux épreuves, chacun d'eux obtenant la note la plus élevée possible. C'est ma dernière remise de diplôme et ils ont vraiment placé une *broche de oro* à mon enseignement - une expression espagnole pour dire que quelque chose a été conclu de la meilleure façon possible. »

« Vous avez une nouvelle filleule. J'espère que cela ne vous dérange pas. Elle s'appelle Cynthia Weeks. Elle a obtenu d'excellentes notes dans toutes ses matières, y compris l'anglais, et devrait en effet passer son niveau « A ». Mais elle appartient à une famille très pauvre. Sa mère est morte quand le traversier, le *Christena*, a coulé il y a quatre ans. Le père est mort avant ça, et elle vit avec une tante. En raison de ses capacités, Cynthia a obtenu une bourse pour poursuivre ses études. Cette bourse comprend les frais de scolarité et les livres, mais la tante ne voulait pas qu'elle retourne à l'école car il y aurait les frais d'achat de l'uniforme. Par conséquent, elle voulait que Cynthia devienne une apprentie enseignante, mais comme elle n'a que le niveau 'O', son salaire serait insignifiant, et il irait à la tante. Si elle devient apprentieenseignante avec le niveau 'A', cela signifie une bien meilleure rémunération dans deux ans. Je pense que j'ai convaincu la tante que c'était à son avantage que Cynthia reste à l'école et vous avez très gentiment acheté son uniforme. Cynthia retourne donc à l'école demain. Elle n'a que 16 ans. »

« Le trimestre a commencé lundi et j'ai commencé mon travail à temps partiel. C'est très différent de ma position précédente et je pense que cela peut être très intéressant si je peux faire les choses selon mon plan et obtenir la coopération nécessaire des personnes concernées. Le Département de l'éducation veut que je guide et aide les jeunes enseignants de langues vivantes, car ils n'ont aucune expérience, ni formation et très peu d'idées sur la façon d'enseigner le français et l'espagnol. J'ai commencé lundi à visiter toutes les écoles secondaires - et après avoir vu trois d'entre elles, j'ai découvert qu'aucune école n'a un programme ou une méthode. Il n'y a pas de livres, ni pour les élèves ni pour les enseignants, donc bien sûr pas un seul candidat G.C.E. a réussi les examens de langues modernes. Ma tâche sera d'organiser l'ensemble de l'entreprise, d'élaborer un programme, de communiquer avec toutes les écoles, d'enseigner aux jeunes membres du personnel comment transmettre les connaissances nécessaires, de travailler avec chacun d'eux en les formant sur comment planifier leurs leçons, enseigner, donner du travail aux élèves, etc. Cette activité implique de voyager tout autour de l'île jusqu'aux écoles, cinq ici et deux à Nevis. Certains de mes professeurs sont mes anciens élèves donc il sera facile de travailler avec eux, mais d'autres ne me regardent pas d'un air amical. Eh bien, j'espère qu'il n'y aura pas de difficultés et que cette année sera intéressante et fructueuse. Je travaille le matin seulement - sauf quand je dois aller à Nevis, ce qui signifie y voler tôt le matin et revenir tard le soir, mais ce ne sera qu'une fois tous les quinze jours. Le reste du temps, je serai plus à la maison, à m'occuper de mes vieilles dames.

Les nouvelles du Chili[23] sont si terribles et cela nous rend terriblement anxieuses. »

« Votre lettre du 23 octobre était la bienvenue, même si vous ne donnez rarement de nouvelles de vous-même. J'espère que vous allez bien et que vous ne travaillez pas trop fort - mais vous connaissant, j'e suis sûre que vous le faites. Cynthia est très heureuse à l'école et Swanston écrit qu'il étudie dur. Ils sont tous deux extrêmement reconnaissants pour votre aide et essaient de vivre à la hauteur de votre gentillesse.

Mon travail me tient occupée tout le temps, mais c'est très difficile. Il exige persévérance, patience, tact mais aussi fermeté, la main proverbiale de l'acier dans un gant de velours - mais jusqu'à présent, les résultats ne sont pas spectaculaires. Peut-être que je devrais jeter les gants ou juste utiliser du nylon fin. Parfois je me demande pourquoi ces enseignants ont choisi cette profession, tant d'entre eux ne montrent aucun intérêt pour l'enseignement ou les enfants. Savez-vous qu'après deux mois de cours et en voyant les élèves tous les jours, certains professeurs ne connaissent même plus leurs noms ou leurs visages ! Comment peut-il y avoir un contact, une confiance ou un désir de bien faire quand l'enfant sait que son professeur ne se soucie pas de lui, qu'il soit là ou non, qu'il étudie ou qu'il perde son temps. Et certains de ces enseignants

---

[23] Salvador Allende a été renversé par un coup d'État le 11 septembre 1973

ne savent même pas quoi enseigner ou comment enseigner. L'une d'entre eux m'a dit très franchement que même si elle va enseigner le français, elle ne peut pas le parler du tout ! En ce qui concerne la préparation, la planification des leçons, les corrections, celles-ci n'existent tout simplement pas. C'est pourquoi les leçons sont si ennuyeuses et fastidieuses, et cela soulève bien sûr des problèmes de discipline. Quand un enfant est occupé et intéressé, il ne lui vient pas à l'esprit d'être méchant, grossier ou indifférent. Désolé de vous ennuyer avec mes plaintes.

Nous avons eu de meilleures nouvelles du Chili. Ma sœur écrit que les choses reviennent à la normale, qu'elle a finalement vu du sucre et de la viande pour la première fois depuis des mois, pu acheter du pain sans avoir à faire la queue à six heures du matin, et a même acquis un peu de dentifrice ! Cependant, l'agitation continue, elle dit que juste avant de commencer la lettre il y avait des tirs de mitrailleuses dans leur rue qui ont continué pendant un bon moment, il semble que les soldats faisaient la chasse aux guérilleros et ont finalement tué quatre d'entre eux. Eh bien, je ne pense pas que cela revienne à la normale, mais on peut se demander comment étaient les choses lorsqu'elles étaient considérées comme normales. »

« Remercions Dieu pour le prince de Galles ! Comme c'est son anniversaire aujourd'hui, nous avons un jour férié et j'ai pu faire les cent et un petits boulots autour de la maison que je ne trouve jamais le temps de terminer autrement. Je suis même en mesure de répondre immédiatement à votre lettre du 5 novembre pour laquelle je vous remercie. C'était agréable de savoir que vous avez effectivement pris un jour de congé pour aller à la campagne et vous détendre - bien qu'une journée ne soit pas assez ! J'espère que vous ferez beaucoup plus souvent de telles visites. Il est fascinant de voir les progrès dans nos jardins et les fermes. Même avec seulement la demi-heure que je passe à travailler à *Vientomarsol* je peux voir des résultats. Mes fleurs se portent très bien, même si je dois ériger des moustiquaires pour les protéger du souffle de la mer. J'attends les vacances de Noël où j'espère peindre ma clôture et les nouvelles travées, puis je prendrai quelques photos du jardin pour que vous puissiez les voir.

Merci pour vos aimables commentaires sur mon travail. J'essaie certainement de faire de mon mieux, et même si les résultats ne sont pas encore spectaculaires, au moins tous les professeurs de langues modernes prennent leurs livres et commencent à enseigner lorsque je me présente dans les écoles. Cependant, il y a des progrès, même si les choses sont lentes. Dans certains cas, je ne sais vraiment pas comment les enseignants peuvent se débrouiller. Savez-vous que dans une école chaque classe compte au moins 38 enfants ? Je l'ai vu hier et je vais certainement dire à nos autorités éducatives qu'il est impossible de s'attendre à ce que les enfants apprennent dans de telles conditions. Ils pourraient au moins installer des cloisons pour diviser les pièces. En outre, le bruit est terrible car très souvent un enseignant enseigne à deux niveaux différents en même temps et cela signifie qu'une classe est laissée à elle-même. C'est simplement un manque d'organisation.

Chez nous tout est calme sur le front de la santé. Le 11 novembre Mère a atteint son 89e anniversaire. Nous voulions le célébrer et faire une fête mais elle s'est fâchée et a dit que ce n'était pas une occasion de se réjouir. Pourtant, elle a cédé un peu plus tard et a accepté le gâteau spécial que je lui ai fait. Non, il n'y avait pas 89 bougies. Ma tante a eu 86 ans le mois dernier, alors comme vous le voyez, j'ai deux vieilles dames très vénérables sous ma garde. »

« Je suis vraiment désolé d'apprendre que des cambrioleurs se sont introduits chez vous à *Vientomarsol.* Je suis très heureux que vous n'ayez pas été là quand ils sont venus et que Mme Bynoe ne les ait pas rencontrés. Autrement, elle aurait pu être blessée. Je suis heureux que rien n'ait été volé.

Avez-vous de l'électricité à la maison et quelle est votre tension ? Il me semble qu'il serait peut-être possible d'installer une sorte de dispositif d'alarme qui sonnerait une cloche chez Mme Bynoe si des voleurs tentaient d'entrer par vos fenêtres ou votre porte. Cela lui permettrait de téléphoner à la police. Ici, à Hong Kong, nous sommes également harcelés par des petits vols. En effet, j'en ai été témoin en rentrant chez moi hier soir.

Le Festival de Hong Kong vient d'avoir lieu. Nous avons eu une semaine de festivités qui a reçu un accueil très favorable de la part de la population chinoise. Commence maintenant une période d'austérité avec le rationnement du pétrole. Cela signifie que non seulement nous rencontrerons des difficultés à réduire la consommation d'électricité, mais nous prévoyons des restrictions sur l'utilisation des voitures. Je crois que le gouvernement a l'intention d'essayer de maintenir les industries en activité, même si, dans certains cas, lorsque les besoins fondamentaux requièrent du pétrole, nous aurons des difficultés. J'espère que vous allez toutes bien. Je vous souhaite bonne chance, à vous et aux vieilles dames. »

1974

« Il y a longtemps que je n'ai pas eu de nouvelles de vous. J'espère que vous êtes en mesure de faire face à la situation inquiétante actuelle. Je peux très bien imaginer comment la pénurie mondiale de carburant doit affecter Hong Kong, car il y a tant d'industries là-bas qui ont besoin de quantités incalculables de carburant. Les pertes sont probablement stupéfiantes. Vous êtes constamment dans nos pensées et nous prions pour que vous soyez protégé de tout mal et de toute anxiété.

Comme partout ailleurs, la vie à Saint-Kitts devient difficile, certains produits sont rares, d'autres ont complètement disparu et les prix augmentent de jour en jour. Cependant, nous faisons de notre mieux pour garder le sourire et être joyeux. Le semestre a commencé ce matin et il y aura assez de travail pour me tenir occupée. J'espère que mes efforts aideront les garçons et les filles qui comptent sur moi pour les aider à réussir leurs examens.

L'essence est réapparue - à un prix plus élevé - mais elle est disponible, ce qui signifie que je peux « recharger mes batteries » à *Vientomarsol.* Une demi-heure passée dans la paix et la beauté de Conaree me donne de la force pour les vingt-quatre heures suivantes. Mes petites vieilles vont bien toutes les deux, alors j'ai beaucoup de raisons d'être reconnaissante. Ici à l'autre bout du monde il y a des gens reconnaissants qui vous souhaitent le meilleur pour tout. »

« Merci de m'avoir envoyé l'article sur la ferme expérimentale. Quelle merveilleuse entreprise, et comme vous aimez aider tant de gens. Je peux imaginer combien ils vous sont reconnaissants. Il n'y a pas de meilleure façon d'aider les gens que de leur permettre de produire des récoltes et d'élever des animaux. J'ai toujours été fascinée de voir les choses grandir - même sur la petite échelle que nous avons ici : une plate-bande de tomates, du chou chinois qui pousse très bien ici, et la dernière fierté de Mère - un carré du maïs le plus doux que nous ayons jamais goûté. Même à *Vientomarsol* j'ai réussi à faire pousser quelques épinards, pas les épinards que nous connaissions ailleurs, c'est une sorte de vigne grimpante mais les feuilles ont un goût de plante authentique. Bien sûr, vos agriculteurs sont chinois, et en plus d'être patients et industrieux, ils ont toujours vécu de l'agriculture, ils aiment et comprennent la terre et l'agriculture. À mon avis, il n'y a rien de plus important et de plus gratifiant que de pouvoir produire de la nourriture à partir de la terre.

Notre gouvernement fait une tentative timide pour encourager l'agriculture, mais les gens ne comprennent pas que leur salut, leur vie même dépend de ce qu'ils pourront produire de la terre. Notre récolte de sucre diminue chaque année et rien n'est fait pour la compléter ou la remplacer. On parle beaucoup de l'industrie touristique, mais encore une fois, cela dépend de l'agriculture - un touriste visitera les quelques monuments et lieux d'intérêt une fois au cours de sa visite, mais il doit être nourri trois fois par jour - et toute la nourriture est importée à Saint-Kitts, et pourtant, comme mes vieilles dames l'ont prouvé, tout peut pousser sur cette île. Je ne sais pas pourquoi, c'est peut-être l'héritage de l'esclavage, mais les gens méprisent ceux qui travaillent avec leurs mains, ils considèrent cela comme dégradant alors que pour moi cela semble être une des activités les plus nobles.

J'ai été très occupée toute la semaine ; une délégation parlementaire de députés de France nous a rendu visite et j'ai rassemblé tous mes anciens étudiants chez moi et nous les avons divertis. Les garçons et les filles ont vraiment fait de leur mieux, Michelle Ward a récité un poème de Théophile Gautier et James Connor a récité magnifiquement *Le Lac*, un poème de Lamartine. Sa performance a été vraiment excellente et les députés - l'un d'eux de Paris et un autre délégué aux Nations Unies ont été tellement touchés par la connaissance des enfants de la langue qu'ils m'ont fait un cadeau de trois bourses pour six semaines de cours en Guadeloupe pour trois des étudiants et nous ont promis des livres et des films. J'essaie maintenant d'organiser un club français et espagnol plus large, puisque je supervise maintenant les sept lycées de l'État dans l'enseignement des langues modernes. Je suis entrée en contact avec tous les professeurs de français et d'espagnol, dont la plupart étaient mes anciens élèves, mais qui, comme ils n'ont plus la chance de pratiquer les langues, commencent à les oublier. Ma difficulté est de trouver un endroit où ils pourraient tous se rencontrer. Ma maison est trop petite, et d'ailleurs, mes petites vieilles dames seraient contrariées par le bruit et l'agitation. J'ai la demipromesse d'une salle dans l'ancien hôpital qui est maintenant utilisé comme l'École de formation des enseignants. Actuellement, elle est pleine d'archives. Si nous pouvons la nettoyer et la peindre, ce sera un lieu de rencontre idéal. Elle donne sur le cimetière et les jeunes ne l'aiment pas, mais elle pourrait être un excellent endroit pour les activités du club. »

« Depuis la dernière fois que je vous ai écrit, une calamité a suivi une autre. Tout d'abord, Mère a commencé à taquiner le chien Cher Ami et il lui a mordu la main - même un enfant sait qu'il faut laisser un chien tranquille dans de telles circonstances. Je l'ai prévenue bien sûr, mais dès que j'ai quitté la pièce elle a continué. Et comme sa peau est mince, il y avait une profonde entaille sur sa main, jusqu'à l'os. J'ai appelé le médecin. Heureusement, il est venu tout de suite et elle a dû avoir trois points de suture et une injection antitétanique. Heureusement, aucune complication n'est survenue. Après toute cette agitation, je suis allée à *Vientomarsol* et j'ai découvert que des moutons avaient réussi à passer sous les barbelés et avaient mangé toutes mes plantes - hibiscus, bougainvilliers et mon petit amandier, en plus d'avoir fait disparaître les épinards et quelques noix de coco. J'ai des palissades sur deux côtés, une belle clôture en maille épaisse, mais le quatrième côté n'avait que des barbelés qui sont devenus mous et rouillés. M. Bynoe m'a gentiment prêté un de ses fermiers et il me fait une clôture en branches de noix de coco. Au bout d'un moment, ça devient plutôt laid et mou, mais au moins elle gardera les moutons dehors pendant quelques mois.

Enfin, ma tante a oublié d'éteindre l'eau dans le jardin à nouveau et la machine à laver a commencé à fuir pendant que j'étais dehors. À mon retour, il y avait une inondation, à la fois à l'intérieur et à l'extérieur. On ne s'ennuie jamais ! Eh bien, tout est sous contrôle maintenant, mais bien sûr je ne sais jamais ce que mes petites vieilles vont faire ensuite. Je dois passer de plus en plus de temps avec elles. Seul un membre de la famille peut supporter leurs caprices et leurs crises. Aucun employé ne survivrait plus de 24 heures. Quand j'ai eu une infirmière pendant l'une des maladies occasionnelles de Mère, elle l'a envoyée faire ses valises en quelques heures. Elle est indomptable et indépendante. Elle n'accepte que mon aide et mes services, donc je dois être constamment présente. Mais je suis si heureuse de l'avoir. Je l'aime tellement malgré ses crises.

Mon travail est très intéressant, mais, même s'il est censé être un emploi à temps partiel, il prend non seulement la matinée, mais aussi beaucoup plus de temps. C'est une lettre très égoïste - qui ne parle que de moi. J'espère que vous allez bien, nous prions toujours pour votre santé et votre bonheur. »

« J'ai certainement besoin de quelques mots amicaux, car je me sens terriblement frustrée, indignée et en colère. Depuis la création du Club de langues vivantes, je ne peux pas me rendre à *Vientomarsol* le vendredi après-midi lorsque nous avons des réunions. Je suis allée à *Conaree* hier, samedi, pour constater que la maison a été cambriolée. L'endroit entier a été saccagé, les cambrioleurs ont fracassé la nouvelle porte et probablement passé la soirée dans la cabane, car j'ai trouvé les rideaux tirés pour éviter d'être remarqué. Les Bynoes étaient sortis ce soir-là à une fête et sont revenus après minuit, de sorte que les mécréants sont passés inaperçus. Évidemment, ils cherchaient de l'argent ou des objets de valeur - comme si n'importe quelle personne saine d'esprit garderait de telles choses dans une cabane de plage. Bien sûr, ils n'ont rien trouvé d'intéressant et n'ont pris que ma petite lampe de lecture. Le pire, c'est que je me sens maintenant impuissante et incertaine. Quel que soit le moyen que j'utilise pour protéger la propriété, il semble inefficace et je ne sais pas quoi faire d'autre. Samedi, je n'ai pas pu trouver d'ouvriers ni de matériaux, j'ai donc simplement barricadé l'endroit avec des planches restantes de la dernière travée de la clôture. M. Bynoe est venu m'aider alors que j'étais à mi-chemin et a terminé le travail si minutieusement que je n'ai pas pu entrer cet après-midi. Demain, l'entrepreneur vient, il me conseille de construire une nouvelle porte, mais cette fois de bois massif, pas le contreplaqué dont les portes à Saint-Kitts sont généralement faites. Je veux qu'il y ait une barre de fer de l'autre côté de la porte, mais l'essentiel dans ce cas-là, c'est un cadenas qu'on ne pourrait pas briser. Ils devraient en avoir à la Barbade et à Saint-Martin, aucun à Saint-Kitts.

Demain, je vais au Collège technique - un établissement canadien - et j'essaierai de faire installer une sorte d'alarme qui se déclenchera si les serrures ou la porte sont trafiquées. Les Bynoes l'entendraient et obtiendraient de l'aide, et même s'ils ne l'entendaient pas, je suis sûre que le bruit soudain ferait fuir les cambrioleurs. Ces alarmes ne sont pas disponibles ici, mais on m'a dit qu'elles existent à St. Martin. Je vais essayer de voir si c'est le cas et je ferai un voyage d'une journée pour en acheter une. J'aimerais que la porte soit électrifiée non pas pour blesser sérieusement, mais pour donner un bon choc afin que les voleurs laissent la maison tranquille. Malheureusement c'est illégal ici. Pourtant, la police ne peut pas aider. Savez-vous que le policier qui est venu quand je les ai appelés est arrivé avec une radio portable exprès pour écouter les commentateurs de cricket relayant un match qui l'intéressait beaucoup plus que de savoir où les cambrioleurs étaient allés et ce qu'ils avaient pris. Par conséquent, puisque la loi ne fait rien pour protéger la propriété, il semble très injuste de ne pas pouvoir faire quoi que ce soit soi-même. Pouvez-vous penser à un moyen de protéger ma pauvre petite maison ? Désolée d'avoir pris autant de votre temps avec mon histoire de malheur.

Merci pour votre aimable offre d'aide pour l'apprenti enseignant. C'est un de mes anciens élèves et sa situation économique est loin d'être brillante. Je vous suis très reconnaissante et, si nécessaire, je vais certainement l'aider. Il s'appelle Ronnie Powell et vous l'avez déjà aidé il y a longtemps. »

« Bienvenue chez vous ! C'est si bon de savoir que vous êtes revenu en toute sécurité, même si vous avez eu ce problème mécanique alarmant avec l'avion. J'espère que vous avez passé des vacances agréables et reposantes. Ne laissez pas vos activités de bureau vous engloutir et détruire tous les avantages découlant de votre agréable voyage. Les trois pays, l'Angleterre, l'Espagne et la France ont tant de charme, tant de lieux charmants et si intéressants que les souvenirs du voyage seront sûrement bénéfiques. Prenez un peu de repos et n'utilisez pas toute votre énergie à la fois !

Ce sont nos longues vacances, mais je crains de ne pas avoir encore eu de vacances et il semble que je n'aurai pas le temps de me reposer cet été. J'ai été très occupée à organiser des échanges d'enfants entre la Guadeloupe et Saint-Kitts pour un camp linguistique. Aussi, des étudiants des îles francophones de la Guyane française assisteront à des réunions et agiront comme traducteurs pour la mission commerciale vénézuélienne dont les membres ont passé la dernière semaine ici. La semaine prochaine, je dois superviser l'examen du Lycée des précepteurs en langue moderne. Après cela, la formation pour les nouveaux enseignants commence et cela signifie retourner au travail régulier. Pourtant, J'espère pouvoir passer quelques jours et quelques nuits à *Vientomarsol.* Ma mère n'allait toujours pas bien, ce qui fait que nous avons traversé une période très sombre. Elle va mieux maintenant, mais chaque petite maladie lui laisse une marque profonde et elle est tellement fragile que mon cœur me fait mal quand je la regarde. »

« J'ai eu des entretiens très sérieux avec le ministre de l'Éducation qui, après avoir promis en mai que le ministère paierait les études universitaires d'un étudiant, a annoncé calmement que le ministère n'avait pas d'argent une quinzaine de jours avant que le garçon ne soit prêt à partir. J'ai appelé plusieurs ministres à tour de rôle et j'ai fini par voir le Premier ministre[24].

Après leur avoir dit ce que je pensais ainsi que quelques vérités, la question est maintenant réglée et l'argent pour le premier trimestre a été trouvé. Le deuxième trimestre sera payé en janvier et le troisième en mars. Le premier ministre m'a assuré que les fonds seront disponibles. Cette question a donc été définitivement réglée.

Nous avons eu plusieurs alertes d'ouragan, mais heureusement ils nous ont dépassés. La terreur que les survivants au Honduras[25] ont dû endurer ! Et leur épreuve n'est pas encore terminée ! De nombreuses familles ont perdu des êtres chers.

---

[24] Bradshaw, Robert Llewellyn (1910-1978), Le premier Premier ministre de Saint-Kittset-Nevis.

[25] L'ouragan Fife, de septembre 1974, baptisé plus tard Orléans, a tué au moins 8 000 personnes dans 9 pays des Caraïbes.

La période de sécheresse est enfin terminée et après plusieurs jours de pluies torrentielles les collines sont toutes vertes. Mais hélas, les mauvaises herbes dans le jardin ont tout recouvert. Cependant, ma Mère se bat contre elles et elle a commencé plusieurs boîtes de semis. Je m'en réjouis, car cela l'intéresse et la fait se sentir utile et satisfaite. Elle se sent aussi bien que possible. »

« J'ai envoyé Ronnie Powell en Guadeloupe le lundi 30 septembre et je m'attends à recevoir des nouvelles de lui bientôt, je l'espère, parce que les courriers entre les Antilles françaises et Saint-Kitts semblent prendre plus de temps qu'entre Hong Kong et notre île. J'ai payé son voyage, mais son équipement a coûté beaucoup plus que je ne m'y attendais. Heureusement, il a l'équipement de football indispensable. Il était ravi de l'opportunité d'aller poursuivre des cours de français. Jusqu'à présent, nos 'honorables' ministres ont donné les fonds pour payer son premier trimestre. J'espère seulement qu'ils ne reviendront pas sur leur parole lorsqu'il sera temps de payer pour le deuxième et le troisième trimestre. Avant de partir, Ronnie m'a apporté une lettre pour vous que je vous transmets.

J'aurais dû répondre à vos lettres plus tôt, mais la semaine dernière a été si épuisante que je n'avais pas la force d'écrire. Nous avons connu le tremblement de terre le plus violent que j'ai jamais vécu. Cela a duré trois minutes entières. C'était une question de secondes - tout est tombé des tables et des étagères. Je m'attendais à ce que la maison s'effondre à chaque instant. C'est arrivé un peu après 5 heures du matin et j'étais déjà debout. Donc j'ai pu descendre et essayer de sortir mes pauvres petites vieilles dames, mais

Mère est si fragile et faible que c'était très difficile de l'emmener dans le jardin loin de la menace de murs en ruine. Mère s'était à peine remise du tremblement de terre quand un autre coup l'a frappée : son chat favori, un beau chat, siamois et semi-persan, est tombé malade et malgré tous nos efforts il n'a pas pu être sauvé.

Notre ministre de l'Éducation a décidé de réformer tout notre système d'éducation et a formulé les suggestions les plus irréalistes, pour ne pas dire les plus farfelues. J'espère seulement que les autres membres du Ministère lui feront entendre raison sinon, il va tout gâcher. Il n'y a pas d'enseignants disponibles, et pour faire fonctionner le système au moins quatre fois plus d'enseignants sont nécessaires. Même en Angleterre et aux États-Unis il n'y a pas assez d'enseignants et leurs plans sont beaucoup plus ambitieux que ceux de tout grand pays. C'est bien beau d'avoir des idées et des idéaux, mais il faut aussi être pratique et se rendre compte que les changements dans l'éducation doivent se faire de façon progressive et cohérente. Il reste encore un mois avant la fin de la menace d'ouragan, mais au moins nous avons de la pluie maintenant, donc il ne manque pas d'eau et toute la campagne est magnifiquement verte. »

« C'est si bon de savoir que vous êtes de retour en toute sécurité. Comment est le Népal ? Quelle langue y parlent-ils ? Et quel genre de climat ont-ils ?

Ma pauvre mère n'a pas été très bien ces trois dernières semaines - son pied droit gonfle beaucoup et vers le soir il est environ trois fois plus gros qu'en temps normal et ça lui fait très mal. C'est une sorte de trouble circulatoire et le médecin dit que c'est grave car il y a toujours la menace de gangrène et je ne veux pas penser à ce qui se passerait alors. Bien sûr, tout cela me rend très déprimée et jette un voile sur toute la maison.

La radio ne cesse de donner des nouvelles des typhons et des cyclones dans votre région du monde. J'espère que les reportages sont exagérés. »

1975

« J'espère sincèrement que votre mère ira beaucoup mieux. Je peux bien imaginer votre anxiété et j'espère sincèrement que vous essaierez de ne pas trop en faire et de prendre autant de repos que possible. J'ai trouvé le Népal très intéressant. Les gens sont honnêtes et très pauvres. Nous avons lancé un certain nombre de projets là-bas. Une trentaine, et au cours de ma récente visite, j'ai approuvé trois projets qui n'aideront pas moins de 20.000 personnes. Deux d'entre eux permettront d'apporter de l'eau dans leur région. L'autre est une clinique de village.

Je suis récemment revenu de Manille où je suis allé pour la cérémonie d'inauguration de notre nouvel hôtel Peninsula qui, une fois construit, sera, espérons-le, un grand succès. Malheureusement, en raison de la récession, il y a beaucoup de chômage. À Hong Kong, nous le ressentons aussi, mais les gens ici semblent plus optimistes que dans d'autres pays. Je vous souhaite, ainsi qu'aux « vieilles dames », bonne santé, bonheur et prospérité pour 1975. »

« Votre lettre du 10 janvier est arrivée juste au moment où je partais pour Nevis pour ma visite d'inspection mensuelle dans les deux écoles secondaires de l'île. Dans une des écoles, deux des jeunes professeurs sont mes anciens élèves et le troisième a également été un de mes élèves. Ce sont toutes des filles intelligentes qui sont compétentes, qui ont passé leurs examens de niveau 'A' en français et en espagnol et qui font du bon travail. Dans l'autre école, les perspectives sont très sombres, car les deux jeunes enseignants ne savent pas grand-chose et ils ne veulent pas enseigner, ils n'ont aucun intérêt pour l'apprentissage et ils ont pris ce travail parce qu'ils ne pouvaient pas trouver quelque chose d'autre à faire. Ils sont très réticents à accepter des conseils ou des suggestions. C'est dommage parce que beaucoup d'étudiants sont désireux d'apprendre mais ils n'ont pas d'enseignants compétents, et ils perdent vite leur intérêt. J'adore Nevis, et bien que je doive travailler très dur pour essayer de faire une semaine de travail en deux jours, je me sens assez reposée parce que j'ai eu une bonne nuit de sommeil ininterrompu, quelque chose que je peux rarement obtenir chez moi.

Comme il est intéressant d'entendre parler de vos projets au Népal. 20.000 personnes aidées ! Mon Dieu ! C'est plus de gens que sur de nombreuses îles des Caraïbes ! Comme ils doivent tous vous être reconnaissants. Vous dites qu'ils sont très pauvres, mais honnêtes. Ce doit être une grande satisfaction pour vous de pouvoir aider des personnes dignes de recevoir de l'aide. Ici, les habitants prennent tout cela comme leur dû, et dans bien des cas ils semblent penser qu'ils rendent service au donateur quand ils prennent ce qui leur est donné, et ils grognent au lieu de dire « merci ».
Bien sûr vos *filleuls* sont une exception. »

« Je réponds tout de suite en espérant que cette note vous parvienne à temps pour vous souhaiter un bon voyage et un séjour des plus agréables dans le sud de la France. J'ai de très bons souvenirs de la Côte d'Azur. Pendant que j'étudiais en France, pendant les vacances d'été, je travaillais le premier mois en donnant des cours particuliers à un enfant riche et paresseux et pendant le deuxième mois je me reposais et me détendais dans le sud de la France. De cette façon, j'ai fait plusieurs visites le long de cette côte, mais j'ai aussi apprécié la région de la Loire, de Tours et les Châteaux. J'espère que votre séjour sera aussi agréable que vous le souhaitez.

Je suis désolée de répéter que je traverse une période très inquiétante. Hier, je suis rentrée chez moi au milieu de la matinée et j'ai découvert que ma mère avait eu un assez mauvais accident. Elle voulait éteindre le tuyau d'arrosage dans le jardin mais en allant au robinet, elle a trébuché, a perdu l'équilibre, est tombée et s'est blessée à l'épaule sur un rebord de pierre. Et comme sa jambe lui cause des problèmes depuis six mois elle ne pouvait pas se lever. Elle est restée allongée là, dans un bassin d'eau pendant presque une demiheure. Elle a appelé et appelé mais comme ma tante est sourde, elle ne l'a pas entendue. Heureusement les voisins sont venus et l'ont aidée à entrer dans la maison.

Malheureusement, le médecin de Mère est maintenant en Jamaïque en train de subir une opération, mais le médecin remplaçant est venu immédiatement. Heureusement, il n'y a pas d'os cassés, mais elle souffre beaucoup et bien sûr elle ne peut pas bouger, s'asseoir ou se tenir debout. Je ne peux pas vous dire combien de fois je vous ai remercié mentalement pour toute l'aide que vous nous avez apportée. Cela m'a permis d'obtenir tous les médicaments, injections et soins médicaux nécessaires. J'ai essayé de lui trouver un lit à l'hôpital où elle recevrait les soins constants des infirmières, mais il n'y a pas de lit simple disponible et elle ne veut pas laisser une infirmière libérale s'occuper d'elle à la maison. Le ministère de l'Éducation a été très compréhensif et on m'a accordé deux jours de congé pour rester avec elle à la maison. Je prends soin d'elle du mieux que je peux, mais n'étant pas une infirmière entraînée, je crains de ne pas être très compétente. Nous craignons maintenant qu'elle puisse développer une complication à cause du long moment passé dans l'eau, mais jusqu'à présent (24 heures plus tard) sa température est toujours normale, ce qui n'aurait pas été le cas si elle avait contracté une pneumonie. Il est si difficile de trouver quelqu'un pour rester avec mes petites vieilles dames quand je suis hors de la maison. Elles sont si indépendantes qu'elles détestent l'idée que j'embauche une aide quotidienne. Cependant, quand nous aurons les longues vacances d'été je vais essayer de trouver une bonne femme de chambre. Le problème est que personne ne veut faire le ménage. Et ceux qui offrent leurs services le font habituellement dans l'espoir de voler quelque chose et ne restent jamais pour une période valable. Si seulement mes petites vieilles étaient plus prudentes et n'essayaient pas d'être aussi actives à leur âge, on pourrait s'en sortir. Quoi qu'il en soit, je ne peux vous dire à quel point je suis soulagée que toute cette affaire ait tourné de cette façon et que Mère n'ait pas été mortellement blessée. Elle a eu un choc terrible, mais après les injections du médecin elle s'est rétablie assez favorablement. Désolé de vous avoir inquiété avec mes problèmes. Je sais que je suis très égoïste. »

« L'école a pris fin il y a un mois, mais j'ai été très occupée et il y a encore beaucoup de travail à faire. Ces dernières semaines j'ai dû assister aux camps linguistiques, une tâche qui implique beaucoup de détails. J'ai dû m'arranger pour transporter 78 enfants entre la Guadeloupe et Saint-Kitts, et comme il n'y a pas de bateaux de passagers disponibles entre les îles et que tous les avions ont été réservés à cause du carnaval d'Antigua, j'ai finalement affrété quatre avions - Twin Otters d'Air Guadeloupe - et tout a été résolu. Ça a coûté beaucoup moins cher aussi, chaque enfant a dû payer 96 $ pour le voyage aller-retour au lieu du tarif ordinaire de 113,80 $, donc tout le monde était content. Tous les jeunes ont apprécié leur séjour et accueillent maintenant leurs homologues de Saint-Kitts chez eux. Les campeurs sont partis par navire de guerre français, un bateau de transport avec de l'espace pour 150 soldats, 50 chars et 30 camions. J'ai accompagné les garçons et les filles en Guadeloupe et je suis revenue le lendemain en avion car je ne pouvais pas laisser seules mes pauvres petites vieilles dames.

Les nouvelles de ma mère et de ma tante sont mauvaises. Il y a trois semaines ma mère a eu une crise cardiaque très grave et depuis elle a besoin d'une surveillance constante, qu'elle ne veut pas accepter, elle veut toujours trop bouger, elle se fâche, il faut toute la patience du monde, la diplomatie et la stratégie pour la faire obéir aux ordres du médecin. Et bien que je fasse de mon mieux, je finis habituellement par perdre mon sang-froid. L'état de ma tante n'est pas très brillant non plus, sa jambe guérit très lentement, le médecin et l'infirmière ont dû mettre de nouveaux pansements et bandages. Le nombre de pilules, comprimés, capsules, sirops et mélanges ressemble à celui d'une pharmacie. Quand mère a eu sa crise cardiaque nous avons dû avoir le médecin matin, midi et soir. Littéralement, car je suis allée le chercher au milieu de la nuit. Son téléphone était coupé car sa femme est très malade. Alors la seule façon de l'avoir était d'aller chez lui à la campagne. Je ne peux pas vous dire quelle angoisse j'ai vécue - et maintenant que le danger aigu est passé, j'ai le temps de réfléchir et de vous remercier constamment pour votre générosité. Le coût de tous les traitements, médicaments et attention est tel que je ne pourrai jamais vous rembourser. Grâce à vous, je n'ai pas du tout à m'inquiéter. Je me demande si vous réalisez tout ce que vous avez fait pour nous et la paix que vous m'avez donnée. »

« Vous avez raison lorsque vous dites que les gens ne semblent plus avoir la volonté de bien faire les choses. Quand je suis allée à Nevis, comme j'allais être absente pendant deux jours j'ai décidé de faire réparer ma voiture car les ailes sont pleines de trous à cause de la rouille et de la pourriture, et je voulais qu'elle reçoive une couche de peinture antirouille. Vous souvenez-vous que je vous ai demandé si vous en connaissiez une spécialement bonne ? Mon mécanicien qui est merveilleux avec les moteurs ne répare pas les carrosseries, donc j'ai dû emmener la voiture dans un autre garage. Quand je suis revenue les ailes étaient finies mais il a dit qu'il n'y avait pas assez de temps pour peindre la voiture en dessous, et qu'il le ferait plus tard. Je suis partie et j'ai rapidement remarqué une très forte odeur d'essence. Je ne pouvais pas retourner chez le mécanicien et le lendemain l'odeur est devenue plus forte. Je me suis glissée sous la voiture, mais je n'ai trouvé aucune fuite et j'ai téléphoné à mon mécanicien pour lui dire que je lui apporterais la voiture dans l'après-midi. Quand je suis arrivée là-bas, j'avais besoin de quelques livres que je garde habituellement sur le siège arrière. J'ai ouvert la porte arrière et je me suis presque évanouie. Le plancher de la voiture était plein d'essence. Il y avait une flaque profonde avec des livres qui flottaient dedans. Pouvez-vous imaginer ce qui serait arrivé si quelqu'un y avait jeté une allumette par accident ! J'ai téléphoné à mon mécanicien lui demandant de venir tout de suite car je craignais de conduire la voiture. Il a découvert que lorsqu'ils étaient en train de remplacer les pièces, ils avaient sorti le tuyau du réservoir d'essence et ne l'avaient pas remplacé correctement, donc l'essence s'est simplement infiltrée dans la partie arrière de la voiture. Et comme je n'ai presque jamais de passagers à l'arrière je ne l'avais pas remarqué. Et quand je suis allée au bureau pour les informer de ce qui s'était passé, le responsable a haussé les épaules et a dit, eh bien, rien ne s'est passé, n'est-ce pas ? Nous avons eu deux frayeurs d'ouragan, *Éloïse* était très méchante et *Gladys* était censée nous frapper, mais elle a évité l'île. Nous nous considérons comme très chanceux, nous n'avons eu que de fortes pluies et des vents forts. Les vagues à *Conaree* étaient couvertes d'écume mais l'océan était magnifique. J'essaie de convaincre mon amie Jane Ying d'acheter la propriété à côté de *Vientomarsol* à *Conaree*. C'est un beau terrain, 73 pi. face à l'océan et 240 pi. de longueur, avec une maison. La maison n'est pas en très bon état mais peut être facilement réparée. Je trouve le prix extrêmement raisonnable. Ils demandent 18,000 $ W.I. ce qui fait quelque chose entre 8,500 et 9,000 $ US.

J'espère qu'elle l'achètera. Il serait très agréable d'avoir un tel voisin et elle ferait un bon investissement. Les cottages le long de la plage de *Conaree* sont loués aux touristes à 100 $ US par semaine en saison, et 60 $ en hors saison. Il y a suffisamment de place pour construire au moins deux autres maisons sur le terrain, si elle le voulait. »

« Je dois m'excuser de ne pas avoir répondu plus tôt. Je ne me sens pas très en forme. Je n'ai pas eu l'opportunité d'écrire mes lettres pendant la nuit, comme c'est ma coutume, en raison de très mauvais maux de tête. Ils commencent habituellement pendant la nuit, à la base du crâne, puis se propagent le long du cou jusqu'aux épaules et sont si graves que je ne peux pas dormir. Je finis par prendre quelques 'analgésiques' qui marchent bien, mais me laissent extrêmement fatiguée. Je pense que c'est dû au stress nerveux. Mère n'est pas très bien et c'est bien sûr une inquiétude constante. De plus, nous avons beaucoup de problèmes à l'école. Après avoir attendu un nouveau professeur de français du Canada depuis septembre, l'un d'eux est finalement arrivé le 4 novembre. Mais hier, le 7 novembre, elle a annoncé qu'elle n'aime pas l'île. Elle était stationnée à Nevis. Elle ne supporte pas les enfants et a décidé de retourner immédiatement au Canada. Elle était responsable du français niveau 'O' à Nevis, ce qui signifie que ces enfants n'ont pas eu de leçon de tout le trimestre et sont condamnés à l'échec en juin. Il n'y a aucune chance d'avoir un autre professeur de français de l'étranger si tard dans l'année, donc je vais probablement devoir amener Cynthia Weeks du Lycée de *Gingerlands* et lui donner cette classe. C'est une grande responsabilité pour une fille si jeune, mais je crains que ce soit la seule solution. Je me rendrai à Nevis mardi, c'est-à-dire si Mère est assez en forme pour que je parte, et je travaillerai un jour ou deux avec Cynthia pour expliquer exactement ce qu'elle doit faire.

Quel temps étrange nous avons cette année ! Vous dites qu'il y a eu un autre typhon à Hong Kong, et nous avons eu de telles pluies torrentielles que des voitures ont été emportées dans la mer, des routes étaient bloquées avec des monticules de sable et de débris et il y avait des inondations dans toute l'île. Même ma chambre a été inondée, le toit a commencé à fuir et le sol a été recouvert d'eau en un rien de temps. Je peux imaginer ce qui se serait passé si un ouragan nous avait frappés. Heureusement, les pluies ont cessé et j'ai demandé à l'entrepreneur d'envoyer quelqu'un réparer le toit le plus rapidement possible.

Les réparations à la maison de la plage sont presque terminées, les menuisiers sont en train de mettre les étagères dans la cuisine, les peintres viennent ensuite et mon entrepreneur a promis que tout sera prêt pour le 1er décembre. Le chalet promet d'être très attrayant, j'ai déjà un locataire potentiel pour trois semaines en janvier, un jeune couple de Londres, amis du Secrétaire Permanent au ministère de l'Éducation.

Notre Premier ministre a dissous l'Assemblée législative et a fait savoir que des élections générales auraient lieu le 1er décembre. Il s'agit d'une initiative 'surprise' que tout le monde connaissait : des routes sont réparées, de la nourriture gratuite est distribuée aux travailleurs et aux retraités, de nombreuses promesses de toutes sortes sont faites. Je ne prévois pas beaucoup de changement dans la composition actuelle du gouvernement. »

« C'est très gentil à vous de me parler des comprimés Sinutab. Je vais demander à notre pharmacien local s'il les a. Comme mes maux de tête commencent habituellement la nuit, tant mieux s'ils me font somnoler. Au moins j'aurai un bon sommeil et le matin ma somnolence sera terminée et je pourrai conduire en toute sécurité. Je suis prête à prendre n'importe quel médicament pour obtenir un soulagement.

Les réparations du cottage sont terminées. Je l'ai nommé *Coral Reef.* Les barres de cambriolage, ou comme Mère les appelle, les grillades espagnoles, ont été mises à l'intérieur aujourd'hui. Il reste seulement la peinture à faire et alors je pourrai apporter tous les meubles. J'espère rembourser la dette en juin, ou du moins la plus grande partie, lorsque les intérêts sur vos actions arriveront. Quant à l'entrepreneur, il est prêt à accepter le paiement en pièces d'or que j'ai amassées il y a des années au Chili. Malheureusement, à Saint-Kitts les banques ne savent pas comment traiter les pièces d'or. Il faudra probablement les envoyer en Angleterre, ce qui semble si compliqué. Les pièces ne sont pas des objets de collection. Elles ne sont pas vieilles. L'entrepreneur les achète en fonction du poids. Mais comme je l'ai dit, les banques ici ne savent même pas combien coûte une once d'or. Je ne savais pas qu'il était si difficile de se débarrasser de l'or ! Non pas que j'en ai de grandes quantités, mais il devrait être suffisant pour payer les réparations. »

« Merci pour votre belle carte de Noël, elle est ravissante et rappelle tant de bons souvenirs de Hong Kong. Je l'encadre et l'accroche sur un mur dans ma chambre pour me remonter le moral. C'est étrange d'avoir des températures inférieures à zéro à Hong Kong et des glaçons partout. Ça devait être une décoration féerique, mais bien sûr, comme vous le dites, ça a probablement fait beaucoup de dégâts aux plantes. Vous n'êtes pas habitués au gel dans cette partie du monde. En parlant de plantes, j'ai réussi à produire une vraie citrouille sur ma terre, ou plutôt, dans le sable à *Conaree.* Comment elle a échappé aux intempéries et aux crabes est un miracle. Nous l'avons cuisinée et c'était très bon à manger.

L'intérieur du cottage était à peine terminé lorsque des Canadiens qui sont ici pendant une semaine ont demandé à le louer. J'ai donc mes premiers locataires. C'est vrai que c'est juste pour une semaine, mais j'espère qu'ils me porteront chance et que je pourrai commencer à payer mes dettes avec le loyer. Le peintre travaille encore sur l'extérieur de la maison mais les locataires ne s'en soucient pas et sont ravis de l'endroit. Ils m'ont promis d'en faire la publicité quand ils rentreront chez eux et ils prévoient de revenir l'année prochaine. Je joins un petit dépliant publicitaire. Cette année il était trop tard pour inclure une publicité dans la brochure touristique, alors j'ai fait imprimer ces dépliants. L'office du tourisme a promis de les insérer dans les livrets existants pour cette saison. Souhaitez-moi bonne chance. »

Je ne sais pas ce qu'est une *Cérémonie d'achèvement*, mais je suis certaine qu'elle a dû être très impressionnante. Je vous souhaite beaucoup de succès avec le nouvel hôtel Péninsule à Manille. »

1976

« Je suis heureux d'apprendre que les Canadiens que vous avez accueillis à *Coral Reef* ont apprécié leur séjour et vous souhaite beaucoup de succès pour réussir à le louer aux Américains et à d'autres personnes. Votre investissement semble avoir valu la peine. Les réparations apportées à ce bâtiment ont sans aucun doute permis d'éviter une horreur et rendront votre maison plus précieuse. J'espère que la plantation de votre jardin sera une grande réussite.

Je pense que vous avez raison de ne pas cesser d'enseigner vos cours de français et d'espagnol. Si vous les arrêtez, ce sera comme prendre votre retraite et si vous ne restez pas occupée, vous ne pourrez pas être heureuse.

Vous trouverez ci-joint une traite bancaire de 2 000 $US - qui vous pouvez utiliser comme vous le jugez le mieux pour nos *'filleuls'*. Nous avons eu un feu de ferme désastreux, le plus grand feu de colline que nous n'avons jamais eu à Hong Kong. Toute la montagne (Tai Mo Shan) a pris feu et avec elle une partie de la ferme. Heureusement, nous venions de terminer nos coupe-feux à la ferme la veille de l'incident, ce qui nous a aidés dans une certaine mesure. Avec tous mes vœux pour vous et les vieilles dames »

Mme Katzen s'occupe des tombes de sa mère et de sa tante

« C'est avec le cœur lourd que je vous envoie cette note. Ma douleur est si profonde et aiguë que je ne peux pas écrire beaucoup. Ma tante est morte soudainement. Elle est morte mardi matin, on l'a enterrée hier. Elle avait une thrombose cérébrale et même si le médecin est arrivé en une demi-heure quand c'est arrivé lundi, il ne pouvait rien faire. Elle est restée en vie pendant douze heures mais, bien que consciente presque jusqu'à la fin, elle n'a heureusement ressenti aucune douleur.

Je ne peux plus écrire, excusez-moi parce que maintenant il y a ma pauvre vieille mère qui a besoin de toute mon attention.

C'était un tel choc, je crains de ne pouvoir penser de façon cohérente. Je sais que vous me pardonnerez. »

« Je suis extrêmement désolé d'apprendre le décès de votre tante. Au nom de tous les membres de la famille Kadoorie, je m'empresse de vous transmettre à vous et à votre mère nos plus sincères condoléances. »

« Merci infiniment de votre aimable lettre de réconfort. La mort est si définitive et irrévocable. Je suppose que le temps atténuera ce sentiment de perte. Je suis extrêmement inquiète pour ma pauvre mère, son état physique n'est déjà pas bon, et avec cette perte émotionnelle supplémentaire sa fragilité augmente. Je crains l'avenir. Sa compagne lui manque et elle est souvent seule. Notre congé de Pâques commence dans deux jours, et je pourrai rester avec elle.

Pardonnez-moi de ne pas écrire plus. Merci encore pour votre note, vous ne pouvez pas imaginer combien j'ai besoin de sympathie et de gentillesse à l'heure actuelle pour faire face à tout ce que j'ai à faire. »

« Il semble que les malheurs ne viennent jamais seuls et me voilà au lit avec une hanche blessée. Au début, les médecins pensaient que l'os avait été complètement cassé, mais heureusement les radiographies montrent qu'il est seulement fissuré. Pourtant la douleur est très grande, et le pire de tout est que je dois rester au lit. J'ai dû rester à l'hôpital pendant presque deux jours jusqu'à ce que toutes les radiographies soient prises, développées et discutées par les médecins. Vous pouvez imaginer dans quel état était ma pauvre mère. J'avais demandé à l'une de nos professeurs d'emménager chez nous pour s'occuper de ma mère. Elle l'a fait tout de suite et de bon gré, mais, comme je vous l'ai déjà écrit, je suis le seul membre de la famille qui peut s'occuper d'elle. Maintenant que je suis de retour elle va un peu mieux. Mais la situation est très difficile, même si tous mes amis se sont mobilisés et sont venus à mon secours. Ils font les courses, nourrissent les poulets, les chiens et les chats. La bonne vient pour une demi-journée et aujourd'hui, avec la permission du médecin, j'ai essayé de bouger un peu sur des béquilles, mais c'est très difficile et le progrès est si lent !

C'était un accident tellement stupide. J'avais emmené Desirée chez le véto et quand elle est sortie, je lui ai dit : 'Nous rentrons à la maison'. En entendant le mot maison, elle a filé à 100 miles à l'heure. Comme j'avais sa laisse enroulée autour de mon bras, elle m'a tirée par les pieds et m'a traînée dans la rue jusqu'à ce que je parvienne à détacher la laisse. Mais à ce moment-là, j'avais heurté mon flanc contre un rebord de pierre près de la porte. Elle pèse 90 livres et c'est une alsacienne tandis que je pèse 100 livres et que je ne suis pas très forte. »

« Ce n'est qu'une brève note pour vous souhaiter la bienvenue à la maison. J'espère que vous avez passé de bonnes et reposantes vacances en Europe. Quel pays avez-vous visité cette fois ? Il y a tant à faire et à voir, tant à apprécier sur ce vieux continent que vous avez dû passer des vacances agréables. Pourtant, d'un autre côté, il y a tellement d'agitation, et surtout tellement de piraterie aérienne que je suis toujours heureuse quand vous êtes de retour à Hong Kong.

Saint-Kitts continue à s'en sortir tant bien que mal. L'inflation est endémique, le chômage augmente, les produits essentiels disparaissent et tout ce qui peut être acheté coûte environ trois fois plus cher qu'il y a deux ans. Cependant, par rapport à d'autres îles, nous avons plus de paix, moins de criminalité et de violence et il est encore possible de travailler ici. Bien sûr, sans votre aide généreuse, nous n'aurions pas pu survivre. Grâce à vous nous pouvons vivre très confortablement. Nous prions pour vous et vous remercions chaque jour. Je viens de rembourser la moitié de ma dette sur la propriété de *Conaree*, et si tout se passe bien, je devrais être en mesure de tout payer au cours de la prochaine saison touristique. Je viens d'accueillir un couple en lune de miel qui a passé une semaine à *Coral Reef* et une autre famille prévoit d'occuper les lieux la semaine prochaine. Comme c'est la basse saison, les tarifs sont moins chers, mais tout est bienvenu puisque j'utilise cet argent pour payer mon entrepreneur qui est très patient et qui attend et accepte tout ce que je peux lui donner.

Ma petite Mère bien-aimée va bien pour son âge et son état. Je fais du jardinage pour elle. Elle reste assise et donne des ordres et j'obéis : faire les plates-bandes, planter les semis, arroser les plantes, ajouter de l'engrais, etc. Étonnamment, toutes les plantes semblent prospérer en dépit de l'assaut des chenilles, des fourmis et des sauterelles.

Le travail scolaire a été très difficile. Au cours des trois dernières semaines j'ai composé, tapé et coupé les pochoirs pour les examens de promotion en français et en espagnol pour chaque classe dans les sept écoles secondaires de Saint-Kitts-et-Nevis. Mes yeux me font mal, mais j'ai presque terminé la tâche. »

« C'est tellement bon de savoir que vous êtes en sécurité à la maison. Bien sûr, Manille, pour vous, est juste à un jet de pierre de Hong Kong. Mais même un court voyage aérien de nos jours peut être dangereux. Je suis très heureuse que votre voyage en Europe ait été agréable et que vous l'ayez apprécié malgré la chaleur et la sécheresse. Il semble y avoir quelque chose qui cloche dans le climat actuel. C'est censé être notre saison des pluies, mais à part une brève averse la semaine dernière, nous n'avons pas eu de pluie depuis plus d'un mois. Tout est desséché et couvert de poussière.

Nous sommes censés être en vacances, mais il y a plus de travail scolaire que jamais. Nous commençons à subir les conséquences de notre politique éducative et le niveau a chuté de façon effroyable – j'avais prévenu le ministre - à tel point qu'il devient évident pour lui que l'on apprend de moins en moins et que de moins en moins d'étudiants atteindront le niveau du G.C.E. On nous a demandé maintenant de créer un nouveau syllabus qui doit commencer en septembre. Et puisque le premier examen doit avoir lieu en juin 1977, ou en mai, nous travaillons tous très fort pour que tout soit prêt lorsque l'école ouvrira. C'est très dur pour moi. Nous n'avons pas de spécialiste de la vue sur l'île. Le médecin qui visite Saint-Kitts de temps à autre et qui est censé être ophtalmologue est en fait un simple opticien qui apporte sa marchandise et qui essaie d'amener les gens à acheter de nouvelles lunettes.

Mère se porte plus ou moins bien, rien de grave, mais une foule de petits maux et douleurs lancinantes la rendent plutôt misérable. Je fais de mon mieux pour l'encourager mais malheureusement je ne peux pas consacrer toute ma journée à m'occuper d'elle. Ma tante avait l'habitude de lui tenir compagnie, de lui parler et de lui faire la lecture, maintenant elle est toute seule quand je sors. Sa vue est très faible et son ouïe est déficiente, donc elle ne peut pas lire, écrire, coudre ou écouter la radio. Je comprends son sort et j'essaie de faire tout ce que je peux. C'est assez difficile en ce moment car je suis extrêmement fatiguée et j'attendais avec impatience quelques jours de repos, mais comme je l'ai déjà mentionné, nous sommes tous au travail et ne pouvons pas nous détendre. Heureusement, grâce à vous, je n'ai pas de soucis financiers. Avec les intérêts de votre généreux investissement, j'ai pu rembourser les trois quarts de ma dette pour Coral Reef et j'espère que le dernier trimestre sera payé en totalité pendant la saison touristique. Après cela je serai capable de m'en sortir. J'ai gardé une bonne partie des intérêts pour compléter mon salaire.

Vous ne pouvez pas imaginer ce que notre situation aurait été sans votre aide. Mon salaire mensuel de 93 £ est juste suffisant pour payer le médecin de Mère et les médicaments, l'eau, le gaz, les téléphones et les factures d'électricité, et la servante à temps partiel qui vient le matin parce que je ne peux pas laisser Mère toute seule dans la maison. Tout le reste vient de vous. Que Dieu vous bénisse pour votre bonté. »

« J'espère que vous étiez déjà revenu de Manille avant que le terrible tremblement de terre et le raz-de-marée ne frappent l'île de Mindanao hier. Beaucoup ont péri, ça a dû être horrible. L'une des raisons pour lesquelles j'ai quitté le Chili était cette peur constante des tremblements de terre. On ne peut jamais savoir quand ils vont frapper. Et quand ça arrive, personne ne sait comment ça va finir. J'espère que vous n'aurez pas à retourner aux Philippines de sitôt. Nous avons très peu de nouvelles du tremblement de terre en Chine qui semble aussi avoir été un grand désastre.

A deux îles de là, une catastrophe naturelle se produit également : le volcan de la Guadeloupe a explosé et 70 000 personnes ont été évacuées des environs. Elles ont toutes été emmenées de l'autre côté de l'île, qui jusqu'à présent n'a pas été affecté, mais les conditions y sont terribles. Heureusement, lorsque le volcan a montré des signes d'activité inhabituelle en juillet, j'ai annulé mon programme d'échange étudiant. Trente-huit de nos étudiants français devaient aller en Guadeloupe pour 17 jours et après cela ils devaient revenir accompagnés par le même nombre de jeunes de la Guadeloupe pour un séjour similaire ici. Combien d'inquiétude aurait été causée ! Je suis extrêmement heureuse que ces voyages n'aient pas eu lieu, la responsabilité aurait été angoissante. Il semble que tout le volcan pourrait exploser lors de la prochaine éruption selon une équipe d'observateurs.

La situation en Guadeloupe pourrait affecter Michelle Ward et Cynthia Weeks. Si vous vous souvenez, elles devaient aller en Guadeloupe en septembre pour une année d'étude grâce aux bourses accordées par le gouvernement français. Cependant, dans l'état actuel des choses, je ne suis pas du tout sûre qu'il soit opportun pour elles de partir si, d'ici septembre, les choses ne reviennent pas à la normale. Merci d'avoir proposé de les aider. J'ai une grosse somme d'argent dans le fonds. Je les aiderai si besoin, mais s'il vous plaît n'envoyez pas plus car il y a une bonne réserve à l'heure actuelle. Presque 4000 $. W.I.

Nous avons déjà commencé à travailler au Lycée de formation des enseignants avec le cours d'initiation pour les nouveaux enseignants. Je pense que je n'ai pas assez bien expliqué les choses : les fruits de la nouvelle politique d'éducation ne sont pas bons du tout. Depuis que le ministre a décrété que chaque enfant de 12 ans doit être admis à l'école secondaire, indépendamment de ses capacités mentales ou de sa réussite scolaire, les classes sont pleines d'enfants dont certains ne peuvent pas lire, écrire ou même se faire comprendre. Dans ces circonstances il est presque impossible d'enseigner. Tous les enseignants qui avaient les moyens de le faire ont donc quitté l'île, et il nous reste maintenant une foule de gens inexpérimentés et peu disposés qui se sont tournés vers l'enseignement parce qu'ils ne pouvaient pas trouver d'autres emplois. Le but de ce cours d'initiation de deux semaines est de former un groupe de jeunes lycéens récemment diplômés à devenir enseignants en septembre lorsque la nouvelle année scolaire commence. Comment peuvent-ils enseigner après seulement dix jours de conférences abstraites ? Bien sûr, les normes sont vouées à s'effondrer. »

« Il est bon de savoir que vous ne songez pas à un autre long voyage dans un proche avenir - il semble y avoir un avion détourné tous les deux jours. Cependant, avec le mauvais temps et avec 3334 pouces de pluie en deux jours, il semble être dangereux de rester à Hong Kong. Les agriculteurs ont-ils beaucoup souffert ? Les champs ont dû être inondés, et qu'en est-il du bétail ? J'espère que le temps se calmera et restera clément pendant un certain temps. Nous avons eu plusieurs averses extrêmement fortes dans le sillage des ouragans *Emmy* et *Frances*, mais il n'y a eu aucun effet néfaste. A l'exception d'une bataille perdue avec les mauvaises herbes. Ce n'est que la semaine dernière que j'admirais mes efforts quand le jardin était si soigné. Maintenant, c'est une jungle.

Les écoles ouvrent lundi. Nous travaillons depuis plusieurs semaines déjà, mais il semble que tout ce que nous avons fait devra être mis au rebut car le ministre de l'Éducation a eu une autre série d'idées brillantes et va changer la politique de l'État en matière d'éducation. D'après ce que je peux voir, il veut un système 'social', basé sur ce que font la Guyane et Cuba. Je crains que cela n'aggrave encore les choses. On parle, on parle, on parle, on ne fait rien. Par exemple, on est censés commencer à enseigner le français en utilisant la méthode audiovisuelle. Le gouvernement français m'a donné très généreusement tout le matériel : livres, cassettes et pellicules. C'était prévu pour juin. J'ai demandé au ministre si on pouvait commencer un cours expérimental. Il était d'accord. Ensuite, je lui ai dit qu'on aurait besoin d'un magnétophone et d'un projecteur. Il a dit qu'il les commanderait immédiatement. Eh bien, nous sommes en septembre, l'école commence la semaine prochaine et ces instruments n'ont pas été achetés, et ils n'ont pas été commandés. Cela malgré mes rappels et mes lettres. C'est une attitude typique du Ministère - beaucoup d'enthousiasme pendant la phase de discussion, mais dès qu'il est temps de faire quelque chose, alors tout est abandonné et oublié. Sans magnétophone et sans projecteur, la méthode ne peut être utilisée et le ministre le sait. Grâce à votre grande générosité c'est la dernière année que je vais travailler. J'espère pouvoir rembourser toutes mes dettes, tous mes prêts, de sorte qu'après juin 1977 je prévois de consacrer tout mon temps à ma mère. Je l'aurais fait cette année, mais je dois former mon successeur, ou plutôt des successeurs, car il n'y a personne pour superviser les deux langues, le français et l'espagnol. Je devrai donc former deux personnes, une pour chaque langue.

J'ai réussi à acquérir, grâce à ma nièce de Boston qui enseigne à l'Université de Harvard, plusieurs cassettes de nouvelles en russe. Mère aime les écouter. Je suis si heureuse de les avoir obtenues, car maintenant, à partir de lundi, elle devra passer beaucoup de temps toute seule, et ces cassettes se révéleront très utiles. Elle a une mauvaise vue. Malgré cela, quand elle est gaie, elle joue encore du piano. Malheureusement, cela se produit de plus en plus rarement.

Je crains que Cynthia et Michelle ne puissent pas aller en Guadeloupe cette année à cause de l'état instable du volcan. Les deux sont désolées de ne pas pouvoir profiter de cette bourse. Elles continueront à enseigner et j'espère que l'année prochaine la bourse leur appartiendra toujours. »

« Merci beaucoup de m'avoir parlé du chlordane, j'espère que le chimiste ici en a parce que les fourmis sont devenues un vrai problème. Elles détruisent tout - graines, jeunes plantes, racines et fruits. On parle beaucoup d'agriculture aux Antilles et de la nécessité de cultiver plus de légumes, mais notre département agricole manque malheureusement de personnel qualifié, leur seule réponse à tout est de « saupoudrer un peu de sulfate d'ammoniac et espérer le meilleur ! » J'espère pouvoir obtenir du chlordane.

Les Cogans sont de retour à Saint-Kitts, ils sont encore pleins d'enthousiasme à propos des bons moments que vous leur avez offerts l'année dernière lorsqu'ils étaient à Hong Kong. Merci beaucoup, c'était si gentil et attentionné de votre part. Ils sont désolés de ne pas avoir pu vous voir pendant leur séjour. Je ne sais pas combien de temps M. Cogan va travailler ici maintenant que le gouvernement a nationalisé l'industrie sucrière et a pris le relais de l'usine de sucre - auquel cas je ne pense pas que beaucoup d'étrangers seront maintenus. Le transfert sera en vigueur très bientôt il semble.

Il y a beaucoup de changements à Saint-Kitts et je crains que les choses ne s'améliorent pas. L'inflation continue d'augmenter, il y a une pénurie de fournitures essentielles et ce qui peut être acheté est tellement cher que les travailleurs ne peuvent tout simplement pas joindre les deux bouts. Sans vous et votre merveilleuse générosité, Mère et moi n'aurions jamais pu survivre. Vous ne pouvez pas imaginer combien je vous suis reconnaissante. Sans votre aide, ma pauvre petite Mère manquerait de tout. L'une des conséquences de cette terrible augmentation du coût de la vie est une augmentation marquée de la criminalité. Les maisons sont cambriolées, non seulement la nuit, mais en plein jour. Les maisons de tous les membres du personnel ont été cambriolées. Je suis la seule exception. J'attribue cela à la réputation dont jouissent mes chiens. Ils donnent une telle démonstration de férocité – ils aboient, grognent et se lancent sur le portail à chaque fois que quelqu'un approche. Et pourtant, je sais qu'ils sont si lâches que si quelqu'un lève un bâton, ils tourneront le dos et s'enfuiront !

Les drogues ont également fait leur apparition et, encore une fois, à cause du chômage chez les jeunes, la situation devient plus grave. Il y a quelque temps, le gouvernement prêchait que le sucre signifiait l'esclavage, et cette idée est devenue si fermement ancrée dans la tête des jeunes qu'ils croient tous que travailler avec leurs mains, dans les champs, labourer la terre, est dégradant et rappelle l'époque des esclaves opprimés. Maintenant, malgré les cajoleries et les tentatives pour convaincre les jeunes que le seul salut réside dans le travail de la terre, ils ne veulent pas écouter, ils ne réalisent pas que l'agriculture en général est leur seule chance de survie.

La semaine dernière, nous avons commencé notre cours d'audiovisuel en français. Après avoir attendu tout un mois que les Travaux publics mettent en place le câblage électrique nécessaire, j'ai abandonné et avec mes jeunes enseignants, nous avons commencé à faire les choses nous-mêmes. Nous nous sommes occupés des fils, des prises, etc., et avons obtenu un projecteur en prêt jusqu'à ce que le nouveau arrive. Aucun d'entre nous n'en avait jamais utilisé, il n'y avait pas de mode d'emploi et les personnes qui nous l'ont prêté ne savaient pas non plus comment s'en servir. Cependant, par essais et erreurs, nous avons réussi à le faire fonctionner sans faire sauter un fusible ! J'ai ensuite synchronisé le film avec la bande sur mon ancien magnétophone et maintenant le cours bat son plein. Il a été apprécié par tous.

Dans l'ensemble, avec ce cours qui progresse bien, je suis très heureuse. Mon seul souci, qui est très affligeant, est la santé de ma mère. Ce qui m'inquiète le plus, c'est qu'elle est très faible. En plus, elle a maintenant contracté une bronchite et cela signifie plus d'inconfort. Je fais de mon mieux pour l'encourager, mais j'ai le cœur lourd. »

« Merci pour votre lettre du 25 octobre. Je suis vraiment désolé d'apprendre que votre mère a eu une bronchite et j'espère sincèrement qu'elle est maintenant parfaitement rétablie. Je sais combien il est difficile de s'occuper des personnes âgées et je vous souhaite beaucoup de succès.

Vous avez mentionné que l'inflation augmente. Je crains que ce soit la même chose partout et que le taux de criminalité ait augmenté partout dans le monde. Hong Kong, étant un port, est maintenant sujet au trafic de drogue et nous souffrons de la même augmentation marquée de la criminalité de toutes sortes. Heureusement, les gens d'ici sont des travailleurs acharnés et l'agriculture leur vient naturellement. Cependant, beaucoup sont partis en Europe où ils ont trouvé du travail, ce qui fait que l'agriculture devient de moins en moins pratiquée, les gens se tournant vers la pisciculture, qui demande moins de travail que la culture maraîchère.

Bravo pour votre cours d'audiovisuel. Vous avez certainement été une bonne électricienne.

Je pars pour Manille demain et retournerai à Hong Kong via Singapour en Concorde. Ce sera ma première expérience avec cet avion qui est extrêmement rapide. J'entends dire qu'il a des sièges et des couloirs plutôt étroits et qu'il n'est pas aussi confortable que les autres avions. Cependant, je vais en juger par moi-même. »

1977

« Le tri et la distribution du courrier à Saint-Kitts ont cessé le 24 décembre et ont repris hier. Puisque Noël était un samedi, le lendemain de Noël était un jour férié le lundi au lieu du dimanche, et le reste de la semaine a été occupé par les festivités du carnaval. Je ne sais pas pourquoi le carnaval devrait avoir lieu à Noël, mais toute l'île se déchaîne avec des danses de rue, à partir de 6 heures du matin, et ce qu'on appelle le *'pyjama jamming'*, lorsque les foules dansent au rythme de plusieurs *steel bands*. Les festivités se poursuivent toute la semaine avec des défilés costumés, des concours de rois du calypso, des spectacles de reines et des pantomimes et pièces de théâtre dans les rues et sur les places. Il n'y a plus de circulation et le gouvernement et les entreprises sont fermés.

Même les boulangeries sont fermées. Hier, après une semaine entière de fête, les employés, les yeux encore ternes et endormis, ont commencé à retourner au travail. Les festivités de cette année ont été marquées par un grand incendie lorsque le village du carnaval a été réduit en cendres. Il semble que l'un des candidats à la couronne de Calypso King n'était pas satisfait de la décision des juges. Alors à 3 heures du matin ils ont mis le feu à tout l'édifice. La scène a brûlé, mais la plus grande perte a été les instruments de deux grands groupes - estimés à 50 000 $. Les installations électriques, la scène, les décorations et les meubles ont été perdus. Après tout, qui a souffert ? Pas les juges, mais des gens qui n'avaient rien à voir avec leur choix.

Nous venons d'avoir des nouvelles pour Michelle Ward. Elle doit se rendre sur l'île de Sainte-Lucie, où il y a un consulat vénézuélien, pour passer l'examen pour la bourse le 12 janvier. Si elle réussit, ce dont je ne doute pas, elle obtiendra une bourse de quatre mois à l'Université de Caracas, après quoi elle pourrait obtenir une autre bourse. Notre gouvernement paie son voyage à destination et en provenance de Sainte-Lucie, mais ne lui donnera pas d'argent pour ses autres dépenses. Elle doit y passer deux nuits, alors j'espère que vous ne m'en voudrez pas de lui donner de l'argent pour séjourner dans une maison d'hôtes ou un hôtel respectable. Si elle obtient la bourse, elle ira au Venezuela en mars. À ce moment-là, le gouvernement vénézuélien prendra en charge toutes ses dépenses, ses déplacements, ses frais de scolarité, sa pension et son logement et lui donnera même de l'argent pour ses besoins personnels quotidiens. J'espère qu'elle réussira. Cela signifie beaucoup pour elle, n'ayant pas de famille pour l'aider, la conseiller et l'encourager.

Je vous remercie de vos conseils sur les tomates et les aubergines. J'ai l'intention de planter des choux et de la laitue à leur place une fois que les 'cultures' seront terminées ! Jusqu'à présent il n'y a que des fleurs, pas encore de fruits. Nous avons trop de lézards et je crois qu'ils arrachent les fleurs. J'ai quelques chatons qui chassent et attrapent les lézards mais je crains qu'ils ne fassent pas de bien aux plantes quand ils sautent dessus.

La santé de Mère, Dieu merci, est aussi bonne que possible. Si seulement elle admettait qu'elle n'est pas aussi jeune qu'elle l'était et n'essayait pas d'en faire trop, tout serait parfait. Actuellement, elle commence toutes sortes de projets, puis elle doit abandonner, ce qui la frustre et l'affecte émotionnellement, ce qui entraîne de l'anxiété et des troubles cardiaques. Cependant, comme je passe plus de temps avec elle, elle ne se sent plus seule. »

« Je suis très heureuse que vous approuviez mon aide à Michelle Ward. Elle mérite vraiment d'être aidée et j'espère qu'elle obtiendra la bourse pour le Venezuela, même si ce n'est que pour quatre mois. Mais si elle y parvient, et je suis sûre qu'elle le fera, elle pourra en obtenir une autre du gouvernement vénézuélien pour une période plus longue. Vous voyez, l'Université des Antilles pratique des prix tellement fantastiques que les particuliers de la classe moyenne et inférieure ne peuvent espérer y entrer. Le gouvernement de Saint-Kitts accorde plusieurs bourses par an pour l'Université, mais ces bourses sont habituellement attribuées à des amis et à des parents d'employés du gouvernement, et lorsque la politique joue un si grand rôle dans ces prix, une pauvre fille sans liens importants n'a absolument aucun espoir de recevoir une de ces subventions. La bourse vénézuélienne ainsi que plusieurs bourses françaises que nous avons reçues par l'intermédiaire du Consul général de France ne sont décernées qu'à ceux qui sont vraiment capables d'en faire bon usage, c'est-à-dire sur la base du seul mérite. Même lorsqu'un de mes étudiants obtient une bourse « étrangère », il doit quand même signer une obligation et est obligé de travailler pendant un certain nombre d'années pour le gouvernement de Saint-Kitts. J'ai également payé les frais d'examen de niveau 'O' de Cambridge pour un élève de l'école secondaire de Cayon. Les frais de Cambridge ont augmenté, et cet enfant, Philip Lake, orphelin et dépendant d'un frère aîné, n'a pas pu amasser assez d'argent pour s'inscrire. Comme il est l'un des rares étudiants brillants que nous avons maintenant, vous avez très gentiment payé les 95 $ dont il avait besoin. Je joins une note de remerciement de sa part.

Quel spectacle que ces 80 tonnes d'oranges sur les arbres ! Je peux imaginer le bourdonnement des abeilles autour des fleurs d'oranger. À plus petite échelle par rapport aux grands jardins, je trouve que mes efforts donnent de bons résultats. Surtout les tomates. Certaines plantes ont plus d'une douzaine de grosses tomates et fleurissent encore et en promettent d'autres. Je suis très fière d'elles. Les autres légumes vont bien aussi. De plus, comme mes rosiers vieillissent, j'ai essayé de produire de nouvelles plantes à partir de boutures et, à ma grande surprise, ne m'étant jamais essayée à de telles expériences auparavant, j'en ai six qui se portent bien. »

« Je prévois de me rendre en Europe vers la fin du mois de mai et de rentrer chez moi en juillet via les États-Unis. Un ami, le capitaine Torrible[26] voyagera avec moi.

Il y a longtemps que je ne suis pas allé aux Bermudes et je n'ai jamais visité les Antilles. Si nous devions venir pour un court moment, y a-t-il des hôtels raisonnablement

---

[26] Graham Robert Torrible, OBE, est né en 1904 et s'est joint à la China Navigation Company comme officier de pont en 1925. Il a servi sur la côte chinoise et le fleuve Yangtze pendant les années 1920 et 1930 et a été interné à Bangkok pendant la Seconde Guerre mondiale

confortables que vous pourriez recommander sur ces îles ? Nous aurions chacun besoin d'une chambre et d'une salle de bain attenante. Bien sûr, c'est très hypothétique et cela ne se produira peut-être jamais, mais j'aimerais en savoir davantage sur votre région du monde. Je pars pour le Népal ce week-end. »

« Quelle merveilleuse nouvelle ! Je croise les doigts et j'espère et je prie pour que vous ne changiez pas d'avis, que rien de fâcheux ne se passe et que vous viendrez vraiment dans cette partie du monde, même si c'est pour un bref instant. Je ne peux vous dire à quel point votre idée me rend heureuse. Quant à ma mère, elle est ravie et parle déjà de votre visite.

Laquelle des îles des Antilles vous intéresse ? Chacune a son propre charme, toutes sont belles et chacune d'entre elles vaut le détour. Il y a des hôtels tout à fait confortables sur presque toutes.

Vous trouverez ci-joint une brochure des hébergements à SaintKitts, Nevis et Anguilla. Saint-Kitts est coloré et pittoresque avec toutes les nuances possibles de vert dans ses montagnes, champs et forêts. Anguilla a les plus belles plages et Nevis a les meilleurs hôtels. Saint-Kitts est célèbre pour la forteresse de *Brimstone Hill*, qui vaut certainement une visite, Nevis vante les souvenirs de Lord Nelson et est le lieu de naissance d'Alexander Hamilton. Anguilla est censée avoir les habitants les plus sympathiques et polis et de belles plages. Antigua est plate et sèche avec des plages de sable blanc éblouissantes, mais elle n'est pas aussi luxuriante et vert foncé que la Grenade et Sainte-Lucie, qui ont également des plages de sable doré et argenté. La Dominique est sauvage, montagneuse et accidentée, St. Vincent est paisible et calme. Montserrat a un lac d'eau chaude et des routes pittoresques et sinueuses. La Jamaïque, Trinidad et la Barbade ont beaucoup de beaux endroits et sont plus sophistiquées. Peu importe les îles que vous visitez, je suis sûre que vous les apprécierez. Je serais heureuse de faire les réservations nécessaires. Cependant, veuillez choisir Saint-Kitts comme votre première étape dans les Caraïbes.

Je joins deux brochures, l'une d'Antigua, l'autre de Saint-KittsNevis-Anguilla. L'hôtel le plus accueillant de Saint-Kitts est *l'Ocean Terrace Inn.* Dès que vous aurez décidé des autres îles que vous voulez visiter, je vous enverrai leurs listes d'hôtels. S'il vous plait venez.

Je viens d'apprendre que le carnaval d'Antigua commence le 22 juillet et se termine le 2 août. Pendant cette période, les habitants deviennent fous et il y a tellement de visiteurs que tous les hôtels sont pleins et les avions, bien qu'il y ait beaucoup de vols, sont tous réservés bien à l'avance. Même si vous n'êtes pas intéressé par le carnaval lui-même, nous devrions nous y prendre à l'avance car tous les avions passent par Antigua.

En ce moment votre visite à Saint-Kitts est la seule chose positive à l'horizon. J'espère et je prie que vous ne changerez pas d'avis et ne briserez pas mes rêves. Voyez-vous, je traverse une période très difficile. Ma pauvre Mère bien-aimée est très malade. La dernière fois que je vous ai écrit elle était déjà malade, puis elle a eu une attaque et même le docteur a pensé que c'était la fin. Cependant, avec son incroyable vitalité elle s'est rétablie, s'améliore lentement et je remercie Dieu de sa miséricorde en la laissant rester un peu plus longtemps avec moi. Son esprit est resté lucide tout le temps, sa parole revient progressivement et même si elle est parfois épaisse et confuse elle est tout à fait compréhensible. Elle commence à bouger son bras gauche mais ne peut pas encore l'utiliser parce que ses doigts n'obéissent pas. Malheureusement sa jambe gauche est complètement inutile. On m'a prêté un fauteuil roulant pour voir si elle peut l'utiliser. La première semaine a été terrible, mais maintenant nous nous adaptons tous à un nouveau mode de vie et tout est sous contrôle à nouveau. Ce dont j'ai vraiment besoin, c'est d'avoir ici un membre de la famille parce que Mère n'accepte pas les infirmières et il m'est plutôt difficile de prendre soin d'elle nuit et jour. Ma sœur est au Chili et ne peut pas venir, mais j'essaie d'avoir une cousine éloignée qui vit à New York et j'espère qu'elle acceptera de venir.

Ne craignez pas que l'ambiance ici soit triste et morose. Nous sommes toutes deux heureuses donc votre visite ici sera agréable et heureuse. Nous l'attendons avec impatience.

"Tout d'abord, puis-je dire combien je suis désolé d'apprendre que votre mère ne va pas mieux, et j'espère sincèrement qu'elle va s'améliorer avec le temps. Je pense que vous avez eu raison de demander à un membre de votre famille de rester pour s'occuper d'elle. Tant qu'elle a un bon tempérament, c'est la meilleure chose à faire dans ces circonstances.

Quant à mon voyage, nous ne sommes pas tout à fait sûrs de nos réservations jusqu'à ce que l'agent les confirme. Le lundi 13 juin, nous avons l'intention de prendre l'avion de Miami, via San Juan, à destination de Saint-Kitts et prévoyons de rester à SaintKitts les 14 et 15 juin, de partir le 16 juin pour Fort-de-France et de là pour Paris le même jour si cela est possible. Je vous tiendrai informée dès que j'aurai quelque chose de précis. Pendant ce temps, nous avons suggéré à notre agent de nous réserver deux chambres à l'*Océan Terrace Inn*. Donc, vous n'avez pas à vous soucier de cela.

Le Carnaval d'Antigua ne devrait pas nous affecter de quelque façon que ce soit. Veuillez excuser cette note très courte car je suis pressé d'attraper le courrier. »

« Je ne savais pas que vous alliez à Paris via Fort-de-France, alors je suis très heureuse de vous avoir envoyé une brochure de la Martinique et de la Guadeloupe il y a quelques jours. Vous devez l'avoir déjà reçue, et si vous ne pouvez pas continuer vers la France le même jour, le 16 juin, que votre arrivée en Martinique, au moins vous connaîtrez quelque chose sur les lieux et pourrez y planifier vos activités.

Comme vous arriverez à Saint-Kitts en juin au lieu de juillet, les écoles seront ouvertes et vous pourrez voir par vous-même comment certains de vos filleuls se portent. Cependant, vous en avez très peu ici maintenant, car presque tous grandissent et sont soit à l'université ou ont quitté l'île pour de meilleurs emplois. Michelle Ward sera toujours au Venezuela et Cynthia Weeks sera toujours à la Barbade. Je suis désolée, j'aurais été très heureuse que vous les rencontriez. Les autres obtiennent une aide temporaire. Réserver des chambres et des billets pour vous n'aurait pas été un problème. Mais puisque votre agent de voyage s'en charge, je n'insisterai pas. Cependant, je vais contacter l'*Océan Terrace Inn* pour préciser de bonnes chambres avec vue. Ils construisent maintenant une annexe, et bien que très confortable, les chambres ne feront pas face à la mer. C'est dommage que vous ne puissiez y consacrer que deux jours, si vous aviez un peu de temps supplémentaire, vous pourriez visiter Nevis qui possède de nombreux beaux endroits à voir. Il pleuvra en juin, mais j'espère que le météorologue sera gentil et ne nous enverra pas de pluie les 14 et 15 juin.

Je suis heureuse de signaler de bons progrès dans l'état de santé de Mère. Malheureusement, j'ai été incapable de faire venir ce parent éloigné et comme il n'y avait personne d'autre, j'ai été 'de service'. Après un mois et demi de manque de sommeil je me sens si fatiguée et épuisée qu'il me reste très peu d'énergie et que je me promène comme un somnambule, m'endormant debout aux moments les plus improbables. Mai est le mois le plus difficile pour moi comme j'ai tous les examens de Cambridge en français et en espagnol à administrer non seulement à Saint-Kitts mais aussi à Nevis et Montserrat. Le médecin dit que Mère est maintenant hors de tout danger et dans un excellent état, et peut être laissée seule si je trouve une personne compétente pour l'aider. Une personne 'convenable' est le hic, car bien que je puisse faire venir une infirmière, Mère ne peut pas les comprendre, et ne pas pouvoir communiquer en anglais la frustre et la rend nerveuse et découragée. Cependant, ma nièce de Boston a promis d'envoyer une femme russophone pour le mois de mai. Grâce à votre générosité, j'ai pu payer toutes les factures du médecin et de l'infirmière et je pourrai payer la fille que ma nièce enverra. Je me demande si vous vous rendez compte de l'ampleur de votre aide ? Toute une vie devrait être consacrée à vous remercier et à prier pour votre santé, votre bonheur et votre bien-être général - et la seule chose que je fais, c'est de dire un banal « merci ». Aurai-je une chance de faire quelque chose pour vous ?

Je compte les jours jusqu'au 13 juin. S'il vous plaît, ne changez pas d'avis ! »

« Merci pour les nouvelles dates de votre arrivée prévue à SaintKitts. Peu importe quand vous arriverez, Mère et moi serons ravies de vous accueillir. Je fais maintenant des heures supplémentaires, sachant que lorsque vous serez avec nous, je pourrai avoir les deux jours entiers absolument libres pour vous emmener et passer tout mon temps avec vous - c'est-à-dire si vous souhaitez que je vous accompagne.

C'est très aimable à vous de permettre à Michelle Ward d'avoir les 100 $ US. J'ai reçu une lettre d'elle il y a quelque temps disant que le cours qu'elle suit est très intéressant et qu'elle fait de bons progrès, mais qu'il y a eu un retard inattendu dans le versement des allocations aux boursiers, de sorte qu'après avoir dépensé le peu qu'ils avaient, ils se trouvaient dans une situation difficile. Ils n'avaient pas assez pour payer leur nourriture. Et, en raison de la réglementation sur les devises étrangères de Saint-Kitts, je ne pouvais lui envoyer que 92,02 $ US. Comme le courrier entre SaintKitts et le reste du monde se déplace à la vitesse d'un escargot, j'ai été obligée d'envoyer l'argent par câble. J'espère que cela ne vous dérange pas. Sa situation était désespérée. Elle n'a pas d'amis à Caracas.

Ma mère retrouve son énergie et fait de bons progrès en essayant de se déplacer avec son déambulateur en métal. Nous avons eu un revers inquiétant la semaine dernière quand elle a eu un spasme cardiaque, mais il s'est terminé très rapidement et le médecin dit qu'elle ira bien. Je suis heureuse que les examens de G.C.E. Cambridge commencent demain. Je dois avoir l'esprit tranquille pour effectuer mon travail d'examinateur correctement, quelque chose de très difficile à faire si je dois m'inquiéter pour ma petite vieille bien-aimée tout le temps. Je croise donc les doigts et j'espère qu'elle continuera d'être aussi bien qu'elle l'est maintenant. »

Sept mois plus tard, le 30 janvier 1978, la mère de Mme Katzen décède à l'âge de 94 ans, un coup dur qui survient deux ans après la perte de sa tante. Ses petites vieilles dames avaient occupé une grande place dans sa vie et maintenant elles étaient toutes les deux parties. Elle avait fait tout ce qui était en son pouvoir pour prendre soin d'elles, les guidant vers la sécurité à travers le monde de la Russie à la Chine, de la Chine au Chili, du Chili à Saint-Kitts. Tout au long du chemin, elle s'occupait constamment de leurs besoins, en calment leurs peurs et en les soignant de leurs nombreuses maladies. Pour assurer leur sécurité et leur bien-être, elle avait effectivement fait beaucoup de sacrifices personnels et professionnels. Bien qu'il ait été extrêmement douloureux d'avoir perdu les deux personnes les plus importantes dans sa vie, elle était réconfortée par la pensée qu'elle s'était bien occupée d'elles. Déracinée du berceau de leur héritage et de leurs traditions, elle les a aidées du mieux qu'elle le pouvait à mener une vie « normale » au milieu de cultures étrangères à l'autre bout du monde. Elles reposent maintenant en paix côte à côte à moins d'un mile de sa maison au cimetière de Springfield.

Comme sa mère et sa tante, Madame passa le reste de sa vie à Saint-Kitts. Elle ne reçut jamais de pension du gouvernement. Mais grâce à la générosité d'Horace Kadoorie, il n'était plus nécessaire de s'inquiéter de la vie après la retraite. Au cours des dernières années de sa vie, elle a continué à travailler comme interprète officielle en langues étrangères pour le gouvernement, à nourrir les chiens et les chats sauvages et à gérer sa maison d'hôtes à *Conaree*.

Ses locataires de *Coral Reef*, qui venaient en grande partie d'Amérique du Nord et d'Europe, ont apprécié le charme rustique de son cottage sans fioritures de la plage de *Conaree* sur une étendue de propriété océanique non aménagée et battue par les intempéries, du côté venteux de l'île. Isolés et hors des sentiers battus, ils ont apprécié la brume saumâtre et la musique du ressac rugissant s'écrasant contre le récif. *Vientomarsol*, son cottage sur cette étendue de sable ensoleillée et venteuse, devint un lieu de réconfort pour Madame Katzen. Elle venait souvent ici pour promener ses chiens et communier avec le vent, la mer et le soleil.

Au fil du temps, elle se lia d'amitié avec Bob et Ken, un couple de Boston qui fréquentait *Coral Reef*. Visiteurs annuels de son cottage, elle leur accorda sa confiance, les régalant avec des histoires d'une époque où elle avait vécu une vie de luxe relatif dans une maison avec des serviteurs et beaucoup d'objets en argent et en or. Quand elle ne put plus conduire sa petite voiture verte à cause de sa vue défaillante, on les vit la conduire en ville pour ses courses, chez le vétérinaire, à la banque, à la poste et au supermarché. On la voyait emmener ses chiens à la plage de *Conaree* à 6h30 pour leurs promenades quotidiennes. Tout le monde la connaissait. Dans la rue, elle était accueillie avec respect et révérence en français ou en espagnol par un grand nombre de personnes de tous les statuts sociaux : le premier ministre, les membres du Cabinet, les caissiers de banque, les avocats, les enseignants, les médecins, les mendiants au coin de la rue, un homme sans dents et avec une jambe. Tout le monde à Basseterre connaissait Mme Katzen.

Bob et Ken tombèrent amoureux d'elle. Chaque année depuis leur premier séjour au cottage, ils passaient de plus en plus de temps à *Coral Reef* en investissant volontairement beaucoup de temps et d'argent pour l'aider à faire les réparations nécessaires afin de garder le cottage en bon état. Ils faisaient partie de sa famille élargie. Par la suite, Madame refusa d'accepter le paiement pour leur utilisation du cottage. La dernière fois qu'ils quittèrent l'île, le jour où ils firent leurs derniers adieux (ils étaient certains qu'ils ne se reverraient jamais), Madame avait alors presque quatrevingt-dix ans, elle était frêle et courbée à presque quatre-vingt-dix degrés. Elle leur légua certains de ses objets les plus précieux - un samovar russe (l'un des rares artefacts que la famille avait pris avec eux quand ils fuirent la Russie), un magnifique ensemble de mahjong chinois richement gravé et un vase en osier chinois rempli d'orchidées que Horace Kadoorie lui avait donné juste avant son départ de Shanghaï en 1939. Très observatrice des traditions chinoises, elle se peigna les cheveux avec un peigne chinois en bois et le leur offrit pour leur porter chance lors de leur départ.

Alors âgée de 85 ans, Madame perdit la vue et ne pouvait plus conduire. Même si elle vivait seule avec ses chats et ses chiens au *Chalet La Serena*, Madame Katzen était néanmoins entourée de toute une communauté de membres de sa 'famille' élargie. En plus de ses voisins immédiats qui lui rendaient souvent visite, il y avait aussi une foule d'anciens élèves qui lui rendaient visite pour discuter avec elle et s'assurer qu'elle allait bien.

En 2001, un groupe de ses anciens élèves et l'ancien Gouverneur Générale, Sir Probyn Innis, la surprirent avec un bouquet de fleurs, en arrivant au Chalet La Serena à l'occasion de son 90eme anniversaire. Ce fut une merveilleuse surprise qui la toucha profondément, une soirée amusante remplie de chansons françaises et espagnoles, de vieux standards chantés chez elle dans les années 1960 et 1970 pendant les clubs de langues.

Quelques mois plus tard elle tomba et se fractura la hanche.

Mme Katzen et ses anciens élèves célèbrent son 90e anniversaire

Après une brève période dans un établissement de santé, un de ses anciens étudiants, Ronnie Powell, l'accompagna à Porto Rico où ils rencontrèrent son fils Fyodor. Mère et fils s'envolèrent ensuite pour Miami où ils prirent un autre vol en direction du Chili. Le traitement médical qu'elle pouvait recevoir au Chili dépassait de loin celui qu'elle pouvait recevoir à Saint-Kitts.

À l'âge de quatre-vingt-neuf ans, voyager de Saint-Kitts à Porto Rico, Miami et Santiago du Chili n'était pas un pique-nique. C'était un voyage qui prenait presque dix-huit heures. Avec une fracture de la hanche, Madame était des plus irascibles. Fyodor fit tout ce qu'il pouvait pour atténuer la douleur de sa mère pendant le long voyage. Après le dîner à bord, Madame demanda à une hôtesse de l'air un verre de Cinzano.
« Désolé, madame, nous n'avons pas de Cinzano, mais nous avons Baileys », répondit l'intéressée.

Madame se tourna vers Fyodor et lui demanda :

« Qu'est-ce que Baileys ? » à quoi Fyodor répondit :
« C'est du whisky irlandais avec du lait. »
« Oh, je n'aime pas ça », répondit Madame avec dédain.

Malgré ses protestations, Fyodor en commanda un de toute façon. Curieuse, Madame demanda à le goûter. « Ooooh, c'est très bien », dit Madame. Elle but rapidement deux autres verres et avant qu'elle ne le sache elle était endormie. Elle dormit jusqu'à l'aéroport international de *Comodoro Arturo Merino Benítez* à Santiago.

Le Dr Alfonso Diaz Fernandez, un des premiers élèves qui avaient fréquenté son école à *La Serena* de 1947 à 1950, effectua la chirurgie de la hanche.

Impatiente de rentrer chez elle, Madame était de retour à SaintKitts en moins de deux mois après l'opération. Ses chiens étaient remplis de joie de la voir, sautant, aboyant stupidement avec un bonheur sans réserve. Ses chats, décidés à ne pas se livrer à de telles démonstrations idiotes d'affection pour une maîtresse qui les avait 'abandonnés' pendant si longtemps, la saluèrent avec quelques miaulements superficiels et quittèrent tranquillement la pièce.

Les nombreux amis et voisins de Madame, ainsi que d'innombrables anciens élèves, se rallièrent autour d'elle, prenant soin de la surveiller régulièrement, l'aidant avec les tâches qu'elle ne pouvait plus faire. En dépit du soutien de ses amis et voisins, un matin de mai 2002, une voisine alla la voir et la trouva morte, effondrée sur le sol de la cuisine. Ses chiens étaient couchés à côté d'elle de manière protectrice.

Épilogue

J'ai commencé ce projet désireux d'en apprendre davantage sur cette enseignante extraordinaire qui avait atterri sur la minuscule île des Caraïbes britanniques de Saint-Kitts et avait procédé à transformer la vie de toute une génération de jeunes. Mon désir d'en apprendre davantage sur cette femme extraordinaire m'a mené à un voyage fantastique dans le monde entier pour découvrir, entre autres, qu'elle avait déjà eu un impact sur la vie d'innombrables autres personnes en Chine et au Chili avant d'arriver à Saint-Kitts en 1961. Mon voyage de découverte m'a permis de me faire une assez bonne idée de cette grande femme, de cette amoureuse des animaux à l'esprit indomptable et au talent inégalé pour l'enseignement des langues vivantes.

Déchiffrer le puzzle de Mme Katzen, comprendre l'essence de cette femme compliquée pour l'époque - les pourquoi et les comment de son voyage improbable de la Sibérie à Saint-Kitts, était tout à fait passionnant. Sans aucun doute, ses cinquante ans de dévouement à l'éducation des enfants en Chine, au Chili et dans les Caraïbes lui ont assuré une place permanente au Panthéon des grands enseignants.

Quand je raconte des histoires au sujet de cette enseignante extraordinaire, on me pose souvent la question suivante : « Qu'est-il arrivé à son mari ? » Il semble qu'il n'ait fait partie de sa vie que pendant environ cinq ans - de 1934 à 1939. Après avoir accompagné Mme Katzen, leur fils et ses autres fils d'un précèdent mariage aux Amériques, il a tout simplement disparu. Aucun membre de la famille à qui j'ai parlé ne savait où il se trouvait après 1939. Selon les documents d'immigration, il est retourné à Shanghaï après la guerre et a ensuite émigré en Australie en 1951 où il s'est remarié et a eu une autre famille. Il est mort en 1992 et est enterré dans un cimetière dans le Queensland en Australie.

Bien qu'ils paraissent peu nombreux, Madame n'est pas sans ses détracteurs. Il y a ceux qui pensent qu'elle était un peu élitiste, dans le sens où si elle avait eu le choix, elle n'aurait enseigné qu'aux étudiants les plus brillants. Il y a même ceux qui suggèrent que Madame préférait enseigner aux garçons. Certains vont même plus loin, laissant entendre qu'elle détestait simplement les filles. Après avoir interviewé bon nombre de ses anciennes étudiantes, je conclus que Mme Katzen ne détestait pas les filles. Cette perception de Madame est née à l'époque où le lycée pour filles a fusionné avec le lycée pour garçons. Avant la fusion, elle enseignait exclusivement dans le lycée pour garçons.

L'une de ses premières élèves de cette époque a partagé l'histoire suivante :

A la fin de ma première classe avec Mme. Katzen (une petite classe dans laquelle il y avait seulement huit filles), Madame m'a emmenée au bureau du directeur et a demandé à ce que je sois mutée dans une autre classe parce que, selon elle, je n'appartenais pas à sa classe d'espagnol. Je pense qu'elle était préoccupée par le fait que, contrairement aux autres filles de la classe à qui elle avait enseigné auparavant, c'était la première fois que j'étais dans sa classe et elle ne savait pas si je serais à la hauteur de ses attentes. Le directeur lui a dit qu'il était désolé, mais qu'il ne pouvait pas ou ne voulait pas se conformer à sa demande. Madame devait me garder dans sa classe pour le reste de l'année. C'était une année où j'étais persona nongrata dans la classe de Madame. Cependant, malgré le fait qu'elle n'a corrigé aucun des travaux que j'ai soumis, j'étais déterminée à lui montrer que j'étais capable. À la fin de l'année, j'ai reçu une distinction en espagnol à l'examen G.C.E. Non, je ne pense pas que Mme Katzen détestait les filles. Je pense qu'elle était principalement préoccupée par le maintien de sa réputation d'avoir un pourcentage élevé de réussite aux examens du G.C.E.

En tant que *garçons de Mme Katzen*, surnom donné à un grand nombre de ses anciens étudiants masculins à Saint-Kitts, nous avons un nombre incalculable d'anecdotes sur nos expériences avec Madame. Aujourd'hui encore, c'est toujours un plaisir de retrouver d'anciens camarades de classe et de nous remémorer les bons moments que nous avons passés à étudier les langues avec elle. Son engagement à s'assurer que ses élèves réussissent sur le plan scolaire était aussi inébranlable que son souci pour notre bienêtre individuel était sincère.

Je me souviendrai toujours d'un incident lors d'un voyage mémorable en Martinique à bord du dragueur de mines français Arcturus en 1967. Logés à la caserne de la marine au fort Saint-Louis, l'activité de la journée était une croisière en voile vers une île inhabitée au large de la côte sud-est de la Martinique. C'était une belle journée pour naviguer avec quelques cirrus dispersés dans le ciel et une brise régulière et suffisamment forte pour nous amener sur l'île. Nous étions seize garçons et trois marins français sur un voilier ouvert avec une grande voile et aucun moteur hors-bord. Après une traversée agréable sans incident, nous avons jeté l'ancre à 70 pieds de la rive de notre destination, l'île de *Toiroux,* où nous avons mangé un déjeuner qui était composé de baguettes, de fromage et de fruits. Il y avait aussi du vin rouge, qui était surtout consommé par les marins.

À la fin de l'après-midi, nous avons levé l'ancre et sommes partis au fort Saint-Louis. Les progrès étaient lents car les marins, ivres d'avoir trop consommé de vin, essayaient de leur mieux d'attraper le vent qui mourait alors que le soleil s'enfonçait lentement derrière l'horizon magique rouge, orange et doré. Alors que le ciel s'assombrissait, nous nous éloignions de plus en plus de la direction du port d'attache. Peu de temps après, il est devenu évident que nous risquions de nous perdre en mer. Avec un vent peu coopératif, pas de moteur hors-bord et pas de radio maritime à bord, notre seule chance était l'espoir que Madame et nos hôtes, les officiers de la marine à Fort Saint Louis, enverraient une équipe de recherche pour nous sauver ayant réalisé que l'heure de notre retour prévu était passée.

Une équipe de recherche a été envoyée pour nous secourir. Lorsque nous sommes retournés au port, Madame était debout sur le quai et attendait de nous accueillir. Avec les larmes aux yeux, elle nous a tous embrassés à notre débarquement. Visiblement ébranlée, elle a dû mourir mille fois à la perspective d'une fin désastreuse de notre aventure maritime. Toujours une professionnelle accomplie, jamais une personne sensible en apparence, c'était la première et la seule fois que je voyais une démonstration publique d'affection de la part de Madame.

Malgré le frisson de la chasse, passer autant de temps à effectuer des recherches sur la vie de Madame Katzen n'était pas sans conséquences. Connaissant très peu de choses sur elle, c'était en effet passionnant d'en apprendre davantage sur la vie de cette enseignante incroyable qui a eu un impact sur la vie de tant d'entre nous. Personne n'oublie jamais un bon professeur et nous (la longue liste des soi-disant garçons de Mme. Katzen) nous considérons chanceux et privilégiés d'avoir été bénéficiaires de sa tutelle.

Après avoir terminé mes recherches, cependant, j'ai été soudainement affligé d'une sorte de malaise, une sorte de mélancolie si vous voulez, dont il m'a fallu un certain temps pour identifier la source. Je l'attribuerais finalement au fait que l'excitation de voyager sur trois continents (Amérique du Sud, Europe et Asie) sur les traces du voyage épique de Madame avait pris fin. En effet, je m'amusais tellement que je ne voulais pas que les recherches se terminent. Mais il s'est avéré qu'il y avait une raison encore plus grande à ma tristesse.

Grâce à mes recherches j'ai appris à bien connaître ce professeur hors du commun. Je dirais même un peu trop bien. Dans mon désir de connaître ce professeur hors pair, j'ai réussi, à mon grand désespoir, à démystifier complètement ce professeur extraordinaire, ce paradigme de l'enseignement des langues étrangères. Maintenant que l'image unidimensionnelle que je me faisais d'elle était assez bien développée, je pouvais voir qu'elle était plus qu'une excellente enseignante. Je pouvais voir qu'elle était aussi une humanitaire et une amoureuse des animaux qui avait son lot d'idiosyncrasies, de fragilités et d'insécurités. Pendant un certain temps, mon psychisme a eu du mal à accepter l'idée que Madame était juste une femme ordinaire, peut-être parce que je ne voulais pas qu'elle soit ordinaire. Après ces dernières années passées à lire ses pensées à titre posthume et à écouter sa voix, quand je pense à elle maintenant, je vois une femme ordinaire qui a vécu une vie extraordinaire et qui a fait des choses extraordinaires malgré, ou peut-être à cause de, sa vie de difficultés relatives. Une vie de déplacements causés par les révolutions, les guerres et les tremblements de terre. Mon idole pédagogique, quelqu'un que j'ai essayé d'imiter, n'était pas censée avoir des pieds d'argile comme nous tous.

La bonne nouvelle ? Avec le temps, ayant maintenant atteint une vision beaucoup plus nuancée de l'essence de cette grande dame, elle a atteint un piédestal encore plus élevé dans le Panthéon des grands professeurs que je n'aurais cru possible.

le Panthéon des grands professeurs que je n'aurais cru possible.

A propos de l'auteur

Né sur l'île caribéenne de Nevis, Ira Simmonds est titulaire d'un baccalauréat ès arts en français du Collège Saint Francis de Brooklyn, New York, ainsi que d'un baccalauréat ès arts et d'une maîtrise en éducation du *Teachers College* de l'Université de Columbia. Après avoir travaillé pendant dix ans comme gestionnaire à *l'Alice Tully Hall* du *Lincoln Center for the Performing Arts*, il a passé les vingt-cinq années suivantes dans les écoles publiques de la ville de New York en tant qu'enseignant, directeur adjoint et chef d'établissement.

9 781968 165222